VAL EMMICH MIT
STEVEN LEVENSON,
BENJ PASEK
& JUSTIN PAUL

Aus dem Amerikanischen von
Catrin Frischer

cbj

Dieses Buch ist auch als E-Book erhältlich.

MIX
Papier aus verantwortungsvollen Quellen
FSC® C014496

Verlagsgruppe Random House FSC® N001967

1. Auflage 2019

Die amerikanische Originalausgabe erschien 2018 unter dem Titel:
»Dear Evan Hansen«
bei Poppy, einem Imprint von Little Brown and Company
Übersetzung: Catrin Frischer
Umschlagkonzeption: Geviert, Grafik & Typografie, Katharina Fußeder
unter Verwendung eines Fotos von © Shutterstock (3DMi)
basierend auf dem Originaldesign von Sasha Illingworth
MP · Herstellung: AJ
Satz: Uhl + Massopust, Aalen
Druck: GGP Media GmbH, Pößneck
ISBN 978-3-570-16565-2
Printed in Germany

www.cbj-verlag.de

Ich bin abgetreten.

Better to burn out, than to fade away. Stimmt doch, oder? Das hat Kurt Cobain in seinem Abschiedsbrief geschrieben. Ich hab einen Film gesehen über all diese Berühmtheiten. Ernest Hemingway. Robin Williams. Virginia Woolf. Hunter S. Thompson. Sylvia Plath. David Foster Wallace. Van Gogh. Ich will mich nicht etwa mit denen vergleichen. Diese Leute haben *tatsächlich* was bewegt. *Ich* hab *nichts* gemacht. Ich konnte nicht mal einen lausigen Zettel hinterlassen.

Burning … *verbrennen*, das Wort trifft es. Du spürst, wie du heißläufst. Jeden Tag ein bisschen mehr. Heißer und heißer. Irgendwann ist das zu viel. Sogar für Sterne. An einem gewissen Punkt verpuffen sie oder explodieren. Hören auf zu existieren. Aber wenn du zum Himmel hochschaust, siehst du das nicht. Du glaubst, all diese Sterne seien noch da. Manche sind es aber nicht. Sie sind längst weg. Schon ewig. Ich jetzt vermutlich auch.

Mein Name. Das war das Letzte, das ich geschrieben habe. Auf den Gips eines Jungen. Kein richtiger Abschiedsbrief. Aber was soll's, ich hab mein kleines Zeichen hinterlassen. Auf einer gebrochenen Gliedmaße. Passt doch eigentlich. Ist poetisch, wenn man mal drüber nachdenkt. Und nachdenken ist auch schon alles, was ich jetzt noch machen kann.

TEIL EINS

Kapitel 1

Lieber Evan Hansen,

So fangen alle meine Briefe an. Zuerst *Lieber*, weil das über jedem Brief steht. Das macht man so. Dann kommt der Name der Person, an die man schreibt. In diesem Fall bin ich das. Ich schreibe an mich. Also, ja, *Evan Hansen*.

Eigentlich ist Evan mein zweiter Vorname. Meine Mom wollte, dass ich Evan heiße. Mein Vater wollte, dass ich Mark heiße, so wie er. Laut Geburtsurkunde hat mein Dad die Schlacht gewonnen, aber den Krieg hat meine Mom gewonnen. Sie nennt mich immer nur Evan. Deshalb tut mein Vater das auch. (Achtung, Spoiler: Meine Eltern sind nicht mehr zusammen.)

Nur auf meinem (völlig ungenutzten) Führerschein heiße ich Mark – und wenn ich Bewerbungsbögen ausfülle oder am ersten Schultag, so wie heute. Meine neuen Lehrer werden bei der Anwesenheitsprüfung »Mark« rufen, und ich muss jeden einzelnen bitten, mich doch bei meinem zweiten Vornamen zu nennen. Selbstverständlich wird das erst passieren, wenn alle anderen den Raum verlassen haben.

Es gibt eine Million und zehn Sachen – vom Subatomarischen bis zum Kosmischen –, die täglich an meinen Nerven zerren, wie zum Beispiel meine Initialen M.E.H. *Meh.* Klingt wie *Mäh. Meh* ist im Grunde so was wie ein verbales Achselzucken, und das ist exakt die Reaktion, die ich bei anderen hervorrufe. Ganz das Gegenteil eines Überraschung verheißenden *Oh.* Oder dem Schwung eines *Ah.* Dem Zögern eines *Äh.* Oder der Verwirrtheit eines *Häh*? *Meh* drückt pure Gelangweiltheit aus. Nimm es oder lass es bleiben. Völlig egal. Interessiert keinen. Mark Evan Hansen? *Meh.*

Ich halte mich eher für einen *Eh*, das hat mehr so was davon, als würde man dabei nach Anerkennung suchen, auf Bestätigung warten. So etwa: *Was ist denn nun mit diesem Evan Hansen, eh?*

Meine Mom sagt, ich bin ein echter Fisch. Das Symbol dieses Sternbilds sind zwei miteinander verbundene Fische, die versuchen, in entgegengesetzte Richtungen zu schwimmen. Sie steht auf diesen ganzen Astrologie-Scheiß. Ich hab ihr eine App auf dem Handy installiert, da kann sie täglich ihr Horoskop lesen. Jetzt lässt sie überall im Haus handgeschriebene Zettel für mich liegen, auf denen Sachen stehen wie: *Verlasse deine Komfortzone.* Oder sie mogelt die Botschaft des Tages nebenbei in unsere Gespräche: *Nimm eine neue Herausforderung an. Eine geschäftliche Unternehmung mit einem Freund verspricht Erfolg.* Alles totaler Quatsch, wenn ihr mich fragt. Aber ich vermute, ihr Horoskop gibt meiner Mom Hoffnung und Orientierungshilfe – und genau das sollen meine Briefe mir auch verschaffen.

Wo wir gerade dabei sind. Nach der Anrede geht's direkt ans Eingemachte: da beginnt der Hauptteil. Meine erste Zeile lautet immer:

Das wird heute ein ganz fantastischer Tag – und ich verrate dir auch, warum.

Eine positive Einstellung bewirkt positive Erfahrungen. Das ist der Gedanke hinter dieser ganzen Briefschreibaufgabe.

Zuerst habe ich versucht, drumherum zu kommen. »Ich glaube nicht, dass ein Brief an mich selbst mir viel helfen wird. Ich habe keine Ahnung, was ich da schreiben sollte«, habe ich zu Dr. Sherman gesagt.

Na, da wurde er aber munter und beugte sich auf seinem Lederstuhl vor, statt sich lässig zurückzulehnen wie sonst. »Das musst du gar nicht wissen. Genau darum geht es bei dieser Übung. Ums Erforschen. Du könntest zum Beispiel anfangen mit: *Das wird heute ein ganz fantastischer Tag – und ich verrate dir auch, warum.* Und dann machst du einfach weiter.«

Manchmal habe ich das Gefühl, Therapie ist absoluter Bullshit, dann wieder denke ich, das eigentliche Problem dabei ist, dass ich es nicht schaffe, mich vollständig darauf einzulassen. Aber letztendlich hab ich seinen Rat trotzdem angenommen – buchstäblich. (Eine Sache weniger, über die ich nachdenken muss.)

Danach wird's dann aber erst so richtig schwierig. Diese erste Zeile ist nur eine Anfangsbehauptung, und im Anschluss muss ich diese steile These belegen. Ich muss beweisen, warum der Tag heute fantastisch werden wird, obwohl alle Tatsachen dagegen sprechen. Jeder Tag vor dem heutigen Tag war nämlich eindeutig nicht fantastisch, wie komme ich also bloß drauf, dass es ausgerechnet heute anders sein sollte?

Ganz ehrlich? Das glaub ich kein bisschen. Also wird es Zeit, meine Fantasie voll aufzudrehen, bis jedes einzelne Molekül meiner Kreativität topfit ist und losfeuert. (Es braucht ein molekulares Dorf, um eine *fantastische* Motivationsrede zu schreiben.)

> **Denn heute musst du nichts weiter tun, als du selbst zu sein. Aber auch voller Selbstvertrauen. Das ist wichtig. Und interessant. Jemand, mit dem man gern spricht. Sei also offen. Versteck dich nicht. Zeig dich anderen. Nicht auf 'ne perverse Art, die Hose bleibt zu. Sei einfach du selbst – dein wahres Ich. Sei, wer du bist. Steh zu dir.**

Sei, wer du bist. Was soll das überhaupt heißen? Hört sich an wie einer von diesen pseudophilosophischen Instagram-Sprüchen vor coolem Schwarz-Weiß-Foto. Aber wie auch immer, wir wollen ja nicht vorschnell urteilen. Wir sind zum Erkunden hier, wie Dr. Sherman sagen würde.

Erkundung: Ich denke mal, dass dieses »wahre Ich« besser wäre … so insgesamt im Leben. Besser mit Leuten. Und nicht so schüchtern. Zum Beispiel hätte es sich garantiert nicht entgehen lassen, Zoe Murphy kennenzulernen – letztes Jahr beim Konzert der Schulband. Es hätte nicht ewig lange überlegt, welche Worte seine Gefühle nach ihrem

Auftritt am besten ausdrücken würden – ohne gleich rüberzukommen wie ein Stalker – *gut, großartig, spektakulär, strahlend, bezaubernd, solide* –, um dann, nachdem die Wahl auf *sehr gut* gefallen war, doch nicht mit ihr zu sprechen, wegen der Sorgen um die eigenen verschwitzen Hände

Dabei war es doch völlig wurscht, dass meine Hände verschwitzt waren. Sie hätte ja wohl kaum darauf bestanden, mir die Hand zu schütteln. Außerdem war wahrscheinlich eher sie diejenige mit den verschwitzten Händen, nach all dem Gitarrespielen. Abgesehen davon, bekomme ich sowieso nur verschwitzte Hände, wenn ich denke, dass sie schwitzig werden. Also war es allein meine Schuld, dass sie verschwitzt waren – und so was Tieftrauriges würde diesem »wahren« Evan garantiert nie passieren.

Toll, ich tu's schon wieder, ich bringe meine Hände zum Schwitzen. Nun muss ich die Tastatur mit meiner Bettdecke abwischen. Und ich hab nur *csxldmrr xsmit sskegv* getippt. Und jetzt schwitzt mein Arm auch noch. Der Schweiß wird sich unter meinem Gips sammeln, Luft kommt da nämlich nicht durch, und schon bald wird mein Gips müffeln, ein Müffeln, von dem niemand in der Schule Wind kriegen soll, schon gar nicht am ersten Tag meines Abschlussjahres. Geh zur Hölle, falscher Evan Hansen. Du bist echt anstrengend.

Tief einatmen.

Ich greife in meine Nachttischschublade. Meine *Lexapro* habe ich heute Morgen schon genommen, aber Dr. Sherman sagt, es ist in Ordnung, auch eine *Ativan* zu nehmen, wenn wirklich alles zu viel wird. Ich schlucke also die *Ativan*, das hilft dann schon.

Das ist das Problem mit diesen Briefen. Am Anfang

schlage ich den direkten Weg ein, aber dann schweife ich immer ab, verirre mich in den schummrigen Gässchen meines Gehirns, in denen nie was Gutes passiert.

»Du hast gestern Abend also beschlossen, nichts zu essen?«

Das ist meine Mom, sie beugt sich über mich, mit dem Zwanzig-Dollar-Schein in der Hand, den ich nicht verwendet habe.

Ich klappe den Laptop zu und schiebe ihn unter mein Kissen. »Ich hatte keinen Hunger.«

»Hör mal, Schatz. Du musst es schaffen, dir was zum Abendessen zu bestellen, wenn ich bei der Arbeit bin. Das kann man jetzt alles online machen. Du musst nicht mal mit irgendwem reden.«

Aber das stimmt nicht. Ich muss mit dem Liefertypen reden, wenn der an die Tür kommt. Ich muss da rumstehen, während er das Wechselgeld zusammensucht. Und die tun immer so, als hätten sie nicht genug Kleingeld. Deshalb muss man spontan entscheiden, ob man weniger oder mehr Trinkgeld gibt als eigentlich geplant. Wenn man weniger gibt, weiß man, dass sie einen beim Weggehen leise verfluchen, also gibt man mehr und endet als armer Schlucker.

»Tut mir leid«, sagte ich.

»Das muss dir nicht leidtun. Aber das ist eine von den Sachen, an denen du mit Dr. Sherman arbeiten solltest. Mit Leuten reden. Dich einbringen. Und Dingen nicht aus dem Weg gehen.«

Ging es eben in meinem Brief nicht genau darum? Darum, mich zu zeigen? Nicht zu verstecken. Ich weiß das alles schon. Sie muss es nicht ständig wiederholen. Das ist wie die Sache mit den verschwitzten Händen: Je mehr Aufmerksamkeit man dem Problem schenkt, desto schlimmer wird es.

Jetzt läuft sie im Kreis um mein Bett herum, mit verschränkten Armen. Sie sieht sich prüfend im Zimmer um, so als hätte sich hier irgendwas geändert seit dem letzten Mal, als sie hier drinnen war, so als würde hier irgendwo eine neue Antwort auf das große Rätsel *Evan* schlummern – in meiner Kommode oder als Zeichen an der Wand. Als könnte sie darauf stoßen, wenn sie nur genau genug hinguckt.

Ich habe ziemlich viel Zeit in diesem Zimmer verbracht, ihr könnt mir also glauben: Wenn es hier eine Antwort gäbe, dann hätte ich sie *längst* gefunden.

Ich lasse die Beine vom Bett gleiten und ziehe meine Turnschuhe an.

»Wo wir gerade von Dr. Sherman reden«, sagte sie. »Ich hab dir einen Termin für heute Nachmittag gemacht.«

»Heute? Warum? Ich geh doch nächste Woche zu ihm.«

»Ich weiß«, antwortet sie und starrt auf den Zwanziger in ihren Händen. »Aber ich dachte, du brauchst es vielleicht ein bisschen früher.«

Weil ich ein Mal das Abendessen ausgelassen habe? Ich hätte das Geld einfach einstecken sollen, dann hätte sie es nicht gemerkt, aber das wäre so, als würde ich sie beklauen – und Karma ist 'ne Bitch.

Vielleicht ist es ja nicht nur der unbenutzte Zwanziger. Vielleicht sondere ich ja gerade besonders besorgniserregende Schwingungen ab, die mir nicht bewusst sind.

Ich stehe auf und gucke in den Spiegel. Versuche zu sehen, was sie sieht. Alles scheint in Ordnung zu sein. Das Hemd ist richtig geknöpft, die Haare liegen halbwegs okay. Gestern Abend habe ich sogar geduscht. In letzter Zeit habe ich nicht besonders häufig geduscht, weil es so nervt, den Gips zuerst in Plastikfolie zu wickeln, dann eine Einkaufstüte drüberzuziehen und das Ganze am Schluss mit Klebeband zu versiegeln. Außerdem werde ich sowieso nicht schmutzig. Seit das mit dem Arm passiert ist, hab ich mich eigentlich völlig in mein Zimmer zurückgezogen. Abgesehen davon achtet in der Schule sowieso keiner darauf, wie ich aussehe.

Im Spiegel ist noch was zu sehen, das bemerke ich jetzt erst. Ich kaue an den Nägeln. Schon die ganze Zeit. Okay, die Wahrheit ist, dass ich mich schon seit Wochen vor diesem Tag gefürchtet habe. Nach der sicheren Isolation der Sommerferien ist die Schule für mich immer so eine Art sensorische Überlastung. Zuzusehen, wie Freunde sich mit Bro-Hug und schrillem Gekreische begrüßen. Wie sich in den Ecken automatisch Cliquen bilden, ganz so, als wären alle Beteiligten auf geheimen Wegen über die diesjährigen In-Treffpunkte informiert worden. Wie sie sich vor Lachen nicht mehr einkriegen, über den wohl witzigsten Witz, der je erzählt worden ist. Durch all das hindurch finde ich meinen Weg, weil es mir mittlerweile vertraut ist. Aber was mir zu schaffen macht, sind die Sachen, die ich nicht vorhersehen kann. So gerade eben hatte ich die Regeln vom letzten Jahr gepeilt – und zack, schon ist wieder lauter neues Zeug angesagt. Neue Klamotten, Technik-Gadgets, Autos. Neue Frisuren, Farben, Haarlängen. Neue Piercings und Tattoos. Neue Paare. Ganz neue sexuelle Orientierungen und Identitäten. Neue Kurse, Schüler, Lehrer. So viel Veränderung. Und alle stiefeln da ganz lässig durch, als wäre alles wie immer, aber für mich fühlt sich jedes neue Jahr an, als würde ich wieder bei Null loslegen.

Meine Mom ist jetzt in meinem Spiegel zu sehen, die Quaste von ihrem Schlüsselbund baumelt aus ihrer Tasche. Ihr Name steht drauf. (Im Laufe der Jahre habe ich viele lausige Geschenke veredelt, indem ich einfach irgendwo *Mom* oder *Heidi* draufgepappt habe – Becher, Kugelschreiber, Handyhüllen.) Wenn sie in ihrem Kittel in meinem Zimmer herumstöbert, sieht sie nicht aus wie eine Krankenschwester, eher wie eine Tatortermittlerin. Eine sehr müde Tatortermittlerin. Sie ist immer eine *junge Mutter* gewesen, weil sie mich gleich nach dem College bekommen hat, aber ich bin mir nicht sicher, ob das immer noch passt. In letzter Zeit ist da so eine Dauermüdigkeit in ihren Augen, gegen die der Schlaf, den sie aus jeder Nacht rausquetscht, offenbar nichts ausrichten kann. So langsam sieht man ihr das Alter doch an.

»Was ist mit all deinen Pins passiert?«, sagt sie.

Ich drehe mich zu der Landkarte an der Wand um. Als ich diesen Sommer anfing im Ellison Nationalpark zu arbeiten, kam mir die Idee, irgendwann die besten Wanderwege im Land abzulaufen: den *Precipice Trail* in Maine, *Angel's Landing* in Utah, den *Kalalau Trail* in Hawaii, das *Harding Icefield* in Alaska. Ich hatte sie alle mit Nadeln in verschiedenen Farben auf meiner Karte markiert. Aber nachdem der Sommer auf diese Weise zu Ende gegangen war, hatte ich beschlossen, alle Markierungen zu entfernen – mit einer Ausnahme.

»Ich dachte, ich konzentriere mich erst mal auf einen Trail«, sage ich. »Der erste, den ich hoffentlich gehen werde, ist der *West Maroon Trail*.«

»Und der ist in Colorado?«, fragt meine Mom.

Das kann sie auf der Karte sehen, trotzdem fragt sie. Ich gebe ihr, was sie will: »Ja.«

Qualvoll dramatisch holt sie Luft. Ihre Schultern heben sich und berühren praktisch die Ohren, ehe sie noch tiefer nach unten sinken als zuvor. In Colorado wohnt mein Dad. Mit dem Wort *Dad* muss man bei uns zu Hause vorsichtig umgehen, das gilt auch für jedes Wort, das an meinen Dad erinnert, wie *Mark* oder in diesem Fall *Colorado*.

Mom wendet sich ab von der Landkarte und präsentiert mir ein Gesicht, das tapfer und sorglos wirken soll, aber genau so nicht aussieht. Sie ist verwundet, liegt aber noch nicht am Boden. Damit wären wir schon zwei.

»Ich hole dich gleich nach der Schule ab«, sagt sie. »Hast du diese Briefe, die Dr. Sherman dich schreiben lässt? Diese Motivationsdinger? Du darfst das nicht schleifen lassen, Evan.«

Eine Zeitlang habe ich wirklich jeden Tag einen Brief geschrieben, aber im Laufe des Sommers habe ich nachgelassen. Ich bin mir ziemlich sicher, dass Dr. Sherman das meiner Mutter erzählt hat, und deshalb nörgelt sie in letzter Zeit immer darüber rum. »Ich hab gerade an einem gearbeitet«, sage ich, erleichtert, nicht lügen zu müssen.

»Gut. Dr. Sherman wird ihn sehen wollen.«

»Ich weiß. Ich mach ihn in der Schule fertig.«

»Diese Briefe sind wichtig, Schatz. Sie helfen dir, dein Selbstvertrauen zu stärken. Besonders am ersten Schultag.«

Ah ja. Ein weiterer klitzekleiner Hinweis darauf, warum ihr ein Besuch bei Dr. Sherman heute besonders angebracht scheint.

»Ich will dich nicht noch ein Jahr jeden Freitagabend allein zu Hause vor dem Computer sitzen sehen. Du musst irgendwie einen Weg finden, da draußen mitzumischen.«

Versuche ich ja. Ich streng mich doch an.

Sie entdeckt was auf meinem Schreibtisch. »Hey, ich weiß was.« Sie zieht einen Filzstift aus dem Becher. »Mach doch heute mal die Runde und frag deine Klassenkameraden, ob sie nicht was auf deinen Gips schreiben wollen? So was würde das Eis doch brechen, oder?«

Und ich ertrinke im See darunter. Das ist ja, als würde man um Freunde betteln. Vielleicht sollte ich mir einen verhungerten Welpen suchen und mich mit dem an die nächste Ecke setzen, da flippt jedes Mitleidsbarometer doch sofort aus.

Zu spät. Sie wird nicht locker lassen. »Evan.«

»Mom, das kann ich nicht.«

Sie reicht mir den Stift. »Nutze den Tag. Heute ist der Tag, den Tag zu nutzen.«

Mein Horoskop, perfekt. »Das *Heute* kannst du dir sparen. *Nutze den Tag* bedeutet ja schon das Gleiche.«

»Meinetwegen. Du bist hier der Wortakrobat. Ich mein ja nur, los, hol sie dir! Okay?«

Ohne ihr in die Augen zu sehen, seufze ich und nehme den Stift. »Okay.«

Sie geht auf die Tür zu und gerade als ich denke, ich hab's hinter mir, dreht sie sich mit einem bangen Lächeln um. »Ich bin schon längst stolz auf dich.«

»Oh. Gut.«

Ihr Lächeln verrutscht ein bisschen und sie geht.

Was soll ich denn sonst sagen? Sie sagt mir, sie ist stolz,

aber ihre Augen erzählen eine ganz andere Geschichte. Sie guckt mich grübelnd an, als wäre ich ein Fleck in der Badewanne, den sie nicht wegkriegt, egal, welches Putzmittel sie auch verwendet. Stolz auf mich? Wie soll das denn gehen? Also lügen wir uns doch einfach weiter an.

Es ist ja nicht so, als würden mir die Sitzungen mit Dr. Sherman total gegen den Strich gehen. Klar, unsere Gespräche sind geplant, inszeniert und naturgemäß einseitig, aber es hat was Tröstliches, sich hinzusetzen und mit einem anderen Menschen zu reden. Also, mit jemand anderem als meiner Mom, die so viel zu tun hat mit ihrer Arbeit und den Kursen, dass sie kaum da ist und nie so richtig hört, was ich sage, auch wenn sie zuhört (und meine Mutter ist sie obendrein).

Ab und zu rufe ich meinen Vater an, bei den seltenen Gelegenheiten, wenn es Neuigkeiten gibt, die es wert sind, mitgeteilt zu werden. Aber er hat ziemlich viel um die Ohren. Das Problem an den Gesprächen mit Dr. Sherman ist nur, dass ich echt schlecht darin bin, mit ihm zu sprechen. Ich sitze da und hab Mühe, die simpelsten einsilbigen Antworten aus mir rauszuquetschen. Ich nehme an, deshalb hat er vorgeschlagen, dass ich diese Briefe an mich selbst schreibe. Er hat gesagt, auf diese Art könne ich vielleicht besser Zugang zu meinen Gefühlen bekommen, und es könne mir auch helfen, nicht so streng mit mir zu sein, aber ich bin mir ziemlich sicher, für ihn ist es so auch leichter.

Ich klappe den Computer auf und lese, was ich bisher geschrieben habe.

Lieber Evan Hansen,

Manchmal bewirken diese Briefe das Gegenteil von dem, was beabsichtigt war. Sie sollten dafür sorgen, dass mein Glas halb voll bleibt, aber sie erinnern mich daran, dass ich nicht so bin wie alle anderen. Niemand sonst in meiner Schule bekommt von seinem Therapeuten so eine Aufgabe gestellt. Wahrscheinlich hat sowieso niemand sonst einen Therapeuten. Und *Ativan* nascht auch keiner. Keiner weicht aus oder zappelt rum, wenn Leute ihm zu nahe kommen, mit ihm reden oder ihn nur angucken. Und ganz bestimmt treibt keiner seiner Mutter die Tränen in die Augen, weil er einfach nur dasitzt und gar nichts macht.

Ich muss nicht dran erinnert werden. Ich weiß, dass ich nicht richtig bin. Glaubt mir, ich weiß es.

Das wird heute ein ganz fantastischer Tag.

Vielleicht – wenn ich einfach hier in meinem Zimmer bleibe – könnte das tatsächlich wahr werden.

Sei einfach du selbst.

Ja. Geht klar. Okay.

Kapitel 2

Ich bin fertig an meinem Spind, stehe aber immer noch davor und tu so, als würde ich was suchen. Es dauert noch viel zu lange bis zum Klingeln, und wenn ich jetzt die Spindtür zuklappe, bleibt mir nichts anderes übrig, als rumzuhängen. Und im Rumhängen bin ich echt 'ne Niete. Zum Rumhängen braucht man Selbstvertrauen, die richtige Klamotten und ein dominantes, aber zugleich total entspanntes Auftreten.

Robbie Oxman (alias Rox) ist ein Meister des Rumhängens, immerzu schleudert er die Haare aus dem Gesicht und wahrt schulterbreiten Abstand zwischen den Beinen. Sogar mit seinen Händen weiß er was anzufangen: vier Finger in die Jeanstaschen, Daumen durch die Gürtelschlaufen. Genial.

Ich will ja tun, was Dr. Sherman und meine Mutter immer von mir verlangen – mich einbringen –, aber das liegt mir einfach nicht in den Genen. Heute Morgen, als ich in den Bus gestiegen bin, haben alle entweder mit ihren Freunden geredet oder auf ihre Handys geglotzt. Was soll ich da denn machen? Tatsache ist: Ich hab mal *Wie man Freunde findet* gegoogelt, dann eins der Videos angeklickt, die angezeigt wurden – und echt erst ganz am Ende gemerkt, dass ich Autowerbung gucke.

Deshalb halt ich mich lieber aus allem raus. Doch jetzt muss ich leider los in meinen Kurs.

Ich klappe die Spindtür zu und befehle meinem Körper eine Drehung um exakt 180 Grad. Den Kopf halte ich tief genug, um Blickkontakt zu vermeiden, aber doch so hoch, dass ich sehen kann, wo ich hinlaufe. Kayla Mitchell demonstriert Freddie Lin ihre neue, unsichtbare Zahnspange. (Ich könnte die beiden fragen, ob sie ihre Unterschrift auf meinen Gips setzen wollen, aber – ist nicht böse gemeint – Unterschriften von Leuten, die auf der Wichtigkeitsskala genauso tief unten rangieren wie ich, brauche ich nun wirklich nicht.) Ich gehe an den *Zwillingen* vorbei (die eigentlich keine sind, nur ständig identische Klamotten tragen) und dem *Russischen Spion*. (Wenigstens habe ich keinen Spitznamen – soweit ich weiß.) Vanessa Wilton telefoniert, wahrscheinlich mit ihrem Agenten. (Sie war mal Model in einer regionalen Werbeanzeige.) Ein Stück weiter wälzen sich tatsächlich zwei Sportskanonen ringend auf dem Boden. Und da – vor Mr Baileys Klassenzimmer – steht Rox. Er hat den einen Daumen in der Gürtelschnalle geparkt und die andere Hand auf Kristen Caballeros Hüfte. Ich war noch auf dem Stand, dass Kristen mit Mike Miller geht, aber der hat letztes Jahr seinen Abschluss gemacht. Rox ist dann wohl der Nachfolger. Jetzt machen sie rum. Und zwar sehr feucht. *Nicht glotzen.*

Am Wasserspender mache ich Halt. Meinen Plan habe

ich schon vergessen: *Zeig dich anderen*. Wie denn nur? Soll ich Wunderkerzen schwenken? Gratis-Kondome verteilen? Ich bin einfach nicht der Nutze-den-Tag-Typ.

Durch das Wasserrauschen höre ich eine Stimme. Könnte sein, dass diese Stimme mit mir spricht. Ich höre auf zu trinken. Da steht tatsächlich jemand neben mir. Alana Beck.

»Wie war dein Sommer?«, fragt sie.

Alana hat letztes Jahr in Mathe vor mir gesessen, aber wir haben nie miteinander geredet. Reden wir jetzt etwa? Sicher bin ich mir nicht. *»Mein Sommer?«*

»Meiner war produktiv«, sagt Alana. »Ich habe drei Praktika absolviert und neunzig Stunden gemeinnützige Arbeit. Wow – ich weiß.«

»Ja. Das ist … wow. Das ist …«

»Obwohl ich so beschäftigt war, habe ich trotzdem tolle neue Freundschaften geschlossen. Na ja, Bekanntschaften, das trifft es wohl eher. Da war so ein Mädchen, Clarissa – oder Ca-rissa? –, ich hab's nicht so genau verstanden. Und dann noch Bryan mit y. Und meine Beraterin beim *National Black Women's Leadership Training Council*, Miss P. Und dann noch …«

Letztes Jahr habe ich Alanas Stimme nur gehört, wenn sie Fragen gestellt oder welche beantwortet hat – das macht sie ständig. Zuerst hat Mr Swathchild ihr Aufzeigen immer ignoriert, bis ihm klarwurde, dass sie die Einzige war, die sich meldete, und ihm nichts anderes übrig blieb, als sie dranzunehmen – wie immer.

Sie hat so was Todesmutiges, das ich niemals besitzen werde, ganz zu schweigen von einem sehr gewinnenden Lächeln. Aber auf andere Art und Weise haben Alana Beck und ich eine Menge gemeinsam. Obwohl sie sich im Unterricht so sehr reinhängt und mit ihrem Riesenrucksack andauernd Leute anrempelt, läuft sie in dieser Schule genauso herum wie ich: absolut unbemerkt.

Nutze den Tag, verlangt meine Mom. Also gut. Ich hebe meinen Gips. »Willst du vielleicht …«

»Oh mein Gott«, sagt Alana. »Was hast du mit deinem Arm gemacht?«

Ich ziehe den Reißverschluss von meinem Rucksack auf und krame nach dem Filzstift. »Ich hab ihn gebrochen. Ich war …«

»Ach, wirklich? Meine Oma hatte im Juli einen Oberschenkelhalsbruch, als sie in der Badewanne ausgerutscht ist. Das war der Anfang vom Ende, haben die Ärzte gesagt. Denn sie ist dann gestorben.«

»Oh … das ist ja schrecklich.«

»Ja, nicht?«, sagt sie, ihr Lächeln kommt keinen Moment ins Rutschen. »Einen glücklichen ersten Schultag!«

Sie dreht sich um und haut mir mit dem Rucksack den Stift aus der Hand. Ich bücke mich danach, und als ich mich wieder aufgerichtet habe, ist Alana weg und Jared Kleinman steht an ihrer Stelle.

»Ist das nicht bizarr, der erste Mensch in der Geschichte zu sein, der sich den Arm bricht, weil er zu viel wichst? Oder betrachtest du das eher als Auszeichnung?«, sagt Jared viel zu laut. »Wie darf ich mir das vorstellen? Du bist in deinem Zimmer. Das Licht ist aus. Im Hintergrund schmusige Jazzmusik. Und auf deinem komischen No-Name-Handy hast du dir Zoe Murphys Instagram Account hochgeladen.«

Jared und ich kennen uns schon ewig. Seine Mutter verkauft Immobilien. Sie hat damals für meine Mutter und mich was Neues zum Wohnen gefunden, als mein Vater gegangen ist. Ein paar Jahre lang haben die Kleinmans uns im Sommer immer in ihren Schwimmclub eingeladen und wir waren bei ihnen zu Hause zum Abendessen, einmal auch zu Rosh Hashanah. Ich war sogar auf Jareds Bar-Mizwa.

»Willst du wissen, was wirklich passiert ist?«, frage ich.

»Eigentlich nicht«, antwortet Jared.

Irgendwas drängt mich, es trotzdem zu sagen, es jemandem mitzuteilen, vielleicht nur, um was richtigzustellen. Nein, ich habe Zoe Murphys Instagram-Account nicht gestalkt. Jedenfalls nicht bei dieser Gelegenheit. »Das war nämlich so, ich bin auf einen Baum geklettert und runtergefallen.«

»Du bist aus einem Baum gefallen? Was bist du, eine Eichel?«

»Du weißt doch, dass ich diesen Sommer als Park-Ranger-Assistent gearbeitet habe?«

»Nein. Warum sollte ich das wissen?«

»Na, wie auch immer, jetzt bin ich so eine Art Baumexperte. Ich will ja nicht angeben. Aber ich hab da so eine unglaubliche zwölf Meter hohe Eiche gesehen und hab angefangen hochzuklettern und dann einfach …«

»Runtergefallen?«, sagt Jared.

»Ja, ist aber 'ne komische Geschichte, denn ich hab nach dem Sturz bestimmt geschlagene zehn Minuten einfach nur auf dem Boden gelegen und darauf gewartet, dass jemand kommt und mich findet. *Jede Sekunde*, hab ich mir immer gesagt. *Nur noch eine Sekunde – dann kommen sie.*«

»Und, sind sie gekommen?«

»Nein. Keiner ist gekommen. Das ist ja das Komische.«

»Verdammte Scheiße.«

Er sieht aus, als wäre ihm das echt peinlich für mich. Aber, hey, ist doch witzig, oder? Ich mein, ich weiß, wie jämmerlich sich das anhört, dass ich da auf dem Boden gelegen und gewartet habe, dass jemand kommt und mir hilft. Aber ich versuche, über meine eigene Unzulänglichkeit zu lachen. Doch wie üblich kommt das nicht rüber. Mir geht gerade ziemlich viel durch den Kopf. Omas sterben und ich habe dunkle Flecken auf dem Hemd, weil ich mich am Trinkbrunnen von oben bis unten mit Wasser bespritzt habe – und ich sitz noch nicht mal in der ersten Stunde, in der ich dann mindestens fünfundvierzig Minuten lang auf den Namen *Mark* hören muss.

Das hab ich davon, mit Jared Kleinman zu quatschen, der in einer Geschichtsstunde, in der es um den Holocaust ging, gelacht hat. Er hat geschworen, dass er über was gelacht hat, das in keinem Zusammenhang mit den grauenvollen Schwarz-Weiß-Fotos stand, die wir anderen mit offenem Mund anstarrten, und ich habe ihm geglaubt, irgendwie. Aber ich bin mir ziemlich sicher, dass der Typ absolut kein Gewissen hat.

Jared ist noch nicht weggegangen, deshalb stelle ich ihm eine Frage, die ich Alana Beck gestohlen habe. »Wie war dein Sommer?«

»Na ja, meine Gruppe hatte bei *Erobert die Flagge* die Nase vorn, und ich hab mich bei diesem Mädchen aus Israel, das irgendwie zur Armee gehen wird, bis in den BH vorgearbeitet. Und ... beantwortet das deine Frage?«

»Übrigens.« Ich hab den Filzstift noch in der Hand.

Keine Ahnung, warum ich mich mit dieser Gips-Sache abquäle, aber ich versuch's trotzdem noch mal. »Willst du auf meinem Gips unterschreiben?«

Er lacht. Er lacht mir direkt ins Gesicht. »Warum fragst du *mich*?«

»Keine Ahnung. Weil wir Freunde sind?«

»Unsere Familien sind befreundet«, sagt Jared. »Das ist was ganz anderes, und das weißt du.«

Ach ja? Ich habe Videospiele auf Jareds Couch im Keller gespielt. Ich hab mir sogar vor ihm meine Badehose ausgezogen. Er ist derjenige, der mich darüber informiert hat, dass es nicht normal ist, Unterwäsche unter der Badehose zu tragen. Gut, auf diese Weise hängen wir nicht mehr miteinander ab und wir haben auch immer nur in Anwesenheit unserer Familien Zeit miteinander verbracht, aber diese gemeinsamen Momente sind schließlich auch was wert, oder nicht? Genau genommen sind Mitglieder einer befreundeten Familie doch trotz allem Freunde.

»Sag deiner Mom, sie soll meiner Mom sagen, dass ich nett zu dir war, sonst bezahlen meine Eltern die Versicherung für mein Auto nicht«, sagt Jared und geht davon.

Jared ist ein Arsch, aber er ist mein Arsch – also, nein, so meine ich das nicht, nicht so. Ich meine nur, dass er nicht das Allerletzte ist. Er führt sich auf wie ein Oberarsch, aber er ist dabei nicht total überzeugend. Seine Schildpattbrille und die lässigen Surfer-T-Shirts passen nicht so richtig zu ihm, und die megagroßen Kopfhörer, die er am Hals klemmen hat, sind nicht mal eingestöpselt. Aber selbst damit ist sein Look immer noch um Längen besser als alles, was ich je zustande kriegen könnte.

Beim Klingeln hab ich mein Klassenzimmer endlich erreicht und einen Platz gefunden. (Am liebsten sitze ich in der Reihe an der Tür oder ganz hinten im Raum, außer Sichtweite und nah am Ausgang.) Während ich mich einrichte, hab ich ein bisschen das Gefühl, was geschafft zu haben. Noch steht kein Name auf meinem Gips, aber ich habe jetzt schon mit mehr Leuten gequatscht als im ganzen ersten Monat des letzten Schuljahres. Läuft doch gar nicht so schlecht mit meinem *Nutze den Tag*.

Wer weiß. Vielleicht wird das doch noch ein ganz fantastischer Tag.

Kapitel 3

Nee. Absolut *nicht* fantastisch.

Die erste Stunde war gut, was heißen soll, es ist nichts Furchtbares passiert. Dasselbe galt für die nächsten paar Kurse. Alle Namenskorrekturen von *Mark* zu *Evan* waren erfolgreich. Ich fühlte mich ganz ordentlich, ich würde sogar sagen fast positiv.

Aber dann: Mittagspause.

Die Mittagspause mochte ich noch nie. Da fehlen mir die Regeln. Alle dürfen hingehen, wo sie wollen, und in meine Nähe wollen sie nie. Normalerweise setze ich mich auf einen Platz an einem abgelegenen Ecktisch bei den anderen Losern, zwangsernähre mich mit Erdnussbutter-Gelee-Sandwiches, die ich mir seit einem Jahrzehnt jeden Tag in die Schultasche packe. (*Was* ich esse, ist das Einzige, worüber ich in der Mittagspause die Kontrolle habe.) Aber in der Ecke zu sitzen, fühlt sich an, als würde ich mich verstecken – und ich hatte mir doch vorgenommen, genau das nicht zu tun. Nicht heute.

Ich entdecke Jared, der sich mit seinem Tablett durch

die Menge schlängelt. Normalerweise bleibt er für sich und schreibt Programme auf seinem Laptop. Ich warte an der Kasse auf ihn. Er ist entzückt, mich zu sehen.

»Du schon wieder?«, fragt Jared.

Mein Instinkt rät mir, ihn ziehen zu lassen, aber ausnahmsweise sage ich meinem Instinkt mal, er soll sich verpissen. »Ich dachte, ich setz mich heute vielleicht zu dir?«

Jared scheint kurz vorm Kotzen zu sein. Aber bevor er noch versuchen kann, mich öffentlich zu verleugnen, verschwindet er hinter einer dunklen Silhouette. Zwischen uns hat sich das mysteriöse Wesen namens Connor Murphy geschoben. Connor pflügt wie ein Eisberg durch unser dahinplätscherndes Gespräch, mit gesenktem Kopf, ohne seine Umgebung wahrzunehmen. Jared und ich schauen ihm hinterher.

»Ich mag seinen neuen Haarschnitt«, murmelt Jared mir zu. »Total der Schulkillerstyle.

Oh, scheiße.

Connor bleibt stehen, seine schweren Stiefel landen dumpf auf dem Boden. Seine Augen – das bisschen, was ich durch die wirren Haare sehen kann – feuern stahlblaue Todesstrahlen. Jede Wette, er hat Jared gehört. Vermutlich ist er doch nicht völlig blind und taub für seine Umwelt.

Connor rührt sich nicht, redet nicht, starrt nur. Dieser Typ ist echt gruselig. Er ist eiskalt. Vielleicht trägt er deshalb all diese dicken Klamottenschichten, obwohl genau genommen immer noch Sommer ist.

Jared mag ja dreist sein, blöd ist er nicht. »War nicht ernst gemeint«, sagt er zu Connor. »Das war ein Witz.«

»Ach ja, klar, saukomisch«, sagte Connor. »Ich lach mich tot.«

Jared guckt schon etwas weniger kackfrech.

»Du bist ja echt ein Komiker«, sagt Connor.

Jared stößt ein nervöses Kichern hervor, das bei *mir* ein nervöses Kichern auslöst. Ich kann nichts dagegen machen.

»Du bist ja so ein Freak«, ruft Jared Connor zu und zischt ab. Ich müsste hinter Jared her, aber meine Beine sind gelähmt.

Connor kommt zu mir. »Was findest du denn hier so lustig?«

Keine Ahnung. Ich mach blöden Scheiß, wenn ich nervös bin, was bedeutet, dass ich andauernd blöden Scheiß verzapfe.

»Hör verfickt noch mal auf, über mich zu lachen«, sagt Connor.

»Mach ich gar nicht«, sage ich, weil es wahr ist. Ich lache nicht mehr. Ich bin jetzt offiziell starr vor Angst.

»Du hältst mich für 'nen Freak.«

»Das hab ich nicht …«

»*Du* bist der verfickte Freak.«

BAM.

Ich lieg am Boden. Connor steht über mir.

Keine Bombenexplosion, sondern Connors Arme mit all diesen schwarzen Nietenarmbändern sind gegen meine Brust geknallt und haben mich aus den Socken gehauen.

Ehe er davonstürmt, sehe ich noch, dass er genauso erschüttert aussieht, wie ich mich fühle.

Ich setze mich auf, betrachte meine Hände. Der Staub von Millionen Turnschuhen klebt an meinen feuchten Handflächen.

Leute gehen vorbei, um mich herum, einige lassen wenig

hilfreiche Kommentare vom Stapel, aber das spielt keine Rolle. Ich kann sie eh nicht hören. Ich kann mich nicht mal bewegen. Ich will nicht. Warum sollte ich auch? Es ist wie im Ellison Nationalpark, als ich aus diesem Baum gefallen bin. Ich hab nur so dagelegen. Ich hätte für immer unter diesem Baum liegen bleiben sollen. Genauso, wie ich heute hätte zu Hause bleiben sollen. Was ist denn verkehrt am Verstecken? Ist doch wenigstens sicher. Warum tu ich mir das immer wieder an?

»Bist du okay?«

Ich schaue auf.

Schock. Doppelschock. Erster Schock, weil das jetzt das zweite Mädchen ist, das heute mit mir spricht. Zweiter Schock, weil es Zoe Murphy ist. Ja, SIE, die allein Seligmachende.

»Mir geht's gut«, antworte ich.

»Tut mir leid, das mit meinem Bruder«, sagt sie. »Er ist ein Psychopath.«

»Ja. Nein. Wir haben nur Quatsch gemacht.«

Sie nickt so wie meine Mutter, wenn sie es mit einem Patienten mit wahnhaften Störungen zu tun hat (z.B. mir). »Und«, sagt Zoe, »ist es gemütlich da unten auf dem Boden, oder ...«

Ach ja, ich sitze auf dem Boden. Warum bin ich noch immer da? Ich stehe auf und wische mir die Hände an den Hosen ab.

»Evan, richtig?« sagt Zoe.

»Evan?«

»So heißt du doch?«

»Oh. Ja. Evan. Ich heiße Evan. Tut mir leid.«

»Was tut dir leid?«, sagt Zoe.

»Na, weil du *Evan* gesagt hast und ich das dann wiederholt hab. Und das nervt, wenn Leute so was machen.«

»Oh.« Sie streckt mir die Hand hin. »Ach so, ich bin Zoe.«

Ich winke, statt ihre Hand zu schütteln, wegen des Staubs, der an meiner verschwitzten Handfläche klebt, und sofort bereue ich es. Irgendwie habe ich diesen Dialog noch abgrundtief peinlicher gemacht, als er von vornherein schon war. »Nein, ich weiß.«

»Du weißt?«, sagt Zoe.

»Nein, ich meine, ich kenne dich. Ich weiß, wer du bist. Ich hab dich mit der Schulband spielen sehen, an der Gitarre. Ich liebe eure Jazzband. Ich liebe Jazz. Nicht allen Jazz, aber definitiv Jazzband-Jazz. Oh shit, klingt das bescheuert. Tut mir leid.«

»Du entschuldigst dich viel.«

Verdammt.

Sie lacht.

Keine Ahnung, warum ich so nervös bin, mal abgesehen davon, dass ich immer nervös bin und eben von einem Durchgeknallten zu Boden gestreckt wurde, der zufällig blutsverwandt mit Zoe ist. Aber warum hat ausgerechnet Zoe diese Wirkung auf mich? Schließlich ist sie nicht eine von diesen umwerfenden, total beliebten Mädchen. Sie ist einfach normal. Nicht normal im Sinne von langweilig. Normal im Sinne von real.

Ich glaube, es liegt daran, dass ich auf diesen Moment, die Gelegenheit mit ihr zu reden, so lange gewartet habe. Das lässt sich zurückverfolgen bis zu diesem Auftritt, bei dem ich sie das allererste Mal auf der Bühne gesehen habe. Ich wusste, dass sie eine Stufe unter mir ist. Ich hatte sie schon oft in der Schule gesehen. Aber bis zu diesem einen Konzert hatte ich sie nicht *wirklich* gesehen. Wenn man irgendjemand anders im Publikum – und es waren viele von uns da – fragen würde, wie sie an diesem Tag den Auftritt der Gitarristin fanden, würden sie wahrscheinlich fragen: »Wessen Auftritt?« Die Bläser sind die Stars, danach kommen der megalange Bassist und der obereitle Schlagzeuger. An dem Abend stand Zoe ganz am Rand. Sie hatte kein Solo oder sonst was. Sie tat sich nicht so offensichtlich hervor. Vielleicht habe ich mich, gerade *weil* sie im Hintergrund blieb, so stark mit ihr verbunden gefühlt. Für mich war niemand sonst auf der Bühne, als gäbe es nur diesen einen Scheinwerfer, der auf sie gerichtet war. Ich kann nicht erklären, warum, aber so war es.

Seitdem habe ich sie zig Mal auftreten sehen. Ich habe sie beobachtet. Ich weiß, dass ihre Gitarre eierschalenblau ist. Auf dem Gurt sieht man Blitze und die Umschläge ihrer Jeans sind voller Sterne, die mit Kugelschreiber auf den Stoff gekritzelt sind. Wenn sie spielt, tippt ihr rechter Fuß immer auf den Boden, sie hat die Augen fest geschlossen und so ein kleines Lächeln im Gesicht.

»Hab ich was an der Nase?«, sagt Zoe.

»Nein. Warum?«

»Du starrst mich an.«

»Oh. Tut mir leid.«

Ich hab es schon wieder gesagt.

Zoe nickt. »Mein Mittagessen wird kalt.«

Irgendwas sagt mir, dass sie das schon tausendmal gemacht hat, hingehen und den Mist in Ordnung bringen, den ihr Bruder angerichtet hat. Da sie jetzt die Bestätigung hat, dass mit mir alles in Ordnung ist, kann sie wieder ihrer Wege gehen. Aber ich will nicht bloß irgendein Mist für sie sein.

»Warte«, sage ich.

Sie dreht sich um. »Was denn?«

Offenbare dich, Evan. Sag was. Irgendwas. Sag ihr, dass du Miles Davis oder Django Reinhardt magst, diese berühmten Jazzmusiker. Frag sie, ob sie die auch gut findet. Erzähl ihr von dem Dokumentarfilm über *Electronic Dance Music*, den du vor Kurzem gestreamt hast, und wie du danach versucht hast, deinen eigenen *EDM*-Song zu machen, und der war natürlich ganz furchtbar, weil du total unmusikalisch bist. Gib ihr einfach irgendwas, woran sie sich festhalten kann, ein Stück von dir selbst, das sie mit sich herumtragen kann. Bitte sie, ihre Unterschrift auf deinen Gips zu setzen. Drück dich nicht davor. Sei nicht so verdammt *meh*. Und mach nicht das, was du jetzt gleich machen wirst. Du weißt genau, was.

Ich gucke auf den Boden. »Nichts«, sage ich.

Sie bleibt noch einen Moment stehen, dann scheinen ihre Zehen in den ausgetretenen *Converse* zum Abschied zu winken – und sie dreht sich um und geht weg. Ich sehe ihr dabei zu, Schritt für Schritt.

Als ich endlich zum Essen komme, stelle ich fest, dass mein Sturz nicht nur mein von vornherein schon dünnes Ego geplättet hat, sondern mein treues Erdnussbutter- Gelee-Sandwich auch.

•••

Mom schickt eine Nachricht, als ich im Computerraum bin, ich soll sie anrufen. Ich bin dankbar für die Störung. Seit zwanzig Minuten starre ich jetzt schon auf den leeren Bildschirm.

Ich versuche, diesen Brief für Dr. Sherman fertig zu kriegen. Als ich im April anfing zu ihm zu gehen, habe ich jeden Morgen vor der Schule einen Brief geschrieben. Das wurde zu einem festen Bestandteil meines Tagesablaufs. Jede Woche hab ich Dr. Sherman meine Briefe gezeigt, und obwohl ich nicht immer an das geglaubt habe, was ich geschrieben hatte, gab es mir irgendwie das Gefühl, was geschafft zu haben, wenn ich ihn den Packen Papier in den Händen halten sah. Das war ich, das da. Das war meine Arbeit. Das, was ich geschrieben hatte. Doch nach einer Weile wollte Dr. Sherman meine Briefe anscheinend nicht mehr sehen, und ich hab dann auch ziemlich bald aufgehört, welche zu schreiben. Hat ja auch nicht richtig funktioniert. Einen echten Sinneswandel haben die Briefe eigentlich nicht bewirkt.

Der Sommer brachte dann andere Routinen mit sich – und diese Briefe zu schreiben, gehörte nicht dazu. Dr. Sherman hat gespürt, dass ich meine Aufgaben hatte unter den Tisch fallen lassen. Jetzt will er meine Briefe wieder sehen, und wenn ich den hier nicht fertig kriege, habe ich heute nichts vorzuzeigen. Das hab ich schon mitgemacht, da ohne einen Brief in der Hand aufzutauchen, wenn er einen erwartet hatte. Einmal hatte ich meinen Brief zu Hause vergessen, und ich werde nie vergessen, wie Dr. Sherman mich angesehen hat. Er hat sich um einen ganz neutralen Gesichtsausdruck bemüht, aber mir konnte er nichts vormachen. Nach all diesen Jahren bin ich absoluter Spezialist darin, auch den leisesten Anflug von Enttäuschung bei anderen wahrzunehmen, und selbst der allerkleinste Hauch davon ist unerträglich.

Ich werde Dr. Sherman etwas zeigen müssen – und bis jetzt bin ich noch nicht weiter als *Lieber Evan Hansen.* Das ganze Zeug von heute Morgen habe ich gelöscht. Das hatte ich nur geschrieben, weil ich fand, dass es sich gut anhört.

Natürlich hörte es sich gut an. Fantasien hören sich immer gut an, aber sie helfen nicht, wenn die Realität kommt und dich zu Boden haut. Wenn sie deine Zunge zum Stolpern bringt und die richtigen Worte im Kopf einsperrt. Und wenn du dein Sandwich allein essen musst.

Einen Silberstreifen hatte dieser Tag aber doch. Zoe Murphy hatte nicht nur mit mir geredet, sie wusste jetzt auch, wer ich bin. Sie – kannte – meinen – Namen. Genau wie die Sache mit den Schwarzen Löchern, oder magische 3-D-Bilder ergibt das für mein Gehirn keinen Sinn. Nach unserem kurzen Austausch habe ich mich so hoffnungsvoll gefühlt, aber jetzt sorge ich mich, dass ich den Moment vergeudet habe und es so einen nie wieder geben wird.

Ich rufe meine Mutter an. Nachdem es ein paarmal geklingelt hat, will ich schon auflegen, aber dann geht sie ran.

»Schatz, hi«, sagt sie. »Hör mal, ich weiß, dass ich dich eigentlich zu deinem Termin bringen wollte, aber ich sitze im Krankenhaus fest. Erica hat sich wegen Grippe krankgemeldet, und ich bin die einzige Schwesternhelferin, die heute Dienst hat, also hab ich angeboten, ihre Schicht zu übernehmen. Eigentlich nur wegen der weiteren Budgetkürzungen, die heute Morgen angekündigt worden sind. Ich muss alles tun, um zu zeigen, dass ich zum Team gehöre, verstehst du?«

Klar, versteh ich.

Sie gehört immer zum Team. Das Problem ist nur, dass sie zu meinem Team gehören sollte. Meine Mutter ist eher so was wie ein Trainer, der vor dem Spiel eindrucksvolle Reden hält und dann, wenn angepfiffen wird und ich das Spielfeld betrete, nirgendwo zu finden ist.

»Alles gut«, sage ich. »Ich nehme den Bus.«

»Perfekt. Das ist perfekt.«

Vielleicht schwänze ich die Sitzung mit Dr. Sherman. Ich hab sowieso nie drum gebeten, da hingehen zu dürfen. Ich bin durch mit *Nutze den Tag*.

»Ich gehe von hier direkt zu meinem Kurs, ich bin erst spät zu Hause, also bitte, iss was. Im Gefrierschrank sind diese Klöße von *Trader Joe*.«

»Vielleicht.«

»Bist du mit diesem Brief schon fertig? Dr. Sherman erwartet, dass du einen mitbringst.«

Es ist glasklar. Die beiden reden miteinander über mich, kein Zweifel. »Tja, nein, ich hab ihn fertig. Ich bin gerade im Computerraum und drucke ihn aus.«

»Ich hoffe, das war ein guter Tag, Schatz.«

»Jaja. War es. Richtig toll.« Nur noch zwei Stunden heute.

»Großartig. Das ist großartig. Ich hoffe, das ist der Anfang eines großartigen Jahres. Ich glaube, so eines können wir beide gut gebrauchen, oder?«

Ja, lautet die Antwort, aber mir bleibt kaum Zeit, das zu denken, es auszusprechen schon gar nicht.

»Mist, Schatz. Ich muss laufen. Tschüss. Ich hab dich lieb.«

Ihre Stimme verschwindet.

Und ich bleibe zurück mit einer Einsamkeit, die so überwältigend ist, dass sie mir aus den Augen zu rinnen droht. *Ich habe niemanden.* Unglücklicherweise ist das keine Einbildung. Es ist die hundertprozentig natürliche, ungeschminkte Realität. Dr. Sherman ist da, aber der lässt sich dafür pro Stunde bezahlen. Und mein Vater ist da. Aber wäre er wirklich ans andere Ende des Landes gezogen, wenn ich ihn auch nur einen Scheiß interessieren würde? Meine Mom ist da, aber nicht heute Abend oder gestern Abend oder den Abend davor. Mal im Ernst, wer ist da, wenn es wirklich drauf ankommt?

Vor mir auf dem Computerbildschirm steht nur ein Name: Evan Hansen. Ich. Sonst hab ich keinen.

Ich lege die Finger auf die Tastatur. Keine Lügen mehr.

Lieber Evan Hansen,

es hat sich herausgestellt, dass dies doch kein ganz fantastischer Tag gewesen ist. Das wird auch keine ganz fantastische Woche oder ein ganz fantastisches Jahr werden. Warum auch?

Ach, ich weiß, weil es Zoe gibt. Und all meine Hoffnung hängt an Zoe. Die ich nicht mal kenne und die mich nicht kennt. Aber vielleicht, wenn ich es tun würde. Wenn ich vielleicht einfach mit ihr reden könnte, so richtig reden, dann vielleicht – dann wäre vielleicht trotzdem nichts anders.

Ich wünschte, *alles* wäre anders. Ich wünschte, ich wäre Teil von irgendwas. Ich wünschte, irgendwas, das ich sage, wäre von Bedeutung – für irgendwen. Denn – sehen wir den Tatsachen ins Gesicht: Würde es jemand merken, wenn ich morgen verschwunden wäre?

Herzliche Grüße,
dein bester und allerliebster Freund, Ich

Ich mache mir nicht die Mühe, das noch mal durchzulesen. Ich klicke auf *Drucken* und springe vom Stuhl auf, mit frischer Energie.

Eben beim Schreiben ist irgendwas passiert. Was für ein irre Idee, genau das zu sagen, was man fühlt, ohne innezuhalten und gleich daran rumzukritisieren. Okay, jetzt kritisiere ich dran rum, aber als ich es geschrieben habe und zum Drucker geschickt habe, da gab es kein Zögern, da war alles einfach im Fluss.

Nur ist ziemlich klar, dass der Brief umgehend zerrissen und in den Müll geworfen werden muss. Den kann ich Dr. Sherman nicht zeigen. Er verlangt immer Optimismus von mir und dieser Brief ist nichts als Hoffnungslosigkeit und Verzweiflung. Ich weiß, dass ich Dr. Sherman meine Gefühle mitteilen und meine Mom glücklich machen sollte, aber meine echten Gefühle interessieren die nicht. Sie wollen nur, dass mit mir alles okay ist – oder dass ich wenigstens behaupte, dass es so ist.

Ich drehe mich um, will zum Drucker, aber stattdessen renne ich beinahe Connor Murphy über den Haufen. Ich zucke zusammen und mache mich darauf gefasst, wieder geschubst zu werden, aber er behält seine Hände bei sich.

»Also«, sagt Connor. »Was ist passiert?«

»Wie bitte?«

Sein Blick geht nach unten. »Dein Arm.«

Ich guck auch runter, so als wollte ich nachschauen, worauf er anspielt. *Ach, das?*

»Na ja«, sage ich, »ich hab diesen Sommer als Park-Ranger-Assistent im Ellison Nationalpark gearbeitet und eines Morgens auf meiner Runde habe ich diese tolle zwölf Meter hohe Eiche gesehen – und ich bin raufgeklettert und einfach ... runtergefallen. Aber eigentlich ist das eine ziemlich witzige Geschichte, denn ich hab nach meinem Sturz bestimmt geschlagene zehn Minuten einfach so auf dem Boden gelegen und darauf gewartet, dass jemand kommt und mich holt. *Jede Sekunde*, hab ich mir immer gesagt. *Nur noch eine Sekunde – dann kommen sie.* Aber, na ja, es ist keiner gekommen, also ...«

Connor starrt mich bloß an. Dann, als ihm aufgeht, dass ich fertig bin, fängt er an zu lachen. Das ist die Reaktion auf meine Geschichte, die ich hatte haben wollen, aber ich muss zugeben, dass sie jetzt, wo ich sie bekomme, überhaupt nicht das ist, worauf ich aus war. Vielleicht ist das die Vergeltung dafür, dass ich vorhin über Connor gelacht habe, aber irgendwie klingt sein Lachen nicht rachsüchtig.

»Du bist aus einem Baum gefallen?«, sagt Connor. »Das ist das beschissen Traurigste, was ich je gehört habe.«

Das kann ich nicht bestreiten.

Vielleicht liegt es an dem Flaum an seinem Kinn oder daran, dass sein Kapuzenshirt nach Rauch riecht, vielleicht ist es auch der schwarze Nagellack, oder dass ich gehört habe, er sei wegen Drogen von seiner letzten Schule geflogen, jedenfalls kommt mir Connor viel älter vor, als ich es bin, so als wäre ich ein Junge und er ein Mann. Und das ist irgendwie seltsam, denn als ich hier neben ihm stehe, wird mir klar, dass er ziemlich dürr ist. Und wenn er nicht diese Stiefel tragen würde, wäre ich vielleicht sogar größer als er.

»Ich geb dir einen Rat«, sagt Connor. »Denk dir lieber eine gescheitere Geschichte aus.«

»Ja, ist wohl besser«, gebe ich zu.

Connor senkt den Blick zum Boden. Ich auch.

»Sag doch einfach, du hast gegen irgendeinen Rassistentypen gekämpft.« Seine Stimme ist ganz leise.

»Was?«

»Wer die Nachtigall stört«, sagt er.

»Wer … oh, du meinst das Buch?«

»Ja«, sagte Connor. »Am Ende, erinnerst du dich? Jem und Scott rennen vor diesem Rassistenarsch weg. Der bricht Jem den Arm. Das ist so was wie eine Kriegsverletzung.«

Wer die Nachtigall stört stand bei den meisten von uns im ersten Highschool-Jahr auf der Lektüreliste. Mich überrascht nur, dass Connor das Buch tatsächlich gelesen hat und mit mir darüber reden will, gerade jetzt und so ruhig.

Nachdem er seine Haare hinters Ohr gestrichen hat, fällt ihm was auf. »Auf deinem Gips hat keiner unterschrieben.«

Ich guck mir meinen Gipsverband ganz genau an: immer noch leer, immer noch erbärmlich.

Connor zuckt mit den Schultern. »Ich unterschreib.«

»Oh.« Mein Magen zieht sich zusammen. »Das musst du nicht tun.«

»Hast du einen Edding?«

Ich will Nein sagen, aber meine Hand hintergeht mich, indem sie in die Tasche greift und ihm den Stift hinhält.

Mit den Zähnen reißt Connor die Kappe ab, dann schnappt er meinen Arm. Ich gucke weg, trotzdem höre ich das Quietschen der Farbe auf dem Gips, einzelne Töne ziehen sich mehr in die Länge, als man erwarten würde. Connor scheint aus jedem Buchstaben so was wie einen Mini-Picasso zu machen.

»Voilà«, sagt Connor, der offenbar sein Meisterwerk vollendet hat.

Ich schaue runter. Da, auf der Seite meines Gipses, die der Welt zugewandt ist, erstrecken sich über die ganze Länge und bis in aberwitzige Höhe sechs der größten Großbuchstaben, die ich je gesehen habe:

CONNOR

Connor nickt, bewundert sein Werk. Ich werde ihm jetzt sicher nicht seine Illusionen nehmen. »Wow. Danke. Vielen Dank.«

Er spuckt die Kappe in seine Hand, drückt sie wieder auf die Spitze des Stifts und reicht ihn mir. »Jetzt können wir beide so tun, als hätten wir Freunde.«

Ich weiß nicht so genau, was ich von diesem Kommentar halten soll. Woher weiß Connor, dass ich keine Freunde habe? Kann er mich als Artverwandten erkennen, weil *er* keine Freunde hat? Oder war das bloß eine Annahme, weil sonst niemand auf meinem Gips unterschrieben hat? Das würde bedeuten, ich hätte einen Eindruck bei ihm hinterlassen. Klar, ist nicht ideal, einen Eindruck bei Connor Murphy zu hinterlassen, und der Eindruck, den ich bei ihm hinterlassen habe, war sicher kein guter, aber trotzdem, es ist ein Eindruck. Und wenn ein gewisser Jemand tatsächlich dem Rat seines Therapeuten folgen wollte, sich auf die positiven Dinge zu konzentrieren, könnte man diese Entwicklung als bescheidenen Sieg ansehen.

»Da ist was dran«, sage ich.

»Übrigens«, sagt Connor und greift nach einem Stück Papier, das unter seinem Arm klemmt. »Gehört dir das? Hab ich im Drucker gefunden. *Lieber Evan Hansen*. Das bist du, oder?«

Innerlich krümme ich mich. »Äh, das? Das ist nichts. Nur was, das ich so geschrieben hab.«

»Du schreibst?«

»Nein, nicht so richtig. Nicht zum Spaß.«

Er liest weiter und seine Miene verändert sich. »*Weil es Zoe gibt.*« Er schaut auf. Eis im Blick. »Meinst du damit etwa meine Schwester?«

Er presst die Lippen aufeinander, und jetzt sehe ich, dass unsere flüchtige Verbindung zerrissen ist. Ich weiche zurück. »Deine Schwester? Wer soll das sein? Nein, das hat absolut gar nichts mit ihr zu tun.«

Mit einem einzigen bedrohlichen Schritt löscht er den schützenden Abstand zwischen uns aus. »Ich bin *nicht* scheißblöd.«

»Hab ich nie behauptet.«

»Aber du hast es gedacht«, sagt Connor.

»Nein.«

»Lüg nicht, Scheißer. Ich weiß, was das hier ist. Du hast es geschrieben, weil du wusstest, dass ich es finden würde.«

»*Was?*«

»Du hast gesehen, dass ich der einzige andere Mensch im Computerraum bin, deswegen hast du das geschrieben und ausgedruckt, damit ich es finde.«

Ich schaue mich im Raum um. »Warum sollte ich so was machen?«

»Damit ich irgendwelchen voll widerlichen Scheiß lesen muss, den du über meine Schwester geschrieben hast, und ausflippe, stimmt's?«

»Nein. Warte mal. Was?«

»Und dann kannst du allen erzählen, dass ich total durchgeknallt bin, stimmt's?«

»Nein, ich hab nicht …«

Er rammt mir einen ausgestreckten Finger zwischen die Augen. »Fick. Dich.«

Ich befürchte, dass diese beiden Wörter wie Handgranaten einschlagen und mich umhauen – aber sie wehen mich bloß schwach an. Connor dreht sich um und rauscht auf den Ausgang zu. Er findet, dass ich den Aufwand nicht wert bin. Da kann ich ihm nur recht geben. Wie auch immer, ich bin dankbar. Ich bin mir nicht sicher, ob ich heute noch einen Schlag überleben könnte.

Die Luft weicht aus meinen Lungen, mein Körper entspannt sich. Aber die Erleichterung währt nur eine Sekunde. Während ich Connor Murphy aus dem Raum walzen sehe, rufe ich hinter ihm her, aber er ist zu schnell.

Als er zur Tür hinausschlüpft, hält er dabei eine völlig andere Handgranate in der geballten Faust: meinen Brief.

Kapitel 4

Mein Fuß ist eine Sense. Ich kicke auf Gras ein, das den Bordstein an meiner Bushaltestelle überwuchert. Schüler aus den unteren Klassen beobachten mich mit Sorge und Verwunderung. Vielleicht halten sie mich für einen Grashasser. Aber das bin ich nicht, nicht die Spur. Es ist nur so, dass meine Medikamente heute Morgen nicht wirken. Ich kann mich nicht beruhigen. Ich sehe meinem Erschießungskommando entgegen – und nichts kann mich retten.

Ich hab meine Mom angefleht, mich heute zu Hause bleiben zu lassen. Aber um eine Krankenschwester davon zu überzeugen, dass man krank ist, braucht man eine Überzeugungskraft, die ich einfach nicht besitze. Die Wahrheit ist, ich fühle mich krank. 1 Uhr 11. 2 Uhr 47. 3 Uhr 26. Letzte Nacht habe ich jede Stunde auf die Uhr geschaut. Als der Wecker dann endlich klingelte, hatte ich das Gefühl, gerade erst eingeschlafen zu sein.

Dr. Sherman war mir keine Hilfe. Ich bin gestern dann doch zu der Sitzung gegangen, hab nach der Schule den Bus genommen bis ganz da raus.

Ich hatte einen neuen Brief getippt, der optimistischer und harmloser klang, und habe zugesehen, als Dr. Sherman ihn kommentarlos auf meinem Laptop gelesen hat.

Um Ehrlichkeit habe ich mich nicht bemüht. Ich hab ganz vage von einem Problem gesprochen, mit dem ich mich herumschlage.

»Jemand hat mir etwas weggenommen«, hab ich Dr. Sherman erzählt, »etwas Privates, und mir macht Sorgen, was passieren könnte, wenn ich es nicht wiederkriege.«

»Das wollen wir mal durchspielen«, hat Dr. Sherman gesagt. »Was könnte schlimmstenfalls passieren, wenn du diesen Gegenstand nicht zurückbekommst?«

Die ehrliche Antwort: Connor stellt meinen Brief ins Netz, damit die ganze Schule ihn sieht, Zoe eingeschlossen, und alle wissen, dass ich peinlich ernste Briefe an mich selbst schreibe, was einfach bizarr und verstörend ist, und all die Tage, die von vornherein nur mit Mühe durchzustehen sind, werden zu einer noch größeren Plackerei, und ich fühle mich nur noch einsamer und bedeutungsloser als jetzt schon. Und nichts von dem hatte ich gestern noch, als mein Abschlussjahr begonnen hat, kommen sehen.

Dr. Sherman gab ich diese Antwort: »Keine Ahnung.«

Aber soweit ich weiß, ist das Schlimmste bisher nicht passiert. Noch nicht. Online ist keine Spur von meinem Brief zu finden. Ich hab meinen Namen gegoogelt und es wurde nichts Neues angezeigt. Keiner redet davon.

Jared Kleinmans letzter Post war: Ich hab gerade einen Furz unter die Bettdecke geklemmt …

Alana Beck hat geschrieben: In Afrika und Asien gehen Kinder jeden Tag durchschnittlich 5 Kilometer, um Wasser zu holen.

Rox hat ein Foto von einem Model für Bademoden gelikt und ist jetzt Follower von *Frosted Flakes, dem Knusperfrühstück.*

Ein anderes Nahrungsmittel kommt mir in den Sinn: Kartoffelbrei. Letztes Jahr in der Mittagspause kam es zu einer Fetzerei zwischen Rita Martinez und Becky Wilson. Keiner weiß, wie es angefangen hatte, aber alle erinnern sich daran, was Rita zu Becky sagte, bevor sie auf sie draufsprang: *Diesen Kartoffelbrei stopfe ich dir jetzt in…* Rita nuschelte die letzten Worte, es ist also nicht klar, ob sie Beckys Vorder- oder Hintereingang meinte, aber das war auch nicht so wichtig. Daraus entstand eine Bewegung. Leute fingen an Becky Kartoffelbrei nach Hause zu schicken. In der Mittagspause gab es unzweideutige pantomimische Darstellungen der Kartoffelbreiattacke. Wenn man in unserer Schule von jemandem in Ruhe gelassen werden wollte, musste man nur *Kartoffelbrei* sagen. Oder man benutzte das Wolken-Emoji, visuell kam das am nächsten ran. Der Brief, den Connor mir gestohlen hat, ist mein Kartoffelbrei. Ist so was erst mal in Umlauf, lebt es ewig weiter. Wohin ich auch gehe, es wird mich verfolgen.

Der Bus biegt um die Ecke. Ich gönne meinem Fuß eine Pause und fange an zu überlegen, ob mein Konzept vom »Schlimmsten, das passieren könnte« womöglich naiv und öde ist. Vielleicht denke ich nicht wie ein echter Psychopath. Was, wenn Connor einen konventionelleren Weg gewählt hat – mehr Old School? Er hätte meinen Brief zum Beispiel auf Papier ausgedruckt vervielfältigen können, um dann jedem Schüler ein Exemplar in den Spind zu stopfen. Oder vielleicht steht er jetzt gerade vor der Schule und verteilt die Kopien persönlich, wenn meine Klassenkameraden das Schulgebäude betreten. Das wäre nur logisch. Er glaubt, dass ich ihn mit meinem Brief als Irren hinstellen wollte, und jetzt – um sich an mir zu rächen – wird er jedem in der Schule klarmachen, dass hier nur derjenige so richtig irre ist, der merkwürdige Briefe an sich selbst schreibt – und zwar: Evan Hansen.

Ich steige in den Bus und weiß nicht recht, ob der Motor grummelt oder ob das meine Eingeweide sind. Kein Prusten, als ich den Gang runter zu meinem Platz schleiche. Der Junge auf der Bank gegenüber ist in die Horizontale gegangen und schnarcht. Der Bus ruckelt voran. Noch minus zehn Minuten bis zur Hinrichtung.

Vielleicht auch weniger. Gelächter lenkt meinen Blick vom Handy ab. Zwei Reihen vor mir lacht sich einer tot. Er lehnt sich über den Gang und zeigt seinem Freund sein Handy. Der Freund nimmt es. »Nee, oder?«, sagt er zu seinem Freund. Jetzt lachen sie beide.

Das ist es: das Schlimmste, was passieren konnte. Connor muss seinen Angriff genau für diesen Augenblick getimt haben, wenn ich schon auf dem Schulweg bin. Er ist wirklich ein wahnsinniges Genie. Jetzt werden sich diese Jungs gleich umdrehen und den traurigsten Loser auf Erden anglotzen.

Ich schließe die Augen und bereite mich darauf vor, einen ganz neuen Albtraum vor mir zu haben, wenn ich sie wieder aufmache. Aber ich sehe nur, wie der Junge seinem Freund das Handy zurückgibt, und im Bus herrscht wieder die gleiche Stille wie vorher.

Später, als ich aussteige, werden auch keine Fotokopien

mit meinem Namen darauf verteilt. Keiner wedelt mit Flugblättern vor meiner Nase rum. Dennoch kann ich nicht durchatmen, als ich den Plattenweg entlang und durch die Metalltür der Schule gehe. Welche finstere Überraschung mag mich wohl auf der anderen Seite erwarten?

•••

Englisch: keine Dramen. Mathe: keine Probleme. Chemie: keine Explosionen.

Unversehrt erreiche ich die Mittagspause. Man könnte glauben, ich wäre erleichtert, aber nein, die gespannte Erwartung bringt mich um. Ich will nur noch, dass es vorbei ist.

In der Cafeteria hatte ich die erste Auseinandersetzung mit Connor. Mich am selben Ort fertigzumachen, würde unserer Geschichte eine gewisse Poesie verleihen. Abgesehen davon würde ein wahrer Entertainer aus einem so großen, hungrigen Publikum doch seinen Nutzen ziehen wollen.

Was die Frage aufwirft: Warum bin ich überhaupt hier? Auf die es nur eine Antwort gibt: Keine Ahnung. Es scheint immer nur die Wahl zwischen Kampf und Flucht zu geben, und normalerweise lande ich immer irgendwo dazwischen und mache keins von beidem. Das Ergebnis: Ich bleibe *und* ich stecke die Prügel ein.

Ich schleiche mich an der hinteren Wand entlang, dabei suche ich nach einem sicheren Tisch, hauptsächlich aber halte ich nach Connor Ausschau. Bisher keine Spur von ihm. Ich setze mich und esse. Ich versuche es. Ich schlage die Zähne in eine Babymöhre und das Geräusch in meinem Kopf ist wie ein Pistolenschuss. Ich schlucke dieses eine Stück Möhre runter, mehr Appetit habe ich nicht, denn während ich hier sitze, geht mir etwas auf. Etwas sehr Beunruhigendes. Nicht nur Connor habe ich heute nicht gesehen, auch Zoe nicht.

Connors Abwesenheit ist an sich nichts Ungewöhnliches. Aber dass Zoe am selben Tag fehlt? In der ersten Schulwoche haben die Murphys ja wohl keinen Familienurlaub gebucht. Ziemlich unwahrscheinlich. Zoe scheint sich nicht mal gut mit Connor zu verstehen, also würde sie vermutlich auch nicht mit ihm schwänzen. Und abgesehen davon kann ich mich nicht daran erinnern, wann Zoe das letzte Mal einen Tag gefehlt hat. Und ja, das ist etwas, worauf ich achte. Manche Leute brauchen Energy-Drinks oder Kaffee, aber mir geben ein paar flüchtige Blicke auf Zoe diesen Kick, den ich brauche, um durch meinen Tag zu kommen. Normalerweise kriege ich mindestens zwei Mal täglich meinen Schuss, einmal vor der Gemeinschaftsstunde (ihr Spind und meiner befinden sich an entgegengesetzten Enden desselben Flurs) und dann in der Mittagspause. Ich möchte ihre Abwesenheit ja gern für Zufall halten. An einem anderen Tag würde ich das vielleicht auch schaffen. Aber nicht nach dem, was gestern passiert ist. Dass Connor und Zoe beide ausgerechnet heute fehlen, muss etwas bedeuten. Und ich will ja nicht der totale Narzisst sein, aber ich hab das schreckliche Gefühl, dass es irgendwas mit mir zu tun hat.

Hoffentlich irre ich mich. Vielleicht sind ja beide in der Schule und ich hab sie nur noch nicht entdeckt. Oder vielleicht haben sie die Grippe und sind deshalb nicht da. Ein paar Tische weiter kombiniert Jared essen mit auf den Computer starren. Ich tippe ihm auf die Schulter.

»Was?«, sagt er, ohne aufzuschauen.

»Kann ich mit dir reden?«

»Mir wär lieber, du würdest es lassen.«

Schon klar, aber ist ja nicht so, als hätte ich noch jemand anderen, an den ich mich wenden könnte, und das hier ist ernst. »Hast du Connor Murphy heute schon gesehen? Oder Zoe Murphy?«

»So, so, so. Ich hab dich gestern mit Zoe reden sehen. Gehst wohl endlich mal ran, ey?«

»Nein, das ist es nicht.«

»Brauchst du Hilfe bei der Lokalisierung der Vagina?«, sagt Jared. »Dafür gibt es bestimmt eine App.«

Er lacht über seinen eigenen Witz. Er hat mich immer noch nicht angeschaut (eine Vagina vermutlich auch nicht). Mit den Augen suche ich die Cafeteria nach meiner dunklen Nemesis ab oder seiner viel netteren Schwester. Schwer zu sagen. Sie könnten hier irgendwo sein. Ich drehe mich wieder zu Jared. »Ich wollte nur wissen, ob du sie gesehen hast.«

»Nein, hab ich nicht«, sagt Jared. »Aber ich sage ihr, dass du sie suchst. Versprochen.«

»Nein, bitte, tu das nicht.«

Endlich schaut er auf. »Betrachte es als erledigt. Keine Ursache.«

Ich will gerade weggehen, als er fragt: »*OR?* Was bedeutet das?«

»Wie bitte?«

Er zeigt auf meinen Gips. Heute trage ich mit Absicht lange Ärmel, obwohl es draußen heiß ist. Nur die letzten beiden Buchstaben von Connors Namen sind zu sehen, das O und das R. Connors Unterschrift ist so riesig, dass ich nicht alles davon verstecken konnte.

»Entweder, oder«, sage ich. *»Live or Die.«* Ich weiß nicht, warum ich das sage, oder was es bedeuten soll, aber es fühlt sich wahr an, und das nicht nur heute, sondern generell.

•••

In Sport ist mein Gips ganz bloß gelegt. Heute treten wir zu unserem Fitnesstest an. Diesen Test machen wir einmal am Anfang und einmal am Ende von jedem Schuljahr. Wahrscheinlich sind das die Schultage, die ich am wenigsten mag.

Ms Bortel lässt uns in einer Reihe an der Grundlinie vom Basketballfeld Aufstellung nehmen. Maggie Wendell, die Kapitänin der Mädchenfußballmannschaft, führt jede Übung nach Ms Bortels Anweisungen vor.

Ich gucke auf meinen Arm. Wie soll ich denn einen Klimmzug machen? Das schaffe ich ja kaum mit zwei funktionierenden Armen. Und mit einem Gips, der die halbe Hand bedeckt, kann ich es ganz vergessen. Ehrlich gesagt, gilt das auch für Liegestütze. Mir geht auf, wie ich um diese Aufgabe herumkomme. Endlich zeigt dieser Gips sein Potenzial.

Als Ms Bortel mit ihrer Ansprache fertig ist, gehe ich zu ihr und zeige ihr meinen Arm. Der Anblick scheint sie abzustoßen, so als befürchte sie, schon neben meinem weichen, beschädigten Körper zu stehen, könne ihre Muskeln schrumpfen lassen.

Beeindruckend, wie viel Arbeit Ms Bortel in ihre Figur

steckt, das muss ich zugeben, besonders für jemanden in ihrem Alter – wahrscheinlich ist sie älter als meine Mutter. Trotzdem finde ich es nicht ganz fair, dass sie mich verurteilt, ohne zu wissen, wie ich zu meiner Verletzung gekommen bin. Was, wenn ich beim Bau eines Hauses für Obdachlose vom Dach gerutscht wäre? Oder bei der Auseinandersetzung mit irgendeinem Rassistenfreak verletzt wurde?

Ms Bortel fragt: »Hast du ein Attest für das da?« *Das da.*

»Ein Attest?«, sage ich.

»Vom Arzt.«

»Ich glaube, das hat meine Mutter ans Büro gemailt.«

Sie murmelt was, das ich nicht verstehen kann. Ich höre aber, wie sie seufzt, als sie mich auf die Bank schickt. Ein paar ähnlich unsportliche Mitschüler beobachten mich neidvoll.

Einer Kugel konnte ich ausweichen, aber der wahre Todesschütze lauert noch irgendwo da draußen. Okay, wahrscheinlich sollte ich keine Witze über Todesschützen machen, nicht mal an sie denken, aber wie soll das gehen? Wir machen ständig Sicherheitstrainings, damit wir vorbereitet sind, falls wirklich mal ein Angreifer in der Schule auftaucht. Laut Statistik ist es normalerweise niemand von außen, sondern jemand aus der Schülerschaft. Manchmal stelle ich mir vor, wer von uns ein Kandidat dafür sein könnte. Ein einfaches Ausschlussverfahren. Und ich gebe zu, wenn ich in der Vergangenheit alle Möglichkeiten durchgespielt habe, ist mein Unglücksrad gelegentlich bei Connor Murphy stehen geblieben.

Ehrlich, ich glaube nicht, dass Connor das Zeug dazu hat.

Eigentlich ist er kein gewalttätiger Typ. Sicher, gestern in der Mittagspause hat er mich geschubst, aber das war wegen eines Missverständnisses, genau wie diese Sache mit meinem Brief. Andererseits denken Leute so was immer, ehe was Furchtbares passiert. Und wenn es dann passiert ist, sagen sie: *Oh, so was hatte ich immer im Gefühl.* Aber was weiß ich denn, wozu ein anderer Mensch wirklich fähig ist? Ich hab ja nicht mal eine Ahnung, wozu *ich* fähig bin. Andauernd überrasche ich mich selbst.

Connor und ich zusammen in der ersten Klasse. Ich erinnere mich noch daran, dass er viel geweint hat. Warum er geweint hat, wusste ich nicht. Ich war aber nie erstaunt, wenn es geschah. Das machte Connor eben: Er weinte. Das ist schon lange her und Connor ist jetzt völlig anders, aber vielleicht kann ich ihn finden und mit ihm reden. Er ist unberechenbar, aber nicht unvernünftig. Glaube ich jedenfalls. Wenn ich ihm erkläre, was es mit dem Brief wirklich auf sich hat, ist er vielleicht bereit, ihn geheim zu halten.

Ich schaue zur Uhr. Der Tag ist fast vorbei und das Schlimmste ist noch nicht passiert. Vielleicht sollte ich wirklich ein einziges Mal Dr. Shermans Rat beherzigen und mich für Optimismus entscheiden. Connor könnte meinen Brief auch, gleich nachdem er ihn mir weggenommen hatte, in den Müll geworfen haben. Wie komme ich darauf, dass er sich überhaupt irgendwie um mich schert? Wahrscheinlich ist er abgezogen, um einen durchzuziehen, und hat vergessen, dass ich überhaupt existiere.

All das klingt wunderbar. Nur erklärt es eines immer noch nicht: Wo ist Zoe?

Folgendes ist (wahrscheinlich) passiert: Connor hat Zoe

den Brief gezeigt und sie davon überzeugt, dass ich irgendein fieser Stalker bin, dann sind die beiden in die Stadt gegangen und haben den Tag damit verbracht, eine einstweilige Verfügung gegen mich zu erwirken. Sie halten mich für eine Bedrohung. Mich! Was für ein Witz.

Wenn es das nicht war, dann irgendwas entsprechend Katastrophales.

Als es zum Schulschluss klingelt, lasse ich den Bus sausen und mache mich zu Fuß auf den Heimweg. Dabei versuche ich, all die furchtbaren Gräuelfantasien in meinem Kopf zu vertreiben.

•••

Der nächste Tag verläuft nahezu identisch, aber doch auf eine kulminierende Art schlimmer. Wieder keine Spur von Connor Murphy. In einem Moment bin ich mir sicher, er wird auftauchen und mich in Grund und Boden demütigen, im nächsten überzeugt davon, dass ich diese Sache mit dem Brief völlig unnötig aufgebauscht habe. An einem einzigen Tag voll solcher Augenblicke schwanke ich beständig zwischen Weltuntergangsgefühlen und Weiterlebenswillen.

Nun bin ich wieder zu Hause und keine der üblichen Verdrängungstechniken zeigt Wirkung. In der Regel gucke ich einen Haufen Filme. Im Idealfall Dokumentarfilme über Einzelgänger, Ausgestoßene, Pioniere. Gebt mir Sektenführer, obskure historische Persönlichkeiten, tote Musiker. Ich will Leute mit seltenen Krankheiten und außergewöhnlichen Begabungen. Ich will einen Missverstandenen sehen, dem endlich jemand genug Zeit widmet, um ihn zu verstehen. Eine meiner Lieblingsdokus ist die über ein Kindermädchen namens Vivian Maier, die, wie sich herausstellte, eine der größten Fotografinnen der Welt war, nur blieb ihr Talent unentdeckt, bis sie gestorben war.

Heute Abend habe ich versucht, mir einen Film über den Whistleblower Edward Snowden anzugucken, der aus den Vereinigten Staaten fliehen und im Ausland Asyl suchen musste. Zu sehen, wie dieser Typ jeden Tag seines Lebens in ständiger Angst leben muss, hat meine Nerven aber nur noch kribbeliger gemacht.

Wenn ich doch bloß mit jemandem reden könnte. Seit vollen zwei Tagen sitze ich jetzt schon mit meinen eigenen Gedanken fest. Dr. Sherman war keine Hilfe, und selbst wenn meine Mom zu Hause wäre, würde ich ihr diese Sache nicht anvertrauen. Im Kopf gehe ich die (sehr kurze) Liste von Leuten durch, an die ich mich in der Stunde meiner Not möglicherweise wenden könnte. Eigentlich kommt nur einer in Frage.

Jared Kleinman mag ja über den Holocaust lachen, aber das Positive an ihm ist, dass man nie rumraten muss, was er wohl gerade denkt. Eine Portion seiner ungefilterten Ehrlichkeit könnte ich gebrauchen. Ich schreibe ihm eine Nachricht und erkläre, was mit Connor passiert ist.

Ein Brief an dich selbst?
Was soll der Scheiß denn?
Ist das irgendein Sex-Ding?

Nein, es ist kein Sex-Ding.
Das war eine Aufgabe.

Wozu?

Das war so ein Ding,
für das man Extra-Punkte kriegt.

Warum erzählst du mir das?

Ich wusste nicht, mit wem ich sonst reden soll.
Du bist mein einziger Familien-Freund.

Oh mein Gott.

Ich weiß nicht, was ich machen soll.
Er hat mir den Brief geklaut –
und jetzt war er die letzten beiden Tage
nicht in der Schule.

Das sieht nicht gut aus für dich.

Und Zoe auch nicht.

???

Was wird er mit dem Brief machen?

Wer weiß?
Connor ist total durchgeknallt.
Weißt du noch, damals in der zweiten Klasse?
Er hat Mrs G mit einem Drucker beworfen, weil
er an diesem Tag nicht Klassenaufsicht sein durfte.

Das hatte ich vergessen.
Ich will einfach nicht, dass er
diesen Brief irgendjemandem zeigt.
Glaubst du, das macht er?

Er wird dir damit das Leben ruinieren.
Ganz bestimmt. Also, ich würde das tun.

Wenn ich noch mal drüber nachdenke, ist mir seine Wahrheit gefiltert vielleicht doch lieber.

Ich hab das Gefühl, Connor und ich hätten uns wirklich höflich unterhalten, bevor er meinen Brief in die Finger bekam.

Es wirkte so, als ob er sich vielleicht sogar schlecht fühlte, weil er mich in der Mittagspause geschubst hatte. Was ich damit sagen will: Er hätte ja nicht zu mir kommen und mir meinen Briefausdruck persönlich bringen müssen. Oder seine Unterschrift auf meinen Gips setzen. Das hatte irgendwie Stil.

Auf meinem Bildschirm erscheint ein Bild, Jared hat es geschickt: ein hinreißendes, streichholzdünnes Mädchen, das an einer Mauer lehnt, die vom Wind zerzausten Haare fallen über ein Auge, provozierender Blick direkt in die Kameralinse.

Wer ist das?

Die israelische Else, von der ich dir erzählt hab.
Die, mit der ich rumgemacht habe.

Dass ein Mädchen ihren Rocksaum so von sich weghält, habe ich sonst nur einmal gesehen, in einer Werbeanzeige für Klamotten. Dieses Foto *muss* aus einem Katalog sein oder so.

Sie sieht gut aus. Fast wie ein Model.

Ja, sie hat ein bisschen gemodelt.
Eindeutig besser, als den ganzen Sommer
mit Bäumen abzuhängen.
Wer zum Teufel wird denn überhaupt Park-Ranger?

Park-Ranger-Assistent.

Noch schlimmer.

Das hatte mir meine Beratungslehrerin in der Schule vorgeschlagen. Na ja, so was in der Art. Letztes Jahr hatte ich einen Termin bei ihr, um meinen College-Plan durchzugehen, und da hat sie mir eine Liste von Sommeraktivitäten gegeben, die sich auf meiner Bewerbung ganz gut machen würden. Die Assistentenstelle als Park-Ranger war wirklich das Einzige, für das ich mich geeignet hielt.

Als ich Dr. Sherman erzählte, welchen Sommerjob ich gewählt hatte, reagierte er nicht so darauf, wie ich gehofft hatte. Er war besorgt, ich könne in alte Gewohnheiten zurückfallen, mich von der Welt zurückziehen, statt am Leben teilzuhaben. Zugegeben, anfangs hatte das zu den Dingen gehört, die mich an dem Job als Park Ranger gereizt hatten, die Vorstellung, allein in der Natur zu sein.

Am Ende war es dann viel mehr als das, aber Dr. Sherman hatte recht. Den Sommer außerhalb meines normalen Lebens zu verbringen, machte es viel stressiger, wieder zurückzugehen, als es dann so weit war. Mitte August fing ich schon an in Panik zu geraten, weil der Sommer enden und das Schuljahr anfangen würde.

Und mir wurde auch klar, dass meine Ängste nicht kleiner wurden, wenn ich Leuten aus dem Weg ging. Da draußen in den Wäldern musste ich dennoch mit mir selbst zurechtkommen.

Ich klappe meinen Laptop zu und wieder fällt mir Connors Name auf meinem Gips ins Auge. Es kommt mir so vor, als würde er mich damit noch aus der Ferne provozieren. Mit den Fingernägeln versuche ich, die Buchstaben wegzukratzen.

Klappt natürlich nicht.

Ich gehe zum Fenster. Draußen ist es pechschwarz. Meistens sind mir die Nächte lieber als die Tage. Nachts ist es okay, wenn man sich im Haus verkriecht. Am Tag wird erwartet, dass man sich nach draußen wagt. Da muss man sich dann ziemlich schuldig fühlen, weil man so viel Zeit drinnen verschwendet.

Aber jetzt, als ich hier stehe und in die Dunkelheit schaue, finde ich die Nacht keine Spur beruhigend. Ich bemerke da draußen etwas: eine Gestalt.

Was ist das?

Ursprünglich hatte ich angenommen, es sei der Busch unserer Nachbarn, jetzt ähnelt es einer Gestalt. Die Gestalt steht einfach da und scheint mich direkt anzusehen, hier oben am Fenster.

Ich schalte meine Lampe aus, damit ich besser sehen kann, aber als ich mich mit rasendem Herzen wieder umdrehe, ist die Gestalt – wenn da wirklich eine war – nicht mehr da.

Völlig aus dem Blickfeld verschwunden.

Kapitel 5

Am nächsten Morgen im Englischunterricht, während Mrs Kiczek die Bilder, Hauptfiguren und Themen runterrattert, auf die wir in »*Bartleby, der Schreiber*« besonders zu achten haben, tönt eine Durchsage durch den Lautsprecher. Sofort drehen sich alle um und gucken mich an.

Ich bin total angespannt, noch angespannter als sonst sogar, weil sich der Brief nun schon den dritten Tag weder in meinem Besitz befindet, noch an die Öffentlichkeit gelangt ist und weder die Person, die ihn gestohlen hat, sich hat blicken lassen, noch seine Schwester. Ich würde meinen aktuellen Zustand als Vollpanik bezeichnen, aber ich bin mir wirklich nicht sicher, ob ich überhaupt schon mal in diesem Ausmaß beunruhigt gewesen bin. Es ist fast schon, als halluziniere ich.

Sogar Mrs Kiczek guckt mich an. Ich brauche länger als ein paar Sekunden, bis ich begreife, warum ich plötzlich im Mittelpunkt des Interesses stehe: Das war mein Name, der da gerade über den Lautsprecher ausgerufen wurde.

Ich? Evan Hansen? Ich bin doch keiner von denen, die

ins Büro des Schulleiters bestellt werden. Das ist anderen vorbehalten, irgendwelchen Schwänzern, Klassenclowns und Fuck-ups. Leuten, deren Handlungen Auswirkungen auf andere haben. Ich hab keinerlei Auswirkungen auf irgendwen. Ich existiere gar nicht.

»Evan?«, sagt Mrs Kiczek und bestätigt damit, dass meine Ohren sehr wohl funktionieren. Der Schulleiter möchte mich sehen. Jetzt gleich.

Mein Ungeschicklichkeitsgrad steht in einem direkt proportionalen Verhältnis zur Anzahl glotzender Mitschüler. Gerade sind in etwa fünfundzwanzig Augenpaare auf mich gerichtet, also schiebe ich meinen Stuhl quietschend zurück, ramme ihn gegen den Tisch hinter mir, kicke den Inhalt meines offenen Rucksacks auf den Boden und stolpere auf dem Weg den Gang hinunter beinahe über den Fuß von irgendwem.

Vor meinem inneren Auge läuft eine Dia-Show von Worst-Case-Szenarien, während ich durch leere Flure auf dem Weg zum Schulbüro bin. Bild, Hauptfigur, Thema sind mir schmerzhaft klar: Brief, Connor, Scham.

In den letzten drei Jahren habe ich nur eine Interaktion mit dem Schulleiter gehabt. In meinem zweiten Highschool-Jahr hab ich den dritten Platz bei so einem lahmen Kurzgeschichtenwettbewerb gewonnen und Mr Howard hat mir auf einer unserer Schulversammlungen den Preis überreicht. Grundlage meiner Geschichte war ein Angelausflug, den ich als Kind mit meinem Dad gemacht hatte, im Grunde war es nichts weiter, als ein schwacher Abklatsch von Hemingways *»Big Two-Hearted River«*. Es würde mich nicht wundern, wenn Mr Howard sich nicht an diesen Tag erinnern könnte, denn, ehrlich, dieser Wettbewerb war so vergessenswert und drittrangig, eigentlich hätte man ihn ebenso gut verlieren können. Aber warum will Mr Howard mich *heute* wohl sehen?

Als ich im Büro ankomme, wische ich mir die Handflächen am Hemd ab, aber sie wollen nicht trocken werden. Ich nenne der Sekretärin meinen Namen und sie zeigt hinter sich auf die offene Tür. Zentimeterweise taste ich mich an die heran – wie ein Cop, der sich einer finsteren Ecke nähert. Nur bin ich nicht der Cop in diesem Szenario. Schulleiter Howard ist der Cop, und ich zwangsläufig der Schurke. Dr. Sherman sagt, ich neige zur Schwarzmalerei und nichts sei je so schlimm, wie ich es mir vorstelle, aber das hier ist der lebende Beweis dafür, dass all meine Sorgen während der letzten paar Tage ihre Berechtigung hatten. Alle Variablen dieser Gleichung – kein Connor + keine Zoe + mein blöder Brief + ich werde ins Schulleiterbüro gerufen – ergeben ein Ausmaß an Demütigung und Verhängnis, das ich nicht mal mehr ausrechnen kann.

Ich stecke den Kopf zur Tür hinein. Mr Howard sehe ich nicht, aber vor seinem Schreibtisch sitzen ein Mann und eine Frau. Meine Ankunft scheint sie zu verwirren. Der Raum hat nichts Bedeutendes oder Offizielles an sich und ist ganz bestimmt nicht so, wie ich mir das Hauptquartier eines Schulleiters vorgestellt habe. Aber Mr Howards Gesicht ist auf allen Fotos an der Wand vertreten, also bin ich hier wohl richtig.

Der Mann sitzt vorgebeugt auf seinem Stuhl, mit den Ellbogen auf den Knien, fleischige Schultern füllen jeden Zentimeter seines Jacketts prall aus. Die Frau ist wie benebelt, ihre blutunterlaufenen Augen sind auf mich gerichtet, aber sie nimmt mich nicht richtig wahr.

»Entschuldigung«, sage ich, weil es sich so anfühlt, als würde ich in irgendwas reinplatzen. »Über den Lautsprecher ist durchgesagt worden, dass ich ins Schulleiterbüro kommen soll?«

»Du bist Evan«, sagt der Mann. Keine Frage, aber trotzdem eine Frage, also nicke ich bejahend.

Er setzt sich gerade hin und sieht mich endlich richtig an. »Mr Howard ist vor die Tür gegangen. Wir wollten vertraulich mit dir sprechen.«

Er weist auf einen freien Stuhl. Er will, dass ich mich setze. Ich verstehe nicht, was hier vorgeht. Wer sind diese Leute?

Von der Uni sind sie nicht, dazu wirken sie zu … bedrückt. Aber ich hab keine Ahnung, wie man auszusehen hat, wenn man von der Uni ist. Ich hab nur gehört, dass Troy Montgomery, der Star der Footballmannschaft, in der Schule von Delegierten verschiedener Colleges besucht worden ist, die mit ihm sprechen wollten. Aber er ist Sportler und anscheinend ein sehr talentierter, und ich bin nur ein Junge, der mal den dritten Platz in einem zweitklassigen Kurzgeschichtenwettbewerb gewonnen hat. Also, wer sind diese Leute und was wollen sie von mir?

Ich setze mich, obwohl mir die Stimme in meinem Kopf sagt, ich solle stehen bleiben.

Der Mann richtet seinen Schlips so, dass er genau zwischen seine Beine fällt. »Wir sind Connors Eltern.«

Da ist es: *das Schlimmste, was passieren könnte.* Ich hab gewartet und gewartet und hier ist es endlich. Aber ich weiß immer noch nicht, *was* es ist. Warum wollen Connor Murphys Eltern mit mir sprechen? Und das auch noch vertraulich?

Nicht zu glauben, dass dies die beiden Menschen sind, die Connor Murphy zustande gebracht haben. Und Zoe Murphy auch. Man kann sich kaum vorstellen, dass Connor und Zoe denselben Ursprung haben. Wo haben Zoes Haare diesen Rotstich her? Und warum ist Connor so hager, wenn sein Vater die Statur eines Kampfpanzers hat? Ich glaube, wenn man sich *meine* Eltern anschaut, wird ziemlich klar, wie diese Kombination jemanden hervorbringen konnte, der aussieht wie ich.

Mr Murphy legt eine Hand über die seiner Frau. »Nur zu, Schatz.«

»Ich mach das, so schnell ich kann«, zischt sie.

Wenn ich als Kind meine eigenen Eltern habe streiten sehen, fand ich das unangenehm. Wie sich nun erweist, ist es exponentiell unangenehmer, die Eltern anderer dabei zu beobachten. Ich gehe davon aus, dass ich gleich erfahren werde, warum sowohl Connor als auch Zoe während der letzten Tage in der Schule gefehlt haben. Und wenn sie dies ausgerechnet mir mitteilen wollen, dann kann es nur etwas mit meinem Brief zu tun haben. Eine andere Verbindung zwischen uns allen gibt es nicht.

Aber es ist doch interessant, dass Mr Murphy sich und seine Frau als *Connors* Eltern vorgestellt haben, oder? Und nicht als Zoe und Connors Eltern. Natürlich geht es hier um Connor. Ganz klar. Die Frage ist: Was hat er jetzt wieder getan?

Nach langer Stille holt Mrs Murphy etwas aus ihrer

Handtasche und drückt es mir in die Hand. »Das ist von Connor. Er wollte, dass du es bekommst.«

Ich muss nicht mal hinsehen, ich weiß auch so, was es ist. Ich fühle es. Mein Brief – er ist wieder da, endlich, in meinem Besitz. Aber noch kann ich nicht ausatmen. Wer weiß, auf welchem Weg der Brief hierhergekommen ist und wem er dabei unter die Augen geraten ist. Wenn Connor *wollte*, dass ich ihn bekomme, warum hat er ihn mir nicht selbst gegeben? *Wo ist er?*

»Wir hatten deinen Namen noch nie gehört«, sagt Mr Murphy. »Connor hat dich nie erwähnt. Aber dann haben wir ihn da gesehen: *Lieber Evan Hansen.*«

Die Vorstellung, dass Mr und Mrs Murphy meinen Brief gelesen haben, ist peinlich genug, das ist mal sicher, aber nicht auf dieselbe Art peinlich wie bei Connor. Oder wenn Zoe ihn gelesen hätte. Ich muss mehr erfahren. Wer hat diesen Brief noch gesehen? Und wie ist er in Mrs Murphys Handtasche gelangt?

»Wir wussten nicht, dass ihr beide befreundet wart«, sagt Mr Murphy.

Mir ist nach Lachen zumute. Wenn diese Leute wüssten, welche Qualen ich in den letzten achtundvierzig Stunden wegen ihres Sohnes ausgestanden habe, würden sie uns ganz bestimmt nicht *Freunde* nennen.

»Wir hatten gedacht, Connor habe keine Freunde«, sagt er.

Also, diese Bemerkung trifft schon eher zu. Soweit ich das einschätzen kann, würde ich sagen, ja, Connor ist ein echter Einzelgänger. Das haben wir gemeinsam.

»Aber dieser Brief«, sagt Mr Murphy, »scheint ziemlich

klar darauf hinzudeuten, dass du und Connor … oder dass Connor dich zumindest dafür gehalten hat …«

Wieder macht er eine Pause. Ich dachte immer, ich bekäme es nicht richtig auf die Reihe, Worte auszusprechen, aber Connors Eltern, wow, denen fällt es echt schwer, auf den Punkt zu kommen.

Mr Murphy zeigt auf den Brief. »Also, da steht es ja: *Lieber Evan Hansen.*«

Ich weiß ja zu schätzen, dass sie mir mein Eigentum zurückgeben, aber über das, was in diesem Brief steht, würde ich lieber nicht reden. Einfach hier zu sitzen, ist schon demütigend genug. Vielleicht ist es für sie auch demütigend. Vielleicht sind sie deshalb so aufgewühlt. Genau wie Zoe haben sie sich wahrscheinlich auch tausendmal für Connor entschuldigen müssen und haben es nun einfach satt.

An dieser Stelle würde ich sehr gern meinen Brief nehmen und von hier verschwinden. Leider hat Mrs Murphy noch mehr mitzuteilen.

»Nur zu, Evan. Lies ihn.«

Muss ich nicht. Ich kenne jedes einzelne Wort auswendig. Ich habe mir vorgestellt, wie eben diese Worte aussehen würden, wenn sie über die digitale Anzeigetafel vor unserer Schule laufen. Oder in der Schulzeitung abgedruckt werden. Oder als Rauchzeichen am blauen Himmel erscheinen. Ich hab mir jede einzelne Möglichkeit vorgestellt, wie Connor Murphy sie gegen mich verwenden könnte.

Zum ersten Mal, seit ich den Raum betreten habe, mache ich den Mund auf. Aber ich weiß nicht, was ich sagen soll.

»Es ist in Ordnung. Du darfst ihn lesen. Er ist an *dich*

adressiert«, sagt Mr Murphy. »Connor hat das an dich geschrieben.«

Ich dachte immer, ich wäre verwirrt. Nun stellt sich aber heraus, dass diese Leute noch viel weniger Peilung haben als ich. »Sie glauben, Connor…« Gerade als ich dachte, diese Sache könne nicht mehr unangenehmer werden, muss ich auch noch erklären, dass ich mein eigener Brieffreund bin. »Nein«, sage ich. »Sie verstehen das nicht.«

»Doch«, sagt Mrs Murphy. »Dies sind die Worte, die er dir mitteilen wollte.«

»Seine letzten Worte«, ergänzt Mr Murphy.

Wieder kommt die Botschaft nicht gleich an. Ich sehe zu ihm hin. Und zu ihr. Was ich in ihren Gesichtern eben noch für Demütigung gehalten hatte, gleicht plötzlich etwas völlig anderem.

»Entschuldigung. Was meinen sie mit *letzte Worte*?«

Mr Murphy räuspert sich. »Connor ist von uns gegangen.«

Ich weiß nicht, was das heißen soll. Haben sie ihn aufs Internat geschickt? Ist er abgehauen und hat sich einer Sekte angeschlossen?

»Er hat sich das Leben genommen«, sagt Mr Murphy.

Er beißt die Zähne zusammen. Sie betupft sich ihre Augen.

Keine öffentliche Demütigung.

»Er hat… was?«, sage ich. »Aber ich habe ihn gestern Abend gesehen.«

»Was redest du da?«, fragt Mrs Murphy mit neuer Energie in der Stimme.

»Ich bin mir nicht sicher«, sage ich. »Ich dachte, er wäre das gewesen. Es war dunkel.«

»Es ist vorgestern Abend passiert.« Mr Murphy scheint eher mit seiner Frau zu sprechen als mit mir. »Ich weiß, das ist schwer zu akzeptieren.«

Letzte Nacht konnte ich nicht schlafen. Ich hatte mich gefragt, ob es Connor gewesen war, der bei den Nachbarn auf dem Rasen stand und in mein Fenster guckte. Aber ich glaube, das war nur meine Einbildung. Meine Angst.

Ich brauche eine Minute. Ich brauche Stunden. Das ist nicht die Wirklichkeit. Das kann nicht die Wirklichkeit sein.

»Wir haben nur den Brief bei ihm gefunden. Sonst nichts«, sagt Mr Murphy. »Er steckte zusammengefaltet in seiner Tasche.«

Schließlich schaue ich meinen Brief an.

»Siehst du«, sagt Mr Murphy. »Er wollte es erklären. Es steht alles da.«

Ich lese die Worte auf der Seite. Es sind meine Worte, die Worte, die ich geschrieben habe, die Worte, die ich mittlerweile auswendig weiß, aber jetzt sind sie mir fremd. Es ist, als hätte jemand sie durcheinandergewürfelt und dann versucht, sie wieder in die alte Reihenfolge zu bringen, weil er dachte, es wäre schon nicht so schlimm, die Botschaft sei schließlich dieselbe, aber es ist nicht dieselbe Botschaft. Es sind zwei, je nachdem, wie man sie liest, und Connors Eltern lesen sie nicht auf die Weise, die von mir beabsichtigt war. Dieser Brief, mein Brief – sie glauben, Connor habe ihn geschrieben. An mich.

Mr Murphy rezitiert meine Worte aus dem Gedächtnis. »Ich wünschte, *alles* wäre anders. Ich wünschte, ich wäre Teil von irgendwas.«

»Lass ihn das allein lesen, Larry.«

»Ich wünschte, irgendwas, das ich sage, wäre von Bedeutung –«

»Larry, bitte.«

»Für irgendwen.«

Es wird still im Raum.

Ich schaue mich um. Wonach, kann ich nicht genau sagen: Hilfe. Es ist keiner da. Mr Howard lässt sich nicht blicken.

Ich versuche zu sprechen. Ich kann es nicht. Dieses vertraute Rasen in meiner Brust – diese Panik. Sie findet mich jeden Tag, manchmal nicht ganz so schlimm, aber das gerade reicht definitiv, um mich komplett lahmzulegen.

»Dieser Brief. Der ist nicht …«

»Ist nicht was?«, sagt Mr Murphy.

Ich komme wieder zu Atem. »Ist nicht Connor.«

Mrs Murphy guckt mich an. »Was soll das heißen?«

»Connor …«

»Ja?«

»Connor hat's …«

»Was nicht?«

»Nicht geschrieben.«

»Was meint er nur, Larry?«

»Er hat offenbar einen Schock.«

»Nein, ich will nur … er war das nicht.« Ich versuche, die Sache richtigzustellen, aber meine Gedanken kommen immer nur bruchstückhaft heraus.

»Da steht es doch«, sagt Mrs Murphy und zeigt auf den Brief.

Ich höre eine Stimme. Sie redet schon die ganze Zeit, aber

ich achte jetzt erst darauf. Sie kommt aus meinem Inneren – und sie wird immer lauter. *Geh*, sagt sie. *Raus hier*.

»Es tut mir leid, aber wahrscheinlich sollte ich …«

Mrs Murphy packt mich, sie greift nach meinen Händen, wir halten den Brief gemeinschaftlich umklammert. »Wenn das hier nicht … wenn Connor das hier nicht geschrieben hat, dann …«

»Cynthia. Bitte. Beruhige dich.«

Ich wende den Blick ab. »Ich sollte gehen.«

»Hat er irgendwas zu dir gesagt?«, sagt Mrs Murphy flehend. »Hast du irgendwas *gesehen*?«

»Cynthia, Schatz. Das ist jetzt nicht der richtige Zeitpunkt.«

Ich lockere meinen Griff und der Brief ist jetzt allein in ihrer Hand. »Das ist alles, was wir haben«, sagt sie. »Das ist das Einzige, was uns noch bleibt.«

»Ich sollte wirklich gehen.«

Mr Murphy wendet sich mir zu. »Natürlich«, sagte er. »Wir verstehen das. Du solltest nur zu den Ersten gehören, die es erfahren.«

Mrs Murphy verbirgt ihr Gesicht. Sie hat ihr Bestes getan, um die Fassung zu bewahren. Ich auch, aber ich kann ihr nicht helfen, dieser Frau. Sie ist am Ende, völlig am Ende, und das berührt mich wirklich. Sosehr ich sie auch verstehe, ich weiß nicht, wie ich hier sein kann mit ihr, mit diesen beiden, mit mir selbst. Ich muss weg.

Ich stehe auf, aber sie fangen mich ab.

»Ehe du gehst.« Mr Murphy holt eine Visitenkarte aus der Innentasche seines Jacketts, dreht sie um und schreibt mit einem von Mr Howards Stiften etwas auf die Rückseite.

Er legt den Stift wieder zurück und reicht mir die Karte, während er mir in die Augen schaut. Ich greife danach, ehe ich verstehe, was es ist.

»Die Beisetzung findet im engsten Familienkreis statt«, sagt Mr Murphy, »aber hier sind die Informationen für die Totenwache heute Abend.«

Ich weiß nicht, wie ich darauf reagieren soll, aber ich hab auch keine Zeit dazu, denn Mrs Murphy springt von ihrem Stuhl auf und packt meinen ausgestreckten Arm.

»Larry. Sieh dir das an.«

Es geht so schnell, dass ich nichts dagegen tun kann.

»Sieh dir seinen Gips an.«

Er kommt rum, um sich anzusehen, was sie entdeckt hat.

Da, in wasserfester Tinte, steht der Name ihres Sohnes.

Mrs Murphy dreht sich zu ihrem Mann, ein erstauntes Lächeln zeigt sich. »Es ist wahr. Es ist wirklich wahr. Sein *bester und allerliebster Freund.*«

•••

Vom Schulleiterbüro direkt aufs Klo. Ich hänge mich über eine Toilettenschüssel, aber es kommt nichts. Meine Eingeweide drehen sich in einem Strudel, so als wäre ich gerade Beifahrer in einem blind gesteuerten Auto gewesen, dessen Lenkrad ständig wahllos nach rechts und links ausschlug. Ich will dieses Schwindelgefühl überwinden, es mit Gewalt loswerden, aber es will nichts hochkommen.

Ich gehe zurück in den Englischunterricht, aber ich komme nie wirklich dahin zurück.

Ich kann nicht wieder dahin, wo ich war, bevor ich rausgerufen wurde.

Mrs Kiczeks Stimme höre ich, ihre Worte nicht. Es klingelt, ich stehe von meinem Tisch auf. Ich gehe zu meinem nächsten Kurs, ohne dass meine Turnschuhe den Boden auch nur berühren.

Meine Trance hält bis zur letzten Stunde an. Dann kommt eine Durchsage über den Lautsprecher und wiederholt die Nachricht, die ich vor Stunden erfahren habe, aber den ganzen Tag nicht glauben konnte. »Mit großem Schmerz … einer unserer geliebten Schüler … Andacht heute Abend von fünf bis sieben Uhr … alle Schüler, die das Bedürfnis haben, mit jemandem zu sprechen … Mrs Alvarez steht ab sofort in der Aula zur Verfügung.«

Um mich herum fangen sie an, die Nachricht zu begreifen. Der Schock in ihren Gesichtern reißt mich aus meiner Benommenheit. Es ist wahr. Es ist wirklich wahr.

Connor Murphy ist tot.

I

Ich dachte, es wäre ein Traum. Woher sollte ich es auch wissen? Sagt einem ja keiner Bescheid: *Hey, nur damit du es weißt, du bist tot.*

Der Tag fing an wie jeder andere. Die ganze glückliche Familie saß am Küchentisch. Beim Frühstück. Ich aß nicht wirklich was. Larry auch nicht: viel zu sehr mit seinem Handy beschäftigt. Cynthia auch nicht: viel zu sehr mit dem Bedienen von uns anderen beschäftigt. (Meine Eltern lieben es, wenn wir sie beim Vornamen nennen.) Zoe war die Einzige, die tatsächlich Nahrung aufnahm.

Ich wollte nicht zur Schule. Meine Mutter wollte davon nichts wissen. Meinte, es sei der erste Schultag und das käme überhaupt nicht infrage. Schule würde mir guttun, sagte sie. Sie hatte mir den ganzen Sommer beim Schlafen zugesehen. Jetzt fand sie, sie müsse mich unbedingt aus dem Haus kriegen.

Echt jetzt, was hatte es denn für einen Sinn, zur Schule zu gehen? Die wussten da nie was mit mir anzufangen. Wenn man nicht in eine ihrer Schubladen passte, war man raus. Zu Hause konnte ich viel mehr lernen. Meine eigenen Bücher lesen und *Vice*-Nachrichten gucken. Als ich auf der *Hanover* war, konnte ich wenigstens Nietzsche erwähnen, ohne dass mich ein Lehrer mit leerem Blick anstarrte.

(Leider war das ganze Privatschulexperiment ein totaler Griff ins Klo. Offenbar ist *Adderall* gegen ADHS ganz okay, um durch die Prüfungen zu kommen – oder den Tag. Aber ein kleines bisschen Gras in deinem Spind ist unverzeihlich. Heuchler. Vielleicht sehen sie jetzt, wie bekloppt das war. He, ihr Genies, an Marihuana stirbt keiner. Aber wie sieht's denn mit Tabletten aus? Jap, ihr habt es erraten.)

Dann versuchte Cynthia, Larry mit einzubeziehen. Da hat man immer was zu lachen. *Du gehst zur Schule*, Connor, war alles, was er zusammenkriegte. Meine Mutter brachte es total auf die Palme, dass mein Vater sich so gar keine Mühe gab. Darüber zofften sie sich eine Zeit lang, als ob ich gar nicht da wäre. Willkommen bei den Murphys. Wenn du Zoe heißt, schnall dich an, denn dein Leben läuft wie geschmiert. Wenn du aber Connor bist, na ja, dann mach dich schon mal fertig für den Aufschlag auf dem Pflaster.

Am Ende bin ich doch in die Schule gegangen. Manche Auseinandersetzungen sind die Anstrengung nicht wert. Zoe hat mich mitgenommen. Noch so ein Highlight in meinem Leben. Von meiner kleinen Schwester rumkutschiert zu werden. Und das nur, weil der *Subaru*, den Luxus-Larry mir wie einen Ölzweig überreicht hat, irgendwo auf dem Schrottplatz vermodert.

(Da war kein Reh auf der Straße in jener Nacht. Das kann ich jetzt ja zugeben. Ich bin einfach gegen diesen Baum gefahren, weil mir danach war. Meine bekloppten Entscheidungen waren schon immer so. Spontan, im Bruchteil einer Sekunde getroffen. Neun von zehn Malen kam ich mit Schrammen davon. Dann, beim zehnten Mal…)

Wie sich herausgestellt hat, lag ich ganz richtig damit, die Schule schwänzen zu wollen. Schon in der ersten Stunde wurde ich herausgepickt (obwohl ich nicht der Einzige war, der am Handy hing). In der Cafeteria kam mir jemand blöd. Und dann noch mal im Computerraum. Ich versuche nur, mich um meinen eigenen Scheiß zu kümmern. Nicht mal das darf ich.

Und das war erst Tag eins. So sollte das nun den Rest des Jahres laufen? Das waren noch mehr als einhundertsiebzig Tage. Wie sollte ich die durchstehen?

Konnte ich nicht.

Die letzten beiden Kurse hab ich geschwänzt. Bin direkt raus aus dem Gebäude. Ich konnte das Gefühl nicht abschütteln – war wie im freien Fall. So als gäbe es gar nichts, woran ich mich festhalten könnte. Ich wollte Kontakt aufnehmen zu dem einzigen Menschen, von dem ich dachte, er könne mir vielleicht helfen. Und dann, als das nicht geklappt hat…

Ich bin im Krankenhaus aufgewacht. Meine Familie war da. Vollzählig, sie sahen auf den Boden, auf ihre Handys, die Innenseiten ihrer Augenlider – sonst wohin, nur nicht einander oder mich an. Ich wusste, was mich erwartete. Ich bin total im Arsch, ich weiß. Verschont mich. Ehe jemand ein Wort sagen konnte, bin ich aus dem Bett gestiegen. Hab einfach das Zimmer verlassen. Keiner machte sich die Mühe hinterherzukommen.

Am Empfangstresen saßen zwei Schwestern. Eine sagte: *Zimmer 124. So traurig. Er ist genauso alt wie Evan.*

Ich weiß, sagte die andere Schwester seufzend.

Die erste Schwester rief jemanden an, hinterließ eine Nachricht. *Hallo Schatz, wollte mich nur mal melden. Ich wollte hören, wie der Rest deines Tages gelaufen ist. Hast du ein paar schöne Unterschriften für deinen Gips gekriegt? Wahrscheinlich schläfst du schon, wenn ich nach Hause komme, aber wir sehen uns dann morgen früh. Ich hab dich so lieb. Nur, dass du das weißt.*

Sie legte ihr Telefon hin. Hände an der Stirn. Schläfen massieren. Ich konnte es nicht fassen. Wer diese Frau war.

Ich glaube, ich kenne Ihren Sohn, sagte ich. *Ich habe heute meine Unterschrift auf seinen Gips gesetzt.*

Sie antwortete nicht, ging einfach weg. Noch ein Fan von mir. *Evan hat ihr bestimmt erzählt, was zwischen uns vorgefallen ist*, dachte ich. Wahrscheinlich hat er sich als Unschuldigen hingestellt. Der einfach nur dagestanden hat wie ein Heiliger. Und dann kam der große, böse Connor Murphy. Aber *er* ist derjenige gewesen, der mir blöd gekommen ist.

(Ich hatte eigentlich nicht vorgehabt, ihn zu schubsen. War mal wieder eine von diesen blitzschnellen Entscheidungen gewesen. Ehrlich jetzt, die sind eher reflexartig. Oder was Tiefgründigeres. Teil meines Wesens. So mach ich das eben. Das, was ich zerstöre, kann das Beste in meinem Leben sein. Und das weiß ich auch. Und trotzdem bin ich machtlos – oder zu ängstlich – und kann es nicht stoppen.

Ich ging wieder zurück, den Flur entlang, gelobte, mehr Geduld mit meiner wartenden Familie zu haben. Ich kam zu meinem Zimmer. Zimmer 124. Ich schaute hinein. Da sah ich ihn. Den Jungen im Bett. Das war ich.

Ich beugte mich über ihn – dieses andere Ich. Graue Haut. Mund schlaff und offen.

Ich hab bekommen, was ich wollte, vermute ich.

Jetzt bin ich frei. Mir ist keiner im Weg. Keiner wartet um die Ecke und stellt mir eine Falle. Keiner kontrolliert, ob meine Augen gerötet sind. Fragt, wo ich die ganze Nacht war. Und macht Versprechungen.

Seitdem hänge ich hier im Krankenhaus rum. Alle sind kaputt und fertig, genau wie ich. Sogar das Personal. Die verbergen es nur besser als die Patienten.

Besonders diese eine Schwester. Evans Mutter. Irgendwie ist sie die totale Katastrophe, immerzu rennt sie durch die Flure. Aber sie scheint ziemlich in Ordnung zu sein. Heute, in ihrer Pause, hat sie ihr Sandwich kaum angerührt. Sie hat Collegezeugs für Evan nachgeguckt. Cynthia kann ich mir bei so was nicht mal vorstellen. Obwohl ich ihr Lebenswerk war.

Meine Mutter hat lieber delegiert. Sie hat mich behandelt wie eins ihrer Hausrenovierungsprojekte. Stell eine Hilfskraft ein. Lass den Spezialisten kommen. Den Besten der Branche. Dann wollen wir diesen Jungen mal in Ordnung bringen. Tun Sie, was immer getan werden muss. Nehmen Sie ihn über Nacht mit oder für ein paar Wochen am Stück. Pumpen Sie ihn voll mit Medizin. Einzelsitzungen. Gruppensitzungen. Wir haben Geld, so viel wie nötig ist. Scheuen Sie keine Kosten. Lösen Sie nur unser Problem. Und beeilen Sie sich. Mein Mann wird ungeduldig. Verliert den Glauben. Fragt, warum gutes Geld schlechtem hinterher geworfen wird. Bis jetzt hat es nicht funktioniert, all die Jahre nicht. Vielleicht ist es das Beste, das Projekt aufzugeben. Die Arbeit einzustellen. Zumindest vorübergehend. Lasst uns einfach warten, bis es vorbei ist. Sehen, was passiert.

Und hier sind wir nun.

Kapitel 6

Sowie ich zu Hause bin, schreibe ich Jared und erzähle ihm in einem Wirbelwind von Worten, was mit meinem Brief passiert ist, wie er schließlich wieder (vorübergehend) an mich zurückgegeben worden ist – von Connors Eltern, die den Eindruck hatten, dass es ein Brief sei, den Connor an mich geschrieben hatte, und die jetzt denken, dass Connor und ich beste Freunde gewesen sind, und wie diese aberwitzige Annahme untermauert wurde, als sie in letzter Minute noch meinen Gips sahen. Nachdem ich das alles runtergetippt habe, scheint Jareds Reaktion darauf die einzig angemessene zu sein:

Heilige. Scheiße.

Ich weiß.

Heilige. Verdammte. Scheiße.

Ich weiß.

Ich hab versucht,
Ihnen die Wahrheit zu sagen.

Heilige. Scheißverdammte. Scheiße.

Ich kann nicht fassen,
dass das passiert ist.
Ich meine, das mit Connor.
Er ist wirklich nicht mehr da.

Vor ein paar Tagen habe ich noch mit ihm gesprochen. Jetzt werde ich nie wieder mit ihm sprechen. Oder an ihm vorbeigehen. Oder Gerüchte über ihn hören, dass er Schuleigentum verunstaltet hat. Nie mehr. Ich hab diesen Jungen seit der Grundschule gekannt. Er verschwand immer für längere Zeiträume und wir waren auch nicht befreundet oder sonst was, aber trotzdem gehörte er dazu – zu unserer Gruppe, unserer Klasse, unserem Jahrgang.

Bis jetzt ist noch keiner, den ich kenne, gestorben. Alle meine Großeltern leben noch. Ich habe bisher nicht mal ein Haustier verloren. Vermutlich kommt der Tod eines berühmten Menschen dem Gefühl am nächsten. Da kommt es einem ja so vor, als hätte man viel Zeit mit diesen Personen verbracht, weil man ihre Filme gesehen oder ihre Musik gehört hat, und dann sterben sie und plötzlich spürt man, wie einem ganz kurz die Luft wegbleibt und der Körper von einer mächtigen Traurigkeit überwältigt wird – aber dann, ziemlich bald danach, innerhalb von Minuten sogar, geht das Gefühl vorüber, und man macht weiter mit seinem Leben. Aber es ist jetzt schon Stunden her, seit ich mit Connors Eltern geredet habe, und ich kann die Wogen in meinem Magen noch immer nicht zur Ruhe bringen. Natürlich ist Connors Tod nur die eine Hälfte. Die andere Hälfte verursacht mir ein echt mulmiges Gefühl. Dieses ganze Missverständnis, dass wir Freunde gewesen sein sollen. Das muss ich in Ordnung bringen.

Gehst du zur Totenwache?

Nein. Warum sollte ich?

Weiß nicht. Macht man das nicht so?
Ich hab das Gefühl, ich muss da hingehen.

Dir ist aber klar, dass ihr eigentlich
nicht befreundet wart, oder?

Das weiß ich.
Aber du hättest ihre Gesichter sehen sollen. Seine Mom ...
Und sein Dad hat mich so angesehen, als ich ging.

Ich glaube, sie erwarten von mir, dass ich komme.
Was soll ich denn machen?

Du bleibst zu Hause.
Das machst du.

Aber was, wenn ich ihnen eines Tages
über den Weg laufe und sie fragen mich,
warum ich nicht zu
Connors Totenwache gekommen bin?

Wie oft läufst du den Murphys über den Weg?

Was zieht man denn an
zu einer Totenwache?

Woher soll ich so'n Scheiß wissen?
Meine Leute machen das nicht so.
Wir hängen bei jemandem zu Hause ab
und stopfen uns mit Pastrami und Bageln voll.

In zwei Stunden fängt es an.
Können wir uns da treffen?

Ich wartete auf Jareds Antwort, aber die kommt nicht.

Wem will ich denn was vormachen? Ich gehe nicht zu Connors Totenwache. Ich werde zu Hause bleiben. Das ist in Ordnung. Es ist eine Totenwache für ihren Sohn, die werden nicht mal merken, dass ich fehle. Abgesehen davon, bin ich nicht verpflichtet dabei zu sein. Wie Jared schon sagte, eigentlich waren wir keine Freunde.

Ich schleudere die Turnschuhe von mir und klappe den Laptop auf. Ziel ist, nicht mehr an Connor zu denken, aber das ist unmöglich. Alle in der Schule reden über ihn.

Rox: Ruhe in Frieden, Alter!

Kristen Caballero: Bin gerade so traurig 💔

Kayla Mitchell: Hätte nie gedacht, dass CM mal so abgeht.

Alana Beck: Kann die schreckliche Nachricht immer noch nicht fassen. Connor Murphy sieht so happy aus auf diesem Foto. Da sieht man, wer er wirklich war. So sollten wir ihn in Erinnerung behalten. Teilt diesen Post, wenn ihr das auch findet.

Alle scheinen dasselbe Foto von Connor rumgehen zu lassen. Das Bild muss vor ein paar Jahren aufgenommen worden sein, denn Connors Haare sind kurz und das betont seine Ohren. Er trägt ein Oberhemd in Hellblau, eine Farbe, die ich sonst nie an ihm gesehen habe, und – was noch seltsamer ist – er hat ein großes Lächeln im Gesicht und den Arm um jemanden gelegt, um einen anderen Jungen, so wie es aussieht, aber der andere Typ ist aus dem Bild rausgeschnitten, man sieht nur noch die Schulter. Das Ganze ist total eigenartig, wenn ich mir Connor nämlich mit geschlossenen Augen vorstelle, ist das Bild, das ich sehe, so ziemlich das krasse Gegenteil von diesem Foto.

Warum hat er das wohl gemacht? Also, ich verstehe ja, wie mies man sich fühlen kann. Und ich weiß auch, dass die trivialsten Dinge unüberwindbar werden können, wenn man im Kopf nicht gut drauf ist und einen dunklen Pfad hinuntereiert und den Weg zurück nicht finden kann. Aber wenn nun ich das gewesen bin, was Connor passiert ist – was dann? Was, wenn er es meinetwegen und wegen meines Briefes getan hat? Dieser sinnlose Brief. Den hätte ich überhaupt gar nie schreiben sollen. Endlich fasse ich mal die Wahrheit in Worte – und seht, was passiert: Sie ist zur einer gigantischen Lüge geworden.

Ich gucke auf meinen Gips. Wenn ich mir den vom Arm reißen könnte, würde ich es tun. Ist mir ganz egal, dass noch nicht alles verheilt ist.

Ich will ihn loswerden.

Ich will *ihn* loswerden.

Während ich auf Connors schludrige Unterschrift starre, fällt mir wieder ein, was in meiner Tasche steckt. Ich hole die Visitenkarte raus, die Connors Vater mir gegeben hat und drehe sie um zu der handschriftlichen Notiz:

Bestattungsinstitut McDougal
Bowers + Franklin
17–19 Uhr

Nicht nur mit der Hand geschrieben, auch noch persönlich überreicht. Dieser Ausdruck in seinen Augen, als er sie mir gegeben hat, hatte so was Urtümliches. War tiefer als Worte. Es war, als wolle er mich daran erinnern, dass es meine Pflicht als Mann sei, bei Connors Totenwache anwesend zu sein.

Ich gucke mir die Adresse noch mal an. Das Bestattungsinstitut ist von hier aus in Laufnähe.

Wie könnte ich da *nicht* hingehen? Seine Eltern erwarten mich. Ich will sie nicht enttäuschen. Oder Connor. Ich bin es ihm schuldig, oder nicht? Ich hab ihn nicht gut gekannt, trotzdem fühle ich mich irgendwie mit ihm verbunden – nach alldem, und es gehört sich so, wenn jemand gestorben ist, erweist man ihm die letzte Ehre. Ich würde mir auch wünschen, dass andere für mich das Gleiche tun. Ehrlich gesagt, jetzt, wo ich darüber nachdenke, frage ich mich, wer überhaupt zu meiner Beerdigung kommen würde. Meine Mom, das ist ja klar. Meine Großeltern, ja. Aber wer sonst? Würde mein Dad einfliegen oder würde er bloß Blumen schicken?

Ich stehe vom Bett auf und mache die Tür zu meinem Wandschrank auf. Irgendwo da drinnen sind schwarze Halbschuhe begraben. Ich kann mich nicht mehr erinnern, wann ich die das letzte Mal getragen habe. Wer weiß, ob sie noch passen.

Ich geh nur für ein paar Minuten hin und zeig mich mal. Dann kläre ich dieses Missverständnis rasch auf und ziehe wieder ab. Ist wirklich nicht schlimm. Und es ist das einzig Richtige. Und vielleicht ist es auch das Einzige, das endlich diese dämonischen Schmetterlinge aus meinem Bauch vertreibt.

•••

Laut Wegbeschreibung auf meinem Handy bin ich angekommen. Es ist ein unauffälliges, flaches Gebäude, das ein Stück von der Straße entfernt liegt, mit einem Parkplatz dahinter. Auf meinem Schulweg muss ich wohl tausendmal hier vorbeigekommen sein, aber nicht ein Mal habe ich überlegt, wie es genutzt wird. Jetzt bin ich mir ziemlich sicher, dass ich nie wieder *nicht* daran denken werde.

Als ich den Plattenweg hochgehe, krempele ich meine Ärmel runter und bedecke so viel Unterarm wie möglich. Nach langem Hin- und Herüberlegen, was ich anziehen soll, habe ich mich für Chinohosen und mein schönstes Oberhemd entschieden – und für die schwarzen Schuhe aus meinem Wandschrank, die ich mit dem Küchenschwamm sauberwischen musste (sorry, Mom).

Ich bin noch nicht mal richtig an das Gebäude herangekommen, da geht schon die Eingangstür auf und ein Mann im Anzug tritt heraus, wartet auf meine Ankunft. Ich hatte vorgehabt, das Ganze noch ein bisschen länger hinauszuzögern, mich herumzudrücken, bis ich mit jemandem (egal wem) hineingehen könnte, aber dazu ist es jetzt zu spät. Ich bin entdeckt worden. Ich lege einen Schritt zu. Der Mann im Anzug senkt den Kopf, als ich an ihm vorbeigehe, und schließt die Tür hinter mir.

Drinnen auf dem gut beleuchteten Gang empfängt mich leichtes Geplauder und ein Hauch von Parfüm. Auf einem Beistelltisch steht ein Familienfoto. Darauf ist Connor als kleiner Junge, blass und schmal, vielleicht zehn Jahre alt. Zoe steht darauf gehorsam an der Seite ihres Bruders und versteckt sich hinter seiner Schulter. Ich vermisse es, ihr Gesicht zu sehen. Vielleicht ist das ein unpassender Gedanke in diesem Moment, aber es ist wahr. Ich frage mich, wie sie das wohl aufgenommen hat. Hoffentlich geht es ihr gut.

Neben dem Foto liegt ein Gästebuch, in das sich ein Dutzend Leute eingetragen haben. Keiner der Namen sagt mir was. Ich schaue mich um nach dem Mann im Anzug, der damit beschäftigt ist, am Fenster Ausschau zu halten. Ich schreibe meinen Namen in das Buch. Falls die Murphys mich in der Menge nicht entdecken, ist das dann wenigstens der Beweis dafür, dass ich teilgenommen habe.

Meine Beine zittern, als ich das Ende des Ganges erreiche. Sofort wird mir klar, dass meine Anwesenheit auf keinen Fall unbemerkt bleibt. Während ich mich diesem hinteren Raum näherte, hatte ich noch gedacht, wie bemerkenswert es doch sei, dass meine Klassenkameraden es schafften, bei so einer traurigen Angelegenheit, so leise zu bleiben. Jetzt wusste ich, warum. Sie redeten nicht, weil sie nicht hier waren. Keiner von ihnen.

Geh. Sofort. Das sollte ich machen, natürlich. Liegt ja auf der Hand. Aber dazu ist keine Zeit. Mein plötzliches Erscheinen in der Tür wird von allen wahrgenommen. Mrs

Murphy, mitten im Gespräch, stellt Blickkontakt zu mir her. Jetzt gibt es kein Zurück mehr.

Ich befehle meinem Bein, einen Schritt nach vorn zu machen, und danach dem anderen Bein zu folgen, und ziemlich bald gehe ich von einem Ende des Raumes zum anderen wie ein normaler, funktionierender Mensch. Bei der Suche nach einem Platz entdecke ich ein bekanntes Gesicht und sofort ist der ganze Schwung dahin, den ich aufgebaut habe.

»Mrs G? Was machen *Sie* …« Ich bremse mich. Ich hatte das nicht laut sagen wollen. Es kommt in einem von Überraschung verursachten Schwall einfach rausgeschossen, den ich jetzt fix wegwischen muss. »Wie gut, Sie zu sehen. Ich meine, Sie wissen schon, es ist gut, dass … Sie hier sind.« Keine Ahnung, was ich da rede.

Sie wirkt gefasst, ganz in Gedanken versunken. Eine Sekunde lang frage ich mich, ob dieser schwerfällige Ausdruck auf ihrem Gesicht mit ihrem Bemühen zusammenhängt, mich als einen ehemaligen Schüler zu identifizieren. Doch als sie endlich was sagt, steht das in keinem Zusammenhang mit den ungeschickten Worten, die ich gerade gemurmelt habe.

Mit stoischem Lächeln sagt sie nur: »Connor war ein besonderer Junge.«

Ich nicke zustimmend, mache mich schnell davon, suche mir einen Platz in der letzten Stuhlreihe. Ich starre auf Mrs Gs Hinterkopf, die Adern an ihrem Hals, ihr kurzes graues Haar. Sie ist der letzte Mensch, den ich hier erwartet hätte. Als Lehrerin hatte ich sie nie, und darüber bin ich froh, denn sie war total einschüchternd und stand in dem Ruf, streng zu sein. Wenn sie einen auf dem Flur sah, brauchte man sich kaum zu rühren und schon bekam man die Anweisung, langsamer zu gehen. Kein Wunder, dass sie und Connor so eine explosive Kombination waren. Und trotz allem, sogar nachdem er einen Drucker nach ihr geworfen hatte, ist sie hier.

Und das sagt doch einiges, denn hier können nicht mehr als insgesamt zwanzig Leute anwesend sein. Fast jeder ist ein Erwachsener. Alle Männer tragen Anzüge. Ich bin der einzige Idiot, der aussieht wie ein Kellner. Ich halte Ausschau nach roten Haaren. Zoe ist nicht hier, und ich verstehe nicht, wie das sein kann.

Die meisten der Anwesenden haben sich vorne in dem mit Blumen gefüllten Raum um Connors Eltern herum versammelt. Hinter ihnen steht der Sarg. Ich hatte nicht erwartet, ihn zu sehen. Ich hatte angenommen, Särge wären Beerdigungen vorbehalten. Glücklicherweise ist er geschlossen. Trotzdem ist es schwer, seine Präsenz zu ignorieren. *Seine* Präsenz.

Wo sind denn alle? Connor Murphy war nicht beliebt, keiner mochte ihn besonders gern, aber ich war davon ausgegangen, dass ein paar Leute hier sein würden. Wir kannten den Jungen alle, waren mit ihm aufgewachsen, sind in den Fluren an ihm vorbeigegangen. Zählt das denn nicht irgendwie? Wo sind Rox und Kristen Caballero und Alana Beck? Online haben sie was über Connor gepostet – und da machen sie sich nicht mal die Mühe, persönlich ihre Anteilnahme zu zeigen?

Ich hätte auf Jared hören und zu Hause bleiben sollen. Ich schleiche mich zur Hintertür raus, wenn keiner guckt. Tu so, als würde ich aufs Klo gehen, und lauf dann einfach weiter.

Meinen Beinen gebe ich schon mal Bescheid, ich brauche sie als Verbündete.

Aber ich bekomme nicht die Chance, meine Abgangsstrategie weiterzuentwickeln. Mrs Murphys Hand geht hoch und fängt an in der Luft herumzuwischen. Ich drehe mich um. Hinter mir sitzt keiner. Ihre Augen werden größer, zwecks besserer Vermittlung ihrer Absichten. Ja, sie will was von mir. Ich wünschte, sie würde zu mir kommen, statt mich zu zwingen, zu ihr – und all diesen Leuten – zu gehen.

Langsam, sorgfältig, tüchtig stehe ich auf und bewege mich dank schierer Willenskraft den Gang entlang, an Mrs G vorbei, in den vorderen Bereich des Raumes. Ich übe den Text, der mir auf dem Weg hierher eingefallen ist: *Ich habe den Brief geschrieben. Wir waren keine Freunde, aber ich mochte ihn sehr gern. Mein herzliches Beileid.*

Ein paar Zeilen habe ich ausgelassen. Einige erklärende Schlüsselworte. Mein Hirn ist heißgelaufen. Meine Socken sind klatschnass.

Mrs Murphy tritt für mich beiseite, bedeutet mir, mit in ihr Grüppchen zu kommen.

Mr Murphy streckt die Hand aus. »Wie gut, dich zu sehen, Evan. Danke fürs Kommen.« Sein Griff ist erschreckend stark. Ich entschuldige mich für meine Verschwitztheit, doch er scheint mich nicht zu hören.

Mrs Murphy wickelt mich in ihre Arme und drückt mich fester, als meine eigene Mutter es tun würde. Ihre gezackte Halskette durchbohrt mir die Brust.

Herzliches Beileid.

»Oh, du zitterst, du Armer.«

Ich habe den Brief geschrieben, nicht Connor.

Sie schaltet einen Gang runter und hält mich so, dass mir nichts anderes übrig bleibt, als ihr in die Augen zu schauen. Sie ringt sich ein Lächeln ab, dann dreht sie mich an den Schultern rum, sodass ich vor den anderen stehe.

»Das ist Evan.«

»Hi, Evan.«

»Evan war Connors engster Freund«, sagt Mrs Murphy.

Wir waren keine Freunde, aber ich mochte ihn sehr gern.

»Herzliches Beileid.«

Das sagen sie zu *mir*. Ich bin derjenige, der ihnen leidtut.

Mrs Murphy führt mich weg von den anderen und pflanzt mich direkt vor Connors Sarg. Ich drehe mich weg, wende mich dem Raum zu.

»Ich bin so glücklich, dass du hier bist«, sagt Mrs Murphy – und doch wirkt absolut gar nichts an ihr oder diesem Raum glücklich.

Ich habe den Brief für meinen Therapeuten geschrieben. Connor hat ihn mir weggenommen.

Die Worte sind da, aber sie wollen nicht rauskommen.

»Larry und ich haben geredet«, sagt sie, macht dann eine Pause für einen langen, tiefen Atemzug. Ihre Hand liegt auf der Brust, als helfe sie, den Sauerstoff aufzunehmen. »Wir würden dich gern zum Abendessen zu uns nach Haus einladen. Wir haben so viele Fragen zu …« Wieder hält sie inne, um noch mehr Luft einzusaugen. Ich bin offensichtlich nicht der Einzige, der gerade Probleme mit dem Sprechen hat. »Zu allem. Zu dir und Connor. Eurer Freundschaft. Wir wären so dankbar, wenn du einen Abend mit uns verbringen könntest. Einfach nur mit dir zusammenzusitzen, würde uns viel bedeuten.«

»Ich …«

»Überleg es dir. Es hat keine Eile.«

Sie atmet aus und drückt mich noch mal, ehe sie wieder zur Gruppe zurückkehrt. Jetzt ist Flucht möglich. Ich will zur Tür und in meiner Hast renne ich fast jemanden über den Haufen: Zoe.

Während sie sich durch ihre Verwirrung arbeitet, gewinne ich das Gleichgewicht zurück.

»Was machst du hier?«, fragt sie.

So eine clevere Frage. Hätte ich doch nur eine gute Antwort darauf.

Sie hat geweint. Das sehe ich an ihren verschwollenen pinken Augen.

»Tut mir leid«, sage ich. »Das mit deinem Bruder.«

Die Arme verschränkt, so fest, dass sie sich selbst umarmt, nickt sie, nur ein Mal, und geht weg.

Nur noch ein Blick – auf ihn oder die Kiste, in der er liegt –, dann finde ich selbst raus.

11

Mrs Gorblinski. Ihr war nicht alles egal. Andere Leute haben sie immer für eine Nemesis gehalten. Wegen dieser Geschichte, vermute ich. Der Legende. So ist das mit Legenden. Die Fakten werden beiseitegeschoben und durch was Dramatischeres ersetzt.

Ich hab mir das auch zuschulden kommen lassen. Ich hab die Geschichte so oft gehört, sie sogar selber erzählt. Ich fing an, die einfache Version zu glauben: *Connor Murphy hat einen Drucker nach Mrs G geworfen.* Na ja, aber …

Es war einmal vor langer Zeit. In der zweiten Klasse. Ich erinnere mich nur an Bruchstücke. Wir hatten alle Aufgaben. An der Wand hing eine Tabelle: Pausenhelfer, Stundenplanausrufer, Tafelwischer, Schulschwesternhelfer, Recycler. Der angesehenste Job, der einzige wichtige eigentlich, war Klassenaufsicht. Alle wollten Aufsicht sein. Mir gefiel die Vorstellung, was zu sagen zu haben. Sachen kontrollieren zu können. (Es ging ja nicht darum, ein Heilmittel für Krebs zu finden, aber ihr könnt mir glauben – damals war das schon eine sehr wichtige Sache.)

Jeden Tag rückte Mrs G unsere Namen um einen Platz weiter. Ich wartete ab, bis ich an der Reihe war, und beobachtete, wie mein Name immer weiter vorrückte. Schließlich war ich nur noch einen Platz von der Spitze entfernt. Am nächsten Tag bin ich wahrscheinlich fein angezogen zur Schule gekommen – so aufgeregt war ich. Aber irgendwas stimmte nicht. Ich war nicht Aufsicht. Ich hatte eine andere Aufgabe. Aber das hätte doch mein Tag sein sollen.

Die Klasse stellte sich hinter einem anderen auf. Ich rief Mrs G.

Connor, jetzt werden keine Fragen gestellt.

Sie war echt eine, die keinen Spaß verstand, alles lief nach Regeln ab, musste auf eine bestimmte Art gemacht werden, seine Ordnung haben. Und diese Ordnung war nun im Eimer. Es hatte ein Versehen gegeben. Mrs G würde das sofort wieder ins Lot bringen. Sie würde verstehen, was auf dem Spiel stand.

Ich sagte ihr: *Ich bin übersprungen worden.*

Stell dich in die Reihe, Connor.

Aber ich bin doch dran …

Du hast gehört, was ich gesagt habe.

Nein. Das ist ungerecht.

Ich stellte mich ganz vorne in die Reihe. Eins der Kinder schubste mich. Ich versuchte zu erklären. Ich merkte, wie mir immer heißer wurde. Der Raum beengte mich. Tränen kamen.

Connor, bitte stell dich auf deinen Platz in der Reihe.

Aber…

Connor, ich sag das nicht noch mal.

Aber ich bin doch heute dran als Aufsicht!

Ich packte das nächstbeste Ding in Reichweite. Spürte den Drucker zwischen den Händen und fegte ihn vom Tisch. Er rutschte über den Fußboden und blieb vor Mrs Gs Füßen liegen. Die Papierschublade brach ab und flog bis auf die andere Seite des Raumes.

Es wurde still in der Klasse. Alle Augen waren auf mich gerichtet.

Ms Emerson begleitete die Klasse nach draußen. Mrs G blieb bei mir, versuchte, mich zu beruhigen. Ich konnte sie nicht mal angucken. Und das war's. Für alle anderen endet unsere Geschichte hier. Ich bin ausgerastet und habe einen Drucker nach Mrs G geworfen.

Aber das war nicht das Ende.

Am nächsten Tag stand der Drucker wieder an seinem Platz. Auf dem Schreibtisch. Nur ohne die Schublade. Und auf der Aufgabenliste – war ich Klassenaufsicht.

Und Mrs G hatte meinen Platz etwas näher an ihren Tisch herangerückt. Sie gab mir einen kleinen Block. Wenn ich ein Problem oder eine Frage hatte, sollte ich eine leere Seite vom Block abreißen, sie zu einem Ball zusammenknüllen und den in das Weckglas auf ihrem Tisch legen. Sie würde meinetwegen nicht aufhören, die Klasse zu unterrichten. *Weitere Störungen werde ich nicht dulden,* sagte sie. Aber sie würde den Ball sehen, den ich ins Glas legte, das versprach sie. Und zur richtigen Zeit würde sie auf mich zukommen. Ich musste aber geduldig sein. Wenn ich das war, würde sie zuhören. Sie würde mich hören. Ich würde gehört werden.

Alle in der Schule wussten das mit dem Drucker. Das wurde zu diesem Ding, das mich überallhin verfolgte. Das Drehbuch meines Films, das festlegte, was die Leute von mir zu erwarten hatten. Ich war der Schurke. Das war meine Rolle. Und Mrs G war das Opfer. Und für Jahre war das unsere Geschichte. Aber die verlangt nach einer Korrektur. Sie hat einen Fehler gemacht. Und ich auch.

Kapitel 7

Auf dem Heimweg von Connors Totenwache schreibe ich Jared, dabei tippe ich schneller, als ich gehen kann.

Warum bin ich da hingegangen?

Ich hab dir gesagt, du sollst es lassen.

Ich hab nur versucht,
das Richtige zu tun.

Wer hat dir gesagt,
dass du das tun sollst?

Sie haben mich
zum Abendessen eingeladen.
Sie wollen mehr wissen
über Connor und mich.
Über unsere »Freundschaft«.

Das wird ja immer besser.
Wann gehst du?

Ich glaub, das bring ich nicht.

Mach Fotos.
Ich würde zu gern wissen,
wie es bei denen aussieht.

Ich bleibe an einer stark befahrenen Kreuzung stehen, Autos rauschen vorbei. Jetzt ist es nach sieben. Mein Oberhemd würgt mich. Ich will nur noch ins Bett klettern und mich unter der Decke verstecken. In letzter Zeit bringe ich mich jedes Mal, wenn ich nur das Haus verlasse, in noch größere Schwierigkeiten.

Die Ampel springt um, ich gehe (und tippe) weiter.

Meinst du, ich soll
zu diesem Abendessen gehen?

Das musst du jetzt wohl.
Was wirst du ihnen erzählen?

Die Wahrheit.
Ich muss ihnen die Wahrheit sagen,
ein für alle Mal.

Die Wahrheit. Echt?

Ja?

Du glaubst also, du gehst
zu den Murphys und erklärst ihnen,
das Einzige, was sie noch von ihrem
Sohn haben, ist ein komischer Sexbrief,
den du an dich selbst geschrieben hast?
Dir ist doch klar, dass du dafür in den
Knast gehst, wenn das rauskommt?

Aber ich hab nichts gemacht.

Tja, ich sag's dir nicht gern, Evan,
aber meineidig bist du schon geworden.

Geht das nicht nur,
wenn man vor Gericht steht?

Na, hast du das denn nicht?
Gewissermaßen.

Öh, nee, eigentlich nicht.

Tu dir 'nen Gefallen und hör auf mich.
Willst du etwa noch so einen Zusammenbruch
wie letztes Jahr in Englisch bei deinem
Vortrag über Daisy Buchanan,
als du nur dagestanden
und auf deine Notizzettel gestarrt
und immer wieder »äh, äh, äh« gesagt hast,
so als hättest du ein Hirnaneurysma?

Was soll ich denn machen?
Einfach weiterlügen?

Von Lügen hab ich nichts gesagt.
Du musst bloß nicken und allem zustimmen.
Was sie auch über Connor sagen,
nick einfach. Widersprich nicht
und denk dir keinen Scheiß aus.
Das ist idiotensicher.
Echt, nichts, was ich meinen Eltern erzähle,
ist wahr, und sie haben keine Ahnung.

Ich sauge Jareds Anweisungen auf. Ich versuche zu akzeptieren, was er mir zu tun rät, während ich mir überlege, wie ich darum herumkomme. In diesem Moment gibt es nur ein Haus, in dem ich sein möchte, und das ist meines.

Bis ich da ankomme, ist es fast dunkel. Die Auffahrt ist leer, es brennt kein Licht. Die Umschläge und Broschüren, die aus dem Briefkasten quellen, ignoriere ich. Nichts davon ist für mich.

Die Haustür wimmert, als ich sie aufstoße. Ich bin jetzt drinnen, endlich, aber ich vermisse dieses Gefühl der Erleichterung, das sich sonst einstellt.

An meiner Tür hängt ein Zettel: *Sit tight. Take hold. Thunder Road!*

Wenn es kein Horoskop ist, zitiert meine Mom auch gern mal Songtexte von Bruce Springsteen. Ganz so, als hätte sie keine Ahnung, wie sie sonst mit mir reden soll.

Ich knülle den Zettel zusammen und starre auf mein falsch gekleidetes Abbild im Spiegel. Auch wenn ich gewusst hätte, dass man einen Anzug trägt … ich hab keinen. Das letzte Mal hab ich auf Dads Hochzeit einen getragen, und der war geliehen. Meine Mom und ich sind nach Colorado geflogen. Sie wollte nicht zu der Hochzeit gehen, ich schon. Ich weiß nicht, ob sie nur meinetwegen mitgekommen ist, oder ob sie Dad beweisen wollte, dass sie über ihn hinweg war. Mich hat sie nicht überzeugt, ganz bestimmt nicht. Als wir nach dem Empfang ins Hotel zurückkamen, hat sie mit dem Absatz von ihrem Schuh auf den Bilderrahmen eingehämmert, den wir zum Andenken an die Trauung bekommen hatten, bis der Teppich mit winzigen Glassplittern bedeckt war. Damals dachte ich nur, sie würde Bilderrahmen hassen. Ich war erst zehn.

Jetzt ist es in Colorado fast sechs Uhr. Wahrscheinlich ist mein Dad gerade von seinem Buchhalterjob heimgekommen. Er hängt seine Jacke an die Garderobe. Theresa hat das Abendessen schon auf dem Tisch, Lasagne oder ein saftiger Rinderbraten. Alle setzen sich, und Theresas ältere Tochter Haley spricht das Tischgebet für die Familie, obwohl mein Dad früher Atheist war. Haleys kleine Schwester Dixie sitzt total süß mit ihrem Milchbart da. Dad zwinkert seiner zweiten Frau zu und lächelt seine zweiten Kinder herzlich an, und während sie sich über die frisch zubereitete Mahlzeit hermachen, an der sich Theresa den ganzen Nachmittag abgerackert hat, erzählt der Reihe nach jedes Familienmitglied von seinem Tag.

Hey, Dad, sage ich zum leeren Flur auf dem Weg in mein Zimmer, *willst du was über meinen Tag hören?*

Dieses vertrauliche Gespräch wird vom vertrauten Jaulen der Haustür unterbrochen, das mir einen horrorfilmmäßigen kalten Schauer den Rücken runterrieseln lässt. Als ich die Stimme meiner Mutter höre, bin ich meine Halbschuhe schon los und stopfe sie in den Wandschrank. Einer der Hemdknöpfe verweigert die Mitarbeit, ehe er mir dann doch den Gefallen tut und aufgeht. Immer noch in den Chinohosen schlüpfe ich genau in dem Moment unter die Decke, als meine Mom in der Tür erscheint.

»Hi, Schatz.«

»Du bist ja früh zu Haus«, sage ich.

»Eigentlich nicht. Es ist acht.«

»Oh, wow, hab ich gar nicht gemerkt. Ich war so beschäftigt.«

»Ach ja? Und was hast du gemacht?«

Mir ist nicht so ganz klar, was ich verbergen will. Ich hatte keine Zeit, mir das zu überlegen. Das Vorsichtigste schien mir zu sein, möglichst wenig zu sagen.

»Nur nachgedacht«, antworte ich.

Ihr Gesichtsausdruck verändert sich. »Über das, was passiert ist?« Sie kommt in mein Zimmer und hockt sich umständlich auf meine Bettkante.

»Was meinst du damit?« Mein Blick streift das zerknüllte Hemd auf dem Boden. Es ist nur eine Frage der Zeit, dann wird sie in meinem Zimmer rumstöbern und sich erkundigen, warum ich dieses nie getragene Kleidungsstück aus meinem Kleiderschrank gekramt habe.

»Ich hab eine E-Mail von deiner Schule bekommen«, sagt sie. »Wegen des Jungen, der sich umgebracht hat. Connor Murphy.«

Meine Mutter das laut sagen zu hören, hat irgendwas. »Ach ja, genau.«

»Kanntest du ihn?«

»Nein«, sage ich schnell, deutlich, entschieden. Wenn ich doch bei Connors Eltern solche Entschlusskraft gezeigt hätte.

»Nun, wenn du jemals über irgendwas reden willst, ich bin da. Und wenn ich nicht hier *da* bin, dann bin ich nur einen Anruf entfernt. Oder eine SMS. Eine E-Mail. Sonst was.«

Eben war mir Colorado noch so weit weg vorgekommen, und hier ist meine Mom, die mit mir im selben Haus wohnt, und, ehrlich, ich kann nicht sagen, dass sie sich irgendwie näher anfühlt.

Sie senkt den Kopf und fummelt am Zugband ihrer Hose rum. Ich kann den tiefbraunen Haaransatz auf ihrem Kopf sehen. Der scheint sich auszubreiten und den letzten Friseurbesuch negieren zu wollen. Ich weiß nicht genau, wann sie das letzte Mal in einem Friseursalon war, aber sie sagt immer wieder, dass ihr nächster Termin längst überfällig ist.

»Dein Gips«, sagt sie.

Ich versuche, ihn unter die Decke zu stecken, bin aber zu langsam. Sie packt meinen Arm. Dieser verdammte Gips sollte an meinem Fuß sein, denn langsam wird er zu meiner Achillesferse.

»Da steht *Connor.*« Ihr Blick wird scharf. »Du hast gesagt, du kennst ihn nicht.«

»Ja, stimmt. Tu ich auch nicht. Das ist ein anderer Connor.« Als jemand, der immer schon schlecht im Lügen war, kann ich berichten, dass es niemals leichter wird. »Er ist neu in der Schule, also, na ja, hab ich ihn auf meinem Gips unterschreiben lassen. Offen für andere sein, du weißt schon.«

Sie atmet aus und legt die Hand aufs Herz. »Eine Sekunde lang war ich ernsthaft besorgt.«

Ich bin es immer noch.

»Hey, weißt du was?«, sagt sie. »Wir wär's, wenn wir morgen ins *Bell House* gehen?«

Frühstück im *Bell House* war mal unser Samstagmorgenritual, aber wegen Moms vollem Terminkalender waren wir schon eine ganze Weile nicht mehr da. Wenn wir es uns vornehmen, kommt normalerweise was dazwischen. So gern ich die Pfannkuchen im *Bell House* auch mag, im Moment halte ich es für das Klügste, einfach daheim zu bleiben und die Batterien wieder aufzuladen.

»Ich glaub, ich hab jede Menge Hausaufgaben.«

»Komm schon«, sagt sie. »Du gehst nun schon eine Woche wieder zur Schule und ich hab dich kaum gesehen.«

Ein Selbstmord, und ganz plötzlich kriegt meine Mom was mit. Aber im Ernst, wenn man bedenkt, was sie bei der Arbeit alles sieht – Stichwunden, Verbrennungen, Überdosen, Schusswunden, künstliches Koma, ganz zu schweigen von den unzähligen eingesauten Bettpfannen –, könnte man glauben, sie sei mittlerweile abgestumpft gegenüber Tragödien. Aber diese hier geht ihr offenbar nahe.

Vermutlich ist es nicht das Schlechteste, an einem gähnend langen Samstag ein bisschen Gesellschaft zu haben. Und ich liebe diese Pfannkuchen. »Okay. Ja. Das wäre gut.«

»Dann ist das abgemacht«, sagt sie und trommelt begeistert auf mein Bein. »Ich kann es kaum erwarten.«

Ich hebe mir meine Begeisterung lieber auf, bis wir im Auto sitzen und ich tatsächlich überzeugt davon bin, dass es auch losgeht.

Sie steht auf und schnappt sich mein *Ativan* vom Nachttisch. »Hast du noch genug?«

Das sagt sie jetzt so regelmäßig, dass es fast schon mit *Auf Wiedersehen* austauschbar ist.

»Jap«, sage ich. Das ist meine Standardantwort. Obwohl … so wie das heute gelaufen ist … könnte ich schneller als sonst Nachschub brauchen.

»Gut. Also, bleib nicht zu lange auf.«

»Mach ich nicht«, sage ich, erpicht darauf, dieses Gespräch zu beenden.

Sie bleibt in der Tür stehen. »Ich hab dich lieb.«

Ich sehe sie an. »Ich dich auch.«

Ein wackeliges Lächeln und sie macht endlich die Tür hinter sich zu. Ich springe aus dem Bett und hänge mein Oberhemd wieder auf den Bügel und in den Schrank zurück. Dabei halte ich inne, überwältigt von so einem Gefühl. Ich gehe ans Fenster, ziehe die Jalousie hoch und schaue nach draußen. Die Straße wirkt leer. In der Nachbarschaft herrscht völlige Stille. Da draußen ist niemand.

Natürlich nicht.

• • •

Die Bedienung im *Bell House* sagt, wir dürfen uns hinsetzen, wo wir wollen. Meine Mom baut darauf, dass ich einen Tisch für uns aussuche, aber *wo Sie wollen* ist für jemandem wie mich viel zu vage – und ich bin wie gelähmt. Also geht meine Mom mit einem kaum wahrnehmbaren Kopfschütteln voran.

Frühstück ist für mich heute Morgen nicht die wichtigste Mahlzeit. Seit ich aufgewacht bin, mache ich mich schon mit dem Abendessen bei den Murphys verrückt. Jared sagt, ich habe keine Wahl, ich muss dahin, und ich wünschte wirklich, mir würde einfallen, warum er sich da irrt.

»Du bist so weit weg«, sagt meine Mom, als wir uns hingesetzt haben. »Am liebsten würde ich rüberkommen und neben dich rücken.«

»Tu's nicht«, flehe ich. Ich fühle mich ohnehin schon so, als wären wir auf einem Date, weil meine Mom enge Jeans und ein T-Shirt mit tiefem Ausschnitt trägt, statt ihre übliche (und ansprechend weite) Krankenhausuniform. Wenn sie in dieser engen Sitzbucht neben mich rutscht, muss ich eventuell Geiselbefreiungsmaßnahmen einleiten.

Ich kann mich nicht erinnern, wann meine Mom das letzte Mal auf einem echten Date mit einem Mann war. Vor vielen Monden war da mal dieser Lederjackentyp namens Andreas, aber ich weiß nicht genau, was aus dem geworden ist. Ich gehe mal davon aus, dass er bei einem Motorrad-Stunt umgekommen ist.

Die Kellnerin rückt an, und ich gebe meine Bestellung auf, ohne auch nur die Speisekarte aufgeschlagen zu haben: Pfannkuchen, Kartoffelpuffer, O-Saft. (Ich bin am effizientesten, wenn ich nicht denken muss und kaum mitkriege, was um mich herum vorgeht.) Meine Mom will ein Omelett.

Sobald unsere Speisekarten weggeräumt sind, greift Mom in ihre Handtasche und holt eine Mappe heraus. »Hey. Erinnerst du dich noch an den Kurzgeschichtenwettbewerb, den du vor ein paar Jahren gewonnen hast?«

»Ich hab doch nicht gewonnen. Ich war auf dem dritten Platz.« Warum kommt sie jetzt damit? Ist ihr jetzt mit mir höchst offiziell der Gesprächsstoff ausgegangen?

»Dritter Platz im ganzen Land.«

»Genau genommen nur in diesem Bundesstaat und auch das nur in meiner Altersklasse.«

»Also, das war sehr beeindruckend.« Sie legt die Mappe auf den Tisch und schlägt sie mit Schwung auf. »Das hier hab ich im Internet gefunden: Wettbewerbe für College-Stipendien. Hast du davon schon gehört? Im Radio haben sie neulich morgens eine ganze Sendung darüber gebracht. Es gibt da Tausende, an denen du teilnehmen kannst. Ich habe meine ganze Mittagspause recherchiert und das hier gefunden.« Sie reicht mir ein Blatt Papier und liest von einem anderen vor: »Der John F. Kennedy *Profile in Courage*-Essay-Wettbewerb – zehntausend Dollar, College deiner Wahl. Henry-David-Thoreau-Stipendium – fünftausend Dollar.« Sie reicht mir den ganzen Stapel. »So, wie du schreibst, könntest du hier richtig abräumen.«

Jetzt weiß ich, warum sie meinen Erwartungen nicht entsprochen und unsere Frühstückspläne doch durchgezogen hat. Es ging nicht nur darum, Zeit mit mir zu verbringen, sondern sie wollte mir auch noch eine Aufgabe aufdrücken.

»Wow.« Zu einer anderen Reaktion bin ich nicht fähig.

Sie schnappt sich die Mappe und steckt sie wieder in ihre Handtasche. Ich glaube, ich habe ihre Gefühle verletzt. Das kommt vor.

»Ich fand die Idee ja nur ganz schön«, sagt sie. »Du bist immer ein wunderbarer Schreiber gewesen. Und fürs College können wir jede Hilfe gebrauchen, die irgendwie zu kriegen ist. Es sei denn, deine Stiefmutter hat einen Treuhandfonds für dich eingerichtet, von dem ich nichts weiß –

von all den fantastischen Trinkgeldern, die sie als Cocktailkellnerin eingesteckt hat.«

Meine Mom wird niemals drüber hinwegkommen, dass aus der Cocktailkellnerin Theresa eine Frau geworden ist, deren einziger Job es jetzt ist, Mutter zu sein. Und das hat sie geschafft, indem sie *ihr* den Ehemann gestohlen hat. Manchmal hab ich das Gefühl, meine Mom arbeitet nur so schwer, damit sie ihrer jüngeren Nachfolgerin über die Staatsgrenzen hinweg einen symbolischen Stinkefinger zeigen kann.

Ich versteh ihre Verbitterung, besonders darüber, dass sie für so wenig so viel arbeiten muss. Sie ist wie eine zwangsverpflichtete Bedienstete, sie rennt ins Krankenhaus, wann immer sie gerufen wird, und kann nie Nein sagen. Wenn sie das täte, würden die sich jemand anders suchen. Und sie hat ja auch nichts in der Hinterhand. Das Universitätsexamen, auf das sie abends hinarbeitet, wird noch lange nichts abwerfen.

Ein Stapel Pfannkuchen taucht vor mir auf. Es sind die Extras, die diese *Bell House*-Pfannkuchen so einzigartig machen. Der Haus-Sirup, die Erdbeerbutter, der Puderzucker. Die Pfannkuchen an sich sind eigentlich ganz normal.

»Das College wird so toll für dich werden, Schatz. Wie oft im Leben hat man denn die Gelegenheit, ganz von vorne anzufangen?«

Klingt wirklich verlockend. Kann ich das nicht heute schon machen?

»Die einzigen Leute, die ihre Highschool-Zeit gut finden, sind Cheerleader und Footballspieler, und die scheitern letztlich immer.«

»Warst du nicht auch mal Cheerleaderin?«

»Für ungefähr eine Woche. Das zählt nicht.«

Mit den Jahren ist Moms Zeit als Cheerleaderin immer kürzer geworden. Früher hat sie immer behauptet, sie habe eine ganze Saison gecheert, und jetzt ist es nur noch eine Woche. Ich weiß nur, dass sie lange genug dabei gewesen ist, um mit dem Rest der Mannschaft fotografiert zu werden. Wahrscheinlich könnte ich meinen Dad fragen, wie's wirklich war – meine Eltern sind in der Highschool schon miteinander gegangen –, aber wenn er und ich endlich mal die Gelegenheit haben zu reden, ist meine Mutter wohl der letzte Mensch, über den wir beide sprechen wollen.

Bevor ich mich über mein Essen hermachen kann, nimmt sie meine Hände. »Was ich sagen will, ist, dass so viele wunderbare Dinge vor dir liegen. Denk immer daran. Der Weg bis an die Spitze ist weit, aber die Reise lohnt sich.«

Ich nicke und fordere meine Hände zurück, damit ich essen kann. Aber meine Mom ist erstarrt, sie guckt durch ihr Essen hindurch. Das dauert länger, als mir angenehm ist.

»Mom.«

Mit einem Ruck kommt sie wieder zu sich, ganz überrascht. »Sorry.« Sie entfaltet eine Papierserviette und legt sie sich auf den Schoß. »Ich war nur in Gedanken.«

»Woran?«

»An diesen Jungen, der …«

Plötzlich sind die Pfannkuchen in meinem Mund nicht mehr so lecker. Ich frag mich immer wieder, wie er es gemacht hat. Rasierklinge? Pillen? Schlinge? Kohlenmonoxid? Bei der Totenwache war der Sarg geschlossen, also hat er vielleicht ein Gewehr benutzt. Ich weiß, dass er nicht von einer Brücke gesprungen ist, schließlich war mein Brief in einem makellosen Zustand. Im Internet behaupten Leute, dass es eine Überdosis war, und das wäre ja auch passend. Und friedlich. Aber vielleicht doch nicht. Ich frage mich, ob er es irgendwann bereut hat. Ob es einen Moment zwischen Entscheiden und Sterben gab, in dem er es sich anders überlegt hat.

Sie hebt ihre Gabel. »Die armen Eltern. Ich kann es mir gar nicht vorstellen.«

Ich schon. Hab es selbst gesehen. Die Traurigkeit in ihnen, in seinen Eltern, ging über alles hinaus, was ich je erlebt oder mir vorgestellt habe, sie hatte so was Totales und Endloses. Seine Mom war schlicht zerstört, fertig. Und jetzt sitzen die beiden wahrscheinlich da, allein und durcheinander, und stellen sich die gleichen Fragen wie ich. Das echt Beschissene daran ist, dass es auf einige dieser Fragen nie eine Antwort geben wird. Das zu wissen, muss das Schlimmste sein.

Aber dann ist da noch mein Brief. Der ihnen die falschen Antworten gibt, doch immerhin Antworten. Immerhin etwas.

»Wenn ich dich je verlieren würde«, sagt Mom und nimmt ihren ersten Bissen, »weiß ich nicht, was ich tun würde.« Sie lächelt hilflos.

Für meine Mom ist das nur hypothetisch. Aber für die von Connor?

Ein Abendessen. Maximal zwei Stunden. Jareds Nachricht blinkt immer wieder in meinem Kopf auf – ich nicke nur und stimme zu.

Kapitel 8

Mit dem Bus ist man in vierzig Minuten bei den Murphys. Mit dem Auto dauert es nicht halb so lange, aber ich fahre nicht.

Zuerst konnte ich es gar nicht erwarten, meinen Führerschein zu kriegen. Ich sehnte mich danach, einfach aufstehen und wegfahren zu können, wann immer mir danach war. Aber sämtliche romantischen Vorstellungen, die ich von der Autofahrerei hatte, waren schnell zunichte. In der Fahrschule werden albtraumhafte Videos von Autounfällen gezeigt und alarmierende Statistiken über die Sterblichkeitsrate, und dann kriegst du eine vorläufige Fahrerlaubnis und wirst hinters Lenkrad geschubst. Klar, du hast einen *Experten* zur Seite, der dich vom Beifahrersitz aus coacht, aber du hast die Verantwortung und echt Mühe, dich an alle Regeln zu erinnern, die du gelernt hast. Und dann, gerade als du den Bogen raus hast, wird dir klar, dass du noch so fehlerfrei fahren kannst und trotzdem darauf vertrauen musst, dass alle anderen auf der Straße es auch tun.

Tun sie aber nicht. Das draußen herrscht Chaos. Keiner scheint einen Blinker zu benutzen oder vorm Stoppschild zu halten oder Fußgängern den Vorrang zu gewähren. Die Ampel ist noch nicht grün und der Fahrer im Auto hinter dir drückt auf die Hupe. Dann laufen Tiere auf die Straße, Polizeikontrollen lauern hinter Kurven und Autofahrer glotzen auf ihre Handys. Ein Wunder, dass überhaupt jemand irgendwo ankommt, ohne sich selbst oder andere zu verletzen, schließlich können in einem Auto massenhaft schlimmste Fälle eintreten – Lähmung, Entstellung, Hirnschaden, fahrlässige Tötung, Ertrinken, Enthauptung, Pulverisierung, Verbrennen, Verbluten –, während man auf Hilfe wartet.

Am Tag meiner Fahrprüfung hab ich mich im Badezimmer eingeschlossen. Durch die Tür hörte ich meine Mom nicht ganz so leise telefonieren: »Welcher Junge freut sich denn nicht auf seinen Führerschein?« Irgendwann versuchte sie, das Telefon an mich weiterzureichen. »Dein Vater möchte mit dir sprechen.« Ich hab sie dafür gehasst, dass sie ihn angerufen hatte.

Als ich schließlich die Tür aufmachte, war meine Mom in Tränen aufgelöst. »So kann es nicht weitergehen«, sagte sie. »Du musst dich nicht so fühlen. Willst du denn nicht, dass es dir bessergeht?« Ich muss Ja gesagt haben, denn eine Woche später hatte ich meinen ersten Termin bei Dr. Sherman. Ein paar Monate später, mit der Hilfe meines Freundes *Lexapro*, konnte ich meinen Führerschein machen. Aber ich benutze ihn nie. Zum Glück können wir uns kein zweites Auto leisten.

Die Murphys wohnen in einem neueren Teil der Stadt, in dem die Häuser größer und die Rasen weitläufiger und die Auffahrten länger sind. Als der Bus am Haupteingang vom Ellison Nationalpark vorbeifährt, sehe ich das gut beleuchtete WELCOME-Schild, in dessen Überholung ich so viel von meinem Sommer investiert habe. Ich hab immer gewusst, dass Zoe in der Nähe des Nationalparks wohnte, aber ich war mir nicht sicher, wo genau. Auf meinem Weg zur Arbeit muss ich, ohne es zu wissen, jeden Tag an ihrer Straße vorbeigekommen sein.

Der Weg von der Bushaltestelle ist nicht weit, trotzdem triefen meine Achselhöhlen, bis ich da bin, und das Papier um meinen Blumenstrauß ist mir in den Händen matschig geworden. Auf der Veranda reiße ich das Blumenpapier ab, knülle es zu einer Kugel und stopfe es mir in die Hosentasche.

Das Murphy-Haus liegt friedlich zwischen zwei majestätischen Buchen an einer breiten Sackgasse. Die Eingangstür ist rot wie im Bilderbuch. Ich müsste jetzt klingeln, aber aus irgendeinem Grund kann ich den Arm nicht heben. Eigentlich waren diese Blumen für Zoe gedacht, eine Geste meiner, na ja, Zuneigung oder so was, aber ich schenke sie doch lieber Zoes Mutter, weil sie ihren Sohn verloren hat. Dass Connor nicht da ist, ist schließlich der einzige Grund für meine Anwesenheit hier.

Ich bin so damit beschäftigt, nicht zu klingeln, dass ich kaum merke, wie die Haustür aufgeht und Connors Mom zum Vorschein kommt, mit einem verwirrten Lächeln im Gesicht.

»Was machst du hier draußen?«, sagt sie.

»Guten Abend. Ich meine, Guten Abend, Mrs Murphy.«

»Komm nur rein. Und bitte sag Cynthia zu mir.«

Ich überreiche die Blumen.

»Oh. Wie lieb von dir, Evan. Danke.«

Sie zieht mich an sich, um mich zu drücken, und hält mich ein bisschen zu lange fest. Ich hab schon Sorge, dass sie spüren kann, wie verrückt mein Herz hämmert. Und dann, über ihre Schulter hinweg, sehe ich Zoe die Treppe runterkommen.

Im Gegensatz zu ihrer Mutter freut sie sich offenbar nicht, mich zu sehen. Ihre Augen scheinen zu wissen, wer ich bin, ein großer Nicht-die-Wahrheit-Sager und Depp noch dazu, weil ich heute Abend hierhergekommen bin.

•••

Mitten auf dem Tisch steht eine Schale mit Äpfeln. Sie sind so blank und perfekt, dass ich sie für künstlich halte. Aber jetzt, nachdem ich sie die letzten zehn Minuten angestarrt habe, bin ich überzeugt davon, dass sie essbar sind.

Ebenso wie das Essen auf meinem Teller, aber ich hab schon Schwierigkeiten mit dem Atmen, an Schlucken ist gar nicht zu denken. Einzelne Reiskörner hab ich versucht, zwischen den Zinken meiner Gabel einzuklemmen, nur so, als kleines Spiel zum Zeitvertreib.

»Hier drinnen ist es heiß«, sagt Mrs Murphy. Sie fächelt sich Luft zu. »Ist noch jemandem heiß?«

Ich zerfließe, halte aber den Mund.

»Es ist schwül für September«, sagt Mr Murphy. »Ich kann die Klimaanlage hochdrehen, wenn du willst.«

»Nein, geht schon.« Sie betupft ihre Stirn mit der Serviette.

Seit ich hier bin, hat Zoe kein Wort gesagt. Letzte Woche

haben wir nach so vielen Jahren endlich geredet (zwei Mal) und jetzt sieht es so aus, als wären die ersten auch die letzten Male gewesen. Heute hatte ich erwartet, sie wieder in der Schule zu sehen, aber sie hatte wieder gefehlt. Ob sie je zurückkommt?

Mr Murphy hebt eine Servierplatte hoch. »Möchte noch jemand mehr Hähnchen?«

»Ich glaube, du bist der Einzige mit Appetit, Larry«, sagt Mrs Murphy.

Er zögert einen Augenblick, dann schaufelt er sich ein Stück Hähnchen auf den Teller. »Nun, ich werde es nicht verderben lassen. Das war sehr nett von den Harrises, uns das rüberzubringen.«

Ich schneide einen Bissen vom Hähnchen ab, führe ihn aber nicht zum Mund.

»Hat Connor dir von den Harrises erzählt?«, fragt Mrs Murphy mich.

Zu meiner Grundausbildung im Park gehörte, mich mit dem Ehrenkodex der Ranger vertraut zu machen. Im Handbuch gibt es einen Abschnitt über *Ehrlichkeit in Gedanken und Taten.* Leider wird im Handbuch für Park-Ranger nicht erwähnt, wie man den Dschungel Highschool überlebt oder eine schlechte Entscheidung nicht noch verschlimmert. Um mir in solchen Dingen Rat zu holen, hatte ich mich an Jared gewandt. Das mag eine ziemlich schlechte Entscheidung gewesen sein, aber wenn ich auf ihn gehört hätte, wäre ich gar nicht erst zu Connors Totenwache gegangen und heute Abend auch nicht zum Essen eingeladen worden.

Als Reaktion auf ihre Frage nicke ich nur und nehme einen Schluck Wasser. Ich halte es da wie Jared – das ist nicht dasselbe wie lügen. Ich spreche die Worte nicht wirklich aus.

»Das sind sehr alte Freunde von uns«, sagt sie.

Sie wartet darauf, dass ich was sage. Ich soll nichts sagen – das ist der Plan –, aber jetzt, da ich diese Frau mit ihrem todtraurigen Blick tatsächlich vor mir habe, kommt es mir unrealistisch und ganz abgesehen davon unhöflich vor, den ganzen Abend ohne Worte durchzustehen.

»Hmm«, sage ich, was streng genommen kein Wort ist. Selbst wenn es eines wäre, zählt es nicht richtig als Wort, und außerdem könnte ich damit ja auch das Gericht meinen, das ich zu essen vorgebe.

»Unsere Familien sind früher immer zusammen Skilaufen gegangen«, sagt Mrs Murphy. »Wir haben wirklich schöne Zeiten da draußen auf den Pisten verbracht.«

Ich nicke und nicke und nicke – und dann, ehe ich mich bremsen kann, mache ich den Mund auf. »Connor liebte Skilaufen.«

»Connor hasste Skilaufen«, sagt Zoe.

Ich spüre Zoes Blick, traue mich aber nicht, zu ihr rüberzugucken. Wie bin ich bloß darauf gekommen, dass ich das hier packe? Schon wenn ich den geringsten Druck spüre, gehe ich in die Knie. Druck ist mein Kryptonit. Connor hasst Skilaufen, ich hasse Druck.

»Stimmt, er hat es gehasst. Das meinte ich. Ja, das war der reine Hass, wann immer die Rede vom Skilaufen war. Aber er hat es geliebt, darüber zu reden, wie sehr er Skilaufen hasste.«

»Ihr beiden seid also viel zusammen gewesen? Du und Connor?«, fragt Mrs Murphy.

Es ist ein Fehler, den Blick von der Schale mit den Äpfeln loszureißen, ich mache es trotzdem. Mrs Murphys Gesicht bettelt um das allerwinzigste Fitzelchen Information. Irgendwas. Egal was.

Und was mir schließlich einfällt, ist: »Ziemlich viel.« Auf diese Antwort bin ich tatsächlich stolz, denn es ist kein *Ja*, und *viel* bedeutet für jeden was anderes. Rede ich *viel* mit meinem Vater? Verglichen damit, wie oft Soldaten in Afghanistan mit ihren Vätern reden, ja, wahrscheinlich. Ich glaube, das kann man so sagen.

Aber Zoe will es präziser. »Wo?«

»Meinst du, wo wir uns getroffen haben?«

»Ja, wo?«

Jared hat mir nicht gesagt, wie ich mit Fragen umgehen soll, die mehr als ein Ja oder Nein erfordern. Wie sich herausstellt, ist das hier kein Multiple-Choice-Test, sondern ein ellenlanger Aufsatz mit sauschwerer Aufgabenstellung.

»Na ja«, sage ich und huste schnell mal, »meistens haben wir uns bei mir zu Hause getroffen. Also, manchmal sind wir auch zu ihm gegangen – ich meine, hierher –, wenn keiner da war.« Gleich wird sie mich Lügner und Betrüger nennen, ich weiß es. Ich werde aus dem Haus geworfen werden, und dann bin ich nicht mehr einfach unsichtbar, ich werde obendrein noch zum Ausgestoßenen. Ich werde zu Hause unterrichtet werden müssen, nur durch soziale Medien und E-Mail in Verbindung mit der Außenwelt. Oh!

»E-Mail«, sage ich. »Wir haben uns gemailt, meistens. Manchmal wollte er nicht so direkt, ähm, leibhaftig abhängen. Und dafür hatte ich Verständnis. Das war so eine unserer Gemeinsamkeiten, glaube ich.«

»Wir haben seine E-Mails durchgesehen«, sagt Zoe. »Da sind keine von dir.«

Vielleicht bin ich einfach nur aufgeregt, weil sie wieder mit mir redet. Vielleicht reihe ich deshalb wider besseres Wissen immer mehr Worte aneinander. »Na ja, hm, also, das liegt daran, dass er noch einen anderen Account hatte. Einen geheimen Account. Das hätte ich vorher sagen sollen. Wahrscheinlich war das sehr verwirrend. Sorry.«

»Warum war der geheim?«, fragt Zoe.

»*Warum war der geheim*?«, wiederhole ich. Das scheint mir jetzt ein guter Zeitpunkt zu sein, mit dem Essen anzufangen. Ich schaufele mir Reis in den Mund und signalisiere den anderen, dass ich Zoes völlig vernünftige Frage beantworten werde, sobald ich mein Essen runtergeschluckt habe, schließlich zeugt es von schlechten Manieren, wenn man mit vollem Mund redet, das weiß ja wohl jeder, ist doch völlig klar. Ich schlucke und spüle mit einem Schluck Wasser nach.

»Er war geheim, weil … er dachte, auf diese Weise wäre es privater.«

Mrs Murphy schüttelt den Kopf. »Ich hab es dir doch gesagt, Larry. Er hat gewusst, dass du seine E-Mails liest.«

»Und ich bereue es nicht«, sagt Mr Murphy und greift nach seinem Wein. »Jemand musste ja den Bösen geben.«

Sie starren einander an und setzen ihr Gespräch mit stummen, starken Worten fort. Ich gucke weg, gewähre ihnen ihre Privatsphäre.

»Ist irgendwie komisch«, sagt Zoe. »Das einzige Mal, das ich dich und meinen Bruder zusammen gesehen habe, war letzte Woche in der Schule, als er dich gestoßen hat.«

Scheiße. Sie erinnert sich dran. Natürlich erinnert sie sich.

Mrs Murphy beugt sich zu mir rüber. »Connor hat dich gestoßen?«

»So würde ich das nicht sagen, Mrs Murphy. Nicht wirklich. Ich bin gestolpert, so war das eigentlich.«

»Bitte, Evan, sag doch Cynthia zu mir.«

»Oh, stimmt, tut mir leid.« Themenwechsel, welche Erleichterung. »Cynthia.« Ich lächele sie an.

»Ich war da«, sagt Zoe. »Ich hab die ganze Sache gesehen. Er hat dich gestoßen. Heftig.«

Ein Tropfen Schweiß rinnt von meiner Achselhöhle den ganzen Torso entlang runter bis in den Bund meiner Jeans. Ein bloßer Themenwechsel wird mir jetzt nicht den Hals retten.

»Oh, gerade fällt es mir wieder ein«, sage ich. »Was passiert ist. Das war ein Missverständnis. Denn, die Sache war so, er wollte nicht, dass wir in der Schule miteinander reden, und genau das hatte ich gemacht. Ich hab versucht, in der Schule mit ihm zu reden. Es war wirklich kein großes Ding, ernsthaft. Es war meine Schuld.«

»Warum wollte er nicht, dass du in der Schule mit ihm redest?«, sagt Zoe.

Das hört nie auf. Je mehr Antworten ich gebe, desto mehr Fragen stellen sie. Ich muss das beenden. Nur wie?

»Keiner sollte wissen, dass wir Freunde waren. Das wollte er so«, erzähle ich ihnen. »Ich glaub, es war ihm peinlich.«

»Warum sollte ihm das peinlich gewesen sein?«, sagt Mrs Murphy – ich meine, Cynthia.

Ich wische mir die Stirn mit der Serviette ab, nicht besonders kultiviert, aber dringend nötig. »Vermutlich, weil er fand, ich sei so was wie ein …«

»Ein Nerd?«, sagt Zoe.

»Zoe!« Ihr Vater wirft ihr einen bösen Blick zu, aber Zoe ignoriert ihn, sie macht keine Anstalten von mir abzulassen. »Das hast du doch gemeint, oder?«, sagt sie.

»Loser wollte ich eigentlich sagen. Aber Nerd geht auch.«

Cynthia legt mir die Hand auf den Arm. »Das war nicht besonders nett.«

»Nun«, sagt Zoe. »Connor war auch nicht besonders nett, ist also passend.«

Cynthia seufzt. »Connor war … kompliziert.«

»Connor war böse. Da ist ein Unterschied.«

»Zoe, bitte«, sagt Mr Murphy.

»Dad, nun tu nicht so, als wärst du nicht meiner Meinung.«

»Es ist heiß hier drinnen«, sagt Cynthia. Und genau das hab ich auch gerade gedacht.

»Ich dreh die Klimaanlage rauf«, wiederholt Mr Murphy, verlässt aber den Tisch nicht.

Wenigstens sehe ich jetzt das Positive daran, geschiedene Eltern zu haben und mich zu Hause nie mit meiner Mom zu einem gemeinsamen Abendessen hinzusetzen – so was muss ich nicht erdulden.

Cynthia wischt sich die Stirn. »Ihr lehnt es ab, euch an die guten Dinge zu erinnern. Alle beide. Ihr weigert euch, irgendwas Positives zu sehen.«

»Weil es keine guten Dinge gab«, sagt Zoe. »Was sollen denn die guten Dinge gewesen sein?«

»Ich will dieses Gespräch nicht vor unserem Gast führen«, sagt Cynthia.

Ich trinke mehr Wasser und tu weiter so, als würde ich trinken, als das Glas schon längst leer ist.

»Was waren die guten Dinge, Mom?«

»Es gab gute Dinge«, beharrt Cynthia.

»Okay, dann sag doch, was für welche. Sag es mir.«

»Es gab gute Dinge.«

»Ja, das sagst du immer wieder. Aber was war das?«

Cynthia antwortet nicht. Mr Murphy guckt auf seinen Teller.

Die Frage hängt im Raum, wie dicker, heißer Smog, dem niemand entkommt. Ich beobachte sie alle, um Atemluft ringend, um ihr Leben kämpfend. Wie sie kämpfen.

»Ich erinnere mich an viele gute Dinge.«

Alle Blicke richten sich auf mich. Ich war das, der eben gesprochen hat. Ich habe das gesagt. Warum habe ich das eben gesagt? Wie sind diese Worte aus meinem Mund gekommen?

»Was zum Beispiel?«, will Zoe wissen.

»Vergiss es«, sage ich. »Ich hätte nicht … tut mir leid.«

»Wieder tut es dir leid«, sagt Zoe und fast meine gesamte Existenz damit zusammen.

»Nur los, Evan. Du wolltest etwas sagen«, sagt Cynthia.

»Nicht so wichtig. Wirklich.«

»Wir wollen hören, was du zu sagen hast. Bitte, Evan.«

Ich weiß nicht, wie ich das machen soll, wie ich diese Frau enttäuschen soll, nach allem, was sie durchgemacht hat. Ihr Herz liegt in meinen Händen. So fühlt es sich jedenfalls an. Sogar ihr Mann steht bereit, total aufmerksam, er hat die Gabel hingelegt, wartet nur. Ich schaue rüber zu der letzten Person am Tisch: Zoe. Ihr Gesichtsausdruck ist jetzt weicher, als ob ihre Neugier vorübergehend den Zweifel überwältigt hat. Sie braucht etwas, diese Familie. Ich muss etwas sagen, durch das sie sich besser fühlen.

»Also«, sage ich, »Connor und ich hatten es richtig toll zusammen, an diesem einen Tag, vor Kurzem. Das ist etwas Gutes, an das ich mich erinnere. Daran denke ich immer wieder. An diesen Tag mit Connor. Diesen einen Tag.«

Das, was ich eben gesagt habe, wird nicht reichen, das weiß ich schon. Sie werden mehr wollen. Immer wieder manövriere ich mich in irgendwelche Sackgassen. Sie wollen Genaueres wissen, Details. Die brauchen sie. Ich hangele nach dem nächsten Leckerbissen, dabei starre ich die ganze Zeit auf diese Schale mitten auf dem Tisch.

»Äpfel«, sage ich, bevor ich die Sache durchdacht habe. »Wir sind zu diesem Apfel…platz gegangen.« Ich schaue auf. »Egal, das war blöd. Ich weiß nicht, warum ich überhaupt davon angefangen habe.« *Ich muss gehen. Sofort.* Auf dem Schoß drücke ich die Fäuste zusammen, die Fingernägel bohren sich in die Handflächen. Wie kann ich hier wegkommen, ohne unhöflich zu sein?

»Er hat dich zur Apfelplantage mitgenommen?«, sagt Cynthia.

Ich scanne ihren Gesichtsausdruck. Sieht aus, als hätte ich was Wichtiges berührt. Ihre Mienen spornen mich an. Jetzt kann ich einfach nicht gehen. »Ja, das hat er.«

»Wann?«, fragt Cynthia.

»Ein Mal. Es war nur dieses eine Mal.«

»Ich dachte, die hätten dicht gemacht«, sagt Mr Murphy. »Vor Jahren schon.«

»Genau, deshalb waren wir ja auch so enttäuscht, als wir

hinkamen, weil alles geschlossen war, und Connor hat gesagt, die Äpfel da waren die besten.«

Cynthia lächelt, aber ihr kommen auch die Tränen. »Wir sind so oft in diesen Obstgarten gegangen. Wir haben da draußen Picknicks gemacht. Weißt du das noch, Zoe?«

»Oh ja«, sagt Zoe mit einer Mischung aus wehmütigem Erstaunen und erzwungener Gleichgültigkeit.

Cynthia guckt über den Tisch zu ihrem Mann. »Ihr hattet dieses kleine Spielzeugflugzeug, das ihr habt fliegen lassen, du und Connor. Bis du es in den Bach gesteuert hast.«

Mr Murphy lächelt fast. »Das war eine Notlandung.«

»Oh, Evan, nicht zu glauben, dass Connor dich dahin mitgenommen hat«, sagt Cynthia. »Ich wette, das war schön. Ich wette, ihr beide hattet wirklich Spaß dort.«

»Hatten wir. Der ganze Tag war einfach … fantastisch. Das war im letzten Frühling, glaube ich.«

»Larry, wie hieß noch mal diese Eisdiele da draußen, die wir so gern mochten?«, fragt Cynthia.

»*A la Mode*«, antwortet er.

»Stimmt, das war's«, sagt sie aufrichtig dankbar. »A La Mode.«

»Da sind wir übrigens auch hingegangen«, sage ich, mein Enthusiasmus überwältigt mich. »Wir haben in diesem *A La Mode* Eis gegessen.«

»Die hatten da diese selbst gemachte heiße Karamellsoße«, erinnert sich Larry.

»Wir haben dann immer auf der Wiese unter den Platanen gesessen«, sagt Cynthia und lächelt Zoe an. »Und du und dein Bruder habt Viererklee gesucht.«

»Diese Apfelplantage hatte ich völlig vergessen«, sagt Larry.

»Nun … Connor nicht, glaube ich«, sagt Cynthia. »Stimmt doch, Evan?«

Ich sehe sie an, dann Mr Murphy und zum Schluss Zoe, und ich lasse die ganze Luft aus meiner Brust und erzähle ihnen genau das, was sie unbedingt hören wollen. »Das stimmt.«

Auch sie atmen nun freier. Jedenfalls fühlt es sich so an. Erleichterung, echte Erleichterung – wenig, aber spürbar – verbreitet sich im Raum. Was ich tue, was ich sage funktioniert, hilft – und mehr als helfen will ich nicht.

»So was haben wir eigentlich andauernd gemacht«, sage ich, denn ich weiß nicht, wie ich mich jetzt noch zurückhalten soll. »Einfach irgendwo hingehen und reden.« Wie Kumpel. Wie Freunde. »Wir haben über Filme geredet und Leute in der Schule. Wir haben über Mädchen geredet. Sie wissen schon … so ganz normale Sachen eben. Mit Connor konnte man gut reden.«

Ich sehe, wie viel ihnen meine Worte bedeuten. Es ist ein gutes Gefühl, ihnen ein gutes Gefühl geben zu können. Und ich tue das Richtige, ich sorge dafür, dass ihr Schmerz nachlässt, wenigstens für einen Moment.

»Ich erinnere mich noch«, sage ich, »wie wir an diesem einen Tag in der Apfelplantage so ein Feld gefunden haben und uns einfach ins Gras fallen ließen. Dann haben wir in den Himmel geguckt und einfach … geredet.«

Über unser Leben. Wo wir waren. Wohin wir wollten. Was nach der Schule passieren würde. Wir wussten das nicht genau. Wir wussten nur, dass wir unseren Weg schon finden würden. Wir wollten aufeinander aufpassen. Was auch immer …

»… alles schien möglich.«

Ich mache eine Pause, denke, ich hab sie verloren, hab mich selbst verloren, aber jetzt ist es zu spät. Mein Mund macht ohne meinen Verstand weiter, die Worte kommen, als würden sie schon ein Menschenleben lang darauf warten, ausgesprochen zu werden.

»Und die Sonne an diesem Tag, ich sehe es noch vor mir, wie sie strahlte. Und wir lagen da und guckten in den Himmel. Endlos schien uns der, so, als ob es keine Grenze gäbe.«

Und der Baum.

»Wir haben dann so einen Baum gesehen. So eine unglaublich hohe Eiche. Größer als alle anderen. Wir sind aufgestanden und hingerannt und sind losgeklettert. Wir haben überhaupt nicht überlegt.«

Die Murphys klettern mit mir, kleben an jedem meiner Worte.

»Wir sind immer weiter geklettert. Höher und höher.« Sind geklettert und geklettert, fast bis in die Krone, aber dann … »Der Ast ist abgebrochen.«

Ich bin gefallen.

»Ich liege am Boden. Mein Arm ist taub. Ich warte.«

Jede Sekunde. Nur noch eine Sekunde – dann kommen sie.

»Und ich gucke hoch und ich sehe …«

Ich sehe …

»… Connor. Er kommt zu mir.«

Ich höre auf zu reden, endlich. Sie schauen mich alle an, als würden sie auf mehr warten. Aber ich kann kaum begreifen, was ich bisher gesagt habe. Es ist, als würde ich aus einem Traum aufwachen. Ich hab da gesessen und diesen Tag beschrieben, diesen Albtraum von Tag, nur war es gar nicht dieser Tag, nicht genau dieser. Dieses Mal war Connor da. Also, natürlich nicht wirklich, aber in meiner Vorstellung war es so, als wäre er da gewesen – und plötzlich war jener Tag nicht mehr so ein Albtraum. Er war etwas anderes.

Aus dem Augenwinkel nehme ich wahr, wie Cynthia sich rüberlehnt, dann schlingt sie die Arme um mich.

»Danke, Evan«, sagt sie. »Danke.«

Das ist das beste Gefühl. Und das schlimmste.

•••

Zoe folgt mir bis vor die Haustür. »Ich fahre dich nach Hause«, sagt sie.

Nie hätte ich gedacht, dass es einen Moment geben würde, an dem ich Zoe Murphy zurückweise, aber jetzt will ich gerade nur allein sein. »Das ist nicht nötig.«

»Ich muss eine Runde drehen. Hüpf rein.«

Sie fährt die hufeisenförmige Auffahrt entlang und zischt raus auf die Straße. Ich hatte gehofft, zum ersten Mal seit Stunden durchatmen zu können, aber nein. Ich hocke in Zoe Murphys blauem Volvo auf dem Beifahrersitz.

Von diesem Moment habe ich wirklich geträumt, so allein sein zu können mit ihr, nur ein paar Zentimeter zwischen uns. Aber jetzt gerade läuft das nicht, laufe ich nicht, bin ich nicht in der Verfassung. Also, kann mich bitte jemand ausschalten.

Das Schweigen schreit danach, von mir gebrochen zu werden. »Das ist ein schönes Auto. Was ist das für eines? Ein deutsches?«

»Ein Scheißauto«, sagt Zoe. »Immer ist irgendwas kaputt.«

Der Motor knurrt, als Zoe beschleunigt. Auf dem ganzen

Weg zu mir nach Hause spricht sie kein Wort mehr, nicht mal, als ich ihr sage, welche Straßen sie nehmen soll. Die stille Fahrt gibt mir Gelegenheit, den Verlauf des Abends noch mal kritisch zu betrachten. Ich gelange zu dem Schluss, dass es der totale Fehlschlag war. Kein Zweifel. Irgendwann, als der Tacho über 90 anzeigt, stelle ich mir vor, ich löse meinen Gurt und die Türverriegelung und falle raus auf die stark befahrene Straße. Was für eine Tragödie.

Sobald wir vor meinem unbeleuchteten Haus parken, dreht Zoe sich zu mir um und nimmt endlich von meiner Anwesenheit Notiz. »Wahrscheinlich denkst du, ich habe keinen Schimmer, weil ich eine Klasse unter dir bin, aber ich weiß, was wirklich abgeht.«

Eine erschreckende Schärfe in ihrem Ton. »Keine Ahnung, was du damit meinst.«

»Du und Connor habt euch keine geheimen E-Mails geschickt, weil ihr Freunde wart.«

Ich hätte es machen sollen, hätte mich aus dem Auto stürzen sollen, als die Gelegenheit günstig war. »Was?«

»Ich hab mir den ganzen Abend das Hirn verrenkt und versucht dahinterzukommen, warum ihr beiden überhaupt miteinander geredet haben könntet«, sagt Zoe. »Lass mich raten. Ging es um Drogen?«

»Drogen?«

»Darüber war er doch neulich in der Mittagspause sauer, oder? Als er dich geschubst hat? Sei ehrlich zu mir, bitte. Ich will einfach nur die Wahrheit wissen.«

»Nein. Bist du verrückt? Ich? Das würde ich doch nie … Mit solchen Sachen habe ich nichts zu tun. Das schwöre ich.« Endlich eine wahre Wahrheit.

»Ach ja? Du schwörst also?«

Zoes Mutter überschüttet mich mit Umarmungen, aber Zoe übergießt mich nur mit Argwohn. »Ich schwöre es.«

Sie mustert mich einen Moment, dann wendet sie sich ab und gibt mir damit zu verstehen, dass ich entlassen bin.

Ich will die Tür öffnen, aber sie ist verriegelt. Sie schlägt auf einen Knopf, aber gleichzeitig ziehe ich am Türgriff. Ich lasse den Griff los, damit sie die Tür öffnen kann, ohne dass meine blöde Hand in die Quere gerät. Als ich endlich das himmlische Klicken höre, reiße ich die Tür auf und sauge eine ganze Brust voll frischer Luft ein. Leise klappe ich die Autotür hinter mir zu und beobachte, wie Zoe mit Vollgas in die Nacht hinausschießt. Wie ich mich doch von Anfang an in allem geirrt habe. *Das Schlimmste, was passieren könnte.*

Es passiert immer noch.

Kapitel 9

Keine Ahnung, warum ich nach jedem neuen Desaster Jared Bericht erstatte. Ich fühle mich nie besser nach unseren Gesprächen. Jared hat so eine Art, meine Irrtümer herauszustreichen, die sie noch schlimmer wirken lassen, als sie mir zunächst vorgekommen sind.

Aber gerade weiß ich überhaupt nicht weiter und sitze allein im Dunkeln auf der Couch im Wohnzimmer. Jared ist der einzige Mensch auf der ganzen Welt, der wenigstens ungefähr weiß, wo ich mich gerade befinde. Ich schwebe durchs All und er ist die Stimme aus der Kommandozentrale in meinem Kopfhörer.

Mit seiner Vorgehensweise bin ich vielleicht nicht immer einverstanden, aber ohne ihn komme ich wahrscheinlich nie wieder nach Hause.

Ich bringe Jared auf den letzten Stand der Ereignisse und erzähle ihm, was bei den Murphys passiert ist. Wie üblich schaffe ich es auch diesmal nicht vorherzusehen, in welche Richtung seine Kritik geht.

Seine Eltern denken, ihr wart ein Liebespaar.
Das ist dir doch klar, oder?

Was? Warum sollten sie
so was denken?

Hm. Ihr wart beste Freunde,
aber er wollte nicht,
dass du in der Schule mit ihm redest.
Und als du es doch getan hast,
hat er dir einen Arschtritt verpasst.
Das ist praktisch der Geheimcode
für heimliche schwule Highschool-Beziehungen.

Oh mein Gott.

Ich hab dir gesagt,
was du machen sollst.
Was hab ich dir gesagt?
Nicke und stimme zu. Mehr nicht.

Ich hab's versucht. Du verstehst das nicht.
Es ist anders, wenn sie einen ansehen.
Ich bin nervös geworden.
Ich hab einfach angefangen zu reden,
und als ich angefangen hatte ...

Konntest du nicht wieder aufhören?

Sie wollten nicht, dass ich aufhöre!

Das stimmt. Ich glaube, das ist mir eben erst klar geworden, aber mir kommt es so vor, als hätten sie mir weitergeholfen und die Lücken gefüllt, wenn ich nicht wusste, wohin die Geschichte als Nächstes gehen sollte. Ich mache ihnen keinen Vorwurf. Natürlich nicht. Das ist alles meine Schuld. Weiß ich. Aber ich weiß auch, dass sie wollten, dass ich weitermache. Das habe ich ihnen angesehen. Sie brauchten das.

Die Sache ist die, ich habe versucht, die Wahrheit zu sagen. Und ich *hab* ja auch die Wahrheit gesagt. Ich hab Connors Eltern gesagt, dass er den Brief nicht geschrieben hat. Klipp und klar hab ich es ihnen gesagt, aber sie wollten nicht hören.

Und was hast du noch total verkackt?

Also, ich bin mir ziemlich sicher,
dass Zoe mich hasst.
Sie glaubt, Connor und ich
hätten zusammen Drogen genommen.

Du hast es echt drauf.
Das meine ich ehrlich.
Was noch?

Nichts.

Nichts?

Na ja, ich hab ihnen erzählt,
dass wir uns gemailt haben.

E-Mails.

Ja. Ich habe erzählt, dass Connor
und ich uns Mails geschrieben haben.
Und er einen geheimen Account hatte.

Ja, klar. Einen von diesen »geheimen«
Accounts. Logo. Damit ihr euch gegenseitig
Fotos von euren Penissen schicken konntet.

Für ihn ist das alles nur ein großer Witz. Ich weiß auch nicht, warum ich ausgerechnet Jared immer wieder um Rat frage.

Nein, ich hab nur gesagt,
dass er seinen geheimen Account hatte,
und dass wir uns E-Mails geschickt haben.

Also hör mal, echt jetzt?

Schlimmer vergeigen konntest du's nicht?

Ist es so übel?

Sie werden diese Mails sehen wollen.

Oh nein.

Oh ja.

Oh Scheiße.

Natürlich werden sie unsere E-Mails sehen wollen. Was stimmt bloß nicht mit mir? Ernsthaft. Warum mache ich mir denn selbst was vor und bilde mir ein, das Schlimmste, was passieren könnte, sei schon passiert? Es wird immer noch schlimmer. So funktioniert das Leben. Du wirst geboren, du wirst immer älter und grauer und kränker und egal, welche Anstrengungen du auch unternimmst, um den Prozess umzukehren, du stirbst – wirklich jedes Mal.

Wiederhole: schlimmer, schlimmer, schlimmer und dann der Tod. Ich muss noch lange weitergehen, ehe das Schlimmste kommt. Das hier ist erst der Anfang.

Ich bin so was von geliefert.
Was soll ich bloß machen?

E-Mails kann ich.

Was soll das heißen?

Ich kann E-Mail faken.

Das kannst du? Wie?

Ist leicht. Man erstellt einen Account
und datiert die E-Mails zurück.
Es gibt einen Grund, warum ich
diesen Sommer der einzige Schüler mit
Zugangsschlüssel für den Computerraum war.
Ich habs drauf, mein Junge.

Ich könnte ihnen geben, was sie wollen – was sie brauchen. Ich könnte ihnen helfen.

Es ist verlockend. Wirklich. Aber es ist auch ... *krank*. Ich kann nicht so weitermachen und diese armen Leute täuschen. Dafür bin ich nicht gebaut.

Heute Abend hatte ich irgendwann das Gefühl, aus den Augen zu schwitzen, so verunsichert war ich. Hätte ich noch einen Tropfen mehr geschwitzt, wäre ich inzwischen mumifiziert. So kann ich nicht weitermachen. Ich bin total ausgelaugt.

Ich drehe mein Handy um, das Display nach unten. Wellenartig bewegt sich das Licht des Bildschirms über meinen Gips. Die Erinnerung an die Geschichte, die ich für die Murphys heraufbeschworen habe, überkommt mich erneut. Sie haben über die Apfelplantage geredet, und die Art, wie sie darüber geredet haben, hat mich an den Ellison Nationalpark denken lassen. Und an den Park kann ich nicht mehr denken, ohne an den Baum und meinen Sturz zu denken. Connor war an diesem Tag natürlich nicht dabei. Aber ich vermute ... er hätte es sein können.

Ich verlasse das dunkle Wohnzimmer und gehe nach oben. Sobald ich im Bett bin, setze ich mir die Kopfhörer auf die Ohren und streame eine Playlist mit dem Titel *Jazz für Einsteiger*. Ich kann nicht behaupten, dass ich Jazz total verstehe, aber ich bemühe mich. Ich warte darauf, dass die Musik mich irgendwohin mitnimmt, aber das passiert nie. Ich bin zu konzentriert damit beschäftigt, zuzuhören, als dass mein Geist die Flucht antreten könnte. Offen gestanden, interessiert mich ohnehin bloß eines der Instrumente. Ich warte immer nur darauf, dass die Gitarre einsetzt.

Meine Mom erscheint in der Tür. Ich nehme die Kopfhörer ab, damit ich sie verstehen kann.

»Hast du schon gegessen?«, fragt sie.

»Hm. Ja.« Ich weiß schon, was jetzt kommt, deshalb gehe ich schnell die potenziellen Antworten durch: hab mir ein Brot geschmiert, eine Tiefkühlpizza aufgebacken, mir was vom Chinesen geholt.

Aber stattdessen sagt sie: »Verdammt«, und das klingt fast so, als hätte sie gehofft, ich hätte noch nicht gegessen.

»Das war doch schön neulich, oder?«, sagt sie. »Als wir frühstücken gegangen sind?«

Seit unserem Frühstück ist so viel passiert, dass es mir schon vorkommt, als würde es Jahre zurückliegen. »Ja. Auf alle Fälle. Das war es.«

»Ich hab überlegt, wie es wohl wäre, wenn ich diese Woche eine von meinen Schichten abgebe? Wann haben wir das letzte Mal einen Taco-Abend gehabt?«

Ich kann mich nicht erinnern, bin aber mir ziemlich sicher, dass die Tortillas in unserer Gefriertruhe ihr Verfallsdatum überschritten haben. »Oh. Das ist nicht nötig.«

»Nein, ich will das. Vielleicht könnten wir sogar zusammen mit dem Brainstorming für diese Essays anfangen.«

Die Essays. Natürlich. Ihr Gesicht wartet gespannt. »Klar«, sage ich. »Das wäre toll.«

»Oh. Toll«, sagt sie und sieht aus, als hätte sie einen Sieg errungen. »Jetzt bin ich aufgeregt. Da hab ich was, worauf ich mich freuen kann.«

»Ja.«

•••

Am nächsten Tag sehe ich Zoe durch die Cafeteria gehen. Sie lässt sich bei ihren Freunden nieder. Wenn ich nicht schon säße, müsste ich mich setzen. So groß ist meine Erschütterung. Ich hab sie seit dem ersten Schultag nicht mehr in der Schule gesehen.

In einer Woche ist so viel passiert. Ich hab mehr als je zuvor mit Zoe zu tun gehabt – bei der Totenwache, bei ihr zu Hause, in ihrem Auto –, aber immer unter den ungünstigsten Bedingungen. Das hier, sie jetzt zu sehen, an einem Tisch in der Schulcafeteria, fühlt sich richtig und normal an. So bin ich es gewohnt, sie zu sehen. Das hier ergibt einen Sinn.

Zoe muss gespürt haben, dass ich sie quer durch den Raum anstarre, denn jetzt starrt sie zurück. So eindringlich, dass es mir fast vorkommt, als wolle sie mich herausfordern, mich abzuwenden. Das kann ich nicht. Will ich nicht. Keine Ahnung, was jetzt von mir erwartet wird. Ich lächele und hoffe, sie tut dasselbe. Tut sie nicht. Es ist so, als könne sie das nicht mal, wenn sie es versuchen würde.

Sie nimmt ihr Tablett und lässt ihre Freunde am Tisch zurück. Ihr Essen wandert in den Müll und ohne den kleinsten Blick in meine Richtung geht sie aus der Cafeteria.

Ich bin deutlich besser im Interpretieren von Büchern und Geschichten als darin, die Entscheidungen zu verstehen, die lebende, atmende Menschen treffen. Aber in diesem Fall lassen sich Mrs Kiczeks Strategien der Textanalyse auf das Verhalten im wirklichen Leben anwenden, das ich eben beobachtet habe. Die Handlungsweise unserer schönen und rechtschaffenen Heldin Zoe Murphy, die ihr Essen in den Müll wirft, steht eigentlich als Metapher dafür, wie sie für unseren Erzähler empfindet. In Zoe Murphys Augen ist Evan Hansen Müll.

Ich mache es schon wieder, ich überschätze meine Wichtigkeit. Wie schnell ich mein unscheinbares Selbst vergesse. Warum sollte das irgendwas mit mir zu tun haben? Ihr Bruder ist tot. Vielleicht hat sie keinen Appetit. Das kann ich nachvollziehen. Es ist nur so schwer, sie derart bekümmert zu sehen, vor allem nachdem sich bei dem Abendessen ihre Stimmung aufgehellt hatte. Während wir über Connor geredet hatten, war ihre Stimmung umgeschlagen. Als ich ihr und ihren Eltern Sachen erzählt habe, die sie noch nicht wussten. Fehlende Teile ergänzt habe. Mir kommt es so vor, als hätte ich sie kurz das volle Gewicht ihres Elends vergessen lassen, ihnen Erleichterung verschafft.

Auf der anderen Seite der Cafeteria sitzt Jared. Ich packe mein Mittagessen ein und gehe rüber zu seinem Tisch, meinem Magen bleibt nichts anderes übrig, als sich mit den Morgenmedikamenten zu beschäftigen.

»Wie geht das mit den E-Mails?«, frage ich.

»Nun ja, E-Mail ist die Abkürzung für *electronic mail*«, sagt Jared. »Ray Tomlinson schreibt man die Erfindung dieser Technologie zu, aber wie wir alle wissen, war es in Wirklichkeit der geniale Einfall von Shiva Ayyadurai.«

»Das ist eine ernste Sache.« Ich spreche so leise ich kann.

Jared lehnt sich konspirativ zurück. »Dafür musst du was springen lassen.«

»Wie viel?«

»Zwei Riesen«, sagt Jared.

»*Zweitausend Dollar?* Bist du irre?«

»Fünfhundert.«

»Ich kann dir zwanzig geben.«

»Gut. Aber du bist echt ein Arsch«, sagt Jared. »Wir treffen uns nach der Schule, um vier. Ich schreib dir noch, wo.«

Kapitel 10

Jareds SUV biegt auf den Parkplatz vom *Workout Heaven* ein und schießt in eine Parklücke. Er geht an mir vorbei durch die Drehtür des Fitnessstudios.

Ich folge ihm. »Warum sind wir hier?«

Jared lässt einen Mitgliedsausweis vor dem muskelbepackten Typen am Empfang aufblitzen und stellt mich als seinen Gast vor. Nachdem ich Zettel ausgefüllt habe, folge ich Jared in einen lauten, höhlenartigen Raum.

Alles am *Workout Heaven* verunsichert mich. Die grelle fluoreszierende Beleuchtung. Die Lautstärke. Die Menge entblößter Haut. Ich weiß immer noch nicht, was wir an einem Ort wie diesem eigentlich machen.

»Trainierst du hier?«, frage ich.

»Nein, aber meine Eltern glauben das«, sagt Jared. »Glaub mir, das ist der ideale Platz zum Hausaufgabenmachen. Hast du je Frauen auf dem Laufband beobachtet?«

»Das ist nicht … Ich fühl mich nicht …«

»Hör mal, einen Job wie diesen kann ich nicht in unserem WLAN-Netz zu Hause erledigen. Sieh das als besondere

Vorsichtsmaßnahme. Wenn wir in einem offenen WLAN sind, lässt sich diese Sache nicht so leicht zu uns zurückverfolgen.«

Er stellt es so hin, als wäre das, was wir hier machen, absolut illegal. »Ich weiß nicht recht. Und wenn uns nun jemand aus der Schule sieht?«

»So weit würde ich es niemals kommen lassen. Ich habe einen Ruf zu verlieren. Guck dich mal um. Nur Muttis und so.«

Ich lasse den Blick durch das Studio schweifen. So laut es auch ist, eigentlich ist es ziemlich leer. Nur dröhnende Musik und hohe Decken. »Trotzdem, vielleicht sollten wir es lieber lassen. Das muss auch anders hinzukriegen sein. Wenn die Murphys mich nach den E-Mails fragen, reagiere ich einfach nicht. Die werden mich ja wohl nicht verfolgen, oder?«

»Wenn du jetzt einen Rückzieher machst, schuldest du mir den Zwanziger trotzdem«, sagt Jared und setzt sich auf eine Hantelbank.

Ich stelle mir Zoes Gesicht vor, so, wie sie ausgesehen hat in der Mittagspause. Wahrscheinlich sehen ihre Eltern jetzt genauso aus, niedergedrückt und geschlagen.

»Wir versuchen es einfach mit einer E-Mail und sehen dann weiter«, sage ich.

Jared macht auf seinem Laptop eine leere Datei auf und fängt an zu tippen.

Yo, Evan,

Ist schon 'ne Weile her, sorry. War total von der Rolle und so'n Scheiß. Raffst du, oder?

»Warum lässt du ihn so reden?«

»Wie denn?«, sagt Jared.

»Du weißt schon, so eben. Lass ihn einfach normal reden.«

Jared löscht alles und fängt von vorne an.

Liebster Mr Hansen,
zu meinem tiefsten Bedauern ist es mir nicht gelungen, den Kontakt aufrechtzuerhalten. Das Leben hat mich in letzter Zeit vor große Herausforderungen gestellt.

»Okay, jetzt klingt er wie ein Prinz oder so was. Lass ihn einfach reden wie du und ich. Und das muss auch genau zu meinem Brief passen. *Lieber Evan Hansen* soll da stehen.«

»Aus welchem Grund solltet ihr beide euch denn mit vollem Namen ansprechen?«

»Keine Ahnung. Es muss einfach so sein, okay?«

»Wie du willst.«

Lieber Evan Hansen,
tut mir leid, dass ich nichts von mir hab hören lassen. Es ist total chaotisch gewesen.

»So ist es perfekt«, sage ich.

Ich will dir nur sagen, dass ich die ganze Zeit an dich gedacht hab. Jeden Abend stelle ich mir dein süßes Gesicht vor und rubbele dabei meine Nippel.

»Warum schreibst du das?«, frage ich.

»Ich will doch nur die Wahrheit sagen.«

»Weißt du was, wenn du das nicht ernst nehmen willst, dann vergiss es. Diese E-Mails sollen der Beweis dafür sein, dass wir tatsächlich Freunde waren. Sie müssen absolut realistisch sein.«

»An der Liebe, die ein Mann für einen anderen empfindet, ist absolut nichts Unrealistisches.«

»Schreib jetzt, was ich sage. Nichts anderes. *Das Leben ohne dich war hart.*«

Jared lacht leise vor sich hin. »*Hart?*«

»Gut, ändere das in *schwer.*«

»Pervers.«

»Komm, lass mich tippen.«

Ohne dich war alles schwierig. Mir fehlt es, mit dir über das Leben und andere Sachen reden zu können.

»Wie konkret!«

»Halt die Klappe.«

Ich mag meine Eltern.

»Wer sagt das?«, fragt Jared.

Ich liebe meine Eltern, aber ich hasse es, dass wir so viel streiten. Ich sollte wirklich aufhören, Drogen zu rauchen.

»*Drogen rauchen?*« Enttäuscht von mir schüttelt Jared den Kopf.

»Korrigier das einfach.«

»Das ist alles andere als realistisch.«

»Woher willst du das wissen? Du hast Connor kaum gekannt.«

Wieder guckt er mich komisch an.

»Hier geht es darum zu zeigen, dass er ein guter Freund war. Und dass ich wirklich versucht habe, ihm zu helfen.«

»Oh mein Gott.« Er reißt seinen Laptop wieder an sich.

Ich sollte deinem Rat wirklich folgen und aufhören, Crack zu rauchen.

»Crack?«, sage ich. »Das ist doch wohl ein bisschen extrem, oder? Gibt es in unserer Schule tatsächlich Leute, die Crack rauchen?«

Ich sollte deinen Rat wirklich annehmen und aufhören, Pot zu rauchen. Vielleicht kommt dann alles wieder auf die Reihe. Und ich werde versuchen, netter zu sein. Drück mir die Daumen.

»Das ist gar nicht so schlecht«, sage ich. »Nun unterzeichne das da unten noch mit *Mit besten Grüßen, Ich.*«

»Ich trau mich nicht mal zu fragen«, sagt Jared. »Sind wir jetzt fertig?«

»Ich kann ihnen nicht nur eine E-Mail zeigen. Wir brauchen die an Connor – mit meiner Antwort.«

Es scheppert laut, als ein tätowierter Mann seine schwere Hantel auf den Boden krachen lässt. Obwohl alles dick gepolstert ist, spüren wir den Aufprall unter unseren Füßen. Der Mann, der jetzt im Raum auf und ab läuft, erinnert an einen tollwütigen Martial-Arts-Kämpfer, der sich für die Schlacht gerüstet hat. Dieser Typ könnte einem einfach den Kopf vom Hals reißen, wenn ihm danach ist.

Ich kann das nachempfinden. Nicht das mit der steroidbedingten Aggression oder dem rein körperlich zu manueller Enthauptungen in der Lage zu sein, sondern das Gefühl, nur einen Funken von der totalen Explosion entfernt zu sein. Ich bin wirklich neidisch auf diesen Mann, der ein Ventil für all seine Energie gefunden hat. Weder trainiere ich, noch treibe ich sonst irgendwelchen Sport und ich nehme auch nicht an körperlich fordernden Freizeitaktivitäten irgendwelcher Art teil. Im Sommer bin ich echt viel gewandert, aber das war's dann auch schon. Ich glaube, Dr. Sherman hat gehofft, mir würde das Briefeschreiben die gleiche Art Tiefenentspannung verschaffen. Aber damit hat es nicht so geklappt.

»Okay«, sage ich. »Bist du bereit?«

Jareds Blick hängt auf der anderen Seite des Raumes fest. »Guck dir bloß mal die Rückseite von der da an.«

Ich widerstehe der Versuchung hinzugucken. »Gut. Schreib auf, was ich sage. *Lieber Connor Murphy. Ich komme gerade aus dem Fitnessstudio.*«

»Fitnessstudio?«, sagt Jared. »Im Ernst?«

»Ich komme gerade von einer Wanderung.«

»Das ist schon glaubhafter«, sagt Jared.

»Ich hab Fotos von ganz fantastischen Bäumen gemacht.«

»Nein«, sagt Jared.

»Aber das ist tatsächlich so gewesen.«

»Manchmal brichst du mir wirklich das Herz.«

Lieber Connor Murphy,

ich bin wirklich stolz auf dich, weil du dich so durch diese schwere Zeit hindurchkämpfst. Es sieht wirklich so aus, als ob du die Dinge zum Guten wendest. Du weißt ja, ich bin immer für dich da, wenn du mich brauchst.
Mit besten Grüßen,
Ich

»Ich muss wirklich sagen, die Freundschaft von euch beiden war etwas unglaublich Wertvolles«, sagt Jared.

»Ja, das wirkt doch sehr schön, oder?«

Jareds Feixen verrät mir, dass die Bemerkung nicht ernst gemeint war. Ich hatte damit nur sagen wollen, dass eine Freundschaft wie diese wahrscheinlich was Schönes wäre. Muss doch schön sein, jemanden zu haben, mit dem man über Sachen reden kann, jemanden, der zuhört.

P.S. Deine Schwester ist heiß.

»Was soll das?«

»Ups, mein Fehler«, sagt Jared und löscht die letzte Zeile.

»Okay, neue Seite. Wir machen noch eine.«

Wir kommen in Schwung. *Lieber Evan Hansen, was hab*

ich für ein Glück, dass du mein Freund bist. Lieber Connor Murphy, ich bin immer auf deiner Seite, Bruder. Lieber Evan Hansen, ich hab dir echt viel zu verdanken. Lieber Connor Murphy, nicht der Rede wert. Lieber Evan Hansen, du weißt, dass ich auf dich aufpasse.

Alles in allem produzieren wir ein Dutzend E-Mails, sechs von Connor und sechs von mir. Ich fühle mich so high und aus der Puste wie der Typ mit der Glatze, der da drüben am Trinkbrunnen hyperventiliert.

Wir klatschen zum Schluss noch eine frei erfundene E-Mail-Adresse für Connor drauf und dann setzt Jared seine technischen Zauberkünste ein, um die E-Mails ins Frühjahr zurückzubefördern.

»Ich muss die ausdrucken«, sage ich.

Jared klappt seinen Laptop zu. »Es gibt einen Copyshop hier in der Nähe.«

»Perfekt.« Ich stehe auf. »Danach muss ich dich um noch einen Gefallen bitten.«

»Tut mir leid, deine zwanzig Dollar sind restlos verbraucht.«

»Bist du sicher? Ich dachte, du wolltest sehen, wo die Murphys wohnen.«

Später am selben Nachmittag hält Jared an der Auffahrt der Murphys. Ich lasse mein Fenster runter und lege die E-Mails in ihren Briefkasten. Jared hält mir die Faust hin, als er wieder anfährt, und wartet darauf, dass ich dagegen boxe. Er will feiern, was wir gerade abgezogen haben, aber ich lasse ihn hängen. Ich beobachte, wie das Haus der Murphys im Seitenspiegel kleiner wird, und bin nicht in Feierlaune.

»Fahr rechts ran«, sage ich.

»Warum?«

»Im Ernst, fahr rechts ran. Ich glaub, ich muss kotzen.«

III

Meine Familie hat sich im Wohnzimmer versammelt und sieht so ganz nach Norman Rockwell aus. (Ich hatte nicht vor, nach Hause zu kommen. Hab ja Gründe gehabt, dieses Haus zu verlassen, oder? Doch offenbar kann ich mich einfach nicht von hier fernhalten.)

Larry hält sich an seinem Whisky fest. Cynthia und Zoe lesen sich durch denselben Stapel Papier.

Ich hab gar nicht gewusst, dass Connor sich so für Bäume interessiert hat, sagt Cynthia.

Wenn man vom Teufel spricht. Ich kann nicht sagen, dass es mich überrascht, ihr Gesprächsthema zu sein. Als ich noch lebte, haben sie auch immer gern hinter meinem Rücken über mich geredet.

Ich bin mir ziemlich sicher, dass es hier um Gras geht, sagt Zoe.

Wo denn? Ich sehe das nicht, sagt Cynthia.

Wenn sie von Bäumen reden?

Oh, sagt Cynthia. *Oh.*

Ich beuge mich über die Schulter meiner Mutter, sehe meinen Namen auf dem Papier. Den Namen Evan Hansen sehe ich auch.

Die musst du lesen, Larry.

Larry nickt, nippt an seinem Laphroaig. (Scotchabhängigkeit zählt nicht, müsst ihr wissen. So was gehört zum Job. Mann, der Alte kriegt von seiner Firma zu jedem Weihnachtsfest eine neue Flasche geschenkt. Ich hab seine Sammlung durchprobiert. Nicht mein Ding. Alkohol ist immer der Rausch gewesen, für den ich am wenigsten übrig gehabt habe.)

Ich weiß auch nicht, irgendwie wirkt er so anders, sagt Cynthia.

Sie lesen E-Mails. Von mir an Evan. Von Evan an mich. Was soll das hier?

»Ich fand die Doku toll, von der du mir erzählt hast. Sie war herrlich.« Wer redet denn so? »Ich freue mich wahnsinnig auf die langen Wanderungen, die ich mit dir diesen Sommer machen werde.« Das ist ja eine ganze gruselige Geschichte. »Ich habe ernsthaft über das nachgedacht, was du gesagt hast. Familie ist definitiv das Wichtigste.«

Ich war ziemlich bedröhnt und weg vom Fenster und das unzählige Male. Ich bin lange aufgeblieben, völlig zu, und dann hab ich irren Scheiß gekritzelt. Aber niemals hab ich so was total Beknacktes abgesondert.

»Dear Evan Hansen, du bist der Beste.«

Wahnsinn.

»Es geht wieder aufwärts in meinem Leben. Ganz steil.«

Ich nehme alles zurück. Dieser Scheiß ist genial.

»Ich bin bereit, etwas zu verändern. Das hab ich nur dir zu verdanken.«

Warum macht Evan das? Erst legt er mir einen Brief so hin, dass ich ihn finden muss. Jetzt hat er meine Familie mit in die Sache reingezogen und jubelt ihr Lügen unter. Weißt du was, Mom? Dass ich dir so *anders* vorkomme, liegt daran, dass ich das verfickt noch mal gar nicht bin.

Meine Mutter nimmt ihre Lesebrille ab, die, mit der sie nie fotografiert werden will. *Ich hab ja nicht geahnt, wie viel ihm unsere Ausflüge in die Apfelplantage bedeutet haben.*

Die Apfelplantage. An die habe ich seit Jahren nicht mehr gedacht. Wenn ich mich jetzt an sie erinnere, muss ich sagen, dass mir dazu nichts Schreckliches einfällt. Keine aufbrausenden Auseinandersetzungen oder traumatischen Vorfälle. Darauf stoße ich normalerweise, wenn ich zu tief in Erinnerungen grabe. Das Schlimmste taucht zuerst auf. Aber diese

Ausflüge in die Apfelplantage verliefen ziemlich unspektakulär. Auf eine gute Art. Wir verhielten uns wie eine normale Familie. Meine Mutter packte was zum Picknick ein. Zoe und ich sind immer diesen höckerigen Hügel runtergekullert. Warum hat so was nicht öfter passieren können? Warum konnten wir dieses Gefühl nicht mit nach Hause nehmen?

Er sagt, als die Plantage geschlossen wurde, habe er das Gefühl gehabt, seine Kindheit sei zu Ende gewesen. Wenn man drüber nachdenkt, ergibt das einen Sinn. So um diese Zeit herum fing sein Verhalten an, sich wirklich zu verändern.

Öh, nein. Wenn du Antworten willst, Mom, dann buddelst du an der falschen Stelle. Das ist so eine Eigenheit meiner Mutter. Mein Vater ist überzeugt davon, dass es auf jede Frage nur eine richtige Antwort gibt. Aber meine Mutter sucht immer weiter. Sie wird alles und sonst was versuchen. Klingt nobel – ist es vielleicht auch –, aber sogar dieser Ansatz hat irgendwann was von Folter. Besonders, wenn man selber das Versuchskaninchen ist.

Ich pack das nicht, sagt Zoe. Sie lässt die Blätter fallen und steht vom Sofa auf. Zum Glück hat wenigstens einer in meiner Familie einen funktionierenden Bullshit-Detektor.

Aber sie kann nicht entkommen. Larry brät ihr eine seiner Standardfragen über: »Wie läuft es in der Schule?«

Fantastisch, sagt Zoe, *plötzlich wollen alle mit mir befreundet sein. Ich bin die Schwester von dem toten Jungen.*

Der tote Junge. Ich.

Ich bin mir sicher, dass Mr Contrell sich freut, wenn du wieder zu den Proben kommst, sagt meine Mutter.

Leute, das müsst ihr wirklich nicht tun, sagt Zoe.

Was denn?

Nur weil Connor nicht hier ist und versucht, meine Tür einzuschlagen, laut brüllend, dass er mich umbringen will, aus welchem Grund auch immer, heißt das noch lange nicht, dass wir plötzlich die verdammten Waltons sind.

Ist nicht so angenehm, wenn man seine kleine Schwester so was sagen hört. Aber eigentlich steckt irgendwo da drin ein Kompliment. Eine Art Rechtfertigung zumindest. Denn ich hab oft gesagt: Vielleicht bin nicht ich es, der die Familie vergiftet, vielleicht ist es umgekehrt.

Sie stürmt davon. In Wahrheit ist das ein ziemlich schwaches Stürmen. Wenn ich das wäre, würde ich wahrscheinlich irgendwas zu Bruch gehen lassen. (Und mich deswegen hinterher schlecht fühlen. Aber nicht schlecht genug, um mich dafür zu entschuldigen. Oder es nie wieder zu tun.)

Sie wird schon wieder, sagt meine Mutter. *Jeder trauert auf seine Weise.*

Larry stürzt seinen Scotch runter.

Meine Mutter kehrt zu den E-Mails zurück. *Mir kommt es vor, als würde ich eine neue Seite an ihm entdecken. Er wirkt so viel leichter hier. Ich weiß gar nicht mehr, wann ich ihn das letzte Mal habe lachen hören.*

Ich lache reichlich. Ich meine, habe reichlich gelacht. Ich hab gelacht, weil alles so verdammt absurd war. Ich hab gelacht, weil man sonst nicht viel anderes machen kann. Man kann entweder lachen oder heulen. Und ich hab beides reichlich getan. Aber, wisst ihr was, jedes Mal, wenn meine Mutter mich nur ganz flüchtig im Rohzustand gesehen hat, konnte sie es nicht ertragen. Da war so viel Angst in ihrem Blick. Da war auch Liebe – das konnte ich sehen, das ist bei mir hängen geblieben. Wenn du diesen Blick siehst, dann bist du nicht scharf drauf, dich zu öffnen. Nee, dann machst du ziemlich schnell dicht.

Ich gehe zu Bett, verkündet mein Vater.

Komm, setz dich zu mir.

Ich bin erschöpft.

Weißt du, Larry, irgendwann wirst du anfangen müssen …

Aber nicht heute Abend. Bitte.

Ich glaube, das hab ich nun davon, dass ich so hohe Mauern um mich gezogen habe. Meine Familie hat eigentlich nie was über mein Leben gewusst. Gelegentlich habe ich mal *einen Freund* erwähnt (ich geh mit *einem Freund* weg, hab ich von *einem Freund* gekriegt). Aber ich glaub, sie haben mir nicht geglaubt. Vor allem, weil ich ihnen nie einen Namen hingeworfen habe.

(Sogar jetzt erwähne ich seinen Namen nicht gern. Ich frage mich: Hat er überhaupt gemerkt, dass ich weg bin?)

Ich gehe nach oben zu Zoes Zimmer. Sie klimpert auf ihrer nicht angeschlossenen elektrischen Gitarre herum. Was sie über mich gesagt hat, stimmt nur zum Teil. Ich hab sie ein paarmal angeschrien. An ihre Tür gehämmert. Aber ich hab nie gedroht, sie umzubringen. Glaubt sie das wirklich? Natürlich hätte ich ihr niemals wirklich wehgetan. Das war wie in diesem Zitat: *Ein Märchen erzählt von einem Dummkopf, voller Klang und Wut. Das nichts bedeutet.* So war ich. (Das war auch Shakespeare. Dass ich meinen Aufsatz über *Macbeth* nicht abgegeben habe, heißt ja nicht, dass ich gar nichts mitgekriegt habe. Vielleicht habe ich sogar zu viel mitgekriegt.)

Jetzt sitzt sie auf dem Teppich, den Rücken ans Bett gelehnt. Ihr Klimpern hört auf. Sie steckt sich ihr Plektrum in den Mund und kritzelt was in ein Notizbuch.

Ich weiß nicht mehr, wann ich das letzte Mal in ihrem Zimmer war. Wir waren Nachbarn, die einfach aufgehört haben, sich zu grüßen. Ich dachte immer, sie wäre die Saubere, aber hier drinnen herrscht das reine Chaos. Verwackelte Schnappschüsse. Ein Haufen loser Gitarrensaiten. Alter Toast auf einem Teller, daneben ein schmutziges Messer.

(Lady Macbeth ist eine andere berühmte Selbstmörderin. Es gibt da eine Zeile von ihr, die ich unterstrichen habe. Irgendwas darüber, dass Zerstörung keine dauerhafte Befriedigung verschafft. Erst sich selbst zu zerstören, ist letzten Endes die einzig echte Lösung.)

Ein neues Geräusch. Zoe redet. Nein, eigentlich redet sie nicht. Sie singt leise:

I could curl up and hide in my room
Here in my bed still sobbing tomorrow.

Sie dämpft den Akkord. Kritzelt noch mehr ins Notizbuch. Sie singt ohne Begleitung:

I could give in to all the gloom,
But tell me, tell me what for?

Sie summt beim Schreiben. Entwickelt eine Melodie. Nimmt ihr Plektrum wieder in die Hand. Drückt sich die Gitarre an die Brust wie diesen zerlumpten Teddy, den sie immer rumgeschleppt hat.

Früher sind wir gut miteinander ausgekommen. Waren Rücksitzpassagiere auf derselben Tour. Im Urlaub haben wir im selben Bett geschlafen. (Ehe Larrys Name auf dem Briefkopf stand, haben wir uns immer alle in einem Hotelzimmer gestapelt.) Wir haben die Katzen unter unserer Terrasse gefüttert. (Das war damals in unserem alten Haus. Cynthia wollte nicht, dass wir sie mit reinnehmen. Krankheiten, sagte sie.) Wir haben Halloween-Süßigkeiten getauscht. (Zoe mochte Schokolade. Ich war ganz wild auf die sauren Sachen.) Sie wollte alles machen, was ich machte. Mit meinen Autos und X-Men spielen. So tun, als wäre sie ein Soldat in meiner Armee.

Aber irgendwann hat sie aufgehört, für mich zu kämpfen. Wo ist die Loyalität geblieben? Neulich in der Mittagspause, als Evan und ich Streit hatten, kam sie an und wollte wissen, ob *er* okay sei. Und ich? Wer erkundigt sich denn nach mir?

Why should I have a heavy heart?
Why should I start to break in pieces?
Why should I go and fall apart for you?

Ich hatte keine Ahnung, dass sie hier drinnen singt. Jetzt hab ich sie gehört und das lässt sich nicht wieder rückgängig machen. Sie artikuliert jede Silbe, fordert meine ganze Aufmerksamkeit ein. Ein intimer Moment, unwissentlich geteilt. In ihrer Stimme ist so viel Schmerz. Noch viel mehr als in ihren Worten.

Why should I play the grieving girl and lie?
Saying that I miss you and that my
World has gone dark without your light.
I will sing no requiem tonight.

Ein Schlaflied würde ich das nicht nennen.

Kapitel 11

Mr Schumann sammelt unsere Zettel ein und verspricht, dass die Ergebnisse des Tests, den wir gerade geschrieben haben, keinen Einfluss auf die Zensur in unserem Abschlusszeugnis haben werden. Das ist eine Erleichterung, ich konnte mich nämlich kaum konzentrieren. Mr Schumann will sehen, was jeder Einzelne von uns über die verschiedenen Aggregatszustände weiß oder nicht weiß. Mein Fokus liegt eher darauf, was ich über mein eigenes Leben weiß oder nicht weiß.

Was ich weiß: Jared und ich haben den Murphys am Dienstag ein Päckchen E-Mails geliefert. Jetzt ist Donnerstag.

Was ich nicht weiß: Ob die Murphys die E-Mails erhalten haben. Ob sie die Mails gelesen haben. Was sie gedacht haben, als sie die Mails gelesen haben. Ob sie ihnen geholfen haben oder nicht. Was sie jetzt von mir wollen.

Ich weiß nicht mal mehr, was Jared und ich geschrieben haben. Die Worte kamen in einem irren, beflügelten Rausch. Ich habe meine einzige materielle Kopie an die Murphys abgegeben. Und ich wollte Jared bitten, mir die Datei zu schicken, aber dann hatte ich entschieden, sie nicht sehen zu wollen. Ich versuche zu vergessen, dass sie existieren. Und dass wir getan haben, was wir getan haben.

Es klingelt und auf geht's in die Mittagspause. Ich bleibe hinter meinen Klassenkameraden zurück. Wozu die Eile? Vor dieser Sache war ich allein, aber da waren immer noch ein paar Spritzer in meiner Tube Hoffnung. Connor Murphy gehörte nicht zu meinem täglichen Leben. Wie ich existierte er im Hintergrund. Unsere Pfade kreuzten sich nicht, und wenn sie es mal taten, bemerkte das keiner von uns. Ich konnte hinten in der Cafeteria sitzen, heimlich zu Zoe rüber gucken und mir ausmalen, dass wir eines Tages zusammen sein würden – so weit hergeholt es auch sein mochte. Jetzt hebe ich beim Essen nicht mal mehr den Kopf. Ich hab zu viel Angst, dass mich ein weiterer ihrer Eisesblicke von der anderen Seite des Raumes trifft.

Durch die offene Doppeltür trete ich ein in dieses Bombardement aus Gerüchen und Geräuschen. Ich bin anscheinend der Letzte, der reinkommt, was in Ordnung ist, weil ich nicht viel Zeit zum Essen brauche. An meinem üblichen Tisch gibt es jede Menge freie Plätze. Ich belege einen. Als ich mich setze, sagt jemand: »Hey, Evan.«

Der Junge mir gegenüber kommt mir bekannt vor, aber ich weiß nicht, wie er heißt.

»Sam«, sagt er. »Wir haben Englisch zusammen.«

»Oh. Stimmt. Hey.«

Sam beugt sich wieder über sein Essen. Ich starre in seinen dichten Haarwald. Wo kommt der denn her? War er schon immer hier? Ich hab praktisch die ganze Highschool-

Zeit als Unsichtbarer zugebracht. Auf einmal bemerkt zu werden, erfüllt mich mit einem seltsamen und beunruhigenden Gefühl.

Da ich den Blick nun schon mal gehoben habe, gucke ich noch einen Moment länger hoch und verschaffe mir einen Überblick über meine Umgebung. Wie ich schon befürchtet hatte, werde ich angestarrt. Dieses Mal aber nicht von Zoe. Die starrenden Blicke kommen von überall aus der Cafeteria, nicht alle auf einmal, und so richtig gestarrt wird eigentlich auch nicht, das sind eher so flüchtige Blicke. Ein Kopfdrehen da. Schnell mal gucken dort.

Ich senke den Kopf und wickele mein Sandwich aus. Mittlerweile erfüllt mich schon der Anblick meines Erdnussbutter-Gelee-Standardbrotes mit Grauen. Als ich im Sommer im Ellison Nationalpark gearbeitet habe, haben mein Boss, Ranger Gus, und ich uns immer was zum Mittagessen von einem der Imbisswagen in der Nähe geholt. Mein Lieblingsessen waren koreanische Tacos. Ich fange jetzt noch an zu sabbern, wenn ich nur an diese Tacos denke. Das war das wahre Leben. Und deshalb freu ich mich echt auf das Abendessen. Heute ist Taco-Abend mit Mom.

Ich nehme einen großen Bissen von dem Schaumstoff mit Geschmack, den ich in der Hand halte. Die Bank wackelt, jemand setzt sich neben mich.

»Oh mein Gott, wie geht es dir?«, sagt Alana Beck. »Wie läuft es denn so bei dir?«

Meine Reaktionszeit bei sozialer Interaktion verläuft immer in Zeitlupe, aber bei Alana wird der Effekt noch extremer. Ihr Strahlen ist wie das vom Schnee reflektierte Licht der Sonne. Paralysierend.

Ich weiß nicht genau, warum es sie so interessiert, wie es mir geht, aber es ist nett, dass sie fragt. »Mir geht's ganz gut, würde ich sagen.«

Sie verzieht das Gesicht wie unter Schmerzen. »Du bist phänomenal.«

»Ich?«

»Jared hat allen von dir und Connor erzählt, wie nah ihr euch wart, dass ihr beste Freunde gewesen seid und so.«

Jetzt bin ich der vom Schmerz Verzerrte. Kann ein Magengeschwür eigentlich spontan entstehen?

»Alle reden davon, wie tapfer du diese Woche gewesen bist«, sagt Alana, sie hat die Hände gefaltet, eine Nonne, die einen bettlägerigen Patienten tröstet.

»Wirklich?« Meine Stimme bricht, ich auch ... fast.

Ich sehe mich schnell um. Gucken deshalb alle ständig zu mir rüber? Sam präsentiert ein wundersam getimtes Nicken.

»Also, jeder andere in deiner Lage würde zusammenbrechen«, sagt Alana. »Dana P. hat gestern in der Mittagspause so sehr geweint, dass sie sich einen Muskel im Gesicht gezerrt hat. Sie musste ins Krankenhaus.«

»Ist Dana P. nicht gerade erst auf diese Schule gekommen? Sie kannte Connor doch nicht mal.«

»Deshalb hat sie ja geweint. Weil sie jetzt nie mehr die Gelegenheit haben wird, ihn kennenzulernen. Connor bringt die Schule wirklich zusammen. Echt unglaublich. Leute, mit denen ich noch nie gesprochen haben, wollen plötzlich mit mir reden, weil sie wissen, wie viel Connor mir bedeutet hat. Das ist eine große Inspiration. Ich hab übrigens einen Blog über ihn angefangen, eine Art Erinnerungsseite.«

Ich mache den Mund auf, kann aber nichts rausbringen.

Mein Puls geht dreimal so schnell wie normal. Ein langer Zug aus dem Wasserglas bringt kaum Abhilfe. »Mir war gar nicht klar, dass du mit Connor befreundet warst.«

»Nicht so richtig befreundet. Wir waren eher Bekannte. Aber gute Bekannte.«

Mein Pulsschlag verringert sich auf lediglich doppelte Geschwindigkeit.

»Wahrscheinlich hat er mich nie erwähnt oder so«, ergänzt sie.

Ich weiß nicht, ob sie eine Frage stellt oder ob das eine Aussage ist. Was auch immer, meine Lippen sind versiegelt.

»Willst du die Wahrheit wissen?«, fragt sie. »Ich glaube, irgendwie hab ich immer gewusst, dass ihr beide Freunde wart. Du hast es total gut verborgen, aber ich wusste das einfach.« Sie lehnt sich zu mir rüber. »Sag's mir.«

»Was soll ich dir sagen?«

»Dieses Foto von Connor, das alle posten? Das, auf dem der andere Typ weggeschnitten ist? Der andere Typ bist du, oder?«

Sie betrachtet mich eingehend. Ich hab solche Angst, dass ich nicht mal atmen mag.

Sie lächelt. »Ich hab es gewusst.«

Sam lächelt auch.

Ich hab überhaupt nichts gesagt. Ich hab überhaupt nichts gemacht. Nicht genickt, gezwinkert oder gezuckt.

»Halt durch, Evan«, sagt sie, ehe sie geht.

Ich möchte irgendwo anders sein, egal wo. Ich nehme mein Essen und steuere die Tür an.

Jared tritt mir in den Weg, mit offenen Armen heißt er mich willkommen. Ich lasse mich auf eine Umarmung ein.

»Was machst du da?«, sagt er und stößt mich weg.

»Sorry. Ich dachte …«

»Ich will dir was zeigen, Arschloch.« Er zeigt auf seinen Brustkorb. Über seinem Herzen ist ein Button mit Connor Murphys lächelndem Gesicht drauf. Das ist dieses Foto von Connor. Jared greift in einen Jutebeutel, den er sich über die Schulter geworfen hat, und holt einen identischen Button heraus, den er mir ans Hemd pinnt. »Die verkaufe ich für fünf Dollar pro Stück, aber du kriegst deinen für vier.«

»Du verdienst Geld damit? Mit Connors …« Ich bringe es nicht über die Lippen.

»Ich bin nicht der Einzige«, sagt Jared. »Hast du die Armbänder mit Connors Initialen denn nicht gesehen, die Sabrina Patel in der Freistunde verkauft hat? Oder die T-Shirts, die Matt Holzers Mutter genäht hat?«

»Nein, hab ich nicht. Ich kann nicht glauben, dass Leute so was machen.«

»Angebot und Nachfrage, mein Freund. Im Moment blüht das Geschäft.« Er klopft auf seine prall gefüllte Tasche. »Ich muss diese Buttons absetzen, ehe der Connor-Murphy-Gedenkscheiß-Markt in den Keller geht.«

Er geht weg. Ich rufe ihm hinterher. »Dieses Ding trage ich nicht.« Ich kann den Button gar nicht schnell genug abkriegen. Ich werfe ihm das Ding hinterher. Und dabei sehe ich – über seine Schulter hinweg – den wütenden, starren Blick von Zoe Murphy. Eben hat sie beobachtet, wie ich mir Connor Murphys Button vom Hemd gerissen und voller Verachtung quer durch den Raum geschleudert habe.

Jared schlendert davon und Zoe nimmt seinen Platz direkt vor mir ein. »Was hast du?«, sagt sie. »Ist dir nicht danach, das Gesicht meines Bruders auf deiner Brust zu tragen?«

Was wäre, wenn ich einen der Buttons nehmen und mir die Nadel ins Auge stechen würde? Wäre das Gerechtigkeit?

Zoe sieht sich um. »Das hier hätte er gehasst.« Und dann wendet sie sich mir wieder zu: »Glaubst du das nicht auch?«

Das klingt ernst gemeint, so als hätte sie Interesse an meinen Erkenntnissen. Andererseits könnte es auch ein Test sein.

»Wahrscheinlich«, sage ich.

In ihren Augen ist so viel Schwere. Ich kann nicht entschlüsseln, was das zu bedeuten hat, oder welche Form es genau annehmen wird, aber alles in allem ist das Gesamtgewicht kolossal – und ich sehe es direkt vor mir.

Sie will gerade weggehen, unterbricht dann aber ihren Rückzug. Ich schaue runter, weil ich sehen will, was sie sieht. Es ist mein Gips, das, was darauf geschrieben steht. Als ich ihr daraufhin ins Gesicht schauen will, ist es zu spät. Sie hat schon den halben Raum durchquert und wird von der Menge verschluckt.

•••

Es ist ein gespenstisches Gefühl, wieder im Computerraum zu sein. Eine Woche ist es erst her, seit Connor Murphy meinen Brief gestohlen hat. Zu der Zeit war mir seine Anwesenheit erst gar nicht aufgefallen. Jetzt schaue ich über meine Schulter und verschaffe mir einen Überblick, wer da ist. Ein paar Leute. Connor sehe ich nicht. Natürlich sehe ich Connor nicht. Er lebt nicht mehr. Leute, die nicht mehr leben, kann man nicht sehen.

Vielleicht wäre er noch am Leben, wenn ich diesen blöden Brief nicht ausgedruckt hätte. In dem Moment, als ich auf meiner Tastatur *Return* gedrückt hatte, scheine ich eine tragische Kettenreaktion in Gang gesetzt zu haben. Wenn die WLAN-Verbindung gestört gewesen wäre und der Befehl den Drucker nie erreicht hätte, könnte Connor noch am Leben sein. Wenn meine Mutter diesen Termin mit Dr. Sherman nicht für genau diesen Tag vereinbart hätte, könnte Connor noch am Leben sein. Und wenn ich mir meinen Arm nicht gebrochen hätte, wäre kein Gips da gewesen, auf den Connor hätte schreiben können, und dann hätte ich dieses ganze Missverständnis aufklären können, bevor es hart wurde wie Gips.

Wenn man bedenkt, wie tief ich von diesem Baum gestürzt bin, hätte ich mir einiges mehr brechen können. Ich habe Glück gehabt. Das haben mir alle gesagt. Ich hab mich nicht sehr glücklich gefühlt, als ich da gelegen habe mit den fürchterlichsten physischen Schmerzen, die ich je im Leben hatte. Aber vermutlich *habe* ich Glück gehabt. Ich hätte mir den Rücken zerschmettern können. Oder den Schädel einschlagen. Oder noch Schlimmeres.

Ranger Gus hat mich ins Krankenhaus gefahren. Immer wieder hat er gefragt, was ich denn da oben in diesem Baum gemacht habe. Ich wusste nicht, wie ich ihm sagen sollte, dass mir plötzlich danach war, auf einen Baum zu klettern, während ich eigentlich arbeiten sollte. Ich hab mir spontan eine Geschichte ausgedacht, von der ich hoffte, sie würde sich gut anhören. Irgendwas mit einem entlaufenen Hund, den ich auf meinem Rundgang gefunden hatte, und wie der abgehauen war, bevor ich ihn packen konnte, und wie ich hinter ihm hergehetzt war. Ich hatte gedacht, weiter oben könnte ich mir einen besseren Überblick über das Ganze verschaffen.

»Du rufst mich auf dem Walkie-Talkie«, sagte Ranger Gus vom Fahrersitz des parkeigenen Pickups. »Wie oft hab ich dir das gesagt? Irgendwelche ungewöhnlichen Vorkommnisse – und du rufst mich auf dem Walkie-Talkie.« Er war wütend.

Im Laufe des Sommers hatte es mehrere Momente gegeben, in denen der plötzliche Umschwung in Ranger Gus' Ton mich eiskalt erwischt hatte und ich mir ins Gedächtnis rufen musste, dass er immerhin mein Boss war, mochte er mir auch noch so sehr wie ein Freund vorkommen. Einen dieser Momente erlebte ich, als ich versuchte, ihn Gus zu nennen, ohne das *Ranger* vorweg, und er mich umgehend korrigierte.

»Die Regeln wurden zu deiner Sicherheit aufgestellt«, sagte Ranger Gus. »Für die Sicherheit aller, auch für die des Parks. Ich hab den Eindruck, all das hast du gerade zum Fenster raus geworfen.«

Er hatte recht. Ehrlich gesagt, war mir die Sicherheit in jenem Moment völlig egal gewesen. Die hatte ich als Allerletztes im Sinn gehabt.

»Hör mal, ich weiß, du hast Schmerzen«, sagte Ranger Gus. »Aber wenn du daraus nichts lernst, dann nützt der ganze Schmerz nichts.«

Mir machte es nichts aus, dass Ranger Gus so hart mit mir ins Gericht ging. Im Grunde war ich irgendwie dankbar dafür.

»Hast du deine Familie angerufen?«, fragte er.

Ranger Gus' Reaktion war besser als die meines Dads. Als ich am Tag danach mit Dad redete, fing er nämlich an mir von seiner älteren Stieftochter Haley zu erzählen, die sich letztes Jahr das Handgelenk gebrochen hatte. Er schilderte, wie schnell es verheilt war und wie Haley ratzfatz wieder beim Sport mitmachen konnte. Falls mich das trösten sollte, hat es nicht geklappt. Jede andere Reaktion als die, die er für mich übrighatte, wäre mir lieber gewesen. Er hätte über meine Ungeschicklichkeit spotten oder mit einem schlichten »So ein Mist« sein Mitgefühl bekunden können, er hätte mir auch erzählen können, wie er sich mal was gebrochen hatte, als er klein war. Von Haley wollte ich in dem Moment definitiv nichts hören.

»Ich hab meiner Mutter eine Nachricht hinterlassen«, sagte ich Ranger Gus. »Ich glaube, sie sitzt gerade in ihrem Kurs.« Wie es der Zufall wollte, war sie nicht im Krankenhaus, als wir da ankamen. Ich weiß noch, wie erleichtert ich war, als mir das klarwurde.

Seit dem Ende meines Sommerjobs habe ich nicht mehr mit Ranger Gus gesprochen. Zwei Monate lang war ich fünf Tage die Woche mit ihm zusammen und jetzt haben wir nichts mehr miteinander zu tun. Ich weiß nicht. Mir kommt das irgendwie verkorkst vor. Gerade eben waren wir noch ein Team oder so was, und jetzt ist er wahrscheinlich damit beschäftigt, einen Neuen auszubilden.

Ich erwecke meinen Computermonitor zum Leben. Ich könnte Ranger Gus eine E-Mail schicken und ihn fragen, wie es ihm geht. Aber wenn man bedenkt, wie selten er online ist, wird er meine Mail wahrscheinlich erst Wochen später sehen.

Ich hab versucht, ihn dazu zu bringen, für sich und den Park ein Profil in den sozialen Medien zu erstellen, aber das kam nicht gut an. Ranger Gus ist einer von diesen Naturburschen, die überzeugt davon sind, dass Technologie die Gesellschaft kaputtmacht. Abgesehen davon, müsste ich ihm, wenn ich ihn nach seinem Leben frage, auch was über meines erzählen.

•••

An diesem Abend bin ich gerade voll damit beschäftigt, vor dem Abendessen noch ein paar Hausaufgaben rauszuhauen, als ich eine neue E-Mail in meinem Posteingang bemerke. In der Betreffzeile lese ich: Danke. Ich mache sie auf und stelle fest, dass es eine Nachricht von Cynthia Murphy ist. Der Anblick ihres Namens lässt mich fast vom Stuhl kippen. Warum nur hab ich meine echte E-Mail-Adresse in diese Mails gesetzt, die ich ihr gegeben habe? Ich hätte mir selber einen Fake-Account ausdenken sollen.

Ich fange an zu lesen:

Lieber Evan,

wir haben das Päckchen bekommen, das du uns gebracht hast. Wir können dir gar nicht genug dafür danken, dass du uns diese privaten Mitteilungen anvertraust. Sie gewähren uns in der Tat einen Blick auf Connor, der uns nie zuteil geworden ist, einen, der kaum mit dem Jungen vereinbar ist, den wir gekannt haben.

Du hast erwähnt, dass es noch mehr E-Mails gibt. Wir sind dankbar für alles, was du uns zeigen magst, wann immer du dazu bereit bist. Diese Mails durchzulesen ist für mich fast so, als würde ich Connor weiterleben sehen, und ein Teil von mir möchte diese Erfahrung bis in alle Ewigkeit ausdehnen.

Ich möchte dich um einen Gefallen bitten. Ich frage mich nämlich, ob du noch weitere Mails hast, die sich mit Connors bedauerlichem Kampf gegen den Drogenmissbrauch befassen. Genauer gesagt: Hat er die Leute namentlich erwähnt, die ihn mit Drogen versorgt haben? Würdest du die Mails daraufhin noch einmal durchsehen? Mein Mann findet natürlich, dass ich meine Zeit verschwende, aber ich würde nachts einfach ruhiger schlafen, wenn ich wüsste, dass du dir alles noch einmal angesehen hast und bestätigen kannst, dass da nichts darüber stand.

Und zu guter Letzt: Wann werden wir dich wiedersehen? Hast du morgen Abend Zeit? Wir würden dich gern wieder zum Abendessen bei uns einladen.

Mit aufrichtiger Zuneigung,
Cynthia

Die E-Mails haben sie nicht zufriedengestellt. Sie will mehr. Das wird nie enden.

Namen? Warum fragt sie mich nach Namen? Damit sie die an die Polizei weitergeben kann? Ganz bestimmt nicht, weil sie Präsentkörbe verschicken will. Nein, sie will Gerechtigkeit. Das ist meine Interpretation dieses Textes, und in Sachen Textinterpretation fühle ich mich ausnahmsweise mal kompetent. Und hier ist noch was, bei dem ich mir ganz sicher bin: Wenn Cynthia Murphy zur Polizei geht, ist es definitiv *das Schlimmste, was passieren könnte.*

Neben dem Essaystipendien-Stapel auf meinem Nachttisch stehen zwei Gläser. Eins mit Wasser, eins mit *Ativan*. Ich schlucke Letzteres und spüle mit Ersterem nach. Dann schließe ich die Augen und konzentriere mich auf die Verteilung der Chemikalien in meinem Körper. Meine Schultern entspannen sich und die Atmung wird langsamer, während ich auf mein *Reset* warte.

Okay. Das muss aufhören. Ich muss dafür sorgen, dass es aufhört. Ich werde Cynthia einfach sagen, dass es keine Namen gibt. Das ist die Wahrheit. (Ich behalte jetzt den Überblick über die Wahrheiten, so als wären sie die Brotkrümelspur, die mich aus diesem Lügenwald rauslotsen können.) Aber was, wenn ihr das immer noch nicht gut genug ist? Was, wenn sie mein Nein nicht akzeptiert? Immerhin reden wir hier von einer trauernden Mutter. Diese Frau hat ihren Sohn verloren. Für sie ist das kein Spiel.

Für mich auch nicht.

Das reicht jetzt. So kann ich nicht weitermachen. Es wird Zeit, mit der Wahrheit rüberzukommen. Mit der ganzen Wahrheit. Das habe ich von Anfang an versucht, aber ich habe weder laut noch deutlich genug gesprochen. Ich bringe das in Ordnung. Ich werde wieder zu ihnen gehen und ihnen in die Augen schauen und dann mache ich es einfach: Ich gestehe.

»Alles in Ordnung bei dir?«

In der Tür steht meine Mom. Ich schwöre, sie verfügt über die übernatürliche Fähigkeit, sich zum unpassendsten Zeitpunkt vor meinem Zimmer zu materialisieren.

»Ja, ja. Mit mir ist alles in Ordnung. Selbstverständlich.« Das *Ativan* kann gar nicht schnell genug wirken.

»Du hast gerade sehr konzentriert ausgesehen.« Sie kneift die Augen zusammen und ahmt mich nach, so gut sie kann. »Lass mich raten.« Sie kommt näher. »Geht es um Mathe? Das war immer mein schlechtestes Fach.«

Ich klappe meinen Laptop zu, ehe sie draufschauen kann. Sie bleibt stehen, wir gucken uns an.

»Ich hab bloß … Jared gemailt«, sage ich mit zitternden Händen. »Er wollte was wissen.«

Ich meide ihren Blick und mir fällt auf, dass sie ihren Kittel trägt.

»Sieht ja ganz so aus, als würdest du wieder mehr Zeit mit Jared verbringen.« Sie wirkt erleichtert. »Ich hab ja immer gesagt, dass er ein toller Freund für dich ist.«

»Ja, echt toll.« Die Handtasche hängt über ihrer Schulter, sie hat die Autoschlüssel in der Hand.

»Ich bin stolz auf dich. Weil du da rausgehst.«

»Genau«, sage ich ohne jede Leidenschaft.

»Also, ich gehe jetzt, aber ich habe Geld auf den Tisch gelegt.« Sie dreht sich um. »Bestell dir, was du willst, okay?«

Ein ekliges, erstickendes Gefühl mischt sich mit dem, was vorher schon da war. Ich wünschte, mir wäre das alles egal. »Ich dachte, heute ist Taco-Abend. Wir wollten uns die Essay Themen ansehen.«

Ihre Augen werden ganz groß.

»Das war heute Abend. Oh mein Gott. Oh, Schatz. Das habe ich total vergessen. Scheiße.« Sie schlägt sich die Schlüssel an den Kopf.

»Schon gut«, sage ich, denn, na ja, was soll ich denn sonst dazu sagen?

Sie setzt sich auf mein Bett und guckt auf den Haufen Papiere auf meinem Nachttisch. »Weißt du, was? Fang doch einfach an, guck dir die Themen erst mal ohne mich an. Und wenn du dann irgendwelche Ideen hast, kannst du mir mailen, und ich schreib dir, was mir dazu einfällt. Das ist doch sowieso besser, oder? Auf die Weise kannst du dir wirklich alle Zeit lassen, die du brauchst.«

Ich nicke, bereit, dieses Gespräch schnell abzuschließen.

»Ja, ja. Bestimmt.«

»Wir gehen einen anderen Abend Tacos essen, Evan. Morgen Abend könnten wir das machen. Wie wäre es mit morgen Abend?«

»Morgen kann ich nicht. Ich hab … hab was vor.«

Meine Mom hört mich nicht. Sie guckt auf ihr Handy. »Scheiße. Ich komme zu spät.«

Ich stehe auf. »Du solltest gehen.« Diese Bettpfannen machen sich schließlich nicht von selber sauber.

»Nein, lass uns eine Lösung finden.«

»Alles gut.«

»Evan …«

Ich gehe auf die Tür zu. »Ich mache mir selber was zum Abendessen«, sage ich und lasse sie allein in meinem Zimmer sitzen.

Kapitel 12

Dies ist das Doppelbett, in dem Connor Murphy geschlafen hat. Der Holzfußboden, den seine Stiefel verschrammt haben. Die weißen Wände, die er überklebt hat, so gut er konnte.

Zwischen Kino- und Bandpostern, selbstgemachten Kunstwerken und einer Scherzauszeichnung am Band, auf der steht ICH HAB MIR HEUTE HOSEN ANGEZOGEN, sticht eine Nahaufnahme von einer Hand mit ausgestrecktem Mittelfinger hervor. Der Mittelfinger ist schwarz angemalt und es ist winzig kleine Schrift darauf. Nur, wenn man mit dem Gesicht ganz nah an das Foto herankommt, kann man die weißen Buchstaben lesen. *Buh!*, steht da.

Ich hab ganz schön Angst. Aber ich hatte schon Angst, ehe ich Connors Zimmer betreten habe. Cynthia hat gesagt, ich soll hier raufgehen, während sie mit den Vorbereitungen fürs Abendessen weitermacht. Offenbar bin ich in meiner Panik eine Stunde früher gekommen, als ich sollte. Ich hatte angeboten, unten zu bleiben und ihr beim Tischdecken zu helfen, da sie anscheinend alles allein macht, aber sie bestand darauf, dass ich hochging, um eine Weile *mit Connor allein* zu sein.

Draußen sind es fast dreißig Grad, aber im Haus der Murphys zittere ich. Der Frau da unten wird gleich zum zweiten Mal das Herz gebrochen und ich bin derjenige, der das erledigen wird. Sie hat mir noch mal gesagt, wie viel ihr die Mails bedeuten, die Connor und ich uns geschrieben haben, und wie sie ihr helfen, Connor am Leben zu halten. Heute Abend kann ich eine neue Leichtigkeit an ihr wahrnehmen, und doch steh ich hier, im Begriff, ihr Connor wieder zu entreißen und mich als ganz, ganz schrecklicher Mensch zu erweisen. Ich hasse es, ihr das antun zu müssen, aber was hab ich denn für eine Wahl? Das hier gerade ist sogar noch schlimmer, als sie mit Lügen über mich und ihren Sohn zu füttern.

Es ist zwar quälend, hier in Connors privatem Raum zu sein, doch der Wahrheit, wer er war, bin ich noch nie so nah gekommen. Abgesehen von den offensichtlichen Unterschieden zwischen seinem Zimmer und meinem – mein Bett ist halb so groß, ich hab Teppiche auf dem Boden und meine Wände sind hellgrün gestrichen –, gibt es ein paar verblüffende Übereinstimmungen. Nirgendwo in diesem Zimmer ist irgendetwas, das mit Sport zu tun hat. Ich hab immer das Gefühl gehabt, aus der Reihe Gleichaltriger zu tanzen, weil ich null Interesse an Sport habe, weder welchen treibe, noch mir angucke.

Und wie ich hat Connor mit Büchern vollgestopfte Regale. Ich sehe *Per Anhalter durch die Galaxis, Der Fänger im Roggen, Der große Gatsby* und *Die Geheimnisse von Pittsburgh.* Von einigen hab ich noch nie gehört, andere kenne ich. Ich sehe eine Schulausgabe von *Macbeth* aus unserem ersten Jahr in der Highschool. Er hat mindestens ein halbes Dutzend Kurt-Vonnegut-Romane. Ein paar haben den Registrierungscode der Bibliothek auf dem Rücken. Irgendwie kommt mir das paradox vor: Connor Murphy in einer Bibliothek.

Einen der Titel besitze ich auch: *In die Wildnis* von Jon Krakauer. Den Film habe ich zuerst gesehen und dann das Buch gelesen. Es geht um einen Typen Anfang zwanzig, der versucht, in Alaska ganz allein zu leben. In Sachen Natur kannte der sich aus. Er hätte einen ausgezeichneten Park-Ranger abgegeben. Unglücklicherweise machte er dann einen entscheidenden Fehler und kam da draußen in der Wildnis um.

Es ist ein komisches Gefühl zu wissen, dass Connor und ich beide das gleiche Buch gelesen haben. Es ist möglich, dass ich mit ihm mehr gemeinsam hatte als mit den meisten anderen Leuten in der Schule. Hätten wir beide in der Mittagspause am selben Tisch gesessen, hätten wir über andere Bücher reden können, die wir beide gelesen haben, wie etwa *Schlachthof 5*. Wer weiß, vielleicht hätten wir tatsächlich Freunde sein können. Sieht so aus.

Eins von Connors Hardcover-Büchern hat weder Schutzumschlag noch Titel. Ich ziehe es aus dem Regal. Es ist ein Buch voller Skizzen. Sie sind bizarr und verstörend, aber auch aufwendig und gekonnt. Die vor mir zeigt einen Mann in Galoschen, der einen Regenschirm hält. Ratten und Spinnen fallen vom Himmel. Der Boden und die Bäume sind auch von Ratten und Spinnen bedeckt. Das Bild hat den Untertitel *Kritzelkreaturen*. Irgendwie ist das witzig.

»Warum bist du im Zimmer meines Bruders?«

Ich schleudere Connors Skizzenbuch förmlich wieder zurück ins Regal, bevor ich mich zu Zoe umdrehe. »Ich bin zu früh hier aufgetaucht und deine Mom hat gesagt, ich soll hier hochgehen.«

»Stört es deine Eltern nicht, dass du die ganze Zeit hier bist?«, fragt sie.

Ich bin nicht die ganze Zeit hier. Ich bin nur zwei Mal hier gewesen. Aber ich werde jetzt nicht Zoe Murphy in ihrem eigenen Haus widersprechen (oder woanders, wenn wir schon mal dabei sind).

»Meine Mom und ich sind allein«, sage ich, »und meistens arbeitet sie abends. Oder sie geht in ihren Kurs.«

Sie lehnt sich an den Türrahmen. »Ein Kurs wofür?«

»So Rechtssachen.«

»Ach? Mein Dad ist Anwalt.«

»Oh«, sage ich und kratze mich am Ohr. Es juckt nicht mal, aber plötzlich habe ich das dringende Bedürfnis zu kratzen.

»Wo ist dein Dad?«, fragt Zoe.

Jetzt räuspere ich mich. Räuspern und kratzen. Nicht die Spur seltsam. »Er wohnt in Colorado. Er ist weggegangen, als ich sieben war. Also macht ihm das auch nicht viel aus, wenn ich hier bin.«

Ihre Augenbrauen schießen nach oben. »Colorado ist weit weg.«

»Ja, stimmt. Eintausendachthundert Meilen weit weg sogar. Oder was in der Richtung. Ich hab das nicht ausgerechnet oder so.« (Natürlich hab ich das.)

Sie betritt das Zimmer und ich weiche einen Schritt zurück und trete aus Versehen gegen einen Abfalleimer aus Metall. Aber der könnte genauso gut ein Becken sein, so laut scheppert es um uns herum.

Verlegen stehen wir an gegenüberliegenden Seiten von Connors Zimmer. Sitzen kann man nur auf dem Bett oder dem Schreibtischstuhl. Weder dem einen noch dem anderen rücke ich ein Stück näher.

»Wie auch immer, deine Eltern scheinen echt toll zu sein.«

»Genau«, sagt Zoe, belustigt. »Sie können sich nicht ausstehen. Sie streiten andauernd.« Sie kommt noch näher und nimmt auf Connors Bett Platz. Ihre rostfarbenen Kordhosen rutschen so hoch, dass ihre nackten Knöchel zu sehen sind.

Ich versuche, mich noch weiter zurückzuziehen, aber hinter mir ist eine Wand und beinahe stoße ich was von der runter. »Na ja, alle Eltern streiten, ist doch so? Das ist normal.«

»Mein Dad will es absolut nicht wahrhaben. Er hat nicht mal bei der Beerdigung geweint.«

Ich hab keine Ahnung, wie ich darauf reagieren soll. Aber jemandem, den man hasst, offenbart man so was ganz bestimmt nicht. Auch wenn sie mich jetzt nicht hasst, später wird sie mich auf jeden Fall hassen. »Deine Mom sagt, es gibt glutenfreie Lasagne zum Abendessen«, sage ich. »Das klingt wirklich ...«

»Ungenießbar?«

Ich versuche, nicht zu lachen. »Überhaupt nicht. Du hast Glück, dass deine Mom kocht. Meine Mom und ich bestellen abends meistens Pizza.«

»Du hast Glück, dass du Pizza essen *darfst*«, sagt Zoe.

»Darfst du das denn nicht?«

Sie verdreht die Augen. »Ich vermute, jetzt dürfen wir's. Letztes Jahr war meine Mutter Buddhistin, folglich durften wir keine tierischen Produkte essen.«

»Sie war letztes Jahr Buddhistin und dieses Jahr ist sie es nicht mehr?«

»So läuft das mit ihr. Sie fährt total auf Sachen ab. Ganz verschiedene. Eine Weile war es Pilates, dann das Lebenshilfebuch *The Secret*, dann Buddhismus. Zurzeit ist es Freilandhaltung. *Der Hühnchenflüsterer* oder so was in der Art. Ist schwer, den Überblick zu behalten.«

Abgesehen davon, dass meine Mutter von Astrologie und Rockkonzerten fasziniert ist, hat sie eigentlich keine Interessen oder Hobbys. Ich wollte sie auf ein paar Wanderungen mitnehmen, aber sie hat gesagt, sie habe für Ungeziefer nichts übrig.

Zoe kratzt sich die sommersprossige Schulter, lehnt sich dann zurück und stützt sich auf die Hände. Sie lächelt mich an und mein Körper liest das als Einladung. Ich schaue nach unten, versuche, mich zu erinnern, worüber wir gerade reden. »Ich finde es cool, dass deine Mom sich für so viele verschiedene Sachen interessiert.«

Anscheinend verwirrt es sie, dass ich verwirrt bin. »Tut sie nicht. So läuft das, wenn man reich ist und keinen Job hat. Man wird verrückt.«

»Meine Mom sagt immer, es sei besser reich zu sein als arm.«

»Na ja, dann war deine Mom wahrscheinlich nie reich.«

»Und du warst wahrscheinlich nie arm.«

Hatte ich das eben wirklich gesagt? Ich spüre, wie mein Gesicht plötzlich rot glühende Hitze abstrahlt.

»Tut mir furchtbar leid«, sage ich. »Ich wollte nicht … das war absolut unhöflich.«

Sie lacht. »Wer hätte gedacht, dass du in der Lage bist, was nicht Nettes zu sagen.«

»Bin ich auch nicht. Ich sag nie Sachen, die nicht nett sind. So was denke ich nicht mal. Es tut mir einfach … richtig leid.«

»Ich war beeindruckt. Jetzt machst du das kaputt.«

Oh Scheiße. »Tut mir leid.« Scheiße.

»Du musst das wirklich nicht immer wieder sagen.«

Ich will es. Sehr sogar.

Sie setzt sich auf und nimmt einen aufgelösten Zauberwürfel von Connors Nachttisch. »Du willst es noch mal sagen, oder?«

»Sehr sogar, ja.«

Sie lächelt mich an, ein echtes und breites Lächeln, eines von der Art, die Zoe nur mit großen Vorbehalten und nicht an jeden zu vergeben scheint – und ich spüre, wie ich mich darin sonne. So in der Art: Das habe ich vollbracht.

Sie dreht am Würfel, dann überlegt sie es sich und dreht gleich alles wieder zurück an seinen Platz, so als wolle sie die Perfektion nicht zerstören. Sie schiebt ihn wieder an seinen Platz auf dem Nachttisch.

»Wahrscheinlich sollte ich mich für meine Mom entschuldigen, weil sie dir gemailt hat. Ich hab ihr gesagt, sie soll es lassen.« Zoe schaut auf. »Ich könnte mir vorstellen, dass du nicht gefunden hast, was sie haben wollte.«

Ich schüttele den Kopf.

»Hab ich mir schon gedacht. Meine Mom hat keinen Schimmer, wenn es um diese Sachen geht. Wenn mein Bruder high war, hat sie es nie gemerkt. Er redete dann immer so langsam und sie sagte dann so was wie: *Er ist bloß müde.*« Sie redet nicht weiter und starrt auf den Würfel. »Warum hat er das gesagt?«

Das ist beinahe ein Flüstern. Ich komme nicht mehr mit.

»In seinem Brief«, sagt sie. »*Weil es Zoe gibt. Und all meine Hoffnung hängt an Zoe. Die ich nicht mal kenne und die mich nicht kennt.* Warum schreibt er das? Was soll das überhaupt bedeuten?«

»Oh. Hm.« Der Brief. Sie hat den Brief auswendig gelernt.

Sie starrt mich an, wartet auf eine Antwort. Als ich mit keiner aufwarten kann, lässt sie den Kopf hängen und zieht ihre Beine ganz dicht an sich. Dieses Gefühl kenne ich, wenn der Körper sich zusammenfalten will – in der Hoffnung, ungesehen davonzukommen.

Nicht auszuhalten, sie so zu sehen. So bedürftig.

»Vielleicht«, sage ich. »Ich meine, ich bin mir da nicht hundert Prozent sicher, aber wenn ich jetzt darüber nachdenke, hat Connor immer das Gefühl gehabt, wenn ihr euch irgendwie näher sein könntet …«

»Wir waren uns nicht nahe«, sagte Zoe. »Überhaupt nicht.«

»Nein, ich weiß. Aber er hat immer gesagt, er würde sich wünschen, ihr wärt es. Er wollte das.«

Ihr Kinn kommt hoch. Einfach so, sie wirkt wie wiederbelebt. »Du und Connor, ihr habt also über mich geredet?«

»Oh, ja, klar, manchmal. Also, wenn er damit anfing. Ich hab das nie getan. Ist klar. Warum sollte ich auch? Aber ja, er fand dich total toll.«

Sie riecht den Braten. »Er fand mich *toll*? Mein Bruder?«

»Ja. Klar. Also, vielleicht war das nicht das Wort, das er benutzt hat, aber …«

»Wie?«

»Wie er darauf kam, dass du toll bist?«

»Ja«, sagt sie und setzt sich im Schneidersitz hin. Ich schlucke, hoffentlich nicht hörbar.

»Na, okay, lass mich zurückdenken. Oh. Okay.« Über das Thema, wie toll Zoe ist, weiß ich zufällig eine ganze Menge. »Also, immer wenn du in der Jazzband ein Solo hast, machst du die Augen zu – wahrscheinlich merkst du das gar nicht –, du hast dann so kleines Lächeln im Gesicht, als hättest du gerade das Witzigste auf der Welt gehört, aber das ist geheim und du darfst niemandem davon erzählen. Die Art, wie du lächelst, ist irgendwie so, als würdest du vor uns das Geheimnis lüften.«

»Mach ich das?«

»Absolut. Wenigstens hat Connor mir das erzählt.«

»Ich wusste gar nicht, dass er je wach gewesen ist auf einem meiner Konzerte. Meine Eltern haben ihn gezwungen hinzugehen.«

Ich lache, als wolle ich sagen: *Selbstverständlich war er wach! Was du da gerade gesagt hast, ist ja so witzig. Zum Totlachen!*

Sie guckt runter und kratzt an einer Naht von Connors Quilt. Ich hab es schon wieder getan. Ich hab es zu weit ausgesponnen. So was sollte ich nicht machen, ich grab mir ein immer tieferes Loch, dabei war mein einziger Grund hierherzukommen, mich endlich freizumachen von den Lügen. *Sag es ihr einfach. Mach es. Jetzt.*

»Weißt du, das erste Mal, dass er je was Nettes über mich gesagt hat, war in seinem Brief«, sagt Zoe. »Ein Brief, den er an dich geschrieben hat. Er konnte das nicht mal zu mir sagen.«

»Oh. Nun ja. Er wollte es. Er … konnte es einfach nicht.«

Das beschäftigt sie eine ganze Weile. Schüchtern fragt sie: »Hat er sonst noch irgendwas über mich gesagt?«

Wie beantworte ich diese Frage?

Bevor ich eine Antwort formulieren kann, kommt sie mir schon zuvor. »Vergiss es. Ist mir auch egal.«

»Nein. Das ist es nicht. Er hat nur … so viel über dich gesagt.«

Sie lebt auf. Ihr Blick durchdringt mich. *Was mache ich hier?*

»Er fand, dass du richtig hübsch aussiehst – das weiß ich. Also, tut mir leid, was ich eigentlich sagen will, ist, dass er es ziemlich cool fand, als du dir die Haare blau gefärbt hast.«

»Echt?« Sie starrt ins Leere und scheint auf einer Zeitreise zurück ins zweite Highschool-Jahr zu sein, als ihre Haare blaue Strähnen hatten.

»Das ist merkwürdig, weil er mich die ganze Zeit damit aufgezogen hat.«

»Na, er hat dich gern aufgezogen. Das weißt du.«

»Jaja«, sagt sie und nickt vor sich hin.

»Ihm sind alle möglichen Dinge an dir aufgefallen. Er hat dich immerzu beobachtet. Hat dich einfach im Auge behalten, glaube ich.«

Wieder habe ich ihre volle Aufmerksamkeit.

»Ihm ist aufgefallen, wie du auf die Aufschläge von deinen Jeans kritzelst, wenn dir langweilig wird.«

Ein verlegenes Lächeln. Endlich überwinde ich die Kluft zwischen uns und setze mich aufs Bett, ihr gegenüber.

»Und wie du die Kappen von deinen Stiften abkaust. Und wie du die Stirn runzelst, wenn du sauer bist.«

»Ich hätte nicht gedacht, dass er irgendwie Notiz von mir nimmt.«

Sie wirkt verstört. »Ich wünschte nur, ich hätte es gewusst.«

Ich hole ordentlich Luft. »Ich weiß. Es ist nur so, dass er nicht gewusst hat, wie er all das zu dir sagen soll. Er wusste nicht, wie er dir sagen sollte, dass … er dein größter Fan war. Keiner war ein größerer Fan als er. Er wusste, wie toll du bist.«

Ihre Augen. Sie schaut mir in die Augen.

»Du bist so fantastisch, Zoe.«

Sommersprossen auf der Nase.

»Ich kann es dir gar nicht sagen.«

Glänzende Haare.

»Ich meine das ernst.«

Lippen wie rosa Kissen. Sie lächeln mich an.

»Du bist alles.«

Ich spüre sie. Noch weicher, als ich sie mir vorgestellt habe.

Ihre Hand auf meiner Brust, sie stößt mich zurück.

»Was machst du da?«, sagt Zoe.

»Ich wollte nicht … ich hab nicht … ich bin so …«

Ich kann kein grades Wort herausbringen. *Was zum Teufel mache ich da*?

Sie springt auf, ihre Stirn ist gerunzelt, sie starrt, verarbeitet, was ich getan habe.

»Tut mir leid. Ich wollte nicht ...«

»Das Essen ist fertig«, brüllt Cynthia von unten.

Ich sehe Zoes Wut, Verwirrung, Schmerz, all diese Gefühle auf einmal – meinetwegen.

»Sag, sie sollen ohne mich essen.«

Sie ist aus der Tür, ehe ich sie zurückhalten kann. Ehe ich diesen ganz neuen Murks bereinigen kann, den ich gemacht habe.

• • •

Du hast *was* gemacht?

Ist das so schlimm?

Du hast versucht,
Zoe Murphy zu küssen.
Auf dem Bett ihres Bruders.
Der gestorben ist.

So formuliert, klingt das echt übel.

Grapefruits.
Deine Eier haben
die Größe von Grapefruits.
Wie kannst du mit diesen Dingern
in der Hose rumlaufen?

Ich wollte das doch gar nicht.
Es ist einfach passiert.

Ich hab mich hinreißen lassen. Es hat sich angefühlt, als würde sie, als würden wir, als würde etwas passieren. Als ich mich zu ihr rübergelehnt habe, war das, als würde mein Körper ohne meinen Verstand operieren, als würden wir zueinander hingezogen.

Ich weiß nicht, wie lange ich noch auf Connors Bett gesessen habe, bevor Cynthia in der Tür erschien und zum zweiten Mal verkündete, das Essen sei fertig. Es könnten zwei Sekunden oder zwanzig Minuten gewesen sein. Ich dachte daran, aus dem Fenster zu springen. Nur ein Stockwerk tief. Ich hätte es schaffen können. Ich hab schon Stürze aus größeren Höhen überlebt. Und dann hätte ich in die Nacht verschwinden können, ohne je zurückzublicken.

Irgendwie brachte ich mich dazu, von diesem Bett aufzustehen, die Treppe runterzugehen und mich an den Tisch zu setzen. Als Zoe nicht auftauchte, sagte ich ihren Eltern, sie fühle sich wahrscheinlich nicht wohl.

Wie erwartet, fragte mich Cynthia bei einem selbst zubereiteten Essen, wie ich es bei mir zu Hause noch nie gesehen hatte, ob ich vielleicht irgendwas in den E-Mails gefunden habe. Larry schien verärgert darüber zu sein, dass sie dieses Thema überhaupt ansprach. Während die beiden zankten, erinnerte ich mich daran, dass jetzt meine Chance da war, reinen Tisch zu machen. Wenigstens müsste ich es dann nicht vor Zoe tun, und das wäre eine kleine, aber durchaus nicht unbedeutende Erleichterung. Ich wollte es unbedingt machen. Mein Magen war eine glühende Schlangengrube, so nervös war ich schon die ganze Woche. Länger war es nicht auszuhalten. Aber um das alles ein für alle Mal loszuwerden, musste ich was Mutiges tun.

Und da ging mein Plan in die Hose. Ich konnte es nicht. Ich bin nicht mutig. Ganz extrem nicht-mutig.

Nicht mutig zu sein, ist ungefähr so leicht wie atmen. Und so lief das dann: Zuerst hab ich den Kopf geschüttelt. Dann hab ich gesagt: »Ich hab nichts gefunden.« Das war's. Der richtige Moment war vorüber. Connors Eltern waren bereit, zu einem anderen Thema überzugehen – und ich auch. Ich kann mich nicht mehr erinnern, welches neue Thema das dann war. Es spielte auch kaum eine Rolle. Schließlich kamen wir wieder auf das Thema Connor zurück. Sie stellten mir Fragen. Ich erzählte ihnen, was sie meiner Einschätzung nach hören wollten. Was sie glücklich machen würde.

Ich wünschte, jemand könnte dasselbe für mich tun.

Kapitel 13

Auf der Busfahrt zur Schule schreibe ich einen neuen Brief für Dr. Sherman:

> **Lieber Evan Hansen,**
>
> **das wird heute ein ganz fantastischer Tag – und ich verrate dir auch, warum: Es soll nicht regnen, so wie gestern, und das ist gut, denn ich muss meinen Schirm nicht einpacken und mein Rucksack ist nicht ganz so schwer.**
>
> **Mit besten Grüßen,**
> **Ich**

Kurz, nicht gerade überwältigend, entspricht aber den Tatsachen. Wenn Dr. Sherman mich bei unserer Sitzung heute danach fragt, kann ich jedenfalls dazu stehen, dass es die volle Wahrheit ist.

Ich bin durch damit, ehrgeizig zu sein. Jared hat sich

geirrt – meine Eier sind keine Grapefruits. Wenn Eiergröße der Maßstab für Selbstvertrauen ist, dann habe ich die kleinsten, die man nur haben kann, um immer noch als Mann durchzugehen. Meine Eier sind Mohnsamen.

Vier Tage sind vergangen, seit ich versucht habe, Zoe Murphy zu küssen. Also, ich hab sie ja geküsst. Es war nur echt kurz und sie hat es nicht erwidert, aber tatsächlich passiert ist es. Ich wünschte, das wäre nicht geschehen, ist es aber.

Das war erst mein dritter Kuss überhaupt, und die ersten beiden zählen kaum. Ziemlich deprimierend, wenn man sich überlegt, dass ich alt genug zum Autofahren und Blutspenden bin und einen Pass beantragen könnte. Mein erster Kuss war mit Robin, die in dem Bungalow auf der anderen Straßenseite gewohnt hat. Es ist in ihrem Schwimmbecken passiert. Und es war ein blitzschnelles Küsschen, eher witzig als sonst was, nur weil wir beide wissen wollten, was für ein Gefühl das war. Und meinen zweiten Kuss habe ich von Amy Brodsky gekriegt, als ich zehn war. Sie hat sich eines Tages in der Pause einfach zu mir rübergelehnt, und ich hab mich sofort in sie verliebt, bis ich gesehen habe, wie sie in der Woche darauf genau das Gleiche mit zwei anderen Jungs gemacht hat.

Seit ich Zoe geküsst habe, bin ich nicht mehr derselbe. Ich kann weder essen noch schlafen oder denken. Ich habe versucht zu lesen, aber die Zeilen in den Büchern fangen an zu vibrieren und verschwimmen. Ich leg mir einen Film ein, aber ich kann mich nicht auf das konzentrieren, was auf dem Bildschirm passiert. Wenn meine Mutter abends von der Arbeit kommt, tue ich so, als würde ich schon schlafen, aber in Wirklichkeit liege ich nur so da im Dunkeln. Ich kann es nicht mal aushalten, am Computer zu sitzen. So besorgt bin ich, eine neue E-Mail von den Murphys vorzufinden, die mich bitten könnte, noch mal zum Abendessen zu kommen oder ihnen weitere E-Mails zu schicken oder beides. Seit meinem Besuch neulich Abend haben sie keinen Kontakt mehr zu mir aufgenommen. Vielleicht haben sie endlich, was sie brauchen. Vielleicht sind sie durch mit mir.

Und das wollte ich doch, oder? Das sage ich mir immer wieder. Warum sitze ich hier also und empfinde etwas, das erschreckende Ähnlichkeit mit Enttäuschung hat? Der Plan – wenn es denn je einen Plan gegeben hat – war, den Murphys Trost zu spenden, auf jede mir mögliche Weise, und dann wollte ich wieder mein normales Leben leben. Aber jetzt, nach allem, was war, fühlt sich das einfach nicht richtig an.

Der Bus ruckelt voran. Einen Moment lang stelle ich mir vor, dass die Fahrerin uns über eine Kliffkante steuert. Leider gibt es in der Stadt kein Kliff. Vielleicht könnte sie uns stattdessen von der *Xavier*-Brücke fahren. Oder unter einer zu niedrigen Überführung hindurch. Und Schluss mit den Sorgen.

Das bisschen Trost, das ich aus dieser kurzen Todesfantasie ziehe, wird von meinem Schuldgefühl niedergewalzt. Ich sollte die Sterblichkeit nicht herausfordern. Connor Murphy ist tatsächlich tot, und ich sitze hier und tu so, als wäre ich es gern. Ich will nicht tot sein. Da bin ich mir endlich sicher. Ich wünschte nur, das Leben würde ausnahmsweise mal für einen Tag oder bloß für ein paar Stunden reibungslos verlaufen. Niemals kann ich mich einfach zurücklehnen und vor mich hin segeln. Leute wie Rox legen die Füße hoch und lassen sich vom Wasser tragen. Ich kann das nicht. Ich bin ständig im Begriff unterzugehen.

Der Bus macht eine Vollbremsung und wir steigen einer nach dem anderen aus. Zum Glück habe ich Zoe in der Schule nicht gesehen. Ich habe versucht, ihr aus dem Weg zu gehen, und ich glaube, sie mir auch. Trotzdem fürchte ich ständig, um eine Ecke zu biegen und da steht sie dann. Willst du wissen, was echt das Beste ist? Wenn du so fertig mit den Nerven bist, dass dein Handschweiß den Stift runterläuft und aufs Papier tropft, das dann beim nächsten Wort zerreißt, weil es so nass ist. Unschlagbar.

Ich bin zu sehr in meine eigenen Gedanken verstrickt, um das Gewusel vor mir zu bemerken. Schüler treten zur Seite, um Platz zu machen für einen Dampfwalze namens Ms Bortel. Mit einem Pappkarton in den wohlgeformten Armen rauscht sie mit vollen Segeln vorbei. Hinter ihr her hetzt Schulleiter Howard. »Du machst alles noch schlimmer, Bonnie. Das ist Schuleigentum.«

»Das sind meine Sachen.«

»Bonnie, bitte.«

Ms Bortel dreht sich zu Schulleiter Howard um. »John, mach dich drauf gefasst, du kannst deinen Arsch nicht retten, ich verklag dich.«

Unsere Unterkiefer klappen kollektiv runter, als Ms Bortel mit großen Schritten über den Parkplatz stapft und in ihren schwarzen Sportwagen steigt.

Schulleiter Howard setzt ein professionelles Lächeln auf und ermutigt uns weiterzugehen. Aber was wir gesehen haben, lässt sich nicht ungesehen machen. Was haben wir eigentlich gesehen?

•••

Schon gestern war mir aufgefallen, dass mich in der Mittagspause nicht mehr so viele Leute angestarrt haben, wie kurz nachdem die Neuigkeit über Connor und mich bekannt geworden war. Jetzt hab ich es nur noch mit ein paar flüchtigen Blicken im Vorübergehen zu tun. Und die gelten vielleicht noch nicht mal mir. Ist schwer zu sagen.

Als ich, so verstohlen ich kann, den Raum inspiziere, entdecke ich Sam. Meinen Einzelgängerkumpel. Nur, dass er an einem Tisch auf der anderen Seite der Cafeteria sitzt. In den letzten paar Tagen hat er an meinem Tisch gesessen. Wir hatten uns sogar ein kleines bisschen unterhalten. Das heißt, wir hatten ein paarmal »Hey« zueinander gesagt. Ich hatte den Eindruck, wir hätten vielleicht was gemeinsam. Wir bringen uns beide was zu essen von zu Hause mit. Wir ziehen es beide vor, für uns zu bleiben. Wir haben beide in der Cafeteria keinen besseren Platz zum Sitzen gefunden. Wie sich herausstellt, war Letzteres ein Irrtum. Offenbar hat sogar Sam Optionen.

Ich widme mich wieder meinem Sandwich. Wieder dieses enttäuschte Gefühl. Übersehenwerden, das ist meine gewohnte Existenzform. Ich will nicht von Leuten angestarrt werden, während ich mittagesse. Ich sollte jetzt erleichtert sein, oder? So unbehaglich es auch gewesen ist, sich beobachtet zu fühlen, irgendwie schön war es doch, so zur Abwechslung, tatsächlich wahrgenommen zu werden.

Ich frage mich, wie Connor Murphy jeden Tag die Mittagspause überstanden hat. Wo hat er gesessen? Mit wem? Was hat er gegessen? Ich habe nie darauf geachtet. Genauso, wie nie jemand auf mich geachtet hat.

Ich hole mein Handy raus, nur um mich zu beschäftigen. Ich scrolle an allem vorbei. Die meisten Meldungen handeln von einem Promi-Sex-Skandal oder einer bevorstehenden Wahl. Dieses Wochenende läuft ein großer Film an, für den ich mich interessiere, aber es ist der dritte Teil einer Trilogie und die ersten beiden habe ich noch immer nicht gesehen.

Ich bin von Stimmen umgeben, Hunderten von Stimmen, und die vereinigen sich und bilden eine Mauer. Die kann ich nicht durchbrechen. Nur mit diesem Ding in meiner Hand kann ich überhaupt etwas darüber erfahren, was in meiner eigenen Welt vorgeht.

Laut meinem Handy dreht sich in der Schule die wichtigste Meldung um einen einzigen Namen, was nicht weiter erstaunlich ist. Nur ist es nicht der Name, den ich mittlerweile zu sehen gewohnt bin.

•••

Ich schließe meinen Spind und da steht Alana Beck. Mein Brustkorb tut sein Bestes, um mein flatterhaftes Herz an seinem Platz zu halten. »Himmel, hast du mich erschreckt«, sage ich.

»Ich muss dir was zeigen.«

Jedes Mal, wenn Alana den Mund aufmacht, habe ich das Gefühl, zurechtgewiesen zu werden. Sie kleidet sich, als wäre sie Dekanin einer kleinen geisteswissenschaftlichen Hochschule, und das könnte sie wahrscheinlich auch sein. Sie genießt es nicht nur, sich an die Regeln zu halten, sie ist auch die Einzige, die überhaupt weiß, wie sie lauten.

Als sie sich umdreht, verpasst mir ihr Rucksack eins. Sie geht den Flur hinunter, ich folge ihr. Wir bleiben vor einem Papierkorb stehen und Alana zeigt hinein. Auf einem Haufen Müll ruht einer der Connor-Murphy-Buttons, die Jared verkauft hat.

»Das ist der dritte, den ich gefunden habe«, sagt Alana. »Der erste lag auf dem Parkplatz. Offensichtlich war jemand mit dem Auto drübergefahren. Und ein anderer war in der Toilette im Mädchenwaschraum.«

Das kann nicht gut sein für die Rohre.

»Warum zeigst du mir das?«, frage ich.

»Mir war schon aufgefallen, dass die Leute weniger von Connor sprechen – und jetzt das. Die Leute interessieren sich nicht mehr für Connor. Alle wollen nur noch über Ms Bortel reden. Manche sagen, sie hat mit einem Schüler geschlafen, aber ich habe auch gehört, dass sie vielleicht eine Affäre mit Schulleiter Howard hatte.«

»Niemals.«

Sie schüttelt den Kopf, weil das so eine Schande ist. »Die Leute haben Connor Murphy total vergessen. Das kannst du nicht zulassen, Evan. Du warst Connors bester Freund.«

Wenn Alana das sagt, hört es sich gar nicht so verrückt an. Also, es ist nicht wahr, das weiß ich, aber wenn man drüber nachdenkt, könnte es irgendwie wahr sein. Die Wahrscheinlichkeit ist nicht gering, dass ich der Letzte war, mit dem Connor gesprochen hat, an dem Tag, als er gestorben ist. Wir hatten einen echten Wortwechsel. Für Typen wie Connor und mich ist diese Art Interaktion etwas Seltenes und sie hat zweifellos eine Verbindung zwischen uns geschaffen.

Wahrscheinlich bin ich der Einzige, der überhaupt eine Ahnung davon hatte, wie er sich an diesem Tag wirklich gefühlt hat. Wer sonst, außer mir (und vielleicht Alana), hat letzte Woche auch nur eine Sekunde an ihn gedacht? Keiner. Ernsthaft, so absurd es sich anhören mag, gibt es denn irgendjemanden hier an dieser Schule, der Connor näher gewesen ist als ich?

»Vielleicht kannst du Zoe bitten, was zu unternehmen«, sagt Alana.

Okay, offenbar habe ich Zoe nicht bedacht.

»Zoe ist ideal, sie ist genau der Mensch, der die Leute wieder für Connor interessieren kann«, sagt Alana. »Sie war im wahrsten Sinne des Wortes seine Schwester.«

»Tut mir leid. Das kann ich nicht – ich glaub einfach nicht, dass wir die Leute auf diese Art dazu bringen, ihn in Erinnerung zu behalten.«

Alana mustert mich mit einem Blick, der mich auf die Hälfte meiner Größe schrumpfen lässt. »Nun ja, ich garantiere dir, dass sich niemand mehr an Connor erinnern wird, wenn du nicht irgendwas unternimmst. Willst du das etwa?«

Ohne auf eine Antwort zu warten, eilt sie davon. Ich schaue auf Connors Gesicht in Müll. Ich will das ja auch nicht, aber was soll ich denn machen?

•••

Ich kaue an den Nägeln, als Dr. Sherman meinen Brief überfliegt. Die paar Haarsträhnen auf seinem Kopf erinnern an Risse in der Wand. Einer der Gründe, aus denen meine

Mom Dr. Sherman ausgesucht hat, war – abgesehen davon, dass unsere Krankenkasse die Kosten deckt –, dass er jung ist. Für mich sieht er alt aus, aber meine Mom sagt, er sei *erst* dreißig.

Dr. Sherman gibt mir meinen Laptop zurück. Ich klappe ihn zu und warte darauf, dass er was sagt. Normalerweise kann das eine Weile dauern. Dr. Sherman ist es lieber, wenn ich das Reden übernehmen – ich teile seine Vorliebe nicht. Manchmal habe ich das Gefühl, wir spielen so eine Art verbalen Starrwettbewerb und lauern darauf, dass der andere das erste Wort sagt. In normalen alltäglichen Situationen kann ich Stille nicht ausstehen, aber hier empfinde ich einen leichten Kitzel dabei auszuprobieren, wie lange ich sie ertragen kann. Ich glaube, für mich besteht die ideale Sitzung nur aus »Hallo« und »Auf Wiedersehen«. Aber ich will Dr. Shermans Zeit nicht verschwenden. Das geht nicht gegen ihn. Ich hab nur manchmal das Gefühl, dass mich nicht mal der beste Therapeut der Welt in Ordnung bringen könnte.

Ein paar Minuten später knickt Dr. Sherman ein. »Wie ist dein Tag bisher gewesen?«

Mal sehen. Nicht fantastisch? Nicht gut? Nicht *nicht* schrecklich. Auf mancherlei Weise war er wie viele andere Tage in meinem Leben, und auf andere Weise war er grundverschieden. So viel ist passiert und so schnell. Ich wünschte nur, ich könnte das alles etwas verlangsamen. Denn es ist nicht fair, wie alles auf der Welt einfach so weiterläuft, egal, was passiert, und Leute wie Connor lässt man einfach zurück. An einem Tag trägt ihn jemand buchstäblich im Herzen, am nächsten landet er im Müll. Wie kann das sein?

Ich denke mich derart in Rage, da ist es kein Wunder, dass

mir einige meiner Gedanken direkt zum Mund rausfliegen. »Es ist einfach nicht richtig.«

Geschockt von meiner eigenen Stimme schaue ich auf. Ganz plötzlich überkommt mich so ein Gefühl der Erleichterung darüber, wenigstens dieses bisschen gesagt zu haben.

Ich will mehr rauslassen. Alles kann ich nicht verraten, aber es gibt mehr als genug, das ich sagen *kann*. Ich erliege der Versuchung. Ich erzähle Dr. Sherman von Connor Murphy, wie er gestorben ist und alle eine Zeit lang über ihn geredet haben, wie sie einen Moment lang Anteil nahmen und er ihnen dann plötzlich erneut egal war, weil sie ihre Aufmerksamkeit etwas Neuem zuwandten.

»Und das beschäftigt dich?«, fragt Dr. Sherman.

»Na ja, ja«, sage ich. »Das tut es. Ich finde es nicht richtig, jemanden einfach so zur Seite zu fegen. Gerade bedeutet er ihnen noch so viel und im nächsten Moment schon nicht mehr. Es ist, als hätte man ihn einfach irgendwie … vergessen.«

Dr. Sherman ruckt auf seinem Stuhl. Er macht das immer, ist mir aufgefallen, wenn er das Gefühl hat, wir sind endlich auf etwas gestoßen, das genauere Betrachtung verdient. Ich schaue zur Uhr, ob unsere Zeit nicht bald um ist.

»Als du das eben gesagt hast, Evan, hat es mich an das erinnert, was mit deinem Vater passiert ist.«

Jetzt rutsche ich auf meinem Stuhl herum.

»Als du erfahren hast, dass seine Frau schwanger ist und dein Vater einen weiteren Sohn bekommt, schien dir das große Sorgen zu bereiten. Du schienst zu glauben, es würde etwas über die Gefühle deines Vaters für *dich* widerspiegeln.«

Dr. Sherman konsultiert seine Aufzeichnungen.

»Darüber haben wir vor etwa einem Monat gesprochen«, sagt er. »Seitdem hast du es nicht wieder erwähnt. Also frage ich mich nun, wie es dir damit geht?«

•••

Ich liege im Bett und schaue mir einen Film an, den ich schon kenne. Die Unterseite meines Computers wärmt mir die Oberschenkel, ganz bestimmt bekomme ich Krebs davon. Meine Augen sind auf den Bildschirm gerichtet, aber ich bekomme kaum mit, was sich darauf abspielt. Ich bin zu sehr damit beschäftigt, das hin und her zu wälzen, was Dr. Sherman bei unserer Sitzung angesprochen hat. Das ist etwas, über das ich weder nachzudenken noch zu reden versuche, und gehört damit zu genau den Sachen, auf denen Dr. Sherman liebend gern herumreitet.

Gut, Theresa ist schwanger. Mein Dad wird einen neuen Sohn kriegen. Was bringt es, das überhaupt zum Thema zu machen? Was soll ich denn laut Dr. Sherman darüber sagen? Es wird noch etliche Monate dauern, bis er überhaupt auf die Welt kommt, und wenn er dann da ist, wird er in Colorado sein. Er wird mich nicht kennen und ich werde ihn nicht kennen. Als ich klein war, habe ich meine Eltern um Geschwister angebettelt. Ich habe davon geträumt, einen Bruder oder eine Schwester zu haben. Aber jetzt? Nein danke.

Die Matratze senkt sich unter mir. Plötzlich sitzt meine Mom an meiner Seite, sie stopft sich ein Kissen hinter den Rücken. Ich habe sie nicht nach Hause kommen hören. Konzentriert guckt sie auf den Bildschirm, als würde der das Geheimnis des Lebens verkünden.

Sie war nicht froh, als sie von dem Baby erfahren hat. Sie wollte so tun, als würde es ihr nichts ausmachen, aber ich hab gehört, was sie am Telefon zu einer Freundin gesagt hat. *Ich könnte jetzt gleich ein Baby kriegen, wenn ich wollte. Jetzt gleich!* Und später hat sie gesagt: *Ist er nicht ein bisschen zu alt für ein neues Baby?*

»Was guckst du da?«, fragt sie jetzt.

Es ist der Dokumentarfilm über Vivian Maier, das Kindermädchen, von dem bis zu ihrem Tod niemand ahnte, dass sie auch eine brillante Fotografin war.

»Und wer ist der Junge, der da spricht?«, fragt sie.

»Das ist dieser Typ, der all ihre Fotos entdeckt hat, nachdem sie gestorben war. Er ist derjenige, der den Film über sie gemacht hat. Er hat das über *Kickstarter* finanziert.«

»Ganz schön beeindruckend, dieser Typ.«

»Nicht er. Sie. Vivian Maier ist eine Frau.«

»Das weiß ich. Mann. Wofür hältst du mich? Ich rede von dem Typen, der die ganze Sache auf die Beine gestellt hat.«

Oh. Stimmt. Der Dokumentarfilmer. Er heißt John Maloof und der Film ist auch über ihn. Ich glaub, meine Mom hat recht. Er ist beeindruckend. Ohne ihn hätte nie jemand von Vivian Maier gehört.

Ich sehe mir den Typen auf dem Bildschirm genauer an. Er ist kein Star oder so was. Ganz und gar nicht. Er hat was leicht Beklopptes, ehrlich gesagt, mit Brille und schlechter Haut. Und er sieht auch echt jung aus. Ihm hat das alles einfach so viel bedeutet, dass er gehandelt hat. Er hat es sich zu Aufgabe gemacht, dafür zu sorgen, dass die Welt Vivian Maier wertschätzt. Vivian Maier war ein Niemand. Aber John hat das geändert.

Er wollte nicht zulassen, dass sie ignoriert oder vergessen wurde. Er hat Menschen dazu gebracht, ihr Beachtung zu schenken. Er hat sie gerettet.

Ich ziehe den Arm unter der Decke hervor und lese noch mal den Namen, der auf meinem Gips geschrieben steht.

Kapitel 14

Meine Mom kommt in die Küche und erstarrt in ihren Clogs. »Du bist ja früh auf«, sagt sie.

Ich drücke noch eine Taste auf meinem Laptop und knalle ihn zu. Im Wohnzimmer wird der Drucker mit Gestöhn wach. Ich stehe vom Tisch auf. »Ich musste noch was fertig machen.«

Meine Mom legt eine Kapsel in die Kaffeemaschine. »Das ist aber nicht zufällig eins von diesen Stipendium-Essays, oder?«

»Ähm. Noch nicht. Aber ich hab mir schon total viel Gedanken gemacht und Ideen gesammelt und so.« Die Essays hatte ich total vergessen.

»Das klingt ja so aufregend«, sagt sie und schiebt unseren einzigen sauberen Becher unter die Kaffeedüse. »Und du bist ganz sicher, dass wir uns nicht an einem anderen Abend verabreden sollen, um das zusammen durchzugehen? Ich hab dir ja versprochen, dass ich meinem Boss einfach sage, dass es mich gar nicht gibt. An diesem Tag existiere ich nicht. Nur für dich, Ehrenwort.«

Sie hat sich schon fünfzigmal für den ausgefallenen Taco-Abend entschuldigt, und ich weiß die Anstrengung zu schätzen, aber zur Zeit sind diese Essays so ungefähr das Letzte, an das ich denke. »Mal sehen. Ich geb dir Bescheid, ganz bestimmt.«

»Warte. Wo gehst du hin?«

Ich kann das nicht länger hinauszögern. Ich muss diese Blätter aus dem Drucker holen. Als ich das letzte Mal was Privates ausgedruckt habe, ist es in die falschen Hände geraten.

»Ist alles in Ordnung?«, fragt sie.

In der Tür drehe ich mich um. »Jaja, ist bloß was für die Schule.«

»Nein, ich meine, so allgemein. Deine Sitzung mit Dr. Sherman ist gut gelaufen? Und bevor du antwortest… ich wollte dich schon gestern Abend danach fragen, aber ich wusste, du brauchst Zeit zum Verarbeiten. Gar nicht schlecht, was? Macht mich das zur Mutter des Jahres?« Sie lacht verlegen.

»Der Titel ist dir sicher«, sage ich und kratze lose Farbe von der Wand. »Ehrlich gesagt, ich glaube, dass ich vielleicht so was wie einen kleinen Durchbruch hatte mit Dr. Sherman.«

Man könnte denken, sie habe das große Los gezogen. Zwei Daumen schießen in die Höhe und sie tanzt mit den Fäusten fuchtelnd herum. »Das meinte ich.«

Und noch eine zufriedene Kundin.

•••

Alana erwische ich auf dem Weg zu ihrer Klasse. Zuvor habe ich jeden Ausdruck zweimal gefaltet, damit drei gleiche Abschnitte entstehen. Sie sollten Ähnlichkeit mit Prospekten haben. Alana nimmt eins meiner Faltblätter und liest, was vorne draufsteht.

»Das Connor-Projekt?«, sagt Alana.

»Das ist das Erste, was mir eingefallen ist«, sage ich. »Das muss nicht …«

»Finde ich toll. Was ist das?«

»Na ja, das wäre so was wie eine Gruppe von Schülern, die die Erinnerung an Connor wachhält und zeigt, dass er … wichtig war. Dass jeder wichtig ist.«

Alana schweigt. Im Stillen wiederhole ich, was ich eben laut gesagt habe. Jetzt, als ich es mir wieder anhöre, klingt es anmaßend. In meiner Tasche steckt noch mindestens ein Dutzend von diesen Prospekt-Prototypen. Ob die Schule wohl einen Aktenvernichter besitzt, den ich mal eben benutzen darf? »Das ist nur so ein grober Entwurf. So muss das natürlich nicht bleiben.«

»Ich fühle mich so geehrt«, sagt Alana. »Ich wäre liebend gern Vize-Vorsitzende des Connor-Projekts.«

»Vize-Vorsitzende?«

»Du hast recht. Wir sollten eine Doppelspitze bilden und beide Vorsitzende sein.«

Vermutlich heißt das, sie findet meine Idee gut. »Du glaubst also, dass wir es tatsächlich machen sollten?«

»Soll das ein Witz sein, Evan? Wir müssen das machen. Wie du schon sagtest, nicht nur für Connor. Für alle.« Sie hält sich den Prospekt neben das Gesicht. »Entschuldige meine Ausdrucksweise, aber: Scheiß auf Ms Bortel.«

Aus keinem Plan, den ich gemacht habe, ist je etwas geworden. Ich weiß nicht genau, was ich als Nächstes tun soll. »Wahrscheinlich brauchen wir eine gute Website ... Ich kenne jemanden, der uns damit helfen könnte. Aber da könnten Kosten anfallen.«

•••

»*Technik-Consigliere*«, sagt Jared, als Alana und ich ihn in der Mittagspause ansprechen.

»Was soll das sein?«, fragt Alana.

»Das ist was aus *Der Pate*, oder?«, sage ich.

»Genau«, antwortet Jared. »Ich werde auf mein übliches Honorar verzichten, so ich denn fortan als *Technik-Consigliere* des Connor-Projekts bezeichnet werde.«

»Gut, was auch immer«, sage ich. »Du kannst es so auf die Website setzen.«

»Nein, ihr müsst mich auch im normalen Gespräch so nennen.«

»Jared, nun mach mal halblang.«

»Wie wäre es denn, wenn wir dir zusätzlich den Posten des Schatzmeisters geben?«, bietet Alana ihm an. »In deinen Bewerbungen fürs College wird das auf jeden Fall großartig aussehen.«

Jared sieht Alanas Gesicht eingehend an. Alana starrt zurück.

»Das würde meinen Eltern gefallen«, sagt Jared.

»Davon bin ich überzeugt«, sagt Alana.

»Gut. Kann ich jetzt essen?«

»Warte«, sagt Alana. »Sollten wir nicht den Segen der Murphys holen, ehe wir den nächsten Schritt tun?«

Daran hatte ich auch schon gedacht. »Ich könnte mir vorstellen, dass es dazu noch zu früh ist, immerhin sind wir ja erst in der Gründungsphase.«

»Es hat doch wirklich keinen Sinn, viel Arbeit in diese Sache zu stecken, solange wir nicht wissen, ob wir die Murphys mit im Boot haben«, hält Alana dagegen. »Wir sollten ihnen das Projekt umgehend vorstellen. Heute Abend zum Beispiel.«

»Meinst du damit, wir alle, zusammen?«, frage ich.

Jared nickt. »Ja. Lass uns zu ihnen nach Haus gehen.«

»Das ließe sich machen«, sage ich ziemlich überwältigt, aber aufgeregt.

»Ein Teamausflug.« Alana will mir den Arm drücken, glaube ich, aber als sie den Gips sieht, überlegt sie es sich anders. »Das finde ich toll. Ganz großartig für den Teamgeist.«

»Ich fahre«, sagt Jared. »Schreibt mir einfach die Abfahrtszeit.«

»Noch eines«, sagt Alana, ehe Jared gehen kann.

»Wie wäre es, wenn wir eine Schulversammlung einberufen, um diese Sache in Gang zu bringen?«

Ich wusste, dass Alana die richtige Partnerin war, eine, die den Ball annehmen und damit in vollem Tempo losrennen würde.

»Ja. Das klingt … toll.«

»Perfekt. Ich spreche mit Schulleiter Howard. Bis heute Abend dann.« Sie geht davon, Jared auch.

Gestern Abend war es nur eine vage, unsichere Idee in meinem Kopf. Jetzt ist es eine echte Sache, die tatsächlich passieren könnte. Irgendwie ist es aufregend zu beobachten, wie schnell das Projekt zum Leben erwacht, trotzdem sehe ich mich plötzlich nach einem Sitzplatz um.

Meine Beine sind ganz taub geworden.

• • •

Obwohl ich darauf bestanden hatte, dass er auf der Straße parkt, stellt Jared seinen SUV mitten in der C-förmigen Auffahrt der Murphys ab. Auf dem Weg zur Haustür öffnet Alana einen Hefter und zeigt uns zwei dicke, mit Gummibändern zusammengehaltene Packen Prospekte. Meine Headline für das Connor-Projekt ist aufgestylt worden und die kleine und schmale Schrifttype, die ich benutzt hatte, ist gegen etwas Fettes, Auffälliges ausgetauscht worden.

»Sollten wir nicht erst mal abwarten und uns anhören, was sie dazu sagen?«, frage ich.

»Wir müssen da so reingehen, als hätten wir den Job schon.«

»Aber das ist doch nicht so was wie ein Bewerbungsgespräch.«

Alana zupft an den Manschetten ihrer Bluse, bis sie die Handgelenke bedecken. »*Das Leben* ist ein Bewerbungsgespräch, Evan.«

Wo lernt man so was? Alanas Eltern müssen mega erfolgreiche Leute sein. Ich wette, ein Elternteil ist Richter, der andere Chirurg. Seit sie auf der Welt ist, trainiert sie schon dafür, dem Leben zu zeigen, wo's langgeht.

»Wird die Haushälterin die Tür aufmachen oder was?«, sagt Jared und klingelt.

»Sie haben keine Haushälterin«, sage ich.

»Guck dir mal an, wie dick diese Säule ist. Ich wette, die Murphys gehen gern in Swingerclubs.«

»Was? Nein. Die sind ganz normal.«

Jared gibt ein gekünsteltes Lachen von sich. Mir fällt auf, dass er einen der Connor-Buttons trägt, die er in der Schule verkauft hat. Ehe ich ihm sagen kann, dass er den abnehmen soll, geht die Haustür schon auf.

Connors Mutter steht vor uns. »Evan, das ist ja eine Überraschung.«

»Hi, Mrs … Cynthia. Ich hab Ihnen was wirklich Aufregendes zu erzählen«, sage ich.

»Oh«, sagt sie und lächelt Alana und Jared an. Sie entdeckt das an Jareds Hemd geheftete Bild. Ich kann ihren Gesichtsausdruck nicht deuten, als sie uns ins Haus bittet.

Mit Mini-Wasserflaschen vor uns nehmen wir rings um den Esstisch Platz und sie entschuldigt sich kurz. Alana versteckt den Ordner mit all den neuen Prospekten unter dem Tisch auf ihrem Schoß. Indessen droht Jared, einen Spritzer von irgendwas Hochprozentigem aus dem Schrank in der Ecke zu klauen. Er versichert uns derweil, dass der Schlitz in der Wohnzimmerdecke eine versenkbare Leinwand für einen Filmprojektor beherbergt. Ich warte auf meinem Platz und wische mir die nassen Hände an den Jeans ab. Ich bin nervös, aber auch voller Erwartung.

Cynthia kommt mit Larry zurück ins Esszimmer. Ich war nicht mal sicher gewesen, ob Larry überhaupt schon von der Arbeit zurück sein konnte, aber – wer weiß – so, wie er gekleidet ist, mit Polohemd und Cap, hat er vielleicht die Arbeit geschwänzt und stattdessen Golf gespielt.

Zoe tritt gleich hinter ihrem Vater ein und nimmt direkt

neben mir am Tisch Platz. Sie begrüßt mich nicht mit Worten, nur mit einem Blick, und wie üblich bin ich nicht in der Lage zu entschlüsseln, was er bedeutet.

Als alle sitzen, nehme ich einen Schluck Wasser und fange mit der Präsentation an, die wir auf dem Weg hierher vage abgesprochen haben. »In letzter Zeit habe ich viel nachgedacht. Immer wieder habe ich mich gefragt, ob man irgendwie dafür sorgen könnte, dass Connor nie vergessen wird. Dass man sich immer an ihn erinnert. Und wie die Erinnerung an ihn anderen Leuten helfen könnte.«

Ich sehe mir unser Publikum an. Seine ungeteilte Aufmerksamkeit gilt mir.

»Connor ist nicht mehr da«, formuliere ich vorsichtig. »Aber die Erinnerung an ihn besteht weiter. Und muss auch nicht vergehen.«

Ich denke rechtzeitig ans Atmen. Es ist so viel zu bedenken.

»Okay«, sage ich. »Als Erstes stellt euch eine schöne und informative Website vor, gestaltet von Jared hier, unserem Technik-Consigliere.«

Jared nickt. »Jap. Das kann ich ziemlich schnell umsetzen.«

»Diese Website könnte Links zu pädagogisch nützlichem Material enthalten und wichtige Handlungsaufforderungen«, sagt Alana, die kaum an sich halten kann.

»Genau. Ja. Und das ist erst der Anfang.« Ich gehe die Liste durch, die wir bei unserem Brainstorming aufgestellt haben. »Durch die sozialen Medien wäre eine regelmäßige Ansprache möglich … es gäbe öffentliche Veranstaltungen …«

Alana übernimmt. »Strategische Partnerschaften mit Sponsoren … große Spendenaktionen … zur Beschaffung von Mitteln zur Selbstmordprävention … Aufklärung über Vorsorgemaßnahmen.«

»Auf diese Weise könnten wir versuchen, Leuten wie Connor zu helfen«, sage ich.

»Genau«, sagt Alana. »Das gehört alles zu der neuen Initiative, die wir Ihnen heute vorstellen wollten. Wir nennen sie …«

»Das Connor-Projekt«, ergänze ich.

Ich schätze Alanas Enthusiasmus, doch die ganze Sache war nun mal meine Idee. Außerdem hatte ich das nicht ganz so laut sagen wollen.

»Das Connor-Projekt«, wiederholt Cynthia. Sie dreht sich zu ihrem Mann.

»Ja«, sage ich. Ich werfe Alana einen Blick zu und gebe ihr zu verstehen, dass es jetzt so weit ist.

Sie schlägt ihren Ordner auf und reicht jedem einen Prospekt. Als ich meinen bekomme, bin ich überrascht, wie handfest sich das Papier anfühlt.

»Wir wollen das Connor-Projekt auf die richtige Art starten lassen«, sagt Alana. »Mit Schulleiter Howard habe ich schon darüber gesprochen, diesen Freitag eine Schulversammlung zum Gedenken an Connor abzuhalten. Schüler, Lehrer, wer immer das Bedürfnis hat, kann aufstehen und etwas sagen.«

»Darüber, wie sie von all dem betroffen sind«, sage ich.

»Genau. Darüber, wie sie sich fühlen.«

»Wegen Connor.«

»Ja. Was er ihnen bedeutet hat.«

»Was er uns *allen* bedeutet hat.«

An dieser Stelle scheint es ganz passend zu sein aufzuhören, das empfinden wir irgendwie alle. Ich sehe Alana und Jared an, dabei habe ich so ein Gefühl von Stolz und etwas erreicht zu haben. Im Raum ist es unheimlich still, bis die Eiswürfelmaschine ein lautes *Pling* von sich gibt. Es braucht noch einige Schluck Wasser und eine genauere Inspektion der Prospekte, ehe Connors Eltern bereit sind, etwas zu sagen.

»Mir war nicht bewusst, dass Connor anderen Leuten so viel bedeutet hat«, sagt Larry.

»Oh mein Gott«, sagt Alana. »Er war einer meiner engsten Bekannten. In Chemie war er mein Laborpartner und in Englisch haben wir gemeinsam ein Referat über *Huck Finn* gehalten. Er war so witzig. Er hat nie von Huck Finn geredet, sondern das *Huck* ersetzt, Sie wissen schon wie *F*…« Sie fängt sich gerade noch. »Darauf war sonst niemand in unserer Klasse gekommen.«

Zoe hat noch nicht von ihrem Prospekt aufgeschaut, seit sie ihn bekommen hat. Wenn sie mit unseren Plänen nicht einverstanden ist, bin ich mir nicht sicher, ob ich es noch sein kann. »Ich dachte«, sage ich, »die Jazzband könnte vielleicht bei der Schulversammlung was machen.«

Zoe schaut auf. »Oh. Ja. Vielleicht. Ich kann Mr Contrell fragen.«

Jared haut mir auf den Rücken. »Tolle Idee, Evan.«

»Danke, Jared«, sage ich mit knirschenden Zähnen.

»Schatz?« Larry berührt Cynthias Schulter. »Was meinst du?«

Normalerweise übernimmt Cynthia das Reden für die

Murphys, aber sie ist furchtbar still gewesen. Sie schaut mich direkt an, aber nicht *in* meine Augen. Es ist, als könne sie nicht über den Raum zwischen uns hinweg sehen.

Und dann taucht sie aus ihrer Trance auf. »Oh, Evan. Das ist einfach … das ist wundervoll. Danke.« Über den Tisch greift sie nach meiner Hand und drückt sie. Das fühlt sich so schön an, dass ich fast vergesse, peinlich berührt zu sein.

•••

Wieder bin ich in Connors Zimmer, aber dieses Mal mit seiner Mutter. Alana und Jared sind schon gegangen. Wir hatten uns alle zusammen auf den Weg machen wollen, als Cynthia mich beiseitenahm und fragte, ob ich nicht noch ein bisschen länger bleiben könnte. Mir macht es nichts aus, mit dem Bus nach Hause zu fahren.

Jetzt schaut sie in Connors Wandschrank. Durch die Wand höre ich eine Stimme zur Gitarre singen. Nach ein paar Anfängen und Abbrüchen wird mir klar, dass es keine Aufnahme ist.

Cynthia dreht sich um. Sie hält einen Schlips in der Hand. Nachdem sie ihn eine Weile betrachtet hat, hält sie ihn mir hin. »Für die Schulversammlung.«

»Oh.«

»Als Connor in die siebte Klasse kam, haben alle meine Freundinnen gesagt: ›Jetzt kommt die Bar-Mizwa-Saison. Er wird jeden Samstag auf eine andere Party gehen.‹ Ich bin mit ihm einen Anzug kaufen gegangen, ein paar Hemden … einen Schlips.« Sie macht eine Pause. »Er ist nicht zu einer einzigen Party eingeladen worden.«

Wir schauen beide auf den Schlips in ihrer Hand. Connors Schlips. Sein einziger Schlips. Er hat ihn nie getragen. Hatte nie einen Grund dazu.

»Ich dachte, du könntest ihn bei deiner Rede tragen«, sagt sie.

Der Geschmack von Panik liegt auf meiner Zunge. »Meiner was?«

»Nun ja, Alana hat gesagt, bei der Schulversammlung würde jeder, der es will, Gelegenheit bekommen, etwas zu sagen. Ich glaube, wir waren alle davon ausgegangen, dass du der Erste sein würdest, der sich zu Wort meldet.«

»Ich kann nicht…«

Panik hat einen salzigen Geschmack. Ich hab das Gefühl, ich stehe in einem kleinen Glasbehälter, der sich langsam mit Wasser füllt. Das Wasser kommt aus dem Meer, vermute ich, weil es so salzig ist. Das Meerwasser strömt in mein Becken. Es reicht mir schon bis an den Mund, gleich bedeckt es mein Gesicht, und ich ertrinke. Es gibt keinen Weg hinaus aus diesem Becken. Mir bleibt nichts anderes übrig, als darauf zu warten, dass mich das Wasser einschließt. Ich recke den Hals nach dem letzten bisschen Luft. Ich keuche. Und dann, als ich kaum noch atmen kann, hört es auf. Das Wasser geht zurück, immer. Am Ende ertrinke ich nie, aber das spielt keine Rolle. Das Gefühl, beinahe zu ertrinken, ist sogar noch schlimmer, als tatsächlich zu ertrinken. Tatsächlich zu ertrinken ist Frieden. Beinahe zu ertrinken ist nichts als Schmerz.

»Das Problem ist nur, dass ich nicht so besonders darin bin, vor… äh… Leuten zu sprechen. Ich mach das nicht so gut. Sie würden das nicht wollen. Das können Sie mir glauben.«

»Natürlich will ich das«, sagt Cynthia. »Ich bin mir sicher, dass die ganze Schule dich hören will. Larry und ich ganz bestimmt – und Zoe …«

Sie legt mir den Schlips in die Hände.

»Denk drüber nach.«

Sie lässt mich allein in Connors Zimmer. Wie gelähmt stehe ich da und warte darauf, dass die Wassermassen ablaufen.

Ich starre auf Connors Schlips. Dick und rau. Marineblau mit hellblauen Diagonalstreifen. Wie Wellen in einem dunklen, tosenden Meer. Das Wasser hat auch Connor geholt. Er muss nach Luft gerungen haben, bis ihm nicht mehr nach Ringen war. Wenn ich überhaupt irgendwas verstehen kann, dann mit Sicherheit das.

Ein Geräusch in der Tür. Da steht Zoe mit verschränkten Armen.

»Sorry«, sag ich zu ihr. »Ich bin schon weg. Deine Mom und ich haben nur geredet.«

Sie betritt das Zimmer und geht langsam um mich herum, ehe sie sich schließlich auf dem Bett niederlässt. Letztes Mal, als wir so in Connors Zimmer allein waren, habe ich offenbar den Verstand verloren. Dieses Mal werde ich besser auf ihn aufpassen.

Zu unserer Präsentation hat Zoe nicht viel gesagt. Danach ist sie einfach nach oben verschwunden. Ich warte darauf, dass sie spricht, und als sie es nicht tut, gehe ich mit äußerster Vorsicht vor. »Warst du das, die da eben Gitarre gespielt hat?«

Sie nickt.

»Ich hab nicht gewusst, dass du singst«, sage ich.

»Tu ich auch nicht. Das heißt, ich bin nicht besonders gut. Ist irgendwie was Neues. Übrigens hab ich letzten Sonntag zum ersten Mal beim Open Mic-Abend im *Capitol Café* mitgemacht. Nur mit ein paar Songs.«

»Wow. Unglaublich. Was denn, was Bekanntes oder …?«

»Meine eigenen Sachen.« Sie wirkt ein bisschen verhalten, kämpft sich da aber durch. »Es ist abgedreht. So als hätten all diese Lieder in mir gewartet. Und jetzt sind sie endlich so weit, dass sie rauswollen.«

Das verstehe ich. Ehrlich gesagt, bin ich neidisch. Ich wünschte, ich könnte all das Zeug, das in *mir* rumort irgendwie rauslassen.

Ich setze mich aufs Bett, so weit weg von ihr wie nur möglich, ohne runterzufallen.

»Das ist echt toll.«

Sie dreht sich zu mir hin.

»Du hättest mich neulich Abend nicht küssen sollen. Das war blöd.«

Verdammt. Damit hab ich mich ganz schön reingeritten. »Ich weiß. Tut mir leid.«

»Aber«, sagt sie, »ich hätte nicht ausflippen müssen. Ich hab überreagiert.«

»Nein, du hast unterreagiert. Ich weiß nicht mal, warum ich es getan habe.«

Sie starrt auf den Fußboden, als würden sie versuchen, ihren Blick direkt durchs Holz zu bohren. »Ich glaube, Trauer kann einen dazu bringen, die seltsamsten Sachen zu machen. Sachen, die man normalerweise nicht tun würde.«

Ich gebe ihr die einzige Antwort, die ich geben kann. »Wahrscheinlich stimmt das.«

Sie steht auf, läuft herum. Ich folge ihren Bewegungen, bis sie genau vor mir stehen bleibt und mich ansieht. »Warum hat er dich an jenem Tag geschubst?«

»Was? Oh. Also. Ich glaube …« Das Meerwasser kommt wieder. Gerade hatte ich angefangen zu trocknen. »Hab ich dir das nicht schon erzählt?«

Sie schüttelt den Kopf. »Ich glaube dir nicht.«

Mein Herz bricht. Ich gucke weg, sehe mir Connors Wand ganz genau an, so als wäre sie ein Spickzettel, aber was ich sehe, verwirrt mich nur noch mehr. Ich mache die Augen zu und suche stattdessen in mir drin nach einer Antwort.

»Ich … manchmal kriege ich irgendwie Angst, wenn ich mit Leuten rede, glaub ich.«

Die Wahrheit dieser Worte beruhigt mich. Langsam mache ich die Augen auf. »Connor hat immer versucht, mich dazu zu bringen, offener zu werden. Und manchmal wurde er sauer. Wenn er fand, dass ich mich nicht genug anstrenge. So was in der Art.«

Sie lässt das auf sich wirken. »Na, meine Mutter liebt dich. Dieses ganze Ding mit dem Connor-Projekt auch, sie ist ganz besessen davon.«

Ich spüre, wie sich mein Herz wieder zusammenzieht. »Sie ist wirklich fantastisch.«

Zoe wirft einen Blick auf die offene Tür und sieht was, das ich nicht sehen kann. »Sie mag es, wenn du hier bist. Du gibst ihr das Gefühl, dass Connor noch da ist, glaube ich, in gewisser Weise. So als würdest du ihn irgendwie mitbringen. Aber nicht so, wie sie ihn in Erinnerung hat. Anders. Besser als in ihrer Erinnerung.«

»Das passiert, wenn Leute gehen, glaube ich. Wenn sie weg sind, muss man nicht an all die schlechten Sachen erinnert werden. Die Leute können einfach für immer so bleiben, wie man sie gern hätte. Perfekt.«

Ich bin mir nicht sicher, ob das einen Sinn ergeben hat. Ich beobachte Zoe und warte auf irgendeine Reaktion. Einen Moment lang steht sie da, sagt nichts. Schließlich nickt sie, dreht sich um und geht.

IV

Ein an einen Telefonmast getackertes Flugblatt: DAS CONNOR PROJEKT – GRÜNDUNGSFEIER.

Und hier bin ich nun. Wie könnte ich mir das auch entgehen lassen. Eine Veranstaltung zu meinen Ehren. Schüler. Lehrer. Lokalzeitung. Sogar die Anverwandten nehmen teil.

Es gibt Reden. Eine Dia-Präsentation. Einen Auftritt von Zoe und den Jazz Kids. Das ist echt was. Ich meine das ehrlich – ich fühle mich fast geschmeichelt. Und trotzdem, aus reiner Gewohnheit könnte man sagen, habe ich das Gefühl, dass sie mich bloß verarschen.

Wie sollte es anders sein? Da stehen sie und reden davon, wie viel ich ihnen bedeutet habe. Wie verbunden sie sich fühlen. Wie sie fühlen, was ich gefühlt habe. Die Isolation, die eigene Wertlosigkeit, die Einsamkeit. Aber wie zum Teufel wollen sie wissen, wie ich mich gefühlt habe? Ich musste erst sterben, damit sie mitkriegten, dass ich überhaupt gelebt habe.

Ich will schon gehen, aber ein neuer Redner wird auf die Bühne gerufen. Man kündigt ihn an als *Connors bester Freund.*

Ich zittere. Kann er das wirklich sein? Vielleicht ist meine Abwesenheit endlich aufgefallen. Suchend rücke ich näher. Aber sobald der Redner die Bühne betritt, erkenne ich, dass nichts passt. Allein der Gang – steif und unsicher –, nicht die geringste Ähnlichkeit mit ihm. (Wie blöd, überhaupt davon zu träumen.)

Stattdessen ist es mein anderer bester Kumpel: Evan Hansen. Was hat es bloß auf sich mit diesem Typen? Und warum zum Henker … trägt er meinen Schlips?

Ich bin mir sicher, dass es meiner ist. Ich hab ihn selber ausgesucht, vor Jahren. Meine Mutter ist mit mir einen Anzug kaufen gegangen. Sie meinte, es wäre gut, für besondere Anlässe einen zu haben. Sie war schon immer eine Träumerin, meine Mutter. Weil ich ihr die Illusionen nicht nehmen wollte, hab ich mitgespielt. Ich ließ sie in dem Glauben, dass mein besonderer Anlass kommen würde.

Neugier treibt mich näher zur Bühne. Das da oben ist eine völlig andere Show. Ein bisschen zu persönlich. Ich kann die Schweißperlen auf seiner Stirn sehen. Hände, die mit seinem Stapel Karteikarten herumfummeln. Er mag sich das Publikum nicht mal angucken. Steht schon eine Minute da und hat nicht mal Hallo gesagt.

Schließlich bewegt er die Lippen. Was für eine dünne Stimme, trotz Mikrofon. Man muss sich vorbeugen, um was verstehen zu können. Und ich bin keinen Meter weit weg. Etwas Zerbrechlicheres kann man sich kaum vorstellen. Ehrlich, ich wäre nicht mal geschockt, wenn er unter diesem Scheinwerfer in Flammen aufgehen würde.

Mit zittriger Unsicherheit liest er sich durch zwei Karteikarten:

Guten Morgen, Mitschüler und Lehrerkollegium. Ich möchte heute nur ein paar Worte sagen über … meinen besten Freund … Connor Murphy.

Ich möchte euch von dem Tag erzählen, an dem wir zur alten Autumn-Smile-*Apfelplantage gegangen sind. Connor und ich, wir haben unter einer Eiche gestanden, und Connor hat gesagt, er würde gern wissen, wie die Welt von da oben aussieht. Also beschlossen wir, das herauszufinden. Wir fingen an zu klettern, ganz langsam, einen Ast nach dem anderen. Als ich mich schließlich umschaute, waren wir schon zehn Meter über dem Boden. Connor guckte mich nur an und lächelte, so, wie er das immer machte. Und dann … na ja, dann bin ich …*

Er wischt sich die Hand am Hemd ab.

Ich bin gefallen.

Er wischt weiter.

Ich hab auf dem Boden gelegen und dann …

Er nimmt die nächste Karte zur Hand.

Guten Morgen, Mitschüler und Lehrerkollegium, ich möchte …

Der ganze Stapel fällt auf den Boden. Überall liegen Karten. Ich drehe mich um, checke das Publikum ab. Meine Mitzuschauer haben die Geduld verloren. Vereinzeltes Geflüster wächst sich zu einem anhaltenden Rumoren aus. Handys leuchten auf, das Drama auf der Bühne wird gefilmt, unsterblich gemacht. Armer Junge, auf den Knien liegend sammelt er seine Worte ein. Ich kann sehen, wie ihm die Tränen kommen. Diesen Blick kenne ich. Wenn dein Inneres dabei ist, aus dir rauszuströmen, und du nichts mehr tun kannst, um es aufzuhalten. Du bist nackt und alle gucken. Sie sehen dich, wehrlos, und sie schlagen zu. Ohne Gnade.

Kapitel 15

Stille.

Weiß nicht, wann sie gekommen ist, ob sie die ganze Zeit dagewesen ist. Ich blinzele an den Scheinwerfern vorbei, um nachzusehen, ob ich plötzlich allein bin. Aber nein. Sie sind alle noch da. Hunderte. Starren. Warten. Darauf, dass ich etwas mache. Etwas sage. Aufhöre zu ertrinken.

Ich bin am Boden, die Knie vibrieren auf der Bühne. Ich kann nicht aufhören zu zittern. Meine Karten sind verstreut, ohne jede Ordnung. Nichts ist mehr in Ordnung. Ich dränge die Tränen zurück.

Als ich wieder Kontrolle über meinen Blick habe, bemerke ich, was mir an der Brust runterläuft: der Schlips.

Mit den Fingern streiche ich darüber. Spüre sein Gewicht. Sauge seine Kraft auf.

Ich muss das zu Ende bringen.

Mit wackelnden Beinen, der ganze Körper ein zuckendes Chaos, stelle ich mich hin. Das erfordert jedes Gramm Kraft und Adrenalin. Das Aufrichten.

Die Karten bleiben auf der Bühne liegen. Ich brauche sie

nicht. Ich habe die Geschichte so oft erzählt, ich könnte sie im Schlaf hersagen. Ich muss nur den Mund aufmachen und *sprechen*.

Langsam hebe ich das Kinn und lehne mich zum Mikrofon.

»Ich bin gefallen«, sage ich. Meine Stimme fliegt hinaus in die Ferne.

Ich stoße ein Wort nach dem anderen aus.

»Ich hab da gelegen … am Boden …«

Ich schließe die Augen. *Jetzt dauert es nicht mehr lange.*

»Aber, wisst ihr, die Sache war die, als ich hochgeguckt habe … war Connor da.«

Das ist er immer. Irgendwie. Tag für Tag kommt er, der Gedanke an ihn. Visionen in der Nacht. Sein Name auf meinem Arm. Egal, was ich tue, wohin ich gehe, eine ständige Erinnerung. An was? Wer ich bin. Wer ich sein könnte. Wer ich sein *sollte*.

Ich mache die Augen auf. »Das ist sein Geschenk, das er mir gemacht hat … er hat mir gezeigt, dass ich nicht allein bin. Dass ich wichtig bin.«

Das bin ich. Oder nicht? Und nicht nur ich.

»Dass alle wichtig sind. Das ist sein Geschenk an uns alle. Ich wünschte nur …«

Jetzt kommt das Schlimmste. Wie ungerecht das alles ist.

»Ich wünschte, wir hätten ihm das gleiche Geschenk machen können.«

Es erfasst mich. Durchdringt mich. Eine langsame Ernüchterung.

Dann kommt die Panik zurück. Die Erkenntnisse: Wo ich bin. Was ich hier mache. Was ich sage. Was sage ich denn?

Ich lausche dem Echo meiner Stimme im Saal, versuche, meine eigenen Worte zu hören, versuche, mir selber zu folgen. Aber meine Stimme ist längst weg. Da ist nur noch Stille.

Hab ich eben überhaupt gesprochen? Oder habe ich mir das nur eingebildet?

Ich schaue auf, geblendet von den Scheinwerfern. Was hab ich getan.

Weg hier. Sofort.

Voller Panik drehe ich mich um, laufe … und schaue nicht zurück.

V

Er tritt vom Mikro zurück und stürzt von der Bühne.

Stille, überall: Was war das denn?

Wieder meine Standardreaktion: Das muss ein Witz sein. Ich werde verarscht. Aber mein Bauchgefühl widerspricht. Also, die Geschichte, die er erzählt hat, war nicht wahr. Das ist nie passiert. Aber die Essenz dessen, was er gesagt hat, wie er es gesagt hat, fühlte sich auf merkwürdige Weise wahr an. So, als habe er es tatsächlich so gemeint.

In diesen letzten paar Jahren gab's da nicht so viel Ermutigung. Auch wenn ich gelegentlich ein Kompliment bekam *(Connor, du bist künstlerisch so begabt, witzig, leidenschaftlich)*, habe ich es nie geglaubt. Bei all dem negativen Feedback sind die paar netten Worte untergegangen. Und es kam auch drauf an, wer Komplimente gemacht hat. Wenn sie von meiner Mutter kamen (die es übertrieb), waren sie weniger wert, von meinem Vater (der es untertrieb) mehr, und am meisten von …

Das ist das Beschissene an dieser Rede. Die hätte echt was bedeutet, wenn sie von einem echten Freund gekommen wäre. *Er* hätte da oben stehen und diese Worte sagen müssen. Denn tatsächlich bin ich nur für ihn hier aufgetaucht. Für ihn habe ich alles riskiert.

Um mich herum wird es lauter.

(Und wie immer endet es damit, dass ich mir wehgetan habe.)

Zuerst spärlich.

(Und wofür das Ganze?)

Dann zunehmend.

(Hat es überhaupt irgendeine Bedeutung gehabt?)

Es kommt bei mir an. Langsam. Was ich da höre. So was wie eine Antwort.

Applaus.

Kapitel 16

Selbst mit dem Kissen auf Gesicht und Ohren kann ich mein Handy noch auf dem Nachttisch vibrieren hören. Schon zum dritten Mal an diesem Morgen führt es diesen Tanz auf. Ich hätte es vor dem Zubettgehen in der Sockenschublade vergraben, wenn ich geglaubt hätte, dass heute irgendwer zu mir Kontakt aufnehmen wollte. Das versucht ja sonst nie jemand. Und abgesehen davon, wenn es denn je einen Morgen gegeben hat, an dem ich von der Welt nicht gefunden werden will, dann ist es dieser.

Ich vermute, das Universum hat mir eine kleine Gnade damit erwiesen, die gestrige Schulversammlung auf einen Freitag fallen zu lassen, denn so muss ich mein Gesicht heute nicht in der Schule zeigen. Verstörende Bilder von der Veranstaltung blitzen in meiner Erinnerung auf. Karteikarten, die durch die Gegend fliegen. Auf die Knie gehen. Die ohrenbetäubende Stille. Aber an eines kann ich mich absolut nicht erinnern, und das ist, was ich da oben eigentlich gesagt habe.

Ich hab das Ende der Versammlung nicht mal abgewartet.

Der Gedanke, Leuten gegenübertreten zu müssen, besonders den Murphys, hat mich in die Flucht geschlagen. Blind vor Panik habe ich die Schule verlassen und die letzten paar Stunden geschwänzt. Ich konnte den Gedanken an die Busfahrt nach Hause nicht ertragen, mit meinen Schulkameraden festzusitzen, während sie die Farce kommentieren, die ihnen gerade auf der Bühne geboten worden ist. *Ich weiß, das sollte keine Komödie sein, aber teilweise fand ich es zum Totlachen. Der Name* Evan Hansen *wird fortan als Verb benutzt werden und »versagen, untergehen, eine Katastrophe erleben« bedeuten.* Nein danke.

Ich bin zu Fuß nach Hause gegangen, und dort bin ich dann sofort unter die Decke gekrochen. Meine Turnschuhe habe ich neben dem Bett stehen lassen, mit gelösten Schnürsenkeln, nur für den Fall, dass ich mitten in der Nacht flüchten muss. Seit Wochen warte ich nun schon darauf, dass das Schlimmste passiert. Ich dachte immer, das würde etwas Unerwartetes sein, auf das ich keinen Einfluss nehmen kann, doch am Ende hab ich es im Grunde selbst heraufbeschworen. Mit Connors Schlips um den Hals bin ich auf die Bühne und direkt in das Schlimmste, was passieren konnte, gestiefelt.

Mein Handy vibriert immer noch. Ich ziehe mir das Kissen vom Gesicht. Alana ruft an. Wenn ich nicht genug damit zu tun hätte, mich selbst zu hassen, würde ich stattdessen sie hassen. Diese Versammlung war ihre Idee. Sie hätte mich von vornherein nicht ermutigen sollen, als ich ihr vom Connor-Projekt erzählt habe. Sie hätte Klartext mit mir reden sollen. *Tut mir leid, Evan, aber das solltest du sofort vergessen. Das übersteigt deine Fähigkeiten – als Mensch – bei Weitem.*

»Wo hast du gesteckt?«, fragt Alana, als ich schließlich rangehe. »Du hast auf keine meiner E-Mails oder Textnachrichten reagiert.«

Ich reagiere immer noch nicht.

»Hallo?«, sagt Alana.

Ich lasse mir eine *Ativan* in den Mund fallen und spüle sie mit zwei Tage altem Wasser runter. »Ich bin hier.«

Meine Rede hat zwölf Stunden gedauert. So lang hat es sich angefühlt, auf dieser Bühne, in diesem grellen Licht zu stehen. Ich konnte ihre Gesichter nicht sehen, aber ich wusste, dass sie da waren. Über einen so langen Zeitraum hinweg bin ich noch nie beinahe-ertrunken. Ich bin erschöpft. Vielleicht komme ich nie wieder aus dem Bett.

»Hast du es gesehen?«, sagt Alana.

Und los geht's. Warum bin ich ans Telefon gegangen? »Was gesehen?«

»Was mit deiner Rede passiert.«

Jetzt ist es zu spät. Jetzt muss ich es wissen. »Was ist mit meiner Rede passiert?«

»Jemand hat ein Video davon ins Netz gestellt«, sagt sie.

»Von meiner Rede?« Jetzt bin ich wach. Jede Zelle in meinem Körper ist hellwach. Das war's für mich, ich bin offiziell erledigt.

»Evan, es ist der totale Wahnsinn. Die Leute haben angefangen es zu teilen und jetzt ist es überall. Connor ist überall.«

»Was meinst du mit *überall*?«

»Heute Morgen hatte das Connor-Projekt sechsundfünfzig Follower.«

»Das ist eigentlich nicht schlecht. Letztes Mal, als ich

draufgeguckt habe, waren es weniger als zwanzig. »Wie viel hat es …«

»Jetzt sind es über viertausend.«

»Sagtest du vier-«

»…tausend«, antwortet Alana.

So viele Leute gehen nicht mal auf unsere Schule – das sind ja viel mehr.

Ich setze mich auf und öffne meinen Laptop. Alana redet immer noch, ich höre kaum hin. Ich aktualisiere meinen Browser. Sie hat nicht gelogen. Ehrlich gesagt, wir sind jetzt fast bei sechstausend. Was ist hier nur los?

Ich sehe, dass eine Nachricht von Jared auf mich wartet.

Alter. Deine Rede ist überall.

»Ich rufe zurück«, sage ich zu Alana.

Meine Inbox quillt über von neuen Mails. Ich suche die erste raus, die Alana geschickt hat, und klicke auf den Link zum Video. Bevor es abspielt, stoppe ich es. Meine Rede muss ich nicht sehen.

Aber unter dem Video reihen sich zahllose Kommentare, und die muss ich mir ansehen, ich kann nicht anders. Unter ein paar der Posts stehen Namen, die ich kenne, aber die meisten sind von Fremden. Einige Kommentare sind mit anderen Seiten verlinkt. Diese Links klicke ich an und wandere auf andere Websites rüber, zu neuen Gesprächen von noch viel mehr Leuten, die ich ganz bestimmt nicht kenne. Ich hüpfe durchs All, von Stern zu Stern, und ziehe Linien, die ein Bild ergeben. So langsam sehe ich das Bild im Ganzen, aber ich verstehe nicht, was es bedeutet, oder wie es entstehen konnte. Das hatte ich nicht erwartet.

Oh mein Gott, das müssen alle sehen

Dieses Video kann ich mir nicht oft genug anschauen

Siebzehn Jahre alt

Nimm dir fünf Minuten Zeit – und dein Tag ist gerettet

Teile das mit den Leuten, die du liebst

Weiterleiten

Das muss die Welt hören

Eine wunderschöne Würdigung

LieblingsPost

Ich kenne jemanden, dem das heute echt weitergeholfen hat

Danke dafür, Evan Hansen, dass du tust, was du tust

Yes, yes, yes

Ich bin dir nie begegnet, Connor.
Aber ich gehe auf diese Seite
und lese die Posts von allen.

Man fühlt sich so leicht einsam,
aber Evan hat recht, wir sind nicht allein

Keiner von uns

Wir sind nicht allein

Keiner von uns ist allein

Like

Weiterleiten

Teilen

Besonders jetzt, nach allem, was man in den Nachrichten hört

Warum gibt es so was nicht häufiger?

Share

Bete für euch in Michigan

Richmond

Vermont

Tampa

Sacramento

Kansas City

Weiterleiten

Danke, Evan Hansen

Alles Liebe

Das ist so gut!

Ich bin ganz dafür

Warum hab ich bloß Tränen in den Augen?

Ich fühle mich, als wäre ich gefunden worden

Danke, Evan

Seht euch das bis zum Ende an

Danke dir, Evan Hansen

Dieses Video bedeutet mir gerade alles

Danke, Evan

Ich fühle mit

Hier geht es um die Gemeinschaft

Die Bedeutung von Freundschaft

Danke, Evan Hansen, dass du uns
einen Raum zum Gedenken an Connor gibst.
Wo wir zusammen sein können.
Wo wir einander finden. Um uns zu finden.

Danke

Dank an Evan

Danke, Evan Hansen.

Es ist wahr. Meine Rede ist überall. Und nicht nur das. Die Leute mögen sie. Sie mögen sie wirklich.

Ein Klingeln erschreckt mich. An der Haustür. Es ist die Türklingel.

Meine Mutter wird schon hingehen. Ich widme mich wieder meiner Inbox. Die ist voller E-Mails von echten Menschen, nicht irgendwelchen Firmen. Hier ist eine von meiner Englischlehrerin. Und irgendwie ist Sam aus der Mittagspause an meine E-Mail-Adresse gekommen.

Es klingelt wieder an der Tür. Ich krieche aus dem Bett. Ich höre, dass die Dusche läuft und meine Mom ruft: »Evan, ich glaube, da ist jemand an der Tür.« Ich schaue aus ihrem Schlafzimmerfenster und sehe ein Auto in der Auffahrt. Einen blauen Volvo.

Schnell ein Blick in den Spiegel. Meine Haare gehen so gar nicht, aber mir steht kein Mittel zur Verfügung, mit dem das zu korrigieren wäre. Und dieses eine Mal, wo etwas

Feuchtigkeit an den Händen ganz gelegen käme, sind sie völlig trocken. Praktisch ist allerdings, dass ich bereits vollständig angezogen bin.

Warum ist Zoe hier? Das passt gerade überhaupt nicht. Meine Mom weiß nichts von ihr und den Murphys. Ich hab nicht vorgehabt, das alles geheim zu halten. Es hat sich einfach so ergeben.

Schon renne ich die Treppe runter und mache die Haustür auf, erst dann geht mir auf, dass ich mir wenigstens einen Moment Zeit zum Gurgeln hätte nehmen sollen.

Hinter ihr röhrt die Sonne.

»Hi«, sage ich.

»Hey«, sagt sie.

Sie sieht so erschöpft aus, wie ich mich fühle. Irgendwie steht ihr das.

»Ich würde dich reinbitten, aber meiner Mom geht es echt schlecht und ich muss mich um sie kümmern. Tut mir leid. Was machst du hier?«

Sie senkt den Blick.

»Das hat sich unhöflich angehört«, sage ich. »So hab ich das nicht gemeint.«

Toll, ich hab es schon wieder getan. Sie mag mich nicht mal angucken. Ich hab es geevanhansent.

Sie wischt sich die Augen.

»Warte. Weinst du?«

Zoe nickt.

»Warum? Warum weinst du?«

Sie schüttelt den Kopf. Weil sie nicht reden kann. Oder weil sie nicht weiß, warum sie weint. Oder weil das auch gar nicht wichtig ist.

»Wegen allem, was du in deiner Rede gesagt hast. Allem, was du für uns alle getan hast, für jeden von uns. Für meine Familie. Für mich.«

»Nein, ich …« Was will ich eigentlich sagen. Ich weiß es nicht mal. Mein Hirn hat dicht gemacht. Will ich mich entschuldigen. Will ich ihr die Wahrheit sagen? Will ich vom Erdboden verschluckt werden?

Sie schaut auf. Macht einen Schritt. Und dann, wieder – meine Lippen, ihre Lippen. Nur ist das dieses Mal nicht mein Werk.

Sie tritt einen Schritt zurück und atmet aus.

»Danke, Evan Hansen«, sagt sie.

Dann dreht sie sich um, geht weg und lässt mich allein auf der Türschwelle zurück, wo ich explodiere.

TEIL ZWEI

Kapitel 17

»Hallo, alle miteinander, ich bin's, Alana, Mitvorsitzende, Vizeschatzmeisterin, Medienberaterin, Technologische Beraterin und Assistentin des Kreativchefs Strich Sprecherin für kreative Öffentlichkeitsarbeit des Connor-Projekts.«

»Hi, ich bin Evan, Mitvorsitzender des Connor-Projekts.«

Auf dem Bildschirm sehe ich mein Gesicht auf der einen und Alanas auf der anderen Seite. Ich nehme an, Alana sieht dasselbe Bild zu Hause auf ihrem Bildschirm, ebenso wie unser Publikum. Da das aber unsere allerersten Livestream-Update ist, bin ich mir nicht sicher.

»Ich wünschte, ich könnte all eure herrlichen Gesichter dort draußen sehen«, sagt Alana.

»Ich hoffe, ihr genießt diesen herrlichen Tag«, ergänze ich.

Es ist schon verrückt, wenn man sich überlegt, wie viele Leute jetzt gerade auf das warten, was wir zu sagen haben. Unsere Userzahl geht Richtung tausend und klettert weiter in die Höhe. Irre erfolgreich, für meine Begriffe, Alana versichert mir aber, dass es eigentlich nicht um die Leute geht, die live zuschauen, sondern um all jene, die wir danach generieren. Sobald wir uns heute Morgen ausloggen, wird das Video auf unserer Website erscheinen und sich durch sämtliche soziale Medien verbreiten können. Dank Jared werden wir sogar verwertbare Daten über die Leute erhalten, die sich mit unserem Video beschäftigen.

»Viele von euch haben sich die inspirierenden Videos angesehen«, sagt Alana.

»Danke, dass ihr euch die tollen Videos angeschaut hab, die wir letzte Woche hochgeladen haben, mit Mr und Mrs Murphy und Connors Schwester Zoe …«

»Und Connors bestem Freund, meinem Mitvorsitzenden, Evan Hansen.«

Ich lächele. (Vermutlich verlegen.)

Auf gar keinen Fall durfte irgendjemand mit mir im selben Raum sein, als ich mein Video aufnahm. Das hatte ich nicht zugelassen. Ich hab es selbst gemacht und erst nach siebzehn Takes was gehabt, das ich zu zeigen bereit war. Alana wollte, dass jeder von uns über die eine große Sache redete, die er von Connor gelernt hatte. Für Cynthia war es Geduld. Für Larry Empathie. Meine Antwort war: Hoffnung. Etwas anderes, das absolut und vollkommen wahr war und immer noch ist, ist mir nicht eingefallen.

Zoe war beim Aufnehmen ihres Videos vielleicht noch nervöser als ich. Sie sagte zwar, sie wisse, was sie sagen wolle, aber jedes Mal, wenn es losgehen sollte, machte sie dicht und verstummte. Schließlich redete sie darüber, wie wichtig es ist, unabhängig und selbstständig zu sein. Keine Ahnung, ob das tatsächlich die Antwort war, die sie ursprünglich geben wollte, oder ob sie in letzter Sekunde noch ihre Meinung geändert hat. Gefragt hab ich nie. Ich hatte nicht den Eindruck, dass sie das wollte.

»Wie ihr alle wisst, ist Connors absoluter Lieblingsplatz auf dieser Welt die unglaubliche *Autumn-Smile*-Apfelplantage gewesen«, sage ich.

»Tragischerweise«, ergänzt Alana, »ist die Apfelplantage vor sieben Jahren geschlossen worden. Und so sieht das Gelände jetzt aus.«

Auf dem Bildschirm erscheint ein Foto von einem leeren von Unkraut überwucherten Feld mit drei Baumstümpfen. Ein »Zu verkaufen«-Schild hängt an einem verrotteten Zaun.

Tatsächlich gesehen hab ich die Plantage noch nie. Ich weiß, wo sie liegt, aber ich bin nie da gewesen, nicht mit Connor (ist ja klar) oder sonst wem. So verfallen und deprimierend hatte ich sie mir gar nicht vorgestellt. In meiner Vorstellung ist da alles grün und lebendig, reihenweise Bäume mit roten Äpfeln.

Das Foto verschwindet und unsere Gesichter tauchen wieder auf. Ich bringe mein verrutschtes Lächeln auf Vordermann und leiste einen Beitrag: »Connor hat Bäume geliebt.«

»Connor war ganz verrückt nach Bäumen«, sagt Alana. »Er und Evan haben stundenlang zusammen an der Plantage gesessen und Bäume angeguckt, sie waren bei den Bäumen, haben sich alle möglichen kuriosen Sachen erzählt, die sie über Bäume wussten.«

»Das stimmt. Wusstet ihr zum Beispiel, dass sich ein Vogelhäuschen, das an einen Ast gehängt wird, nicht aufwärtsbewegt, wenn der Baum wächst?«

»Das hab ich nicht gewusst«, sagt Alana. »Ist ja interessant.«

Nach dem Drehbuch, das Alana mir zugeschickt hat, wird es jetzt Zeit für mich, unsere große Ankündigung zu lancieren. Die letzten paar Wochen waren ein Lernprozess, wir haben herausfinden müssen, was das Connor-Projekt genau ist und was es bewirken soll. Zu Beginn hatten wir nur ein paar Broschüren, eine Einverständniserklärung der Eltern und eine Gründungsversammlung, die viel besser lief, als irgendeiner von uns erwartet hatte.

Auf die Resonanz, die meine Rede hatte, waren wir nicht vorbereitet gewesen, weder praktisch (unsere Website ist zweimal zusammengebrochen; Jared hatte ratlos gewirkt) noch emotional.

Jared und ich waren beide auf eine Weise überwältigt, die sonst niemand ganz nachvollziehen konnte, und wir mussten eine Pause einlegen und uns erst mal das eingestehen, was bisher unausgesprochen geblieben war. Wir waren uns einig: Niemand durfte je die Wahrheit erfahren. Diese Sache, die wir da in Gang gesetzt hatten, half den Leuten tatsächlich. Die Wahrheit würde jetzt nur Schaden anrichten.

Nach meiner Rede verging eine ganze Woche, ehe uns klar wurde, dass wir aus der ganzen Aufmerksamkeit keinen Nutzen zogen. Noch immer kamen neue Follower an Bord, aber einige der ursprünglichen hatten bereits das Interesse verloren und waren wieder abgesprungen. Zu unserem Portal kamen ständig Leute, die von dem – neuen – Glauben beseelt waren, nicht allein zu sein, nicht länger mit dieser Last leben zu müssen, sie leichter machen zu können, wenn sie sie mit vielen anderen teilten, die ganz genauso empfanden wie sie. Und wir luden diese Leute ein in unser neues Heim, nur wurde uns bald klar, dass wir ihnen nichts Konkretes anzubieten hatten, sobald sie erst mal drinnen waren. Wir hielten ihr Interesse nicht wach.

Also nahmen wir Anpassungen vor. Jared richtete ein E-Mail-Formular auf unserer Homepage ein, mit dem man sich für unseren regelmäßigen Newsletter anmelden konnte. Alana ließ uns die *Was ich von Connor gelernt habe*-Videos machen. Und jetzt wollten wir unser bislang ehrgeizigstes Unterfangen vom Stapel laufen lassen.

»Eines gab es, das Connor sich mehr als alles andere gewünscht hat«, sage ich. »Er hat gehofft, dass die Apfelplantage eines Tages wieder zum Leben erweckt werden würde.«

»Und hier kommt ihr ins Spiel.«

Alana postet ein digital bearbeitetes Bild von einer wunderschönen neuen Plantage: üppige Bäume und friedliche Bänke in einem idyllischen Park. Sogar ein Vogel ist darauf, der über die Sonne fliegt. Jared hat Alana in ein kostenloses 3-D-Programm eingeführt, mit dem man Modelle erstellen kann, und Alana hat es im Laufe eines einzigen Wochenendes geschafft, sich beizubringen, wie man es anwendet.

»Heute geben wir den Start einer großen Online-Spendenaktion bekannt«, sage ich.

»Eine der ambitioniertesten Crowdfunding-Initiativen seit der Erschaffung des Internets.«

»Wir haben vor, fünfzigtausend Dollar in drei Wochen zusammenzubringen.«

»Ich weiß, das ist ziemlich viel Geld. Aber es ist es auch ziemlich faszinierend.«

»Das Geld wird dazu verwendet werden, die Plantage

wieder herzustellen«, sage ich. »Es wird ein Gelände entstehen, an dem alle ihre Freude haben können.«

Als ich Cynthia erzählte, dass wir beschlossen hatten, die Aufmerksamkeit, die das Connor-Projekt bekam, zu nutzen, um Spenden für die Apfelplantage zu sammeln, hat sie mich fester gedrückt, als ich jemals zuvor gedrückt worden bin. Und als ich ihr sagte, wie ich die Plantage nennen wollte, dachte ich, sie würde mich nie wieder loslassen.

»Und all ihr wunderbaren Leute da draußen werdet entscheiden, ob die *Connor-Murphy-Gedächtnis-Plantage* ein Traum bleibt oder …«, sagt Alana.

Sie wartet, räuspert sich und wiederholt: »Ein Traum bleibt oder …«

Ups. Das ist mein Stichwort. »Realität wird«, ergänze ich.

Wir danken unseren Zuschauern und beenden das Video. Alanas Gesicht füllt meinen ganzen Bildschirm.

»Das ging doch gut«, sage ich, erleichtert darüber, dass es vorbei ist, und ein wenig beeindruckt von mir selbst.

»Jaja, aber nächstes Mal müssen wir proben, ehe wir live streamen.«

Manchmal fühle ich mich eher wie ein Vizevorsitzender als ein Mitvorsitzender. Aber das ist in Ordnung. Ist ja alles für einen guten Zweck.

»Okay«, sagt Alana. »Jetzt müssen wir über Aktionen in der Community reden.«

Ich bewege meinen Cursor auf die Zeitanzeige. Es ist schon später Vormittag. »Jetzt sofort, meinst du?«

»Es gibt keinen besseren Zeitpunkt als jetzt.«

»Offen gesagt, kann ich jetzt nicht. Tut mir leid. Ich hab was vor.«

Ich hab mich immer darüber gewundert, wie ausdauernd Alanas Lächeln ist. Mittlerweile habe ich begriffen, dass sie auch ganz anders gucken kann. Sie lächelt auch nicht annähernd so oft, wie ich mal gedacht habe. In diesem Moment zum Beispiel guckt sie mich ausgesprochen eisig an.

»Na dann«, sagt sie. »Ich werde Postkarten ausdrucken, um Werbung für die Plantagen-Kampagne zu machen.«

»Das ist eine tolle Idee«, sage ich.

»Wirklich toll wäre, wenn du helfen könntest, sie in der Stadt zu verteilen.«

»Selbstverständlich. Auf alle Fälle. Sag mir einfach Bescheid, wann du das machen willst.«

»Okay. Gut. Na ja, ich hab viel Arbeit, dann geh du nur und amüsier dich, wir reden später.«

Offensichtlich sauer auf mich, loggt sie sich aus. Aber ich beschließe, ihren Rat anzunehmen. Ich werde mich amüsieren. Jetzt, da ich endlich verstehe, was das Wort bedeutet.

•••

Ich werfe einen Blick über die Schulter. »Nicht gucken.«

»Ich guck doch gar nicht«, sagt Zoe.

Ihre Augen scheinen tatsächlich geschlossen zu sein, aber sicherer wäre es gewesen, sie zu verbinden.

»Wir sind fast da«, sage ich. »Pass auf, wo du hintrittst. Hier wird der Weg holperig.«

Sie hält sich am Riemen meines Rucksacks fest, während ich uns durch den Ellison Nationalpark lotse.

Noch ein paar Meter und wir haben den perfekten Platz erreicht. Zoe behält die Augen brav geschlossen, während ich die Requisiten aus dem Rucksack hole.

»Ich bin nervös«, sagt sie.

Ich gebe ihr Anweisungen, wo sie sich hinsetzen soll (nur mit Worten, sie tatsächlich zu berühren macht mich immer noch nervös).

»Fühle ich da eine Wolldecke?«, fragt Zoe.

»Du darfst die Augen aufmachen.«

Sie guckt runter, guckt sich um und mich an. »Ein Picknick!«

Ich mache die weiße Papiertüte auf, die ich schon die ganze Zeit mit mir rumtrage – das war das Letzte, was ich besorgt hatte, ehe ich Zoe abgeholt habe.

»Du hast gesagt, du hättest den koreanischen Taco-Wagen nie ausprobiert, also ...« Ich reiche ihr einen in Alufolie gewickelten Taco. Unsere Finger berühren sich leicht und wir lächeln uns an.

»Und nun zu meiner letzten Überraschung.« Ich recke meinen Arm in die Luft, aber sie kapiert es nicht. Ich wackele mit dem Arm herum und gebe ihr einen Tipp. »Die La-Ola-Welle ist es nicht.«

Sie guckt und guckt, bis der Groschen endlich fällt. »Dein Gips ist ab! Ich hatte ganz vergessen, dass es jetzt anstand.«

Ich senke den Arm wieder und ziehe den Ärmel runter. Sie soll ihn sich nicht allzu genau ansehen. Kein schöner Anblick, gespenstisch blass mit dicken dunklen Haaren drauf. Ich hatte den Gips so lange loswerden wollen, aber jetzt, wo er weg ist, fehlt er mir irgendwie. Ich fühle mich seltsam nackt und nicht im Gleichgewicht, so als würde ein Teil von mir fehlen.

»Ich hab eine komische Frage«, sagt Zoe.

Jedes Mal, wenn sie mich was fragt, mache ich mich auf das Ende von allem gefasst. »Okay.«

»Was hast du mit dem Gips gemacht?«

So komisch ist die Frage eigentlich nicht. Nachdem der Arzt ihn aufgeschnitten hatte, hat er mich gefragt, was ich damit machen will. Mein Gefühl sagte: wegschmeißen. Dieser Gips hat mir von Anfang an nichts als Ärger eingebracht. Ihn zu behalten, würde mich bloß immer an den ganzen Schmerz erinnern.

»Ich hab ihn behalten«, sage ich. »Weiß auch nicht, warum.«

Das ist die Wahrheit: Ich habe ihn behalten und ich weiß wirklich nicht, warum.

Meine Antwort scheint sie zufriedenzustellen. Dasselbe gilt für den Taco. Das Kimchi ist überall verstreut. Sie sucht in der weißen Papiertüte nach einer Serviette. »Hier hast du also den ganzen Sommer gearbeitet?«

»Ja. Ist ein komisches Gefühl, wieder hier zu sein.«

»Ich komme mir blöd vor, wenn ich das frage, aber was macht ein Park-Ranger-Assistent eigentlich?«

»Du bist überhaupt nicht blöd. Glaub mir, ich hab das vorher auch nicht gewusst. Ich bin einfach davon ausgegangen, dass ich viel rumlaufen würde, du weißt schon, umgeben von Natur, aber es hängt viel mehr daran. Du musst alles über den Park wissen, über sein Ökosystem, Geografie, Bodenschätze, Geschichte, denn wenn ein Besucher dich was fragt, musst du antworten können. Und dann sind da noch die Instandhaltungsarbeiten: das Reinigen der Waschräume, Nachlegen der Wanderkarten, Glühbirnen austauschen. Und du brauchst Grundkenntnisse in Erster Hilfe, falls mal ein Notfall eintritt. Und dazu kommt, dass du eine Art Polizist für den ganzen Park bist, das heißt, du musst alle möglichen Gesetze lernen und dafür sorgen, dass die Leute sich daran halten.«

»Klingt ganz so, als ob du es wirklich genossen hast.«

»Hab ich, ja.«

Im Park zu sein verschaffte mir eine willkommene Atempause von meinem normalen Dasein. Hier wusste ich immer, wohin, hatte was zu tun. Ziemlich oft vergaß ich, dass ich eigentlich zum Arbeiten da war. Ich blieb einfach stehen, schaute mich in der Gegend um und fühlte mich, keine Ahnung, ruhig, würde ich sagen.

»Wenn Connor und du in euren E-Mails von Bäumen geredet habt, waren also wirkliche Bäume gemeint?«, sagt Zoe.

»Natürlich. Was hast du denn gedacht?«

»Nichts.«

Ehe ich nachhaken kann, fragt sie mich etwas anderes: »Hast du dich immer schon für Natur begeistert?«

»Ich glaub ja«, sage ich und spüle meinen Taco mit Wasser runter. »Wahrscheinlich hab ich das von meinem Dad.«

Deshalb ist er nach Colorado gezogen. Die Ostküste war ihm zu voll. Meine Mom ist überzeugt davon, dass die ganze Sache mit meinem Dad und der natürlichen Umgebung eine Ausrede war, dass er in Wirklichkeit nur Theresa nachgelaufen ist, aber ich hab das so in Erinnerung. Andererseits ist es schon lange her, vielleicht hab ich auch alles falsch verstanden.

»Ehe meine Eltern sich haben scheiden lassen, hat mein Dad mich ein paarmal zum Angeln mitgenommen, und einmal haben wir ein ganzes Wochenende hier im Park gezeltet.«

Während ich meinen Taco kaue, werden die Erinnerungen wach. Ich weiß noch, wie mein Dad eine Hängematte zwischen zwei Bäumen befestigt hat, damit er unter den Sternen schlafen konnte. Ich hab ihn gefragt, woher er wusste, dass die Bäume ihn tragen würden. *Vertrau mir*, hat er gesagt. *Hier könnte ein Wirbelsturm durchfegen und diese Bäume würden immer noch stehen.*

Ich hab ihm geglaubt, aber ich konnte nicht aufhören, mir Sorgen zu machen. Ich hab mir immerzu umstürzende Bäume vorgestellt, und dass mein Dad sich verletzt. Aber er hatte recht. Als meine Mom und ich am nächsten Morgen aus dem Zelt krochen, hing er immer noch da. Besser habe er im ganzen Leben nicht geschlafen, hat er gesagt. Bevor wir zusammengepackten, hat er mir geholfen, meine Initialen in einen der Bäume zu schnitzen, damit wir beim nächsten Mal den Platz wiederfinden konnten. Aber es hat kein nächstes Mal gegeben.

Als ich anfing im Park zu arbeiten, hab ich als Erstes versucht, diesen Baum wiederzufinden. Jedes Mal, wenn ich einen neuen Pfad entlangging, habe ich nach diesem Baum gesucht, aber ich konnte ihn nicht finden. Schließlich gab ich auf. Der Park ist viel zu groß und es war so lange her.

»Was hat er zu deiner Rede gesagt?«, fragt Zoe.

Geschieht mir recht, wozu bringe ich auch meinen Dad ins Spiel. Er weiß natürlich nichts von meiner Rede. Letztes Mal, als ich versucht habe, ihm was Wichtiges mitzuteilen, ist es nicht gut gelaufen.

Zoe entnimmt meinem Schweigen genug. »Du hast es ihm nicht gezeigt?«

»Wie findest du den Taco? Ist lecker, oder?«

»Evan.«

Ich liebe es, wenn sie meinen Namen sagt. Geduldig sitzt sie da und wartet darauf, dass ich ihr vertraue. Ich hab das Gefühl, das kann ich.

»Ich habe vor, es ihm zu zeigen«, sage ich. Ich taste mich vorsichtig voran. »Ich warte nur auf den richtigen Zeitpunkt. In letzter Zeit hatte er echt viel um die Ohren, auf der Arbeit, und weil Theresa schwanger ist. Und dann suchen sie auch noch nach einem neuen Haus, und ich weiß, dass sie unbedingt umziehen möchten, ehe das Baby geboren wird.«

»Warte. Von einem Baby hast du nie was erzählt. Junge oder Mädchen?«

»Junge.«

Zoe strahlt. »Ist nicht wahr! Wie toll. Du bekommst einen kleinen Bruder.«

»Ist wohl so.« Mehr sage ich nicht dazu. Zwar traue ich ihr, und das tu ich wirklich, aber *mir* kann ich bei diesem Thema überhaupt nicht trauen.

Als Zoe still wird, geht mir etwas auf: Sie hat einen Bruder verloren und ich sitze hier und bin im Begriff, einen zu bekommen. Vielleicht steht es mir gar nicht zu, deswegen sauer zu sein.

»Ist noch nicht so richtig bei mir angekommen, dieses Bruderding«, sage ich. Was ich nicht sage, ist: Ich wünschte, mein Dad würde mein Leben von selbst im Blick behalten, damit ich nicht immer derjenige sein muss, der ihm was erzählt.

»Nun«, sagt Zoe. »Du wirst der beste große Bruder der Welt sein. Und dein Dad hat bestimmt nicht so viel zu tun, dass ihm keine Zeit bleibt, stolz auf das zu sein, was du getan hast.«

Zwar hab ich ihr eine Menge erzählt, aber sie hat ja keine Ahnung …

•••

»Das Ganze hier war mal Privatbesitz«, sage ich mit einer ausladenden Armbewegung. »Damals, in den Zwanzigerjahren, hat hier draußen so ein Typ mit seiner Familie gewohnt. Die Leute denken immer, er hieß Ellison, aber tatsächlich war sein Name Hewitt. Ellison ist ein Kunstname.«

Ich drehe mich um, sehe nach, ob Zoe noch bei mir ist. Wir wandern seit einer ganzen Weile auf diesem Pfad und noch länger rede ich schon. Nun, da Zoe den Schalter betätigt hat, kann ich mich nicht wieder abschalten. »Sorry, keine Ahnung, warum ich dir das alles erzähle.«

»Nein, ich mag das. Mach weiter.«

»Okay, gut, also was dann passierte, war Folgendes, ein großes Feuer brach in John Hewitts Haus aus und vernichtete alles, auch Frau und Kinder. Hewitt konnte es nicht ertragen, weiterhin hier zu wohnen, also hat er irgendeinen Deal mit dem Staat gemacht, damit aus dem Land ein Park zum Gedenken an seine Familie wurde. Er hat darum gebeten, den Park *Ellison Nationalpark* zu nennen. Das ist eine Kombination aus den Namen seiner Frau, Ellen, und seiner Kinder, Lila und Nelson.«

»Ist nicht wahr«, sagt Zoe. »Ich krieg gerade Gänsehaut.«

»Ja, nicht? Hat mir mein Boss erzählt.«

Für mich ist das Bemerkenswerteste an dieser Geschichte, dass der Typ einfach den Familiennamen Hewitt hätte nehmen können, damit wären sie alle gemeint gewesen. Aber vermutlich wollte er sich außen vor halten, es sollte nur um seine Frau und die Kinder gehen. Es ist bedauerlich, dass nicht mehr Leute wissen, wer diesen Ort möglich gemacht hat – und wie.

»Weißt du, wo das Haus stand?«, fragt Zoe. »Wo die Familie gewohnt hat, bevor sie …«

Ich schüttele den Kopf, es tut mir leid, sie enttäuschen zu müssen. Ich sollte Ranger Gus fragen, ob er es weiß.

Zoe bleibt plötzlich stehen und sieht sich um. »Ehrlich gesagt, ich vergesse immer, dass es diesen Ort überhaupt gibt. Obwohl ich ihn direkt vor der Nase habe.«

Und wie perfekt diese Nase ist! Ihre Schönheit übertrifft mühelos die des Parks.

»Also«, sage ich, »ich habe den ganzen Sommer hier verbracht. Wo bist du in der Zeit gewesen?«

»Tagsüber hab ich in einem Camp drüben in Riverside gearbeitet. Und ein paar Abende in dem neuen Joghurtladen am Boulevard.«

Ich nicke und tu so, als wäre ich in diesem Sommer nicht immer wieder an diesem Joghurtladen vorbeigelaufen, nachdem ich mitbekommen hatte, dass sie da arbeitet.«

»Hört sich ja ganz so an, als hättest du viel zu tun gehabt.«

»Kann sein«, sagt Zoe. »Ich versuche, so wenig wie möglich zu Hause zu sein.«

Ganz im Gegensatz zu mir. Früher wenigstens.

Zoe geht voran. Ich hatte ihr geraten, heute Turnschuhe

anzuziehen, hatte aber damit keine Chucks gemeint. Die sind nicht gerade für Wandertouren geeignet. Gleich geht es einen steilen Hang hinunter.

»Vorsicht auf diesen Steinen«, sage ich. »Die können glitschig sein.« Ich möchte ihre Hand nehmen und sie führen, da sie aber die Augen offen hält, ist es nicht nötig, und ich bin mir nicht sicher, ob sie das will.

»Als ich etwa zwölf war…«

»Ja?«

»Hab ich versucht wegzulaufen«, sagt Zoe.

Ich lege einen Schritt zu, damit ich sie besser hören kann.

»Meine Eltern waren so mit Connor beschäftigt, jede Minute, rund um die Uhr. Ich hatte den Plan, mich mit meinem Schlafsack in den Park zu schleichen und da draußen zu bleiben, bis sie kommen und mich finden.«

Ranger Gus sagt, dass Obdachlose im Park schlafen, die ihre Sachen packen, bevor die Ranger morgens ihre Runde machen. Die Ranger wissen das nur, weil sie sehen, was die Leute hinterlassen.

»Ich hab eine ganze Tüte voller Vorräte gepackt«, sagt Zoe. »Du kennst doch den Film *Moonrise Kingdom*? Genau so war das. Nur dass ich keinen Plattenspieler eingepackt habe.«

Sie bleibt an einer Weggabelung stehen.

»Wie auch immer, ich hab es nie durchgezogen«, sagt Zoe. »Ich bin rausgegangen, bis an den Rand des Parks, und da war es so dunkel, dass ich Schiss gekriegt hab und nach Hause gegangen bin. Ich hab unter meinem Bett geschlafen, weil ich dachte, meine Mom würde dann nicht wissen, wo ich bin, wenn sie morgens zum Wecken reinkommt. Aber … sie hat es nicht mal mitgekriegt.«

Ich kann mir nicht vorstellen, wie es gewesen sein muss, mit Connor im selben Haus zu wohnen. So, als hätte man einen Tornado als Mitbewohner. Für alle, die sich einen Klassenraum, Bus oder Flur mit ihm teilen mussten, war es schon schwer genug gewesen. Wenn man wirklich jeden Tag mit diesem Chaos hatte leben müssen, kamen einem die Wälder vermutlich ziemlich gemütlich vor.

Ehe Zoe sich für eine Richtung entscheiden kann, lotse ich uns nach links. Der Pfad rechts führt nach Clover Field und zur Eiche.

»Hey«, sagt sie. »Ich hab dir doch von diesem Open Mic-Abend im *Capitol* erzählt, an dem ich teilgenommen habe? Also, ich mach da vielleicht noch mal mit, nächstes Wochenende.«

»Vielleicht?«

»Ja, vielleicht.«

»Also, vielleicht möchte ich dabei sein.«

»Vielleicht würde mir das gefallen.«

Ein Vogel zischt an uns vorbei und steigt hoch in den weiten Himmel. Das bin ich da oben, ich fliege himmelhoch. Bis in diese Höhe bin ich noch nie gekommen.

Wir hören ein Zwitschern, aber das ist Zoes Handy. »Meine Mom«, sagt sie. »Ich soll dich fragen, ob du noch mehr E-Mails für sie hast. Sorry, ich weiß, das nervt.«

»Oh. Nein. Schon in Ordnung. Will sie die etwa sofort haben?«

»Nein, nicht gleich sofort. Wann es dir passt.«

Gut. Wann es mir passt.

Und ich lande wieder auf den Boden. Ich kann nie allzu lange dort oben bleiben.

Nicht, solange es eine hässliche, schwere Wahrheit gibt, die mich wieder nach unten zerrt.

Kapitel 18

Heute gehe ich in der Cafeteria an der *Zone* vorbei und höre meinen Namen. Von wem die Bezeichnung *Zone* kommt, weiß ich nicht, aber es handelt sich um die Tischreihe mitten im Raum, in der alle beachtenswerten Leute der Schule sitzen. Wenn zufällig ein Schwertransporter vom Himmel fallen und dort landen würde, wäre die ganze Crème de la Crème dieser Schule auf einen Schlag ausgelöscht.

Ganz vorn und in der Mitte der Zone sitzt das neue Powerpaar *Roxanna*. Roxanna setzt sich zusammen aus Rox und seiner neuen Freundin Annabel. Die arme Kristen Caballero ist an einen der äußeren Tische verdrängt worden. Ist nichts weiter als natürliche Auslese, nehme ich an. Als ich an Roxanna vorbeigehe, nickt Rox und sagt: »Hey, Hansen.« Annabel guckt mir in die Augen. In den drei Jahren, in denen wir schon zusammen auf diese Schule gehen, hat sie das bisher noch nie gemacht.

Ich stiere nur verdutzt schweigend zurück. Ich hab mich immer noch nicht so ganz daran gewöhnt, wie das mit dem Nicht-mehr-unsichtbar-Sein läuft. Seit ich diese Rede gehalten habe, hat sich eine Menge verändert. Ich bin endlich der Gleichgültigkeit des *Meh* entronnen. Ich bin jetzt ausschließlich *eh*. Ich bin Evan Hansen.

Ich lasse die Zone hinter mir und gehe weiter zu Jareds Tisch. Er mampft einen Kartoffelpuffer von der Größe eines iPads. Ich hocke mich neben seinen Stuhl.

»Wir brauchen mehr E-Mails«, sage ich. »Können wir uns nach der Schule treffen?«

»Heute nicht«, sagt Jared. »Ich hab einen Zahnarzttermin.«

»Okay. Wie sieht es morgen aus?«

»Vielleicht.«

Ich hab keine Zeit, mich verarschen zu lassen. Als aufstrebender Kapitalist weiß Jared, dass es ein schwerwiegendes Problem ist, wenn es nicht genug Angebot gibt, um die Nachfrage zu befriedigen. »Vielleicht magst du mir ja auch einfach zeigen, wie man das macht«, sage ich. »Oft genug zugeschaut hab ich dir ja. Ich wette, ich könnte das packen.«

»Ach, tatsächlich?«, sagt Jared höhnisch. »Glaubst du? Na, dann nur zu, Bruder.« Hämische Freude zeigt sich auf seinem Gesicht. »Und vergiss nicht, die Einstellung für die *GMT* hinzuzufügen, sonst gehen die ganzen Zeitzonenumwandlungen total den Bach runter.«

Dann vielleicht doch nicht. »Also, kannst du dich morgen mit mir treffen oder was?«

Jared nimmt Haltung an. »Sir, yes, Sir. Melde mich um siebzehnhundert Zulu.«

»Ich weiß nicht, was du meinst.«

Jared verdreht die Augen. »Fünf Uhr.«

»Lieber um vier, würde ich sagen. Ich hab abends noch was vor.«

Ich verlasse Jared, der sein letztes Stück Kartoffelpuffer genießt, und komme schließlich an meinem neuen Heimatstandort an: Zoes Tisch. Hier sitzt ein bunt gemischter Haufen Leute. Ein paar Musiker aus der Jazzband. Ein Junge vom Golfteam, dessen Vorhandensein an dieser Schule mir nicht mal bewusst war. Ein sanftes, irgendwie nicht so ganz überzeugtes Goth Girl. Die Reserve-Torwärterin der Mädchenfußballmannschaft. (Ms Bortel ist endgültig als Leichtathletiktrainerin und Sportlehrerin abgesetzt worden, offenbar war sie dabei erwischt worden, wie sie in einem Video gnadenlos und namentlich großzügig proportionierte Schüler lächerlich machte.) Und schließlich Zoes Freundin Bee, die, soweit ich das beurteilen kann, ihre engste Freundin ist. Aber da bin ich mir nicht sicher, und ich hab das Gefühl, dass Bee sich auch nicht immer so ganz sicher ist, wie sie und Zoe eigentlich zueinander stehen. Ich habe gelernt, dass Zoes Undurchschaubarkeit nicht nur bei mir Wirkung zeigt.

Bee ist die Erste, die mein Eintreffen zur Kenntnis nimmt. »Verkleidest du dich, Evan?«

Ich checke meine Klamotten. Wenn mir da nichts Entscheidendes entgangen ist, würde ich behaupten, dass ich genauso angezogen bin wie sonst auch.

»Zu Halloween«, stellt Bee klar.

Ach ja. Ich hatte ganz vergessen, dass Halloween bevorsteht. »Hab ich noch nicht entschieden.«

Ich verkleide mich nie. Ich hab keinen Grund dazu. Für Süßes-oder-Saures bin ich zu alt und in der Schule sind Kostüme absolut unerwünscht.

Zoe lehnt sich zu mir rüber. »Wir sollten uns was zusammen ausdenken. Ein berühmtes Paar. Bonnie und Clyde. Mario und Prinzessin Peach.«

Ich gucke auf ihren Teller. »Fritten und Ketchup.«

Sie lächelt.

Ich überlege, wer von uns beiden der Ketchup wäre, wo wir in unseren Kostümen hingehen könnten, und was es wohl bedeutet, wenn sie uns als *Paar* bezeichnet. Es ist ganz egal, als was wir uns verkleiden. Wir könnten sonst was sein. Erdnussbutter und Gelee. *Netflix* und Chillen. Was es auch sein mag, ich mach ausnahmsweise mit.

•••

Am folgenden Nachmittag treffen Jared und ich uns im *Workout Heaven*.

Wir haben uns kaum hingesetzt, als Jared sich auch schon über einen Schokoriegel hermacht, und für den nimmt er sich so richtig Zeit, ganz, als wolle er die armen, schwitzenden Schweinehunde ringsum absichtlich damit in Versuchung führen.

»Wie findest du das?«, fragt Jared.

Lieber Evan Hansen,

They tried to make me go to rehab and I said no, no, no.

»Das ist ein Song«, sage ich.

»Ein toller Song.«

»Ändere es.«

Lieber Evan Hansen,

ich will nicht wieder in die Klinik. Gegen Yoga hab ich nichts und die Gruppensitzungen sind okay. Aber da erzählen Leute irre unheimlichen Scheiß, etwa wie sie Schwänze lutschen mussten, um an Meth zu kommen.

»Jared!«

»Das ist so. Hab ich im Fernsehen gesehen.«

»Nimm das raus.«

Lieber Evan Hansen,

ich muss irgendwie davon loskommen. Ich will nicht wieder in der Klinik landen. Das macht einfach keinen Spaß.

»Das ist gut«, sage ich. »Neuer Absatz.«

»Was ist mit deinem Arm?«, sagt Jared.

»Ich hab gerade den Gips abgenommen bekommen.«

»Das sehe ich, du Hirni. Ich meine, warum drückst du so dran rum? Das find ich echt unheimlich.«

Ich schaue runter. Es stimmt. Mein rechter Arm hält den linken umklammert. »Keine Ahnung. Egal. Können wir einfach weitermachen?«

Wir streiten uns zum Ende jeder E-Mail und generieren eine Antwort, in der ich den besten Freund gebe, den alle von mir erwarten – positiv, ermutigend, großzügig. Es ist eine Rolle, auf die ich festgelegt bin. Wenn Connor einen guten Grund braucht, gebe ich ihm einen. Wenn er schwankt, stütze ich ihn. Wenn er über seine Familie herzieht, erinnere ich ihn daran, dass seine Leute ihn lieben und ihm nur helfen wollen.

Wir hauen zehn E-Mails raus. Wir sind so im Flow, dass mir beinahe eine von Jareds genialen Eingebungen entgeht.

Lieber Evan Hansen,

du kennst doch Jared Kleinmann, diesen irre coolen Typen aus der Schule? Was sag ich da? Klar weißt du, wer Jared Kleinman ist. Alle kennen ihn. Was hältst du davon, ihn in unsere fantastische Freundschaft aufzunehmen und ein Trio daraus zu machen?

»Nein, Jared. Kommt überhaupt nicht infrage.«

»Warum? Wo ist das Problem?«

»Du warst nicht mit ihm befreundet. Das gehört nicht zur Geschichte.«

»Na, dann wird es vielleicht Zeit, die Geschichte weiterzuspinnen«, sagt Jared. »Irgendwie wird sie fade, findest du nicht?«

»Nein, finde ich nicht. Überhaupt nicht. Ich war sein einziger Freund. Das weißt du. Du kannst dir nicht einfach irgendwas ausdenken.«

Jared nimmt seine Brille ab und poliert sie mit seinem Hemd, wobei sein blasser Bauch allen Kunden des Fitnesscenters zuzwinkern darf.

»Du hast ja so recht, Evan. Nein, was hab ich mir nur dabei gedacht, da erfinde ich Sachen!, in einem komplett erlogenen E-Mail-Wechsel, den es nie gegeben hat?«

Es ist wie mit einem kleinen Kind. »Ja, schon klar, bitte, ändere die Geschichte einfach *nicht*, okay?«

Ganz nüchtern setzt er sich die Brille wieder auf die Nase. »Also, wenn du willst, dass ich diese Mail noch mal schreibe, wirst du bis nächste Woche warten müssen, den Rest der Woche habe ich nämlich zu tun und am Wochenende hänge ich mit meinen Freunden aus dem Camp ab. Meinen *echten* Freunden, wie ich sie gern nenne.«

Ich scrolle den Bildschirm hoch. »Eigentlich haben wir jetzt reichlich E-Mails. Lass uns Schluss machen.«

Wir packen unsere Sachen zusammen und laufen im Zickzack durch den Hindernisparcours von Trainingsgeräten. Auf unserem Weg zum Ausgang drängt Jared mich, einen Blick auf eine der Moms bei den Laufbändern zu riskieren. Ich weigere mich, aber er lässt nicht locker.

»Im Ernst«, sagt Jared. »Ich glaube, sie winkt uns zu.«

Er hat nicht gelogen. Die Frau winkt uns rüber zu sich.

Wider besseres Wissen folge ich Jared zu der Frau. Sie drosselt die Geschwindigkeit des Laufbandes, damit sie genug Luft kriegt, um Worte hervorzubringen. »Du bist der Junge aus dem Video«, sagt sie. »Der vom Connor-Projekt. Evan, oder?«

Ich nicke.

»Wusste ich doch, dass ich dich erkannt habe. Ich liebe deine Rede. So sehr. Und meine Kinder auch.«

Verrückt, wie viele Leute das Connor-Projekt erreicht hat. Jeden Tag kriege ich E-Mails und Nachrichten von Leuten überall auf der Welt, die mir erzählen, wie diese Sache, die wir auf die Beine gestellt haben, ihr Leben beeinflusst hat. Wir haben eine Bewegung in Gang gesetzt. Einen kollektiven Nerv berührt. Und jetzt sehe ich es leibhaftig vor mir, es strahlt aus dem Gesicht dieser Frau.

Ich danke ihr und dann verlassen wir den *Workout Heaven*.

»Mann. Du bist ein Hit bei den MILFs.«

»Hör auf.«

»Ich mein ja nur. Aber, ehrlich, ich sollte auch Bildschirmzeit kriegen. Das ist nur gerecht. Wie wäre es, wenn ich ein paar Videos mit Leuten von der Straße für die Plantagen-Kampagne mache? Ich hab eine geile neue Kamera zum Geburtstag gekriegt.«

»Ich glaube, Alana und ich haben die Sache mit der Spendensammlung im Griff. Ich geb dir aber Bescheid, wenn mir was einfällt, ganz bestimmt.«

»Kapiert«, sagt Jared und guckt auf den Bürgersteig. »Hey, ich wette, Zoe freut sich, dass dein Gips ab ist.«

»Ich glaub schon.«

»Ist doch ein Stimmungskiller, oder? Wenn man den Namen des Bruders ständig auf dem Arm seines Lovers sehen muss?«

»Ich bin nicht ihr *Lover*. Ich weiß nicht, was wir sind.« Also, ich hab mich auch gefragt, was wir sind, ist ja klar, andauernd, aber im Moment kann ich nur spekulieren.

»Mach dir darüber bloß keine Sorgen, Bro«, sagt Jared. Er holt die Autoschlüssel aus der Tasche. »Im Moment sollte diese Apfelplantage für Connor das Einzige sein, das dir Kopfzerbrechen macht. Denn das war das Besondere an Connor, der Typ hat Bäume geliebt. Oder warte … *du* liebst Bäume. Komisch. Ist das nicht komisch?«

Inzwischen hab ich mich an Jareds brutalen Humor gewöhnt, aber dieser letzte Hieb trifft tiefer als sonst. Und das Gefühl steigert sich noch, als er allein zu seinem Auto läuft. Allem Anschein nach fährt er mich heute nicht nach Hause.

Ich lasse den *Workout Heaven* hinter mir und gehe zur Bushaltestelle. Dabei versuche ich, nicht an das zu denken, was Jared gesagt hat – und wie er es gesagt hat –, aber das scheitert elendig. Im Handumdrehen kehrt diese hässliche Schwere zurück und breitet sich in meinem Körper aus, es wird mühsam, die Beine den Bürgersteig entlangzuschleppen.

Und dann, in diesem strudelartigen Zustand, überläuft es mich plötzlich eiskalt – ich hab das Gefühl, verfolgt zu werden. Ich schnelle herum, gucke hinter mich, sehe dort aber nichts als die Leere der Nacht.

VI

Ich habe ihn beobachtet. Ich kann nicht anders. Was als Neugier begonnen hat, ist mittlerweile etwas ganz anderes. Auf eine irre Art fühlt es sich fast so an, als wären Evan und ich tatsächlich Freunde gewesen. Ich hab es so oft gehört und langsam fange ich an es wirklich zu glauben. Wer weiß? In einem Paralleluniversum hätten wir vielleicht Freunde werden können.

Nicht, dass ich viel Erfahrung auf diesem Gebiet hatte. Im Grunde habe ich mein ganzes Leben allein verbracht. Bis mir Miguel begegnet ist. So hieß er. Manchmal M. Niemals Mike.

(Ich wünsche mir immer noch, ihn zu sehen, aber ich schiebe dem einen Riegel vor. Was bringt es, wenn ich mir das immer wieder antue?)

Wir haben uns in der zehnten Klasse an der *Hanover* kennengelernt. Eine reine Jungsschule. Ich dachte, ich würde das ätzend finde, aber tatsächlich machte es mein Leben einfacher. (Meine Erfahrung mit Mädchen … da würde ich irgendwas zwischen *ungenügend* und *nicht-zutreffend* ankreuzen.) Das dort war der Neuanfang, den ich brauchte. In einer öffentlichen Schule konnte ich nie dem Bild entkommen, das alle von mir hatten. In der *Hanover* war ich wieder wie neu. Unbefleckt.

Keiner hat mich in diesem Glauben mehr bestärkt als Miguel. In meiner ersten Woche wurden wir in Bio als Team zusammengespannt. Ich nuschelte einen Witz, über den er lachen musste. *Wie nennt man ein sexsüchtiges Fleischklößchen? Fikadelle.* Unsere Interaktion fühlte sich normal an. So, wie ich mir *normal* immer vorgestellt hatte.

Er wusste ein bisschen von allem. Sprach über Themen, über die ich nie nachgedacht hatte: Kryptowährung und basische Ernährung. Zitierte Leute, von denen ich noch nie gehört hatte: Nietzsche und David Sedaris. Hörte Bands, die mir entgangen waren: *Perfume Genius* und *War on Drugs*. Stellte Fragen, auf die ich nie gekommen wäre: *Hatte die Regierung am 11. September Building 7 gesprengt? Wird die Menschheit die Übersäuerung der Meere überleben? Wo sind all die Taubenküken?* Er konnte Nahrungsmittel im genau richtigen Verhältnis dosieren, sodass hinterher die eigene Kacke auf dem Wasser trieb, anstatt zu sinken.

Er sagte mir, ich sei unschuldig. Das war das Gegenteil von dem, wie ich mich selbst sah, aber in meinem Herzen spürte ich das Wahre darin. Er hat mich gesehen, bevor ich mich selbst gesehen habe.

Er war der erste Mensch, den ich kannte, der offen und stolz schwul war. (Ich war irgendwas dazwischen. Unentschieden.

Wie ich über Mädchen und Jungs dachte. Damals fing ich gerade erst an, diese Gedanken in die Tat umzusetzen.)

In der Schule hingen wir ein bisschen miteinander rum. Aber nach der Schule waren wir ein Duo. Wir gingen in die Stadt runter. Wärmten uns in Buchläden auf. Guckten uns die Skateboarder im *Erwin-Center* an. Ich wartete immer vor der Bäckerei, wenn er mit der Arbeit fertig war. Ich begleitete ihn, wenn wir die unverkauften Baguettes zu seinem Cousin brachten. Schließlich saßen wir immer auf irgendeiner Bank, warfen den Vögeln Brot zu und bedauerten, wie viel Verschwendung es auf der Welt gab. Manchmal fanden diese Gespräche in einem Bus statt. Manchmal auch auf dem Sofa bei ihm im Wohnzimmer. Dann kam seine Mom nach Hause und brachte ein Festmahl für uns auf den Tisch. Zur Schlafenszeit ging ich dann, mit übervollem Bauch, übervollem Kopf. (Übervollem Herzen auch.)

Und dann eines Tages im zweiten Halbjahr war er völlig panisch. Sie hatten Gras bei ihm gefunden. Zum ersten Mal war er ganz klein. Ich hab versucht, die Sache runterzuspielen. *Ist doch nur ein kleines bisschen Gras. Was macht das schon, wenn sie dich rausschmeißen. Du kannst doch von Glück sagen, wenn du hier rauskommst.*

Glaubst du etwa, dass es leicht für mich war, hier reinzukommen? Für dich vielleicht.

Ich dachte an das Schlimmste. Was, wenn er tatsächlich rausgeschmissen wurde? Was sollte dann aus mir werden?

Was würde ich ohne ihn nur tun? Und dann, wieder eine von diesen blitzschnellen Entscheidungen.

Ich bin zum Schulleiter gegangen und hab ihm erzählt, dass es mein Gras sei. Keine Ahnung, was ich dachte, welche Folgen das haben würde. Ich hab es gar nicht durchdacht, bin nur irgendeinem Bauchgefühl gefolgt. Wir hatten alle denselben Schulvertrag unterzeichnet – null Toleranz. Strafe: Schulverweis. Meine Eltern haben versucht, das anzufechten, nützte aber nichts. Miguels Akte blieb sauber und ich bin in die Therapie gewandert. Mein Vater hatte im Jahr davor schon damit gedroht. Da hatte meine Mutter ihn noch überreden können, mich in den Sommerferien an so einem Survival-Programm teilnehmen zu lassen und mich dann auf die *Hanover* zu schicken. Das Verrückte ist, dass ich damals im Grunde nur Pot rauchte. Aber das spielte keine Rolle. Meine Erfolgsgeschichte sprach gegen meine Story. Ich hatte meine Chancen verspielt. (Das Ironische daran ist: Erst die Therapie hat mich an all diese neuen schlechten Gewohnheiten herangeführt.)

Das Survival-Camp war im wahrsten Sinne des Wortes ein Spaziergang im Wald verglichen mit der Therapie. Die Jugendlichen, mit denen ich da zusammen war, waren Schwerstabhängige. Manche gingen nicht mal mehr als Jugendliche durch. Verwitterte Haut, Zähne, Augen. Fast nichts Menschliches mehr, eher Zombies. Und so wurden sie vom Personal auch behandelt. So wurden wir alle behandelt. Ich gehörte nicht dahin, tat aber so. Gab vor, ein größerer Junkie zu sein, als ich je gewesen bin. Nur um mich zu integrieren. Um zu überleben. Aber innerlich zitterte ich. Ich hatte Heimweh. (Zum ersten Mal war zu Hause was, das ich vermisste.)

Nach der Therapie sahen wir uns seltener. Verschiedene Schulen. Miguel hatte einen vollen Terminkalender mit seinem Nebenjob und der *Amnesty-International*-Arbeit. Und seine Mom wollte auch nicht mehr, dass er mit mir abhing. (Seinen Dad hab ich nie kennengelernt und ich glaub, den gab's auch gar nicht.) Aber wir haben uns trotzdem viel getextet. Ich hab mich bei ihm über die öffentliche Schule beschwert und wie ich behandelt wurde. Wenn Leute hören, dass du in der Drogentherapie warst, tun sie so, als wärst du aussätzig. Man fängt selber an, das zu glauben. *Scheiß auf sie*, würde Miguel sagen. Schlicht und energisch. *Scheiß auf sie*. Das hat geholfen.

Immer wenn ich innegehalten und über mein Leben nachgedacht hab und welche Wendung es genommen hat, zerfraß mich die Wut. (Jetzt frage ich mich: Was wäre gewesen, wenn ich auf der *Hanover* geblieben wäre? Vielleicht hätte mein Leben anders verlaufen können.)

Und dann, eines Tages im letzten Frühling, kam Miguel zu mir. Er hat ein großes Ding draus gemacht. *Ich hab das Gefühl, ich bin der erste Mexikaner in deinem Haus, der nicht dafür bezahlt wird, dass er hier ist.* Ich hab das verneint. Aber ich hab ihm nicht verraten, dass er der Erste überhaupt war, der zu mir nach Haus kam. Der Erste, den ich jemals hierher eingeladen hatte. (Hier und da hab ich mich mal mit Leuten angefreundet. Aber ich hatte nie irgendwen nach Hause mitgenommen und meinen Eltern vorgestellt.)

Das Haus war leer. Wir saßen in meinem Zimmer. Er hat sich über meine Bücher lustig gemacht. *»Der Kleine Prinz«? Echt jetzt? Das erklärt natürlich einiges.* Er hat gesagt, ich sei ein Junge in Männerklamotten. (Er hat mich mit haufenweise neuen Büchern und Schriftstellern bekannt gemacht. Sein Exemplar von *Die Geheimnisse von Pittsburgh* habe ich ihm nie zurückgegeben.)

Zwischen uns gab es eine neue Energie. (Wir waren jetzt älter. Erfahrener. Gedanken waren Handlungen gefolgt.)

Wir haben uns zugedröhnt und auf den Fußboden gelegt. *Deine Haare sind so lang geworden,* hat er gesagt. Ich wollte sofort eine Schere holen. Aber dann sagte er: *Mir gefällt das.*

Er spielte mir dieses eine Lied vor. Als es vorbei war, bat ich ihn, es noch mal zu spielen. Eine Zeile traf mich besonders: *»Don't hold back. I want to break free.«* (Diesen Song hab ich mir monatelang jeden Tag angehört. Bis der Schmerz zu groß wurde.)

Als wir da lagen, fiel mir ein Muttermal an seinem Hals auf. Das hatte ich vorher noch nie bemerkt. Ich streckte den Finger aus und berührte es. Wir sahen uns in die Augen.

Dieses Muttermal: ein magischer Knopf. Wenn man ihn drückte, wurde auf einmal die ganze Welt erleuchtet.

Kapitel 19

Kontakt zu den Fans zu halten, gehört jetzt zu meinem täglichen Leben. *Fans*, ein widerliches Wort, ich weiß, aber ehrlich, ich weiß nicht, wie ich sie sonst nennen soll. *Follower* ist auch komisch. (In allen Foren habe ich mindestens hundert neue Follower dazu bekommen, seit ich das letzte Mal draufgeguckt habe. Ich vermute, das sind einfach nur einsame Menschen, die Hoffnung gefunden haben in der kleinen Gemeinschaft, deren Gesicht ich zufällig bin.)

Was ich aber ganz sicher weiß, ist, dass alle diese Leute den verzweifelten Wunsch verspüren, mit jemandem Verbindung aufzunehmen. Sie fühlen sich inspiriert dazu, ihre unglaublich persönlichen Geschichten anderen mitzuteilen. Wie sie Erwartungen nicht gerecht geworden waren. Wie sie Geld geliehen hatten, das sie nicht zurückzahlen konnten. Wie sie Angst hatten, aus einem Waisenhaus nie wieder rauszukommen. Wie sie viel zu früh ein Kind verloren. Wie sie den einzigen Menschen betrogen, der ihnen je zur Seite gestanden hatte. Wie jemand anders den Job bekam, den sie brauchten. Wie ein Mensch, der das Sagen hatte, seine Macht missbrauchte. Wie ihnen ein Ziel, das sie antrieb, plötzlich nicht mehr lohnend schien. Wie sie Mühe hatten, überhaupt aus dem Bett zu kommen, nach draußen zu gehen oder zur Arbeit. Wie sie nicht wussten, worauf sie ihre ganze Wut richten sollten. Oder wie ihre Isolation ertragen. Oder ihre Fehler rückgängig machen. Oder wie Nichtaufgeben funktioniert.

Fast alles davon kommt mir bekannt vor – und doch ist es so viel größer als ich.

Und wenn diese Leute mir schreiben, wollen sie nicht nur reden, sie wollen auch zuhören. Sie haben Interesse daran zu hören, was ich über Dinge denke. Zuerst wollten sie mehr über Connor wissen, aber jetzt möchten sie auch mehr über mich und mein Leben erfahren, und nicht bloß die großen dramatischen Sachen, sondern auch was über ganz alltägliche Dinge, wie etwa welches Shampoo ich benutze und wo ich Klamotten kaufe. (Ich verrate ihnen nicht, dass meine Mutter sich um beides kümmert.)

Viele Leute stellen die gleiche Frage: *Wie kann es sein, dass du nie ein Bild von dir postest?* Ich bin schon immer kamerascheu gewesen. Meiner Einschätzung nach ging es Connor genauso. Von ihm sind auch nicht viele Bilder in Umlauf.

Erstaunlicherweise hat Vivian Maier Hunderte Fotos von sich selbst gemacht. Das ist erstaunlich, weil sie so ein zurückhaltender Mensch war. Sie benutzte überall einen anderen Namen, und Informationen über ihre Vergangenheit gab sie niemals an andere weiter. Sie schien die Anonymität zu genießen und trotzdem hat sie haufenweise Selfies gemacht – lange bevor Selfies angesagt waren. Wenn jemand ein Selfie machen konnte, der so schüchtern und gehemmt war wie Vivian Maier, dann sollte ich eigentlich auch dazu in der Lage sein.

Vor dem Spiegel streiche ich mir die Haare glatt, dann setze ich mich aufs Bett und strecke das Handy von mir weg. Ich schieße ein paar Bilder und überprüfe das Ergebnis. Ich sehe aus wie jemand, der sich auf das Begehen einer Sexualstraftat vorbereitet. Löschen und neuer Versuch. Dieses Mal stelle ich mich vors Fenster und nutze das Tageslicht. Mir fällt auf, dass mein zerwühltes, ungemachtes Bett im Hintergrund zu sehen ist. Aber mein Lächeln ist diesmal nicht schauderhaft. Ich schneide das Bett raus und baue das Bild zur Nahaufnahme um. Nachdem ich ein bisschen mit ein paar Filtern rumgespielt habe, raffe ich mich dazu auf, das Foto der Welt zu zeigen.

Ich lege das Handy weg und klappe den Laptop auf. Ehe ich die neuen E-Mails zu den Murphys bringe, sollte ich meine Hausaufgaben erledigen. Aber zuerst klicke ich rüber zu meinem hochgeladenen Foto und sehe nach, ob es Reaktionen darauf gibt. Mein Bild hat schon ein Dutzend Herzen. Ich aktualisiere den Browser und die Anzahl der Herzen schießt noch weiter in die Höhe. Schon hat jemand einen Kommentar gepostet:

Echt heiß! 😎

Obwohl ich total allein bin, werde ich rot, lache auf, schnappe nach Luft.

»Was guckst du dir da an?«

Meine Mom. (War ja klar.)

»Nichts«, sage ich und klappe den Laptop schnell zu.

»Nichts? Du hast da gerade mit einem extrabreiten Lächeln auf dem Gesicht gesessen.«

»Hab ich das? Glaub ich nicht.«

Ich lasse den Computer in meine Tasche wandern, zu den ausgedruckten E-Mails.

»Ich hab das Gefühl, jedes Mal, wenn ich in dein Zimmer komme, klappst du deinen Computer zu«, sagt sie. »Was machst du da eigentlich, das ich nicht sehen soll?«

Ich ziehe den Reißverschluss meiner Tasche zu. »Hausaufgaben, Mom.«

»Hast du eine Minute Zeit?« So, wie sie da in der Tür steht, hat sie Ähnlichkeit mit einer Gefängniswärterin, die den Ausgang bewacht.

»Eigentlich wollte ich gerade zu Jared.«

»Ich dachte, ihr hättet euch heute Nachmittag schon getroffen.«

»Das hatte ich vor, aber er hat abgesagt, also treffen wir uns heute Abend. Wir haben ein Referat auf in Spanisch, das müssen wir fertig machen.« Einen Turnschuh habe ich an, aber den anderen kann ich nicht finden. »Wahrscheinlich wird es ziemlich spät, also mach dir keine Sorgen, du brauchst nicht auf mich zu warten. Er fährt mich nach Hause.«

»Du kannst das keine fünf Minuten aufschieben?«, sagt sie.

Ich tu so, als würde ich es in Erwägung ziehen. »Das sollte ich wirklich nicht.«

»Ich hab heute was sehr Seltsames auf Facebook gesehen.«

»Ach, wirklich? Liegt mein Turnschuh da drüben?«

»Es war ein Video von einer Sache, die sich das *Connor-Projekt* nennt. Sagt dir das was?«

Sie ist noch nicht fertig mit ihrem Bericht. »Auf deren Website steht, dass du der Vorsitzende bist.«

Mitvorsitzender.

»Ich hab mir das Video angesehen«, sagt sie.

Sie und offenbar jede zweite Mutter in der Stadt.

»Du hast da eine Rede gehalten. Über diesen Jungen. Connor Murphy. Wie ihr zusammen auf einen Baum geklettert seid.«

Ich bin durch mit dem Klettern. Dazu hab ich keine Kraft mehr. Ich setze mich aufs Bett.

»Du hast mir erzählt, du kennst ihn nicht, diesen Jungen.«

»Ich weiß. Aber …«

»Aber in deiner Rede sagst du dann, dass er dein bester Freund war.«

Sie kommt näher und bückt sich, um mir ins Gesicht zu sehen. »Evan. Sieh mich an.«

Ich kann nicht mehr weglaufen. Ich hab nur einen Schuh an.

»Was ist los?«, fragt sie flehend.

Ich probiere aus, wie es sich anfühlt, alles loszulassen. Ich antworte: »Es war nicht wahr.«

»Was war nicht wahr?«, sagt sie.

Ich hab diesen Seiltanz so satt. Manchmal verlangt der mir einfach zu viel ab. Ich sehne mich schon länger nach der Sicherheit festen Bodens. Ich könnte es beenden – hier und jetzt.

Aber wo steh ich dann? Dann wird auch alles andere enden. Alles, was ich mit dem Murphys habe, wird weg sein. Meine Mom wird mich zwingen, ihnen die Wahrheit zu sagen. Die Murphys werden mich hassen. Sie werden nicht verstehen, was ich getan habe, dass ich nur helfen wollte.

Nein. Das will ich nicht.

»Als ich gesagt hab, dass ich ihn nicht kenne«, antworte ich schließlich.

Sie presst die Handfläche an die Stirn, massiert ihr Hirn, versucht zu verstehen. »Du hast dir also den Arm gebrochen, als du mit Connor Murphy zusammen warst? In einer Apfelplantage?«

Ich nicke. Das ist das Erste, was Jared mir überhaupt beigebracht hat.

»Mir hast du erzählt, du hättest dir den Arm bei der Arbeit gebrochen«, sagt sie. »Im Park.«

Ich stehe auf. »Was glaubst du denn, wer mich ins Krankenhaus gefahren hat? Was glaubst du, wer drei Stunden lang mit mir in der Notaufnahme gewartet hat? Du hast in deinem Kurs gesessen, weißt du noch? Du bist nicht ans Telefon gegangen.«

»Du hast mir erzählt, dein Chef habe dich ins Krankenhaus gebracht.«

»Und?«, sage ich und zucke mit den Schultern. »Da hab ich wohl gelogen.«

»Wann hattest du vor, mir was davon zu erzählen? Oder wolltest du es gar nicht tun?«

»Wann genau hätte ich es dir erzählen sollen? Du bist ja nie hier.«

»Ich bin jetzt hier.«

»Einen Abend die Woche.« Ich nehme die Turnschuhsuche wieder auf. »Die meisten Eltern strengen sich ein bisschen mehr an, nur, dass du's weißt.«

»Ihr Glück, dass sie die Zeit dazu haben.«

Wo zum Teufel ist mein Schuh? »Ich muss zu Jared.«

»Ich bin mir nicht sicher, dass ich dich jetzt weggehen lassen will.«

Auf allen vieren gucke ich unters Bett. Und da ist er ja, er hat sich hinter der runterhängenden Wolldecke versteckt. Ich entdecke da auch die Plastiktüte, in der mein Gips steckt. Ich wusste nicht, wohin damit, also hab ich sie unters Bett geschoben. Ich hatte nicht erwartet, dass ich sie wiedersehen oder an sie denken würde.

Ich stehe auf und schlüpfe in meinen Turnschuh. Danach setze ich mir den Rucksack auf. »Ich wollte vor zehn Minuten bei Jared sein.«

»Okay, hör zu. Ich lasse den Kurs heute Abend ausfallen, damit ich hier mit dir reden kann, Evan. Ich bitte dich darum, einfach mit mir zu reden.«

»Okay, ich soll also alles stehen und liegen lassen, nur weil es dir gerade in den Kram passt? Ich kann nicht einfach meine Hausaufgaben sausen lassen, nur weil du beschlossen hast, deinen Kurs zu schwänzen.«

So hörbar wie nur möglich atmet sie ein und wieder aus, versucht, ruhig zu bleiben. »Ich verstehe nicht, was mit dir los ist.«

»Nichts ist mit mir los.«

»Du stellst dich vor die ganze Schule und *hältst Reden*? Du bist der Vorsitzende eines Vereins? Diesen Menschen kenne ich nicht.«

»Du machst eine große Sache aus etwas, das keine große Sache ist.«

»Evan.« Sie packt meine Schultern, zwingt mich sie anzusehen. »Was ist los mit dir? Du musst mit mir reden. Du musst mit mir kommunizieren.«

»Nichts ist los mit mir. Hab ich dir doch gesagt…«

»Ich bin deine Mutter!«

Wir sind beide geschockt. Sie brüllt mich sonst nie an.

»Ich bin deine Mutter«, wiederholt sie leiser. Ihre Lippe zittert.

Ich gucke zu Boden, kann den Schmerz in ihrem Blick nicht ertragen. Davon liegt schon genug in dem Geräusch, mit dem sie Atem holt. Und dann fällt sie in sich zusammen, wird immer kleiner und sagt: »Es tut mir leid.«

Nein. Mir tut es leid. Mir.

»Ich freue mich für dich«, sagt sie mit feuchten Augen. »Ich freue mich, dass du einen Freund hattest, Liebling. Ich bin nur… Es tut mir nur so leid, dass er nicht mehr da ist.«

Mein Freund. Ich hab unseren einzigen realen gemeinsamen Augenblick in eine Plastiktüte gestopft und unter meinem Bett versteckt.

»Ich wünschte, ich hätte ihn gekannt.« Sie wischt eine Träne weg. Und dann fällt ihr etwas auf. »Tut dir der Arm weh?«

Ich merke, dass ich meinen Arm schon wieder umklammere und lasse ihn los. »Nein.«

»Hör mir zu. Wenn du je reden willst. Ich meine, über was auch immer…«

Wenn ich das doch könnte. Wenn ich das doch getan hätte. Aber die Gelegenheit ist vorbei.

Jetzt gibt es nur einen Weg raus aus der Sache, den nach vorn. Und nach vorn bedeutet in diesem Moment, raus aus dem Haus.

»Ich muss gehen«, sage ich. Meine Stimme klingt hohl.

»Oh.« Sie tritt von der Tür weg. »Okay.« Sie nimmt das Glas mit den Tabletten von meinem Nachtisch. »Brauchst du Nachschub?«

»Ehrlich gesagt, ich nehme sie nicht mehr. Ich hab sie nicht gebraucht.«

Sie sieht mir prüfend ins Gesicht. »Wirklich? Also … keine Angstzustände mehr? Obwohl so viel passiert ist?«

Ich schüttele den Kopf. »Alles gut«, sage ich. Und das ist wahr.

Jetzt ist sie dran mit dem Schulterzucken. Keiner von uns beiden kennt die Antworten. »Dann ist ja gut. Toll, das zu hören. Ich bin stolz auf dich.«

Das ist der perfekte Zeitpunkt, wegzugehen, jetzt, solange sie sich noch an einer Boje guter Neuigkeiten über Wasser halten kann. Aber ich komme nicht schnell genug raus.

»Vermutlich haben dir diese Briefe an dich selbst wirklich geholfen, oder?«

Mir fällt nichts ein, was auf schmerzhaftere Weise unwahr ist.

Eh. Sie ist diejenige, die darauf bestanden hat, dass ich Evan bin. Der Name, mit dem ich geboren wurde, hat nicht ihre Zustimmung gefunden. Siebzehn Jahre später – und sie versucht immer noch, mich ein klein wenig mehr so hinzubiegen, wie es ihr passt.

»Ich muss los«, sage ich und gehe um sie herum.

Beinahe erwarte ich schon, dass sie mir folgt, aber als ich mich umdrehe, hat sie sich nicht von der Stelle gerührt. Sie guckt mich an, als wäre ich ein Fremder.

Vielleicht bin ich das ja.

Kapitel 20

Die Garage der Murphys ist größer als das gesamte Erdgeschoss unseres Hauses. Sauberer und aufgeräumter ist sie auch. Meiner Erfahrung nach sind Garagen Orte, an denen Leute all das Gerümpel aufbewahren, das sie nicht im Haus haben wollen. Aber Larry Murphy scheint der Typ zu sein, der Gerümpel nicht toleriert. Er schmeißt es einfach weg.

Zoes Vater hat mich gebeten, mit ihm hier runterzugehen, während die Damen den Tisch abräumen. Normalerweise helfe ich Cynthia, aber heute Abend sind wir einfach zwei Typen, die ein Männergespräch führen. Der Streit mit meiner Mom ist jetzt nur noch ein Schatten. Larry will mich nicht ausfragen. Er will mir helfen.

Er zeigt mir den Inhalt einer Plastikbox, die er von einem hohen Regal gezogen hat. »Brooks Robinson«, sagt Larry. »Jum Palmer.«

Mir ist nicht klar, dass diese Leute Baseballspieler sind, bis er mir ihre Karten zeigt, die mit Plastikhüllen geschützt sind.

»Nun sieh dir das an«, sagt Larry, der sich tiefer in seine Box lehnt. »Hier ist die ganze Mannschaft von 96.«

»Wow«, sage ich, weil ich annehme, dass so was von mir erwartet wird.

»Wenn du die richtigen Leute, Baseballfans, zu einer Auktion zusammentrommelst, wette ich mit dir, dass damit tausend Dollar für die Plantage zusammenkommen. Leicht.«

»Eine tolle Idee. Das werde ich auf jeden Fall mit Alana besprechen.«

Als wir unseren Plan, die Plantage wieder herzurichten, vorgestellt hatten, hat Larry nicht viel dazu gesagt. Cynthia war Feuer und Flamme, aber Larry hat nur still dagesessen. Ist vielleicht seine Art. Soweit ich weiß, ist das die Art aller Väter.

Er holt einen Baseballhandschuh aus der Box und legt ihn beiseite. »Ich könnte schwören, dass ich hier irgendwo eine Cal Ripken habe.«

»Das ist wirklich großzügig von Ihnen«, sage ich. »So viele Sachen zu spenden.«

Die Tür geht auf und Zoe erscheint. »Mom sagt, dass deine Sendung läuft. Sie will sie nicht schon wieder aufnehmen.«

»Dann sag ihr, dass wir beschäftigt sind.«

»Dad, folterst du ihn?«

»Was?«

»Evan, foltert er dich?«, sagt Zoe. »Du kannst ihm sagen, dass er langweilig ist und dass du wegwillst. Das macht ihm nichts aus.«

»Er kann gehen, wann immer er will«, sagt Larry.

»Evan, willst du gehen?«

In den ersten Augenblicken allein mit Larry habe ich gebetet, Zoe möge kommen und mich retten. Er und ich, so unter uns, haben noch nie ein richtiges Gespräch geführt. Aber mit ihm zu reden, gefällt mir ehrlich gesagt ganz gut. »Nein. Echt nicht«, sage ich, »es ist cool.«

»Gut«, erwidert Zoe. »Sag nicht, ich hätte dich nicht gewarnt. Und, Dad, sorg dafür, dass Evan nicht noch mehr Selfies für seine Groupies macht.«

»Ich hab keine Ahnung, was das bedeuten soll«, sagt Larry.

»Frag Evan. Er weiß es.« Zoe grinst mich an, ehe sie die Tür hinter sich schließt.

Larry guckt mich Rat suchend an. Ich zucke mit den Schultern und halte eine peinliche Geste des Triumphs zurück, ich bin mir nämlich ziemlich sicher, dass es Eifersucht war, was Zoe da eben an den Tag gelegt hat.

Einen Moment ist er still. Dann sagt er. »Also, du und Zoe …?«

Mein Gesicht wird vermutlich so rot, wie es röter nicht werden könnte.

Er guckt mich immer noch an, nicht unfreundlich.

»Dieser Handschuh ist wirklich cool.« Ich sammele den Baseballhandschuh auf.

»Schönes Stück, oder?«, sagt Larry, der genauso froh über den Themenwechsel zu sein scheint. »Du kannst ihn haben, wenn du willst.«

»Oh. Nein. Das geht nicht.«

»Warum nicht? Er ist nie benutzt worden. Wahrscheinlich hab ich ihn zu einem Geburtstag gekauft oder so.«

Erst jetzt dringt zu mir durch, wessen Baseballhandschuh das ist. Es würde nicht den richtigen Eindruck machen, ihn zurückzugeben. Und sich auch nicht richtig anfühlen. Ein Geburtstagsgeschenk. Connor wird nie wieder eines bekommen. Schlimmer noch, die Geschenke, die er gekriegt hat, werden nun weggegeben.

»Mein Dad und ich, wir haben jeden Sonntagnachmittag den Ball im Garten hin und her geworfen«, sagt Larry. »Ich dachte, Connor und ich könnten das auch machen. Er hat sich immer darüber beschwert, dass ich nie da war, ich hab immer gearbeitet, Also hab ich gesagt, gut, dann sind die Sonntagnachmittage nur für uns beide reserviert. Und dann war er auf einmal nicht mehr daran interessiert.« Er lacht leise. »Mit Connor ist nie was leicht gewesen.«

Er steckt die Hände in die Taschen. »Nimm ihn«, sagt er, als würde er mir nur ein Pfefferminzbonbon anbieten. »Der liegt hier sonst nur rum und fängt Staub.«

Ich habe wohl keine Wahl.

»Du musst ihn aber erst geschmeidig machen«, sagt Larry. »Solange er so steif ist, kannst du damit nichts fangen.«

Na toll. Mit dem Geschenk ist auch noch Verantwortung verbunden. »Wie macht man das?«

»Also, eigentlich gibt es nur eine richtige Art, das zu tun«, sagt Larry und greift in die Box. »Du musst Rasiercreme benutzen.«

Ich halte es erst für einen Witz, aber er holt tatsächlich eine Dose Rasierschaum heraus und schüttelt sie.

»Hier«, sagt er. »Die ist voll.«

Jetzt habe ich einen Baseballhandschuh in der einen Hand und eine Dose Rasierschaum in der anderen. Ich spiele weder Baseball noch rasiere ich mich.

»Und das geht folgendermaßen: Du reibst das Leder ungefähr fünf Minuten damit ein. Dann bindest du den Handschuh überall mit Gummibändern zusammen, legst ihn unter deine Matratze und schläfst drauf. Am nächsten Tag wiederholst du das alles noch mal. Und das machst du mindestens eine Woche lang.«

»Eine Woche? Echt?«

»Jeden Tag. Ohne Ausnahme. Abkürzungen gibt es nicht.«

Larry hat sogar eine Tüte mit Gummibändern. »Ich sag das nicht gern, aber heutzutage, bei deiner Generation, geht es immer nur um sofortigen Genuss. Wer mag sich denn die Zeit nehmen, ein Buch zu lesen, wenn er stattdessen das Facebook lesen kann? Aber Arbeit muss getan werden, dafür gibt es keinen Ersatz. Keinen. Das erfordert eben ein bisschen Geduld.«

Er sprüht die Rasiercreme auf den Handschuh und beginnt sie einzumassieren.

»Ich hab Connor keine Abkürzungen nehmen lassen. Cynthia war die mit den zweiten Chancen und dem *Streng dich nächstes Mal mehr an*. Und ich war der, der Nein gesagt hat. Ich hab gesagt: *Connor, wenn du immer nur Abkürzungen nimmst, wirst du irgendwann den Weg aus den Augen verlieren, irgendwo landen, wo du nicht sein willst, ohne einen Schimmer davon, wie du wieder nach Hause kommst.*«

Seine Stimme bricht ein wenig. Er räuspert sich, fasst sich und starrt in seine Box. Sie ist jetzt geleert. Wir reden nicht mehr über Sport oder Mädchen.

»Connor hat Glück gehabt«, höre ich mich sagen. »Dass er einen Dad hatte, der sich so viel Gedanken über ihn gemacht hat.«

Larry schiebt die Gegenstände auf dem Tisch hin und her. »Nun, dein Dad ist bestimmt ziemlich glücklich darüber, so einen Sohn wie dich zu haben.«

»Hmm«, sage ich. »Ist er.«

Hier stehe ich und lüge, wenn Lügen nicht mal nötig sind.

Larry lächelt. »Na, wenn du dich ein bisschen mit Zoe unterhalten willst …«

»Richtig. Ja.« Ich steuere auf die Tür zu, meine Hände sind voll – Handschuh, Rasiercreme.

Aber irgendwas hält mich auf. Ich drehe mich um. »Ich weiß nicht, warum ich das gesagt habe. Über meinen Dad. Es stimmt nicht. Meine Eltern haben sich scheiden lassen, als ich sieben war. Mein Dad ist nach Colorado gezogen. Er und meine Stiefmutter haben jetzt eine neue Familie. Und irgendwie hat die jetzt wohl Vorrang bei ihm.«

Larry betrachtet mich eingehend. Sofortige Reue setzt ein. Ich weiß nicht genau, warum ich das alles offenbart habe. Es ist nur so … er war offen und wahrhaftig zu mir, verletzlich, und ich wollte zu ihm genauso sein. Es kam mir richtig und anständig vor und jetzt …

Er legt mir eine Hand auf die Schulter. »Vergiss die Gummibänder nicht«, sagt er und lässt die Tüte in meine Hände fallen.

Ich nicke, atme aus. »Danke.«

»Dann hast du alles.«

•••

Im Schlafzimmer meiner Mom brennt noch Licht, als Zoe bei mir zu Hause vorfährt. Aber bis ich die Treppe rauf bin, scheint keines mehr unter der Tür hindurch.

Auf dem Zettel, den ich an meiner Tür finde, steht: *Te amo hijo mio.* Ich bin verblüfft, aber dann fällt mir wieder ein, dass ich ihr erzählt habe, ich wäre bei Jared und würde mit ihm an einer Spanischaufgabe arbeiten. Einen Moment lang stelle ich mir vor, wie meine Mutter googeln musste, wie das geschrieben wird, was sie mitteilen will.

Es ist nach elf. Sie hat eindeutig auf mich gewartet. Ich hatte gesagt, sie solle das nicht, aber vermutlich kann sie nicht anders.

Cynthia hatte vorgeschlagen, dass ich bei den Murphys übernachten solle. *Zoe fährt dich sowieso zur Schule,* hat sie gesagt. *Ruf deine Mutter an und gib ihr Bescheid. Du kannst Connors Bett nehmen.* Das war ein nettes Angebot, aber zu viel. In Connors Bett könnte ich nicht schlafen. So gefühllos ich auch geworden bin, ein bisschen Feingefühl ist doch noch übrig geblieben.

Genau genommen … streicht das. Das, was ich empfinde, gefühllos zu nennen, trifft es nicht. Wenn schon, dann fühle ich jetzt mehr denn je. Und nicht nur, weil ich aufgehört habe, meine Medikamente zu nehmen. Zum ersten Mal erlebe ich das Leben tatsächlich. Endlich weiß ich, was es bedeutet, jemanden zu küssen. So richtig zu küssen, viele Sekunden an einem Stück. Das geschieht jetzt andauernd. Es ist im Grunde ganz normal geworden, aber niemals langweilig. Und heute Abend habe ich gelernt, wie man einen Baseballhandschuh geschmeidig macht. Mein Dad hat sich nie damit abgegeben, mir das beizubringen.

Ich sollte meinem Dad einen Link zu der Rede schicken, sagt Zoe. Aber ich glaube nicht, dass es ihm irgendwas bedeuten würde – das Connor-Projekt, die Apfelplantage. Als er einmal auf Facebook geschrieben hatte, er habe Mühe, seinen neuen Cowboyhut in Form zu bringen, habe ich ihm einen Artikel mit bewährten Pflegeanleitungen geschickt. Er hat nie darauf reagiert. Früher hab ich ihm Postkarten geschickt, weil ich hoffte, wir könnten Brieffreunde werden, aber die einzige Antwort, die ich je erhalten habe, war eine in Theresas Handschrift. Er wandert gern, also habe ich vorgeschlagen, den *Appalachian Trail* zusammen zu gehen. Die Idee schien ihm zu gefallen, aber als ich ihn diesen Sommer daran erinnerte, kam er mit einer Entschuldigung an, er würde ja schon im Frühling zu meinem Schulabschluss nach Osten fliegen, und da nun das Baby unterwegs sei, könne er es sich nicht leisten, zweimal zu kommen. Was mache ich also als Nächstes? Ich suche einen Trail in der Nähe seines Wohnort in Colorado heraus und pinne all meine Hoffnungen an den. (Doppelbedeutung mehr als beabsichtigt.)

Ich gehe rüber zu meiner Landkarte. Ich bin es leid, mich ständig anzudienen. Was bringt das? Wie lange soll ich denn noch warten? Achtzehnhundert Meilen zwischen ihm und mir. Vielleicht ist das einfach zu weit. Ziemlich bald wird er ein anderes Kind bekommen, ein Baby wird ihm in die Arme gedrückt werden. Näher kann man einander nicht kommen. Wie kann ich da konkurrieren? Warum will ich das überhaupt, nach allem, was er mir zugemutet hat? Vor nicht allzu langer Zeit hatte ich gedacht, dass er, dieses eine Mal, stolz sein würde, es zu schätzen wüsste, als ich dieses verblasste Willkommensschild vom Ellison Nationalpark aufarbeitete. Er hat den Park immer so gern besucht, oft mit mir an seiner Seite, wir beide zusammen. Die Erinnerungen, die wir daran haben …

Ich hatte gedacht, dass meine fertige Arbeit, diese Geste, ihn irgendwie erreichen, eine Verbindung herstellen würde, aber dann natürlich, wie immer … an dem Tag, als ich es ihm erzählte, als ich ihm dieses Foto schickte …

Ist auch egal. Ich bin fertig. Ich ziehe die Nadel aus der Karte und werfe sie in eine Tasse. Und weil ich gerade stehe, passe ich meinen neuen Baseballhandschuh meiner Hand an. Ich benutze meinen freien Arm – den, der nicht mehr gebrochen ist, den, mit dem ich immer noch zu leben lerne –, um das steife Leder weichzuboxen. Ich boxe noch mal, dieses Mal etwas stärker, und dann noch mal, noch heftiger und wieder und wieder, bis meine Faust im allerbefriedigendsten Rot leuchtet.

Kapitel 21

Die Kellnerin fragt, ob sie nachschenken soll, aber ich glaube, für heute habe ich genug Kaffee getrunken. Wenn mein Fuß noch heftiger auf den Boden hämmert, setzen die Besitzer des *Capitol Café* mir vielleicht noch Bauschäden mit auf die Rechnung. Normalerweise konsumiere ich kein Koffein (Dr. Sherman hat mir davon abgeraten), aber ich hatte die Wahl zwischen einem Kaffeegetränk oder Leitungswasser, und Zoe hat gesagt, für sie wäre es besser, wenn ich Geld ausgeben würde, solange ich hier bin. Was zu essen kann ich mir nicht leisten, also dann, schiebt Sahne und Zucker rüber.

Sie ist jetzt gerade auf der Bühne und stimmt ihre Gitarre. Genau genommen ist es keine Bühne, nur ein Bereich hinten im Raum mit einem Mikro und zwei Lautsprechern.

Ich bin viel nervöser als Zoe, dabei ist sie diejenige, die gleich auftreten wird. Ich will nur, dass es heute Abend gut für sie läuft. Es ist ziemlich leer im Lokal. Ein altes Paar sitzt beim Abendessen, ein anderer Performer wartet in der Ecke, und die Barhocker sind von ein paar Leuten mit Laptops besetzt. Aber es ist noch früh.

Ihre Stimme dröhnt: »Hallo«, und alle schauen auf. Sie rückt vom Mikro ab. »Hilfe, sorry.«

Jemand dreht der leisen Musik den Hahn ab, die im Hintergrund läuft. Die Bühne – oder was das auch sein mag – gehört Zoe allein. Sie schlägt einen einzigen Akkord an, testet den Sound. Ich halte das Knie ruhig, weil ich fürchte, dass mein Gewummer ihr Solo stören wird. Zoe holt tief Luft, schließt die Augen und fängt an.

Der Stil ist ganz anders, als ich ihn von ihr kenne. Normalerweise begleitet ihre Gitarre ein Dutzend andere Instrumente und daraus ergibt sich ein voller Klang. Hier ist er dünn und nackt. Nur ein leises, bescheidenes Plätschern.

Und dann macht sie den Mund auf und mein banges Warten wird zu Bewunderung. Ihr Gesang ist nicht glatt oder etwa lieblich. Sie führt eher ein Gespräch mit uns, statt nach Noten zu singen. Sie ist nackt, verletzlich und echt. Sie ist alles, was sie sonst auch ist, nur unverhüllt.

Auf meinem Stuhl werde ich jetzt lockerer, ebenso wie Zoe auf der Bühne. Die anfängliche Schüchternheit weicht. Ihre Stimme wird melodischer, gleitet in den Übergängen in eine höhere, seidigere Tonlage und gibt dann alles im letzten Refrain. Ich glaube, was sie da spielt, ist eine Coverversion von irgendwas. Ich hab das Lied schon mal gehört, aber nicht so. Sie hat es zu ihrem eigenen gemacht.

Als sie fertig ist, klatsche ich in die Hände. Sie schaut kurz auf, und jetzt, da sie aufgehört hat zu spielen, ist sie wieder schüchtern. Es macht mir nichts aus, dass ich der Einzige bin, der klatscht. Das alte Paar lächelt und zeigt seine Wertschätzung. An den anderen im Raum geht das vorbei. Zoe scheint es weder zu bemerken, noch scheint es ihr etwas auszumachen. Sie macht ihr Ding da oben. Das ist sogar noch besser, als sie mit der Jazzband auftreten zu sehen. Viel besser.

Der nächste Song ist auch eine Coverversion. Meine Hosentasche vibriert. Zwischen den Liedern schaue ich nach, wer mir eine Nachricht geschickt hat. Es ist Alana, aber ich habe keine Zeit, ihre Mitteilung zu lesen. Zoe gibt die Einführung zu einem weiteren Song.

»Der nächste ist von mir«, kündigt sie an. »Er ist brandneu und wahrscheinlich verhau ich ihn, aber, egal. Er heißt *Only Us* – nur wir.«

Wieder bin ich total angespannt. Es ist so, als würde ich sie irgendwo ohne Netz und Leine in großer Höhe baumeln sehen. Ich erinnere mich, wie ich mich gefühlt habe, als ich auf die Bühne gegangen bin, um vor der ganzen Schule meine Rede zu halten. Die Erinnerung daran lässt mein Herz schneller schlagen. Ich versuche, die negativen Gefühle zu verscheuchen. Hier sitzt keine einschüchternde Menge. Zoe hat diese Sache im Griff.

Sie fängt mit einem zarten Zupfen an. Das Riff fühlt sich vertraut und doch neu an. Er klingt hoffnungsvoll, ihr Song. Er gefällt mir jetzt schon. Und ich mag ihn noch mehr, als ich den Text höre. Beim letzten Refrain kenne ich die Worte schon fast auswendig.

What if it's us?
What if it's us and only us?
And what came before won't count anymore,
or matter.
Can we try that?

What if it's you?
And what if it's me?
And what if that's all that we need it to be?
And the rest of the world falls away.
What do you say?

Meine Ohren sind ungeübt, aber ich spüre nichts Schiefes oder Ungewolltes heraus. Sie ist makellos.

• • •

»Und wann kommt deine Mom von der Arbeit?«, fragt Zoe, als wir unsere Auffahrt hochgehen.

Letztes Mal, als Zoe auf meiner Schwelle stand, wollte ich sie loswerden, ehe meine Mom sie bemerken konnte. Heute Abend bin ich froh, mir darüber keine Sorgen machen zu müssen. »Sonntagabends hat sie Unterricht«, sage ich. »Sie kommt erst in ein paar Stunden wieder.«

»Wir haben also das ganze Haus für uns allein?«

Es ist nicht fair, dass Zoe solche Sachen einfach sagen kann und bei mir umgehend eine Lähmung auslöst. Ich hätte es nicht für möglich gehalten, dass ich noch mehr von ihr verzaubert sein könnte – und dann habe ich sie singen hören. »Für die nächsten drei Stunden«, bestätige ich und stecke den Schlüssel in die Tür.

»Wir sollten Leute zusammentrommeln und ein Fass aufmachen.«

Ich lache. »Das sollten wir auf alle Fälle. Ganz bestimmt.«

»Bis deine Mom nach Hause kommt.«

»In drei Stunden.« Möglicherweise ist mir entfallen, wie man Worte benutzt. »Danke fürs Mitkommen.«

»Ich frag dich schon seit Wochen immer wieder, ob ich mit zu dir kommen kann, und du sagst immer sofort Nein.«

»Ich weiß.« Dieses Mal wollte ich auch Nein sagen, aber ich kann sie nicht ewig hinhalten. »Und deshalb weiß ich es besonders zu schätzen, dass du jetzt hier bist.«

Wir gehen nach drinnen und eine Welle von Scham schlägt über mir zusammen. Ich hab versucht aufzuräumen, so gut es nur ging, aber was ich ausrichten konnte, war begrenzt. Ich kann nicht losrennen und ein neues Sofa kaufen, bei dem der Stoff nicht verschossen ist. Ich kann die Wasserflecken an der Decke nicht übermalen oder die Flecken im Teppich wegzaubern. Und der Platz in unseren Schränken reicht nicht aus, um all unser Zeug zu verstecken. Ehe ich anfing, so viel Zeit bei Zoe zu verbringen, hab ich nicht mal bemerkt, was alles bei mir zu Hause nicht stimmt.

»Willkommen«, sage ich und versuche, sie nach oben in mein Zimmer zu treiben. Nicht auf perverse Art. In meinem Zimmer würde ich mich einfach nur wohler fühlen.

Zu spät. Sie bleibt im Flur stehen und betrachtet ein Foto. »Bist du das als Baby?«

»Der Dicke da? Ja. Das bin ich.«

»Sag das nicht so. Du bist hinreißend.«

Nun gut, wenn sie mir Komplimente machen will, dann können wir wohl noch ein paar Sekunden länger hier unten bleiben. Dieses Foto, das sie gerade bewundert, wurde noch in unserem alten Haus aufgenommen. Ich erinnere mich nicht an viel, nur an das, was ich in Fotoalben gesehen habe.

»Ist das dein Dad, der dich da hält?«, fragt Zoe.

»Nein. Mein Onkel Ben.« Fotos von Mark dürfen im

Haushalt von Heidi Hansen nicht zur Schau gestellt werden. Die gehören ausnahmslos in Kisten und Alben.

Ich weiß noch, dass der Garten des alten Hauses an Wälder grenzte, ungefähr so wie bei Zoe. Ich erinnere mich daran, wie mein Dad Pfeile in einen Baum schießt, bin mir aber nicht sicher, ob das wirklich passiert ist, oder ob ich es mir ausgedacht habe.

Ich steige die Treppe hoch und lasse Zoe keine andere Wahl, als zu folgen. Mein Telefon vibriert wieder und erinnert mich daran, dass ich mir Alanas Nachricht von vorhin immer noch nicht angeguckt habe. Oben klebt ein Zettel von Mom an meiner Tür. Ich versuche, ihn unbemerkt abzuzupfen, aber Zoe kriegt das mit.

»Meine Mom und ich schreiben uns jede Menge Nachrichten«, erkläre ich.

»Stift und Papier«, sagt Zoe. »Old School.«

»Oh, nein, wir texten und mailen auch. So ziemlich alles, außer reden von Angesicht zu Angesicht.«

»Von Angesicht zu Angesicht?«, sagt Zoe. »Wer will denn so was?«

»Ich nicht. Mit deinem Gesicht erst recht nicht.«

»Das weiß ich zu schätzen«, sagt sie und erntet von mir ein Lächeln, weil sie mich daran erinnert, warum ich sie liebe – ich meine, extrem gern mag.

»Bist du bereit, den Ort zu sehen, an dem absolut keine Wunder geschehen?«, frage ich.

»Ich kann es nicht erwarten.«

Und wieder öffne ich eine Tür für sie. Das Bild, das sie jetzt von meinem Zimmer sieht, ist Fake News pur. Mein Bett ist gemacht. Wandschrank und Kommodenschubladen sind geschlossen. Mein Schreibtisch ist aufgeräumt. Meine Tablettengläser verstecken sich in einer Socke. Über allem liegt der künstliche Duft von Raumspray.

Aber nicht alles ist perfekt. Sie sollte mich nicht für einen Wahnsinnigen halten, deshalb habe ich nach eifrigem Saubermachen ein paar Sachen so arrangiert, dass sie etwas aus dem Rahmen fallen. Ein Hemd habe ich über den Stuhl gehängt, Papiere auf der Kommode gestapelt und mein intellektuellstes Buch auf den Nachttisch gelegt.

Während Zoe mein Zimmer begutachtet, lese ich Moms Zettel. *Iss, bitte,* steht drauf. Ziemlich barsch für ihre Verhältnisse. Vermutlich ist sie immer noch sauer wegen neulich Abend. Ganz ehrlich, ich fühle mich deswegen auch nicht so toll.

»Ich verstehe total, warum hier keine Wunder geschehen«, sagt Zoe und setzt sich auf mein Bett.

»Ernsthaft?«

»Nein.« Sie rutscht ein Stück und betastet das Bett. »Aber wie kannst du schlafen mit diesem Höcker in der Matratze?«

Wusste ich doch, dass ich was vergessen hab. Ich bitte sie, vom Bett zu hüpfen, damit ich unter die Matratze greifen kann. Ich hole die Plastiktüte mit dem in Rasierschaum eingeschmierten Baseballhandschuh darunter hervor.

»Du hörst tatsächlich auf meinen Dad?«, fragt Zoe. »Magst du Baseball überhaupt?«

Jede Antwort ist heikel. »Nein, eigentlich nicht.«

Ich dachte mir, ich mache den Baseball geschmeidig, so für alle Fälle. Vielleicht organisiert das Connor-Projekt ja eines Tages ein Baseballspiel. Ich mache es auch, damit ich Mr Murphy sagen kann, dass ich es gemacht habe. Ich mag ihn und ich möchte ihm etwas geben, von dem ich glaube, dass es ihn glücklich macht.

Zoe mustert den Haufen Papier auf der Kommode. »Was ist das denn alles?«

»Oh. Das sind nur … meine Mom ist ganz besessen von diesen Essay-Wettbewerben für ein Collegestipendium, die sie im Internet gefunden hat. Sie druckt täglich mehr davon aus.«

Zoe hebt den Haufen von der Kommode. »Das sind so viele.«

Ich hab nicht genau genug darauf geachtet, welche Papiere ich auf die Kommode gelegt hab. »Ich weiß. Also wahrscheinlich müsste ich hundert Wettbewerbe gewinnen, um tatsächlich irgendwann ein Studium davon bezahlen zu können. Wenn man mal alles zusammenrechnet. Studiengebühren, Unterkunft, Bücher.«

Ich bin immer noch nicht dazu gekommen, mit diesen Essays anzufangen. Meine Mom will uns beiden nur helfen, das weiß ich, aber das College ist ein Problem von morgen, und es ist schwer genug, die Probleme von heute zu lösen. Und außerdem werde ich sowieso keinen dieser Wettbewerbe gewinnen.

»Deine Eltern, die können also nicht …?« Sie muss den Satz nicht beenden.

»Nicht so richtig.«

»Das tut mir leid.«

Und jetzt bin ich derjenige, dem es leidtut, denn sie sieht traurig aus. Ich will sie nicht traurig machen.

»Oh! Das wollte ich dir vorhin schon erzählen. Vor ein paar Tagen hatten wir ein Connor-Projekt-Meeting, da hat

Alana eine Spitzenstrategie vorgestellt, wie mehr Geld für die Plantage aufgebracht werden kann. Alana ist wirklich dazu bestimmt, eines Tages eine Firma zu leiten oder die Welt oder so.« Was ich sage, funktioniert nicht, irgendwie habe ich Zoes trauriges Gesicht noch trauriger gemacht. »Aber fürs Erste fangen wir mit dem Anlegen der Plantage an.«

Sie seufzt und schaut auf den Boden. »Können wir reden?«

»Oh Scheiße.« Nun hab ich es doch geschafft. Ich hab das einzig Gute in meinem erbärmlichen Leben versaut.

»Was?«, fragt sie, plötzlich alarmiert.

»Nichts. Nur: Du machst Schluss, oder? Deshalb bist du heute mit zu mir gekommen.«

»Mit dir Schluss machen?«

»Nicht, dass wir miteinander gehen. Ich will mir nichts einbilden. Keine Ahnung, was das hier ist, ob wir miteinander gehen, ganz offiziell, oder ob es eher so was ist wie … egal. Warum rede ich überhaupt noch? Ist in Ordnung. Keine Sorge, du kannst es mir sagen. Ich werde nicht weinen oder Sachen zertrümmern …«

Sie starrt mich an, und ich spüre, wie meine Hände anfangen, ihr Ding zu machen. Vorsorglich wische ich sie ab. Eine nutzlose Taktik. Darin bin ich ganz groß.

»Ich mache nicht Schluss mit dir«, sagt sie.

Ich halte inne, versichere mich, dass ich richtig gehört habe. »Echt? Okay. Danke.«

»Nicht der Rede wert.« Sie lacht.

Moment mal. Bedeutet das, Zoe und ich gehen miteinander? Denn, ihr wisst schon, es hat sich irgendwie so angefühlt, aber ich war mir nicht sicher, ob sie das auch so empfunden hat. Wann reden Leute über solche Sachen? Oder bleibt das unausgesprochen, bis beide es wissen? Und wie weiß man, dass beide es einfach wissen?

»Es ist nur … das Connor-Projekt«, sagt Zoe. »Es ist großartig, ja. Was ihr erreicht habt, ist einfach mega. Im Ernst.«

Da kommt jetzt ein Aber.

»Aber, vielleicht müssen wir ja nicht die ganze Zeit über meinen Bruder reden. Vielleicht können wir … über andere Sachen sprechen.«

»Oh. Ja. Natürlich. Ich dachte nur, du wolltest vielleicht wissen, was da läuft und so.«

»Nein, ich weiß, dass du das gedacht hast, und ich weiß wirklich zu schätzen, was du da tust.« Sie setzt sich auf das jetzt höckerfreie Bett. »Aber mein Leben lang ging es immer nur um Connor. Und jetzt gerade brauche ich einfach was für mich. Wenn das jetzt was wird mit …«

Sie macht eine Pause und ich stürze fast in die entstehende Lücke.

»Einer Beziehung«, sagt sie schließlich. »Dann will ich nicht, dass es um meinen Bruder geht. Oder die Plantage. Oder die E-Mails.«

Ich hab aufgehört zu atmen. *Atme, Evan, atme.*

»Ich will nur … dich«, sagt sie.

»Wirklich?«

Sie seufzt, frustriert über mich. »Hast du den neuen Song gehört, den ich heute Abend gesungen habe?«

»Klar«, sage ich. »Der war fantastisch.«

»Hast du auf den Text geachtet? *You and me. That's all that we need it to be.* Mehr ist nicht nötig, nur du und ich.«

»Hast du … ging es da um …«

Sie zuckt mit den Schultern. »Wen sonst?«

»Oh.«

Ich wünschte, ich hätte ihren Auftritt aufgenommen, dann könnte ich den Song immer wieder abspielen. Im Moment muss mein Gedächtnis die Lücke füllen. Eine bestimmte Zeile kommt mir in den Sinn: *What came before won't count anymore, or matter. Can we try that?* Was vorher war, zählt nicht mehr, ist ganz egal. Können wir das versuchen?«

Ja, antworte ich innerlich. *Ja, hunderttausendmal ja.*

VII

Dieses Mal waren wir bei ihm zu Hause. (Miguel lud mich immer noch zu sich ein, aber nur, wenn seine Mom bei der Arbeit war. Ich hab seine Mom immer gern gemocht. Scharfe Zunge, aber weiches Herz. Fantastische Köchin. Mega herzlich. Bis ich von der Schule geflogen bin. Die traurige Wendung, die nur M und ich verstanden: Mein Versuch, ihrem Sohn zu helfen, führte dazu, dass sie mich hasste.)

Seit diesem Tag bei mir zu Hause war unsere Freundschaft zu etwas anderem erblüht. Das erste Jahr an der Highschool war die Hölle, aber Miguel war mein Silberstreifen am Horizont. Der *eine* wertvolle Teil meines Lebens. Ich hab mich immer darauf gefreut, mich mit ihm zu treffen. Aber zuletzt war dieses Gefühl zu einer Art Zwang geworden. Seine Anziehungskraft zerrte ständig an mir. Ich wollte nicht in seiner Nähe sein. Ich musste es.

An diesem Tag bei ihm zu Hause lag er neben mir. Ich betrachtete seinen Körper, versuchte, ihn mir einzuprägen, bevor er wieder verhüllt war. Wie seine Haut die Energie des Lampenlichts zu absorbieren schien. Die kleine Höhlung seiner Brust, die eine flache Senke bildete. Ich fragte mich, wer sonst in seinem Leben dieses Privileg genoss. Wer sonst diesen Muttermalknopf drücken durfte. Das Diagramm meiner Sozialkontakte ließ sich mit einem Strich darstellen, der nur zwei Punkte verband. Aber Miguels war ein Kreis. Er hatte noch andere Freunde an der *Hanover*. Eine große Familie mit jeder Menge Vettern und Kusinen. Und es gab auch einen Ex, mit dem er immer noch redete. Wo passte ich da rein? Irgendwo in der Nähe seiner Mitte? Oder eher in einen äußeren Ring?

Was ist das?, fragte er und brach damit das Schweigen.

Ich folgte seinem Blick und mir ging zu spät auf, wohin er schaute. Ich hatte vergessen, dass ich meine Armbänder abgenommen hatte. Normalerweise mache ich so was nicht. Seine Anziehungskraft hatte mich dazu verführt.

Ich zog mein Handgelenk weg. *Nichts*, erwiderte ich.

Er starrte mir in die Augen. Das hatte was von einer Herausforderung. Ich stieg aus dem Bett, streifte meine Armbänder über. Ein paar Narben von ein paar müßigen Nächten. Wirklich nur Zeitvertreib. Ein Feuerzeug, Streichhölzer, Kerzenwachs. Na gut, nicht nichts, aber auch nicht so ganz und gar *etwas*.

Das machst du immer, sagte er.

Was denn? Ich zog mein Hemd an.

Immer, wenn ich zu nah herankomme …

Ich versuchte zu lachen. *Wovon redest du eigentlich?*

Wir sind immer hier bei mir zu Hause. Du hast mich einmal zu dir eingeladen. Es ist so, als würdest du mir nur diese winzigen Einblicke zugestehen.

Meine Antwort darauf war ein steinerner Blick. *Was kümmert dich das überhaupt. Wir sind schließlich nicht ...*, ich zuckte mit den Schultern. *Ich weiß nicht mal, was wir eigentlich sein sollen.*

Er schüttelte den Kopf und seufzte, die Hände auf den Hüften. *Wie sollen wir denn da jemals hinkommen, wenn du mich nicht lässt?*

(Das klang nach einer Feststellung. Einem Ultimatum. Ich hatte keine Wahl, echt.)

Miguel wusste nicht, wie das letzte Jahr gewesen war. Er hatte einiges gehört, klar, aber er war nicht wirklich dabei gewesen. Er kannte nur die Legende, nicht die Realität. Tag für Tag für Tag. Kratzen und scharren. Der Schaden, der mir zugefügt wurde, und der, den ich anrichtete. Jede gute Sache wurde zu etwas Schlechtem. Nachts lag ich im Bett und stellte mir vor, wie ich einfach ...

Du verstehst das nicht, sagte ich.

Einen Moment lang sah er mich an. Und dann kam er ganz nah ran an mein Gesicht. Nase an Nase. Auge in Auge.

Nicht so nah, wie wir uns eben noch gewesen waren, trotzdem war das irgendwie noch intimer. *Also*, sagte er. *Erzähl's mir.*

Ich hab vor ihm gestanden und gezittert. Sein Blick hat mich zum Zittern gebracht.

Sei verdammt noch mal ehrlich mit mir.

Wie? Wie sollte ich das machen? Wenn unter dem, was er da in mir zu sehen glaubte, etwas lag, das so hoffnungslos kaputt war.

Ich trat einen Schritt zurück, biss die Zähne zusammen und machte dicht. Zog mich so schnell an, wie ich konnte. Er wollte mich aufhalten, rief mich zurück. Aber meine schnelle Entscheidung war schon getroffen: Renn um dein Leben.

(Vermutlich renne ich immer noch.)

Da ist jetzt so ein Foto von mir in Umlauf. Kurze Haare. Großes, blödes Lächeln im Gesicht. Bei dieser Schulversammlung vor ein paar Wochen hab ich es überall gesehen. Meine Mutter muss es auf meinem Handy gefunden haben. Ich glaub, sie hatte keine Ahnung, dass ich das Bild bearbeitet hatte. Ein Selfie, von Miguel aufgenommen. Im Original steht er an meiner Seite, sein Lächeln ist genauso breit wie meines.

In einem war ich mir sicher: Wie ich mich fühlte, wenn ich in seiner Nähe war, und wie, wenn nicht. Das Erste war beglückend. Das andere unerträglich. Mit ihm zusammen zu sein, war, wie auf Droge zu sein. Als wir aufhörten uns zu sehen, war ich auf Entzug.

Das war ein langer, dunkler Sommer.

Kapitel 22

Am nächsten Morgen gibt Zoe mir auf dem Flur in der Schule einen Kuss, vor allen Leuten. »Nach der Schule habe ich Probe, ich kann dich also nicht nach Hause fahren«, sagt sie. »Aber vergiss nicht, ich hole dich um sieben zum Essen ab.«

Sie küsst mich noch mal schnell, diesmal auf die Wange, und macht sich auf den Weg. Ich schaue ihr nach und kann nur an das nächste Mal denken, wenn ich sie sehen darf.

»Wo warst du gestern Abend?«

Ich drehe mich um und Alana steht vor mir.

»Ich hab dir Nachrichten geschrieben, so etwa fünfzig«, sagt sie kopfschüttelnd. »Keine Sorge, ich hab die Postkarten dann ohne dich verteilt.«

»Oh Scheiße, ich hab's vergessen. Tut mir echt leid«, sage ich. »Ich muss das falsche Datum ins Handy eingegeben haben.«

»Was ist los mit dir, Evan?«

Ich schaue mich um. Dieses Gespräch würde ich lieber unter vier Augen führen.

»Die Deadline fürs Fundraising ist heute in einer Woche«, sagt Alana, »und ich hab das Gefühl, du bist tausend Meilen weit weg. Du hast keine neuen Videos gemacht. Und auf dem Blog hast du schon ewig nichts mehr gepostet.«

»Na ja, ich hatte zu tun.«

»Zu tun? Was denn?«, fragt Alana.

Leben? Es versuchen?

»Na, du weißt schon, ich hab ... äh ... verschiedene Sachen gemacht«, sage ich. »Wie viel müssen wir denn noch zusammenkriegen?«

»Ach. Nicht viel. Nur siebzehntausend Dollar.«

Siebzehntausend. Okay, das sind eine Menge Dollars. »Hör mal, das schaffen wir, da bin ich sicher. Wir müssen nur, äh, das Interesse der Leute wachhalten.«

»Genau«, sagt sie, erleichtert, dass ich endlich vernünftig werde. »Deshalb stelle ich die Mails ins Netz, die Connor und du euch geschrieben habt.«

»Warte mal. *Was?* Was redest du da?« Meerwasser schwappt in mein Glas. »Woher weißt du von den E-Mails?«

»Mrs Murphy hat sie mir geschickt«, sagt Alana. »Nur ein paar, aber sie hat gesagt, es gibt noch massenhaft mehr. Dass du ihr immer neue bringen würdest.«

»Das kannst du nicht machen.«

Dramatisch wirft sie den Kopf zurück. »Kann ich nicht?«

»Es ist nur ... diese Gespräche, die sind privat.«

»Äh, nicht mehr. Jetzt gehören sie allen. Ich meine, darum geht es doch gerade. Und je privater sie sind, desto besser. Das ist es, was die Leute sehen wollen. Wir haben eine Verantwortung gegenüber unserer Community, wir müssen ihnen alles offenlegen und ihnen die Wahrheit sagen.«

Die Wahrheit? Welche Wahrheit? Ich antworte allen auf ihre E-Mails und erzähle ihnen von meinem Leben. Ich hab sogar ein Selfie hochgeladen. Hab ich nicht genug gezeigt? Was will *unsere Community* denn noch von mir?

Ihre Armbanduhr piept. »Ich muss los, aber ich werde dir eine Liste mit Fragen schicken. Einige dieser E-Mails ergeben keinen Sinn.«

»Was? Was meinst du damit?«

»Na ja, zum Beispiel sagst du, der erste Tag, an dem ihr in die Plantage gegangen seid, war der, an dem du dir den Arm gebrochen hast. Aber dann, in anderen E-Mails, redest du davon, dass ihr da schon seit letztem November zusammen hingegangen seid.«

Das lässt sich leicht klären. Weißt du, Alana, ich bin eigentlich noch nie in der Plantage gewesen. Ich bin nicht der, für den du mich hältst, Alana.

»Das sind wahrscheinlich bloß Tippfehler«, sage ich. »Also, das sind ja nur E-Mails. Ich glaube, du liest da viel zu viel rein.«

Ihr altes Lächeln kommt mit voller Kraft zurück. »Das kannst du alles erklären, wenn ich dir die Fragen schicke. Du weißt ja, wie sehr die Community es liebt, von dir zu hören.«

Sie geht weg. Ich werfe einen prüfenden Blick in die Umgebung und versuche einzuschätzen, welche Art Szene wir gerade geliefert haben. Wie sich herausstellt, hat niemand auf uns geachtet. Die Leute, die da rumlaufen, tippen, ihre Spinde vollstopfen, interessieren sich nicht für mein Leben, dazu sind sie viel zu sehr mit ihrem eigenen beschäftigt. Sie haben ihre eigenen Freundinnen und Bekannte und beste Freunde und Eltern (zwei davon) und Projekte. Die meisten denken überhaupt nicht mehr an Connor Murphy. Sie haben vielleicht ein paar Dollar zu unserer Plantagenkampagne beigesteuert, aber nicht, weil es ihnen je wichtig gewesen wäre, Connors Andenken am Leben zu erhalten. Sie haben nur das gemacht, was alle anderen gemacht haben. Dasselbe, was ich zu tun versuche: durch den Tag kommen.

Auf dem Weg zu meinem Klassenraum schreibe ich an Jared.

Hey, Alter.

Ich wollte dir gerade schreiben.
Meine Eltern sind am Wochenende
nicht da. Ihren Barschrank haben sie
zuletzt Rosh Hashanah '97 benutzt.
Wir haben freie Getränkewahl.

Dieses Wochenende kann ich nicht.
Ich hab siebzehntausend Dollar Spenden
aufzutreiben. Das Connor-Projekt ,
weißt du noch?
Solltest du da nicht mitarbeiten?

Weißt du noch, dass du mir gesagt hast,
du würdest meine Hilfe nicht brauchen?

Ich hab nicht gesagt, dass du gar
nichts machen sollst. Ich weiß,
du hältst das für einen Witz,
ist aber keiner. Es ist wichtig.

Für Connor.

Ja, für Connor.

»Interessant, dass du das sagst.«

Ich schaue vom Handy hoch.

Da ist Jared, leibhaftig.

»Denn«, sagt Jared und steckt sein Handy ein, »wenn man sich echt mal die Zeit nimmt und drüber nachdenkt, ist Connors Tod doch so ziemlich das Beste, was dir je passiert ist, oder?«

Sogar für jemanden wie Jared ist es ziemlich schrecklich, so was zu denken, ganz zu schweigen davon, es laut auszusprechen. »Warum sagst du so was?«

»Was läuft, Evan?«, fragt ein Vorübergehender.

»Na, denk mal drüber nach«, sagt Jared. »Die Leute in der Schule reden jetzt tatsächlich mit dir. Du bist fast schon beliebt, und das ist doch so was wie das Wunder aller Wunder. Glaubst du, dass dieser Typ eben deinen Namen kennen würde, wenn Connor nicht gestorben wäre? Nee. Keiner würde das.«

Das ist wahr. Ich kann es nicht leugnen. Aber darum geht es hier nicht. Darum ist es nie gegangen. »Mir ist egal, ob die Leute in der Schule wissen, wer ich bin oder nicht. Das war mir immer schon egal. Ich hab nur den Murphys helfen wollen, mehr nicht.«

»Den Murphys helfen«, wiederholt Jared, als wäre das ein Firmenslogan. »Das sagst du immer wieder.«

»Sei kein Arschloch.«

»Sei du kein Arschloch«, sagt er und rauscht davon.

Es klingelt, der Schultag hat offiziell begonnen. Ebenso gut könnte diese Glocke einen Boxkampf beenden.

Ich hab das Gefühl, schon über volle zwölf Runden gegangen zu sein.

Kapitel 23

Zoe parkt den Volvo in ihrer Auffahrt und stellt den Motor aus. Sie besiegelt unsere Ankunft mit einem Lächeln und ich lächele zurück. Heute Abend scheint sie besonders zu sprudeln und ich komme nicht dahinter, warum. Autofahrten mit Zoe beinhalten normalerweise mehr Musik als Gespräche, aber auf dem Weg hierher hat sie die Stereoanlage leise gestellt, um mir von der Bandprobe erzählen zu können. Offenbar kann Jamison, der Bassist, der ein echt netter Kerl ist, den Typen am Schlagzeug nicht ab, weil der ein totaler Egomane ist, und wenn die Schwingungen der beiden nicht harmonieren, geht der ganze Rhythmusteil den Bach runter. Drama in der Jazzband. Wer hätte das gedacht?

Wir betreten das Haus und das ist Zoe eine Ankündigung wert. »Wir sind da«, brüllt sie. Ihre Schuhe lässt sie auf der Matte in der Diele stehen.

Ich schiebe meine Schuhe neben ihre und sie geht schon mal vor. »Entschuldigt die Verspätung«, höre ich sie sagen.

»Wir sitzen hier nur bei einem Glas Wein und lernen einander kennen«, sagt Cynthia.

Ich hab jetzt zu Zoe aufgeschlossen und bleibe wie angewurzelt stehen.

Meine Mutter ist hier. Meine Mutter ist hier, mit einem Glas Wein in der Hand sitzt sie mit den Murphys zusammen.

»Wir haben deine Mom gebeten, doch heute Abend mit zum Essen zu kommen«, sagt Larry, der offenbar denkt, das mache mich glücklich.

»Oh«, sage ich und nehme Blickkontakt mit meiner Mom auf. Sie ist genauso geschockt wie ich.

»Mir war nicht klar, dass Evan auch dazukommt«, sagt sie.

»Tut mir leid«, Cynthia lacht das alberne Missverständnis weg. »Ich hab nicht daran gedacht, Ihnen das zu erzählen.«

Zoes Lächeln dehnt sich zur Größe eines Fesselballons. »Hi, ich bin Zoe.« Sie schüttelt meiner Mom die Hand. »Es ist so schön, Sie endlich kennenzulernen.«

Meine Mutter erwidert das Lächeln, nur ist ihrs ein löcheriger Ballon und sie sagt nichts. Sie hat Zoes Namen noch nie gehört, wenigstens nicht von mir. Ich sehe die Verwirrung in ihren Augen.

Larry steht auf. »Sind wir bereit für die nächste Flasche?«

»Mach den Portland auf«, sagt Cynthia zu ihm. Dann erklärt sie meiner Mutter: »Der ist hundertprozentig nachhaltig produziert, das gilt für den gesamten Herstellungsprozess. In der *New York Times* war ein ganzes Feature darüber. Unglaublich.«

Ich flüstere Zoe ins Ohr: »Hast du davon gewusst?«

Sie nickt stolz. »Das war meine Idee.«

»Hey, ihr beiden«, sagt Larry, der den Korken aus einer Flasche zerrt. Sein V-Ausschnittpullover konturiert seinen eindrucksvollen Oberkörper. »Wollt ihr euch nicht zu uns setzen?«

Zoe und ich lassen uns auf ein Zweiersofa fallen, auf dem es absolut keine Zweisamkeit geben wird. Die Frauen sitzen nebeneinander auf dem langen Sofa, neben der sorgfältig gestylten Cynthia wirkt meine Mutter wie die Studentin, die sie ja eigentlich auch ist. Ihr geblümtes Top hat zu viele Waschgänge durchgemacht.

»Ich dachte, du müsstest heute Abend arbeiten«, sage ich zu meiner Mom.

»Nun, das hier schien wichtig zu sein«, sagt sie. »Und deshalb schwänze ich.«

Das hier? Was genau ist *das hier*? Es fühlt sich irgendwie so an, als würde man in *Call of Duty* auf einen Hof hinauswandern und da lauern schon dreißig Kämpfer darauf, Kugeln auf dich hageln zu lassen. *Hinterhalt* nennt sich sowas.

»Deine Mutter und ich haben gerade darüber geredet, wie heimlichtuerisch du und Connor gewesen seid«, sagt Cynthia und tätschelt mein Knie.

Ich zwinge mich zu einem verkniffenen Grinsen und knirsche vor Entsetzen mit den Zähnen.

Larry kommt mit der neuen Flasche zurück, die er in ein edles Glasgefäß umgefüllt hat. »Keiner hat geahnt, wie nah ihr beiden euch wart«, sagt sie.

Verzweifelt suche ich nach einer Ablenkung. »Hier riecht was richtig gut.«

Cynthia schaut Richtung Küche. »Hühnchen Milanese.«

Ich spüre, wie meine Mom mich anstarrt. »Mir war nicht klar, dass du hier so viel Zeit verbringst.« Sie kann die Worte kaum durch ihr gepresstes Lächeln zwängen. Offenbar haben sie geredet, bevor wir aufgetaucht sind. Aber was genau wurde gesagt? Was weiß sie?

»Du hast viel gearbeitet«, sage ich.

»Warum hab ich nur gedacht, dass du immer bei Jared bist?«

Ich schaue weg. »Keine Ahnung.« Ich habe meinen Körper verlassen und sehe mir aus der Entfernung an, wie diese Szene sich entwickelt. Oder vielleicht wünsche ich mir das auch nur.

»Wir können Ihnen versichern, dass wir gut für ihn sorgen«, sagt Larry und schenkt meiner Mutter nach. »Wenn er bei uns ist, bekommt er immer eine gute Mahlzeit.«

»Wie schön.« Meine Mutter nippt ausgiebig.

»Evan hat mir all diese Stipendienwettbewerbe gezeigt, die Sie im Netz gefunden haben«, sagt Zoe. »Echt eindrucksvoll. Das sind ja irgendwie Tausende.«

Endlich eine Aussage, die meine Mom durchblicken kann. »Nun ja, Evan schreibt einfach toll.«

»Das glaube ich sofort«, sagt Larry.

Wenn sie weiterhin von mir reden, als wäre ich nicht da, dann kann ich vielleicht einfach aufstehen und weggehen. Ich bin mir nämlich sicher, dass ich nicht bleiben möchte.

»Letztes Jahr hat seine Englischlehrerin gesagt, er habe eine der besten Arbeiten über *Sulu* geschrieben, die sie je gelesen hat«, sagt meine Mom.

»Na, wenn das nichts ist!«, sagt Cynthia genauso stolz wie meine Mutter.

»*Sula* heißt das Buch.« Das hatte ich nicht laut sagen wollen.

»Sula? Was hab ich gesagt?«

»Sulu.« Ich gucke auf den Boden. Der Boden ist der einzig sichere Ort zum Hingucken.

»Ich glaube, Sulu ist eine Figur aus *Star Trek*«, sagt Larry. »Wenn ich mich recht erinnere.« Er lacht unschuldig und Zoe stimmt ein. Dann nimmt sie meine Hand, und ohne nachzudenken, ziehe ich sie weg. Ich will nicht, dass mich jetzt irgendjemand berührt.

Meine Mom starrt in ihren Wein. »Mein Fehler.«

Das hätte ich nicht tun sollen. Jetzt schäme ich mich dafür, dass ihr das peinlich ist. Eine unerträgliche Stille umklammert den Raum.

Zoe wechselt das Thema. »Da wir gerade von Stipendien reden …«

»Ich glaube, eine passendere Gelegenheit kann sich kaum bieten«, sagt Larry. »Cynthia, willst du …?«

»Nun«, sagt Cynthia und das Wort hinterlässt eine dramatische Delle in unseren Gehirnen. Ihren Wein stellt sie auf den Sofatisch. Was auch immer jetzt geschieht, ich kann es nicht verhindern.

»Zoe hat neulich zufällig davon gesprochen, dass Evan gewisse Schwierigkeiten hat«, sagt Cynthia. »Genauer gesagt, mit den finanziellen Belastungen, die wegen des College auf ihn zukommen. Und Larry und ich haben angefangen darüber nachzudenken. Wir waren in der glücklichen Lage, für unseren Sohn Geld zurücklegen zu können.«

Connor zu erwähnen, bringt sie ins Straucheln. Larry fasst ihre Hand. Ich fasse mich.

»Alles in Ordnung«, sagt sie und macht eine Atempause. » Heidi, als ich Sie heute Morgen angerufen und zum Essen eingeladen habe, wollte ich Ihnen vor allem danken, dass Sie ihrem Sohn erlaubt haben, in unser Leben zu treten. Er war ein lieber, lieber Freund unseres Connor und wir haben ihn einfach furchtbar lieb gewonnen.«

Larry und Zoe lachen wieder. Meine Mom bekommt ein kleines Lächeln zustande, weil sie nicht außen vor gelassen werden will, aber natürlich ist es dafür längst zu spät. Und mit dieser Tatsache schlägt sie sich gerade herum.

»Und mit Ihrem Einverständnis würden wir, Larry und ich – und natürlich Zoe –, würden wir Evan gern das Geld geben, das wir für unseren Sohn zurückgelegt haben, damit er es nutzen kann, um seine Träume zu erfüllen, so, wie er selbst Connor geholfen hat« – tiefes Durchatmen – »seine zu erfüllen.«

Ich spüre, wie meine Hand gedrückt wird. Ich rieche das Hühnchen im Ofen. Ich sehe die Silhouette eines unbekannten Tieres hinter Cynthias Kopf. Ich muss gleich kotzen.

»Wie findet ihr das?«, fragt Larry.

Ich finde, das ist die netteste, mitfühlendste, großzügigste Geste, die ich mir überhaupt vorstellen kann. Und sie ist auch die auf unanständigste Weise unverdiente.

Ich kann beinahe sehen, wie die rivalisierenden Gefühle meiner Mom einen Faustkampf austragen. Letztendlich gibt es keinen klaren Gewinner. Sie reagiert nur so darauf: »Wow, ich bin … ich weiß nicht, was ich sagen soll.«

Ich auch nicht.

»Es wäre so ein Geschenk für uns, wenn wir das für Evan tun könnten«, sagt Larry.

Cynthia pflichtet ihm bei. »Es wäre ein wunderbares Geschenk, Heidi.«

Ich sehe, wie sich die Gefühle meiner Mutter auf eine Seite schlagen. Ihr Gesicht ist hart geworden.

»Nun«, sagt meine Mom. »Vielen Dank, aber wir schaffen das schon. Ich mag ja nicht viel Geld haben, aber ich habe etwas.«

»Oh nein«, sagt Cynthia, »wir wollten doch nicht …«

»Nein, nein, ich verstehe das.« Meine Mom lässt ihr Weinglas los, so als wäre ihr plötzlich klar geworden, dass es voll Gift ist. »Ich bin nur … wir haben Geld. Es tut mir leid, dass Sie den Eindruck bekommen haben, wir hätten keines. Und wenn es nicht reicht, wird Evan entweder ein Stipendium bekommen oder wir nehmen Kredite auf oder er geht auf ein Community College. Daran ist auch nichts Schlechtes.«

»Überhaupt nichts«, sagt Larry.

»Ich glaube, das ist das Beste für uns. Ich will nicht, dass Evan glaubt, es sei in Ordnung, sich auf die Wohltätigkeit anderer Leute zu verlassen.«

»Das ist keine *Wohltätigkeit*«, sagt Larry.

»Na ja, aber, als seine Mutter, muss ich ihm doch beibringen, dass man von Fremden nicht einfach so was erwarten darf.«

»Wir sind keine Fremden«, sagt Cynthia.

Alle wenden sich ihr zu, an die Stelle ihrer Freude ist Schmerz getreten. Ob ich der Einzige bin, der den Dolch sehen kann, der in ihrem Herzen steckt?

»Natürlich nicht«, sagt meine Mom. Sie steht vom Sofa auf. »Danke für den Wein. Der war köstlich.«

»Warten Sie«, sagt Cynthia. »Sie bleiben nicht zum Essen?«

»Ich glaube, ich gehe doch besser zur Arbeit.«

»Oh nein«, sagt Cynthia.

»Ja.« Meine Mom starrt mich mit einem ihrer Dolchblicke an. »Wenn ich gewusst hätte, dass Evan sich so um unsere Finanzen sorgt, hätte ich mir von vornherein den Abend nicht freigenommen.«

Sie schnappt sich ihre Handtasche und ihr Handy fällt raus, das zwingt sie auf die Knie, weil sie es unter dem Sofatisch einsammeln muss. Alle gucken schweigend zu, wissen nicht, was sie tun oder sagen sollen. Es ist unerträglich, jede lange Sekunde, die es braucht, bis sie wieder aufgestanden ist, ihre verschossene Bluse glattgestrichen hat und sich endlich umdreht und aus dem Haus geht.

Und dann ist sie weg.

Und alle sehen mich an.

• • •

Später am selben Abend mache ich unsere Haustür auf. Im Wohnzimmer brennt Licht. Ich treffe meine Mutter auf dem Sofa an, immer noch in den Sachen, die sie zum Abendessen getragen hat. Sie liest nicht. Sie sieht nicht fern. Sie trinkt nicht. Bereitet sich nicht darauf vor, zur Arbeit zu gehen. Wartet nur.

Die Murphys haben sich schrecklich gefühlt, weil sie Mom beleidigt hatten. Cynthia wollte sie anrufen und sich entschuldigen. Ich hab ihr gesagt, das sei nicht nötig. Ich hab versucht zu erklären, wie gestresst sie in letzter Zeit war, mit der Arbeit und den Kursen und überhaupt, einfach nur richtig müde und überfordert (und was mir sonst noch an Adjektiven einfiel, die irgendwie plausibel waren, um ihren

Zustand zu beschreiben). Ich hab an ihrem Tisch gesessen, das Hühnchen Milanese in meinen unhungrigen Magen gequält und mein Bestes getan, um diese Mahlzeit durchzustehen.

»Er hat mir im Grunde einen Job im Notariat garantiert, wenn ich meinen Abschluss habe«, sagt meine Mom. Sie zieht an einem losen Faden ihrer Bluse. »Er hat mir seine Karte gegeben.«

Auf der Fahrt nach Hause hatte ich versucht, mir einzuschärfen, ruhig zu bleiben. Aber ich bin jetzt schon verärgert.

»Und? Was ist verkehrt daran? Bei dir klingt das so, als wäre es was Schlechtes.«

Endlich guckt meine Mom mich an. »Hast du irgendeine Vorstellung davon, wie demütigend das ist? Rauszufinden, dass der eigene Sohn so viel Zeit mit einer anderen Familie verbringt – und man weiß es nicht mal? Du hast mir erzählt, du wärest bei Jared.«

Ich zucke mit den Schultern. »Warum spielt das eine Rolle, wo ich bin, wenn du nicht hier bist?«

»Sie halten dich für ihren Sohn. Diese Leute.«

Ruhig bleiben ist nicht mehr möglich. »Sie sind nicht *diese Leute*, okay? Sie sind meine …«

»Was? Was sind sie?«

Ich weiß es nicht mal.

»Sie benehmen sich nämlich, als hätten sie dich adoptiert, als würde ich nicht existieren.«

»Sie kümmern sich um mich«, sage ich.

Jetzt kommt sie von der Couch hoch. »Sie sind nicht deine Eltern, Evan. Das ist nicht deine Familie.«

»Sie sind nett zu mir.«

»Oh, sie sind wirklich ganz, ganz wunderbare Leute.«

»Jap.«

»Sie kennen dich nicht.«

»Und du kennst mich?«

»Dachte ich jedenfalls.«

Die Enttäuschung in ihrer Stimme. Sie klingt wie diese in meinem Kopf, die nur ich hören kann. Die mich jeden Morgen beim Aufstehen und jeden Abend beim Zubettgehen an das erinnert, was ich bin. Ein Lügner.

Aber wenn ich so voll Scheiß bin, ist sie es auch.

»Was weißt du denn über mich, Mom? Du weißt gar nichts. Du siehst mich ja nicht mal.«

»Ich tue mein Bestes.«

»Sie mögen mich. Schwer zu glauben, ich weiß. Sie finden nicht, dass mit mir was nicht stimmt, dass ich in Ordnung gebracht werden muss, so, wie du das tust.«

Sie kommt näher. »Wann habe ich das jemals gesagt?«

Meint sie das ernst? Wo soll ich denn anfangen? »Ich muss zur Therapie gehen. Ich muss Medikamente nehmen …«

»Ich bin deine Mutter«, sagt sie sachlich. »Meine Aufgabe ist, für dich zu sorgen.«

»Ich weiß. Ich bin ja so eine Last. Ich bin das Schlimmste, was dir je passiert ist. Ich hab dein Leben ruiniert.«

»Guck mich an«, sagt sie und packt mein Gesicht ganz fest. »Du bist das einzig … das einzig Gute, was mir je passiert ist.«

Ihr Blick wird weicher. Ich soll jetzt nachgeben. Sie vom Haken lassen. Aber ich hab es so satt, meine Gefühle im Zaum zu halten, nur damit Platz für ihre ist.

»Es tut mir leid, dass ich dir nicht mehr als das geben kann«, sagt sie und verliert die Fassung.

Ich reiße mich von ihr los. »Ist nicht meine Schuld, dass andere Leute es können.«

Kapitel 24

Als hätten sie ein Gespenst gesehen. So schauen dort alle an der Bushaltestelle drein. Kann es sein, dass ich ihnen so hohl und substanzlos erscheine, wie ich mich innerlich fühle? Oder liegt es vielleicht nur daran, dass ich ein paar Wochen lang nicht hier mit ihnen zusammen gestanden habe, und jetzt sind sie überrascht, weil ich wieder da bin? Ich auch. Aber eigentlich auch wieder nicht.

Ich hab Zoe angelogen und ihr erzählt, ich würde heute Morgen keine Mitfahrgelegenheit zur Schule brauchen, weil meine Mutter mich hinbringen würde. Nach dem, was gestern Abend passiert ist, hat sie das ohne Weiteres geglaubt.

Ich habe nicht geschlafen. Ich konnte nicht. Der Morgen kam. Ich hab überlegt, ob ich die Schule schwänzen und unter der Decke bleiben soll. Dann hab ich mich zum Aufstehen gezwungen. Meine Mom war schon los zur Arbeit. Am Badezimmerspiegel, auf dem Küchentresen oder an der Haustür auf dem Weg nach draußen haben keine Zettel auf mich gewartet.

•••

Die ganze Englischstunde hindurch starre ich an die Decke, in Mathe geht es dann gut voran mit dem Loch, das ich durch meinen Tisch bohre.

Ich will nur allein sein, so, wie ich es immer gewesen bin. Ich will nicht belästigt, bemerkt oder befragt werden. Aber das ist einfach nur Wunschdenken.

Auf dem Weg zum Mittagessen stürzt sich Alana aus dem Nichts heraus auf mich. Offensichtlich hat sie hier vor der Cafeteria ihr Lager aufgeschlagen und auf meine Ankunft gewartet.

»Warum hat Connor sich umgebracht?«, fragt sie.

Alana ist immer total geschäftsmäßig, aber heute hat sie so was besonders Intensives, und ich wünschte, sie würde endlich mal ein einfaches Hallo zustande bringen, ehe sie von mir verlangt…

»Warte, *was* war das?«, frage ich.

»Es ging ihm besser«, sagt sie und hält einen Stapel Papier in den Händen. »Das hat er dir erzählt, in jeder E-Mail. Und dann, einen Monat später, bringt er sich um. Warum ergeben so viele Dinge in diesen Mails einfach keinen Sinn?«

»Weil die Dinge manchmal eben keinen Sinn ergeben, okay? Sie sind konfus und kompliziert.«

»Wie zum Beispiel, dass du mit Zoe gehst?« Sie guckt sich um und fügt hinzu: »Weißt du, was die Leute über dich sagen?«

Was sagen die Leute denn? Mir war nie der Gedanke gekommen, dass Leute über mich reden könnten. Es war so lange so was wie meine Werkseinstellung gewesen, unbemerkt zu bleiben. Plötzlich sehe ich meine Situation, wie ein Außenstehender sie sehen könnte: *Evan Hansen geht mit der Schwester seines besten Freundes, der erst ein paar Wochen tot ist.*

Scheiße, das schaut übel aus.

Ich versuche, mir den Gedanken aus dem Bewusstsein zu wischen, und sage zu Alana: »Warum bist du bloß so besessen von dieser Sache? Ich meine, du kanntest Connor nicht mal.«

»Weil es wichtig ist.«

»Wichtig, weil ihr Laborpartner wart? Oder weil, keine Ahnung, vielleicht weil es dir unter *Außerschulische Aktivitäten* Extrapunkte für deine Collegebewerbungen bringt?«

Alanas Gesichtsausdruck verwandelt sich in etwas, das ich bei ihr noch nie gesehen habe: Kapitulation.

»Wichtig«, sagt sie zitternd, »weil ich weiß, wie es ist, wenn man sich unsichtbar fühlt. Genau wie Connor. Unsichtbar und allein und so, als ob niemandem auffallen würde, wenn ich mich in Luft auflöse. Ich wette, du erinnerst dich auch noch an dieses Gefühl.«

Sie wartet darauf, dass ich etwas sage. Als ich es nicht tue, schüttelt sie den Kopf und geht weg.

Ich fühle mich nicht mehr hohl. Meine Brust hämmert, Schweiß steht mir auf der Stirn. Alana hat einen Urreflex in mir ausgelöst. Kampf oder Flucht. Ausnahmsweise bin ich mal zu Ersterem bereit.

Mein Blick sucht die Cafeteria nach Jared ab, ich entdecke ihn in der Essensschlange. Seit unserem Was-auch-immer-das-War neulich, haben wir nicht mehr miteinander geredet. Er braucht allem Anschein nach ewig, um endlich bis zur Kasse durchzukommen.

»Es müssen mehr E-Mails her«, sage ich zu ihm. »E-Mails, die beweisen, dass es Connor schlechter ging.«

Jared verdreht die Augen und lacht.

»Das ist nicht witzig«, sage ich.

»Oh, ich finde es zum Totlachen«, sagt Jared. »Alle anderen finden das wahrscheinlich auch zum Totlachen.«

»Was soll das jetzt heißen?«

»Das heißt, du solltest nicht vergessen, wer deine Freunde sind.«

Ich musste Jared praktisch anbetteln, mein Freund zu sein, und jetzt steht er hier, droht mir und tut so, als wären seine Gefühle verletzt? Er ist manipulativer, als ich je gedacht habe. »Du hast zu mir gesagt, du würdest nur wegen deiner Autoversicherung mit mir reden.«

Er zuckt die Achseln.

»Es ist sehr interessant«, sage ich.

»Was denn?«

»Die Sache mit deiner *israelische Freundin*«, ich hacke Anführungszeichen in die Luft, damit er mich ja versteht – »und deinen *Freunden aus dem Camp*? Ich hab dich nicht ein Mal einen ihrer Namen nennen hören.«

»Kann ich, wenn du drauf bestehst«, sagt Jared. »Worauf willst du hinaus?«

Ich trete dichter an ihn heran. »Vielleicht redest du ja nur mit mir, weil *du* keine anderen Freunde hast.«

Er lächelt, aber nicht überzeugend.

»Ich könnte allen alles erzählen.«

Er blufft. Wenn ich untergehe, geht er mit. Ich senke die Stimme. »Nur zu, Jared. Tu's.« Er reagiert nicht, also mache ich weiter. »Erzähl allen, wie du geholfen hast, Mails zu schreiben, in denen du vorgibst, ein Junge zu sein, der sich umgebracht hat.«

Sobald die Worte draußen sind, möchte ich die Zeit zurückdrehen und sie ungesagt machen. In der Vergangenheit hab ich oft überlegt, was es wohl brauchen würde, um Jared ein Mal sprachlos zu machen. Es tut mir leid, dass ich jetzt über die Antwort gestolpert bin.

»Du bist ein verdammtes Arschloch, Evan«, sagt er schließlich. In den Worten liegt mehr Schärfe als in seinem Ton.

Ausnahmsweise habe ich es ihm mit gleicher Münze heimgezahlt. Ich hatte gedacht, es würde sich besser anfühlen, derjenige zu sein, der austeilt, aber es ist fast so schlimm wie einzustecken. Ich sehe ihn davongehen, in den Schuhen, die ich grade erst abgelegt habe.

Gleichzeitig denke ich daran zu lächeln. Ich will allen, die uns beobachtet haben, versichern, dass es nicht mehr war als eine harmlose Kabbelei unter Freunden. Zu den Leuten, die zugesehen haben, gehört Zoe, die auf der anderen Seite des Raumes sitzt. Allem Anschein nach ist Flucht jetzt die einzige echte Option.

Irgendwie kann ich einen Fuß vor den anderen setzen, dann wende ich mich von ihr ab und gehe direkt zur Tür hinaus.

•••

Aber lange kann ich mich nicht vor Zoe verstecken. Nachdem ich sie den ganzen Tag gemieden habe, schickt sie mir abends eine Nachricht: *Ich stehe vor deinem Haus.*

Bisher war es immer ein Kinderspiel, mich in meinem Zimmer zu verstecken. Es ist noch gar nicht lange her, da gab es auf der ganzen Welt vielleicht einen Menschen, der mich suchen könnte. Und ziemlich häufig verlor mich sogar dieser Mensch, der mich zur Welt gebracht hatte, aus den Augen, und damit sank die Zahl auf Null. Doch in letzter Zeit fühle ich mich wie jemand, auf den ein Kopfgeld ausgesetzt ist.

Ich steige aus dem Bett und gucke zum Fenster raus. Ich sehe Zoe unter der Straßenlaterne leuchten, sie sitzt auf der Kofferraumhaube ihres blauen Volvo.

Nach einigem Zögern tippe ich eine Antwort: *Bin gleich bei dir!*

Das Ausrufungszeichen ist nur Show. Ich bin immer aufgeregt, wenn ich mich mit Zoe treffe, aber im Moment bin ich unter Schichten und aber Schichten von Furcht begraben, die weitere Abgeschiedenheit ratsam scheinen lassen.

Ich ziehe die Nachttischschublade auf und suche mein *Ativan*. Seltsamerweise wird mir beim Anblick meiner Medizin schlecht. So ein Mensch bin ich nicht mehr. Und ich will auch nicht dahin zurück. Ich stopfe das Glas wieder zurück in die Schublade.

Ich werfe den Zweifel ab und Augenblicke später trete ich aus dem Haus zu Zoe auf die Straße. »Hey«, sage ich und weiß nicht recht, ob ich sie reinbitten, in ihr Auto steigen oder sonst was soll.

Sie macht keine Anstalten, mich zu umarmen. Sie sitzt einfach nur da. Ich bleibe stehen, nehme den Abstand zwischen uns zur Kenntnis. Wie könnte da auch kein Abstand sein, nach dem, was gestern Abend passiert ist? Allerdings ist es eine Sache anzunehmen, dass Abstand da sein werde, und eine ganz andere, das bestätigt zu bekommen. Jetzt, wo ich es erfahre, kann ich es nicht ertragen.

»Was ist los?«, fragt sie. »Ich will es einfach wissen.«

Ich suche in ihrem Gesicht nach irgendeinem Hinweis, aber es ist ausdruckslos. »Was meinst du? Nichts ist los.«

»Nichts? Wirklich?«, sagt sie, plötzlich hat ihr Ton eine gewisse Schärfe.

Ich spüre, wie der Boden unter mir anfängt zu schwanken. »Stimmt was nicht?«

Sie lacht gezwungen. »Äh, ja. Du hast mich den ganzen Tag ignoriert. Das kapier ich nicht. Ich hab versucht, dir was Gutes zu tun – und dann, keine Ahnung, deine Mom rastet aus und …«

»Ja«, sage ich und atme aus. »Ich weiß.«

»Das ist nur irgendwie …«

»Was?«

»Komisch. Findest du das nicht auch?«

Ja? Nein? Vielleicht? Ich weiß wirklich nicht mehr, was ich denken soll.

Sie sieht, wie verwirrt ich bin. »Wir gehen jetzt schon eine Weile miteinander, und ich dachte, alles läuft, dass wir …« Sie zögert, schaut runter. »Deine Mom hatte keine Ahnung, wer ich bin. Wie ist das möglich? Hast du nicht ein einziges Mal von mir gesprochen?«

Es ist kompliziert. So kompliziert. »Meine Mom und ich … wir … so ist das nicht.«

»Wie ist das nicht, Evan? Ich hab immer wieder gesagt, dass ich sie gern kennenlernen will, und du hast immer sofort das Thema gewechselt. Was soll das? Erst hast du diese heimliche Freundschaft mit meinem Bruder – und jetzt bin ich deine heimliche Freundin? Ich hab es satt. Die ganze Zeit ignoriert zu werden.«

Ich möchte zu ihr gehen.

»Tut mir leid«, sage ich.

»Stopp ...«

»Echt, tut mir wirklich leid, ich wollte nicht ...«

»Hör auf damit! Kannst du das? Hör auf mit den Entschuldigungen!«

Ihre Worte hallen durch die Nachbarschaft. Ich möchte ihnen folgen, durch die Luft und einfach verschwinden.

Sie lässt den Kopf hängen und verfällt in Schweigen. Wenn sie gehen wollte, könnte sie jetzt sofort in ihr Auto steigen und losfahren. Aber das tut sie nicht. Sie ist immer noch hier.

Ich setze mich zu ihr auf den Kofferraum. Ein Windstoß raschelt in den Blättern einer Schwarzeiche. Ein Baum von dieser Höhe ist wahrscheinlich älter als unser Haus. Und so mächtig und stolz er auch wirkt, zittert er trotzdem im Wind.

»Es war so schwer«, sagt sie. »In diesen letzten Wochen.«

Ich weiß, wovon sie spricht. Es *ist* schwer gewesen. Ich will, dass sie mir alles über ihre Gefühle erzählt – was unsere Beziehung angeht, was mit uns passiert ist. Ich kann es besser machen, das schwöre ich. Wir können über das hier hinwegkommen.

»Ich ...«, beginnt sie.

»Du kannst es mir sagen.«

»Ich vermisse ihn einfach«, sagt Zoe. »Ohne ihn ist es nicht mehr dasselbe. Er konnte manchmal ein Arsch sein. Aber er fehlt mir trotzdem.«

Er. *Er*. Verdammt noch mal, und was ist mit mir?

Sie schaut mir in die Augen. »Fehlt er dir nicht?«

Ich war sein bester Freund. »Klar«, sage ich. »Klar fehlt er mir.«

Sie legt den Kopf auf meine Schulter. »Geh nicht.«

Nach Luft ringend sage ich zu ihr: »Tu ich nicht.«

»Nein. Niemals, meine ich.«

Ich schaue nach vorn in die schwarze Nacht.

Kapitel 25

Der Abend gestern hat mich fertig gemacht. Dazusitzen und zuzusehen, wie Zoe sich auflöst. Ihr nicht die Wahrheit sagen zu können. Das war die reine Qual.

Und dennoch bin ich bereit, den Schmerz zu ertragen, um sie behalten zu können. So viel bedeutet sie mir. Sie ist lieb und quirlig und witzig und schlau und leidenschaftlich und unsicher und ehrgeizig und flatterhaft und begabt. Sie hat eine Stimme und was zu sagen, und sie interessiert sich sogar für das, was ich zu sagen habe, auch wenn ich von Vögeln und Bäumen fasele. Sie findet meine Eigenheiten liebenswert. Sie findet es süß, wie ich mich kleide. Sie sagt, mein Zimmer habe einen *jungsigen Charme*. Es macht ihr nichts aus, meine verschwitzten Hände zu halten. Sie fordert mich heraus. Sie bringt mich dazu, es mir zweimal zu überlegen, ob ich mich bei jemandem entschuldigen will. Sie zwingt mich dazu, außer meinem üblichen *California-Röllchen* auch andere Sushis zu probieren. Sie möchte, dass wir unsere Halloweenkostüme aufeinander abstimmen. (Wir haben uns für Bonnie und Clyde entschieden, ich hab meinen Hut schon gekauft.) Sie gibt mir so ein Selbstvertrauen, dass ich Lust kriege, wieder mit dem Autofahren anzufangen. Sie will alles von mir wissen, wo ich wohne, wie ich als Baby ausgesehen habe, wer meine Mom ist. Sie macht sich sogar über meine Zukunft Gedanken. Sie hat versucht, ihre Eltern dazu zu bringen, meine Ausbildung zu bezahlen. Zoe und ich könnten auf demselben College landen.

Es gibt keinen Grund, warum wir nicht lange zusammen bleiben könnten. Früher fand ich immer, die Vorstellung von einer Seelenverwandten wäre das lächerlichste Gesülze überhaupt, aber vielleicht stimmt es ja nicht. Vielleicht ist das etwas, das über unsere Vorstellungskraft hinausgeht, und vielleicht ist Zoe die Einzige, die wirklich zu mir passt. Sie könnte meine Frau werden. Für sie würde ich alle meine Bedenken hinsichtlich der Ehe verwerfen, den trostlosen Scheidungsstatistiken und dem Beispiel meiner Eltern zum Trotz. Es gibt nichts, das ich für sie nicht tun würde.

Und nicht nur für sie. Für die Murphys auch. Sie haben mir so viel gegeben. Mit offenen Armen haben sie mich in ihr Haus und ihr Leben eingeladen. Ich bin überwältigt von ihrer Großzügigkeit, Unterstützung und Anerkennung. Von Larrys Ratschlägen, seinem Vertrauen. Von Cynthias Liebe. Ihrer Umarmung. Zoe hat mir selbst erzählt, wie gern ihre Mutter mich um sich hat. Wie *besessen* sie von dem ist, was ich getan habe. Dass ich Connor mitbringe, wenn ich komme.

Die Lügen. Egal, was ich mir einrede, den Lügen kann ich nie entkommen. Wenn ich doch nur einen Weg finden könnte, alles zu erklären. Vielleicht würden die Murphys es verstehen. Vielleicht würden alle es verstehen. Aber ich habe es in meinem Kopf durchgespielt, immer und immer wieder, dieses Völlig-reinen-Tisch-Machen, nichts ungesagt lassen, und jedes Mal, wenn ich es durchspiele, komme ich zu demselben furchterregenden Schluss: Es wird alles weg sein. Ich werde wieder da stehen, wo ich angefangen habe. Keine Murphys. Keine Zoe. Keine Freunde. Niemand. Nichts. Allein.

Und sie sind dann auch wieder allein. Allein mit demselben Nichts. Kein Trost. Keine Hoffnung. Sie wären all des Zuspruchs beraubt, den sie in diesen letzten paar Wochen bekommen haben. Sie wären wieder so wie bei unserer ersten Begegnung. Ehe wir diese Gemeinschaft von einsamen Seelen aufgebaut haben. Ehe alles sich zum Besseren gewandelt hat. Für uns alle.

Es wird Zeit, die Sache wieder in die Hand zu nehmen.

Ich setze mich im Bett auf und schicke Alana eine Nachricht, in der ich sie um einen Videochat bitte. Zum Glück ist sie immer erreichbar. Ob sie überhaupt je schläft, ist ungeklärt.

»Guten Morgen«, sage ich, als ihr Gesicht auf meinem Monitor erscheint.

»Ja?«, sagt sie. Sie macht sich nicht mal die Mühe, vom Schreibtisch aufzuschauen.

»Alana, ich bin ein schlechter Co-Vorsitzender gewesen und das tut mir leid. Du hast recht gehabt, auf alle Fälle. Aber jetzt bin ich wieder da. Ich hänge mich wieder rein und werde alles tun, um diese Sache zu einem Erfolg zu machen.« Denn die Alternative ist zu grauenerregend.

»Zu spät«, sagt Alana. »Bereits abgehakt.«

Das war nicht die Reaktion, die ich erwartet hatte. Es

dauert einen Moment, bis ich mich davon erholt habe. »*Abgehakt?* Was soll das heißen?«

Sie knallt ihren Stift auf den Tisch. »Du hast mir nur allzu klargemacht, dass du kein Interesse mehr daran hast, am Connor-Projekt teilzunehmen.«

»Doch, das habe ich. Ehrlich. Ich kann mehr Videos aufnehmen. Ich kann was für den Blog schreiben.«

»Das kann ich alles selber.«

»Aber es ist nicht dasselbe, wenn du es machst, Alana. Die Leute wollen hören, was *ich* zu sagen habe. Ich war sein bester Freund.«

»Weißt du, was, Evan? So langsam frage ich mich, ob das überhaupt wahr ist. Du sagst immer, dass ihr beste Freunde wart. Du hörst dich an wie eine Schallplatte mit einem Sprung. Aber keiner hat euch je zusammen gesehen. Keiner wusste, dass ihr Freunde wart.«

Ich fühle mich schwach. »Weil es ein Geheimnis war. Er wollte nicht, dass wir in der Schule miteinander reden.«

»Ich kenne die Geschichte, Evan«, sagt sie und wendet sich wieder der Arbeit auf ihrem Schreibtisch zu. »Wir kennen die Geschichte alle. Wir haben sie zigtausendmal gehört.«

»Aber … du hast die E-Mails gesehen.«

Alana lacht spöttisch. »Weißt du eigentlich, wie leicht es ist, einen falschen E-Mail-Account einzurichten und E-Mails zurückzudatieren? Ich weiß es jedenfalls.«

Meine Brust schnürt sich zusammen, das Atmen fällt mir schwer. Ich versuche, Luft einzusaugen, kann aber nicht genug bekommen.

Was auch immer Alana in meinem Gesicht sieht, lockt ein

Krümelchen Mitleid hervor. »Hör mal, Evan, das Connor-Projekt weiß deinen Beitrag zu schätzen, aber leider wird es Zeit, dass unsere Wege sich trennen. Ich bin die Vorsitzende einer Organisation, die zurzeit noch ... warte ... vierzehntausend Dollar an Spenden aufbringen muss, und ich fürchte, mehr Zeit kann ich nicht verschwenden. Mach's gut.«

»Alana! Warte! Ich kann beweisen, dass wir Freunde waren.«

Ihr Finger erstarrt über der Tastatur, ihre Neugier gewinnt die Oberhand. »Wie?«

Ich verkleinere das Chatfenster und suche die Datei in meinem Computer.

»Hier«, sage ich und schicke sie zu ihr rüber.

Ich beobachte ihre Augen, als sie das Dokument öffnet und erkennt, was es ist.

»Wenn wir keine Freunde waren«, sage ich, »warum hat er dann seinen Abschiedsbrief an mich geschickt?«

»Oh mein Gott.«

»Glaubst du mir jetzt?«

Sie liest ihn laut vor: »Lieber Evan Hansen, es hat sich herausgestellt, dass dies doch kein ganz fantastischer Tag gewesen ist. Das wird auch keine ganz fantastische Woche oder ein ganz fantastisches Jahr werden.«

Diese Worte sind nie leicht zu verdauen. Im Moment kann ich sie nicht mal schlucken. Sie ersticken mich. »Diesen Brief darfst du keinem zeigen, okay? Das darf sonst keiner sehen.«

»Das ist *genau das*, was die Leute sehen müssen«, sagt Alana mit einer neuen Wildheit im Blick. »Wir brauchen etwas, das wieder Aufmerksamkeit erzeugt.«

Ich bin raus aus dem Bett, laufe mit meinem Laptop herum, zittere am ganzen Körper. »Kannst du das bitte löschen?«

Sie tippt emsig, hört kaum hin. »Bedeutet es dir etwas, die Apfelplantage wieder aufzubauen? Das ist der beste Weg, Connors Träume wahr werden zu lassen.«

»Nein, Alana, ist es nicht. Bitte.«

Eine Nachricht erscheint, wie angewurzelt bleibe ich stehen. Oben auf meinem Bildschirm taucht eine Meldung auf, die mich darüber informiert, dass Alana Beck der Connor-Projekt-Community gerade etwas gepostet hat. Mit zitterndem Finger klicke ich den Link an und sofort gerate ich in eine brandneue Realität – ein riesiger Asteroid hat die Erde getroffen.

»Du hast das ins Netz gestellt!«

Ich bete aus tiefstem Herzen, dass dort oben auf dem Bildschirm nur eine private Nachricht steht, die von der Öffentlichkeit nicht wahrgenommen werden kann.

Alana hat eine Einleitung für den Brief geschrieben.

Connors Brief ist eine Botschaft an uns alle. Teile sie mit so vielen Leuten, wie du nur kannst. Poste sie überall. Wenn du dich je so allein gefühlt hast wie Connor, dann denke bitte darüber nach, die Connor-Murphy-Gedächtnis-Plantage *mit einer Spende zu unterstützen. Kein Betrag ist zu klein.*

»Alana, du verstehst das nicht«, sage ich Luft schnappend. »Du musst das sofort rausnehmen. Bitte, bitte, lösch das.«

Sie kann mich nicht hören.

»Alana!«

Sie löst sich in Luft auf.

Ich setze mich hin. Das Bett unter mir gibt mir keinen Halt. Nichts ist stark genug, um meinen Sturz abzufangen.

Ich aktualisiere meinen Computer. Ich kann nicht anders. Die Reaktionen strömen herein, eine Springflut. Ohne Ende.

Haben die Leute das gesehen?
Connor Murphys Abschiedsbrief.

Das ist der echte, der ist authentisch

Weiterleiten

Die ganze Welt soll das sehen

Teile das mit allen, die du kennst.
Deshalb ist die Apfelplantage so wichtig, Leute

Ich habe gerade fünfzig Dollar für die
Plantage gespendet und ich finde, alle anderen
sollten so viel geben, wie sie können

Weiterposten

Er hat seinen Abschiedsbrief an Evan Hansen geschickt,
weil er wusste, dass es seinen Eltern scheißegal war.

Seine Eltern sind übrigens irre reich

Weiterleiten

Teilen

Like

Fünf

Zwanzig

Hier ist ein Hunderter

Vielleicht hätten sie ihr Geld lieber dafür ausgeben sollen,
ihrem Sohn zu helfen, statt

Bitte weitertweeten

Evan Hansen war der Einzige,
der überhaupt was mitgekriegt hat

Favorit

Teilen

Weiterleiten

»Alle meine Hoffnung hängt an Zoe«

Zoe ist eine eingebildete Zicke.
Glaub mir, ich gehe mit ihr zur Schule

Teilen

Weiterleiten

Zehn Dollar

Ich hab eben noch mal fünfzig beigesteuert

Hab einundvierzig gegeben. So alt wäre meine Tochter heute,
wenn sie sich nicht das Leben genommen hätte

Fast geschafft

Verbreitet das weiter

Larry Murphy ist ein Wirtschaftsanwalt,
der sich nur für Kohle interessiert

Cynthia Murphy ist eine dieser widerwärtigen Frauen

Noch hundertsechzig Dollar und
die Finanzierung für die Plantage steht.

Scheiß auf die Murphys

Die sollen fühlen, was Connor gefühlt hat

Leute, ich liebe euch

Oh mein Gott, wir liegen zweihundert
Dollar über unserem Ziel

Ihr Haus ist am Ende der Sackgasse –
das mit der roten Tür

Zoes Fenster ist rechts.
Das Gartentor hinten ist nicht abgeschlossen.

Zoes Handynummer, wenn meine Infos stimmen

Ich hab zwanzig gegeben

Ich sag ja nicht, dass ihr was Ungesetzliches tun sollt

Rund um die Uhr, Tag und Nacht

Tausend

Klingelt an der Haustür

Ruft an, bis jemand rangeht

Wie lange sitze ich hier schon mit angehaltenem Atem?

Ich klappe meinen Laptop zu und suche nach meiner Mom. Sie ist nicht zu Hause. Große Überraschung.

Ich sinke auf den Boden. Die Last von allem, der ganzen Welt, geht auf mich nieder. Es gibt keinen Ausweg. Kein Versteck. Der Boden unter mir grummelt. Perfektes Timing für ein Erdbeben. Ich verdiene es, von der Erde verschluckt zu werden.

Ich setze mich auf und mache die wahre Quelle des Grummelns aus. Zoe ruft an. Mit zitternder Hand nehme ich den Anruf entgegen.

»Kannst du rüberkommen?«, sagt sie. »Ich hab echt Angst.«

Ich weiß nicht, wie ich aufstehen, mich zusammenreißen und zu den Murphys rüberkommen soll. Ich glaube, das pack ich nicht.

Aber. Zoe braucht mich.

»Selbstverständlich«, sage ich. »Selbstverständlich mache ich das. Ich bin gleich da.«

•••

»Ich verstehe das nicht«, sagt Cynthia, die sich durch die zahllosen Kommentare auf ihrem Tablet scrollt. »Woher haben die Connors Brief?«

Larry geht langsam in der Küche auf und ab, er schüttelt den Kopf, hin und her, hin und her. »Das weiß ich nicht.«

Ich sitze Zoe und ihrer Mutter am Tisch gegenüber, mein Fuß presslufthämmert auf die Fliesen. Draußen ist es jetzt dunkel, obwohl es bestimmt noch Nachmittag war, als ich hier ankam. Bis jetzt habe ich nur still dagesessen und zugesehen, wie die Murphys sich damit herumschlagen, die Geschichte und die negativen Anwürfe auf sie zu verstehen, die sich jetzt online entspinnen. Ich habe moralische Unterstützung geleistet, nicht mit Worten, einfach nur durch meine Anwesenheit. Indem ich Zoes Hand gehalten habe. Oder genickt, wenn ich angesprochen wurde. Aber jetzt wird es Zeit für mich, etwas zu sagen, obwohl ich kein Vertrauen in die Funktionsfähigkeit meiner Stimme habe.

»Ich habe versucht, Alana anzurufen. Sie geht nicht ran.«

»Einige dieser Leute sind Erwachsene«, sagt Cynthia. Sie beachtet mich nicht und zeigt ihrem Mann das Tablet. »Siehst du ihre Profilfotos? Die da sind erwachsen.«

Zoe liest auch Kommentare auf ihrem Laptop. Ihre Augen sind total leer geweint. Als ich kam, war es ziemlich offensichtlich, dass sie geweint hatte, aber jetzt sind ihre Wangen trocken, so als wäre sie abgestumpft gegen die Wutlawine, die auf sie einstürzt.

Alanas Post hat sich verbreitet und anscheinend jeden erreicht. Ich suche immer noch nach einem Ausgang. Ich kann keinen finden.

Ein Telefon klingelt, keiner rührt sich.

»Lasst es klingeln«, sagt Larry.

Zoe ignoriert ihren Vater und geht ran. »Hallo?«

Wir stehen alle bereit.

»Zoe?«, sagt Larry. »Wer ist da?«

»Viel Spaß mit deinem miesen Leben«, sagt Zoe und beendet das Gespräch.

Larry will das Telefon haben. »Lass mich die Nummer sehen.«

»Sie ist unterdrückt, Dad. Kümmere dich nicht drum.«

Cynthias Wange zuckt. »Was haben die zu dir gesagt?«

»Spielt keine Rolle«, sagt Zoe.

»Haben sie dir gedroht?«, sagt Larry.

»Spielt keine Rolle«, wiederholt Zoe.

Gestern Abend habe ich in ihr eine tiefe und klare Traurigkeit bemerkt. Dies hier ist was viel Unergründlicheres. Eine Mischung aus Furcht, Müdigkeit und Verzweiflung und, ja, Traurigkeit, die es ihr unmöglich macht, irgendwas zu empfinden.

»Das reicht«, sagt Cynthia. Sie schaltet ihr Tablet aus. »Ich rufe die Polizei.« Sie steht auf und fängt an, in ihrer Handtasche zu kramen.

»Nicht doch, warte eine Weile«, sagt Larry. »Ich bin sicher, das geht vorüber.«

»Das ist immer deine Lösung, nicht wahr? Abwarten.«

»Hab ich das gesagt, Cynthia?«

Zoe fleht sie an aufzuhören, aber sie reagieren nicht auf sie – vielleicht können sie einfach nicht anders.

»Abwarten und sehen, was passiert«, sagt Cynthia, die ihr Handy inzwischen gefunden hat. »Lass uns einfach abwarten und sehen, was passiert. Stimmt doch, Larry?«

»Was soll die Polizei denn machen? Was erwartest du? Das ist das Internet? Sollen sie das Internet festnehmen?«

»Ich musste dich anflehen, bei jedem Schritt.«

»Jetzt mach mal halblang.« Larry hebt protestierend die Hände.

»Ich musste dich anflehen«, sagte Cynthia. »Um die Therapie, um die Entgiftung …«

»Du bist von einem Wunderheilungsversprechen zum nächsten getaumelt.«

Cynthia lacht zornig. »Wunderheilung? Wirklich? So nennst du das?«

»Weil er ja nur noch ein Wochenend-Yoga-Retreat für zwanzigtausend Dollar brauchte.«

»Was war deine Alternative, Larry? Außer alles zu zerpflücken, was ich gemacht hab?«

»Ihn in eine Maßnahme zu geben und sie durchzuziehen«, sagt Larry. Er geht weg.

Zoe macht den Mund auf. »Nein, Dad, du wolltest ihn bestrafen.«

»Hör deiner Tochter zu, Larry.«

»Du hast ihn behandelt wie einen Verbrecher«, sagt Zoe.

Larry stellt sich an die Bar und schenkt sich was zu trinken ein.

»Hörst du ihr zu?«, sagt Cynthia.

»Glaubst du etwa, du warst irgendwie besser, Mom?«, sagt Zoe. »Du hast Connor einfach machen lassen, was immer er wollte.«

»Danke«, sagt Larry auf der anderen Seite des Raumes.

Dieses Haus brennt. Das ist mein Werk. Ich hab es angezündet. So was hab ich nicht gewollt. Ich wollte ihnen nur helfen. Das hier war mein Zufluchtsort. Unwahrscheinlich, aber wahr. Ein Ort, an den ich kommen und mich sicher, angenommen und willkommen fühlen konnte. Jetzt zerbirst er vor meinen Augen. Und versinkt in Kummer, Angst und Ungewissheit. Er ist wie ich geworden.

Cynthia geht auf ihren Mann los. »Erinnerst du dich noch daran, was du gesagt hast, als er zum ersten Mal damit gedroht hat, sich umzubringen?«

»Oh, um Himmels willen«, sagt Larry.

»Er will bloß Aufmerksamkeit.«

»Ich werde hier nicht stehen und mich verteidigen«, sagt Larry, der sich ans Fenster zurückzieht.

Cynthia lässt nicht locker. »Es ging ihm besser. Frag Evan. Sag's ihm, Evan.«

Ich? Mein Fuß hört auf zu hämmern. Ich versuche zu sprechen, etwas zu sagen. *Versuche, versuche, versuche:* Meine Schallplatte hat 'nen Sprung.

»Evan hat alles in seiner Macht Stehende getan, um ihm zu helfen«, sagt Cynthia. »So sehr hat *er* sich gekümmert.«

Sie stellt mich als Helden hin, aber unter meiner Maske steckt ein Monster.

»Evan wollte nicht wahrhaben, was sich da direkt vor ihm abspielte«, sagt Larry.

»Jetzt zieh ihn da nicht noch weiter mit rein«, sagt Zoe.

»Du glaubst, er wäre mir egal gewesen?«, fragt Larry zum Fenster gewandt. »Es mag dir schwerfallen, es zu glauben, aber ich habe ihn genauso sehr geliebt wie du.«

Das berührt *mich*, aber nicht Cynthia. »Und was ist mit dem Brief, Larry?« Sie holt ihn aus der Schublade und legt ihn auf den Tisch. »Da steht es. *Ich wünschte,* alles *wäre anders.* Er wollte anders sein. Er wollte sich bessern.«

Larry dreht sich wieder um. »Ich hab es so gut gemacht, wie ich konnte. Ich hab versucht, ihm nach meinem besten Wissen zu helfen – und wenn das nicht gut genug …«

Ich starre vor mich hin. Höre zu. Höre nicht zu. In meiner Trance registriere ich das Objekt mitten auf dem Tisch kaum, auf dem Tisch, an dem ich seit über einer Stunde sitze, dem Tisch, an den ich gegen jede Wahrscheinlichkeit und jeden Verstand wochenlang Abend für Abend eingeladen worden bin. Ich sehe das Objekt nicht – und dann sehe ich es ganz deutlich. Das ist der Ursprung von allem. Das Ding, das mich zu dem Lügner gemacht hat, der ich bin: ein Apfel.

Die Äpfel ruhen in derselben Kupferschale, in der ich sie zum ersten Mal gesehen habe. Sie sind anders als jene, die ich vor so vielen Wochen betrachtet habe, und ihre Bedeutung hat sich verändert. Sie waren einmal der glückbringende Ursprung einer Lüge. Jetzt könnten sie mich nicht brutaler an die Wahrheit erinnern.

Neben der Schale mit den Äpfeln liegt mein Brief. Mein Blick fällt auf den letzten Absatz: *Ich wünschte, alles wäre anders.*

Ich wende mich ab. Ich kann den Anblick nicht ertragen. Meinen nicht. Dessen, was ich getan habe. *Was hab ich nur getan?*

»Er hat versucht, sich zu bessern«, sagt Cynthia. »Er hat es versucht.«

Ein Kribbeln, es fängt in meinem Innersten an.

»Und er ist gescheitert«, kontert Larry.

Es kribbelt durch meine Knochen, mein Blut, meine Haut.

Cynthia haut mit der Faust auf den Tisch. »*Wir* haben *ihn* im Stich gelassen.«

»Nein.«

Das Geräusch meiner Stimme erschreckt uns alle.

Alle verstummen.

Augen flackern, das macht es schwer, was zu erkennen. Es gibt nur einen Versager hier. Einen kolossalen Versager. Nicht sie. Sie niemals. Das hier haben sie nicht verdient.

»Ihr habt ihn nicht im Stich gelassen.«

Das kommt als Flüstern daher. Wenn ich die Kraft hätte, würde ich es brüllen.

Ich wollte ihnen doch nur Frieden bringen. Den gleichen Frieden, den ich bei ihnen gefunden habe. Das Gefühl, dass ich irgendwo hingehöre. Dass ich einen Wert habe. Das haben sie mir gegeben. Mir.

Cynthia nimmt den Brief in die Hand. Dieser verdammte Brief. »Sieh dir an, was er geschrieben hat.«

Nein. Genug! Dieses Gefühl in meiner Brust, diese enorme Masse aus Schmerz wächst und wächst und wächst. Ich kann sie nicht länger in mir verschließen, diese Schuld, den Schmerz und die Angst, sie dringen mir in den Schlund, umklammern meine Eingeweide, vereinnahmen mich ganz und gar.

Das Kribbeln ist nun zu einem totalen Zittern geworden, mein ganzer Körper wird davon geschüttelt.

Mit so etwas in mir kann ich nicht weitermachen.

Versuchen, scheitern, *versuchen*. Ich schließe die Augen und sage nur …

»Er hat das nicht geschrieben.«

Ich halte den Atem an, will die Zeit anhalten, denke, wenn ich die Luft nur ewig in den Lungen festhalte, dann muss ich mich dem, was jetzt kommt, vielleicht nicht stellen. Aber ich atme, weil ich schwach bin und es muss, und ich mache die Augen auf und alle gucken mich an und ich weiß, es hat angefangen: das Ende von allem. Aber jetzt gibt es keinen anderen Weg mehr.

Ich spreche es laut aus: »Ich hab das geschrieben.«

Eine Hand legt sich mir auf den Rücken, Cynthias Hand. Ich weiche vor ihr zurück, schäme mich und wünsche mir auch, sie möge niemals loslassen. Wie kann die Berührung einer Mutter so was bewirken? Helfen und schmerzen auf einmal?

»Du hast Connors Abschiedsbrief nicht geschrieben, Evan.«

Das Undenkbare. Wer könnte so was glauben? Wer könnte so was tun?

Diese arme Frau, ihr Vertrauen in mich. Der Gedanke daran brennt mir in den Augen. Ein Tropfen. Und dann noch einer. Die Masse im Inneren tropft heraus.

Ich atme. Ich versuche zu atmen. »Das war ein … das war eine Aufgabe, von meinem Therapeuten.« Ich schnappe nach Luft. »Schreib einen Brief an dich selbst. Aufmunternde Worte. *Lieber Evan Hansen, das wird heute ein ganz fantastischer Tag, und ich sage dir auch, warum …*«

Larry lehnt sich mit forschendem Blick über den Tisch. »Ich glaube … ich versteh das nicht.«

Ich versuche, mein Zittern unter Kontrolle zu bekommen und die Kraft zu finden, ihm zu antworten, diesem Mann, der mir mal seine sanfte Hand auf die Schulter gelegt hat. »Ich sollte den Brief zu meinem Termin mitbringen. Connor hat ihn mir weggenommen. Er muss ihn noch bei sich gehabt haben, als … als ihr ihn gefunden habt.«

Larry setzt sich hin, sinkt in seinem Stuhl zusammen. Sein Verstand kann das nicht verarbeiten.

»Was redest du da?«, fragt Zoe. Ihre Stimme tut am meisten weh, trifft mich im tiefsten Inneren. Ich wische mir die Nase, die Augen. Streifen auf meinem Hemd. »Connor und ich … waren keine Freunde.«

»Nein«, sagt Cynthia, die das nicht glauben will. »Nein.«

Ich bin eine Krankheit. Eine schluchzende, zitternde Pest, die diese unschuldigen, guten Menschen infiziert.

»Da waren E-Mails«, sagt Cynthia. »Du hast uns die E-Mails gezeigt.«

Eine Märchenbuchfreundschaft. Eine traurige Erfindung.

»Du wusstest von der Apfelplantage«, sagt Larry.

»Da hast du dir den Arm gebrochen«, sagt Cynthia.

Ein Netz von Lügen, Stück um Stück gewoben, hängt jetzt in Fetzen um mich herum. Weil die Wahrheit zu sehr wehtat. Keine lustige Geschichte, überhaupt nicht. Nein, wirklich passiert ist das hier: »Ich hab mir den Arm im Ellison Nationalpark gebrochen. Allein.«

Allein, und ich hab mich einsam gefühlt und war nicht in der Lage …

Cynthia steht auf. »Nein, an diesem Tag in der Apfelplantage, du und Connor in der Plantage …«

Sie sieht mich an, sieht mich wirklich an, und mehr ist nicht nötig.

»Oh Gott«, sagt sie.

Ich sehe sie zerfallen.

Zoe: »Aber du hast mir erzählt, dass er … dass ihr beide über mich geredet habt und dass er dann immer …«

Das zerbricht mich von Neuem und ich bin schon in Trümmern.

»Wie konntest du das nur tun?«

Diese Qual in ihr. Ich sehe zu, wie das letzte Stück des Hauses, das ich liebe, zu Asche zerfällt.

Zoe springt vom Tisch auf. Cynthia läuft ihr hinterher.

Jetzt ist nur noch Larry da. Ich warte darauf, dass er mich zerquetscht, so, wie ich es verdient habe. Ich will, dass es passiert. Ich sehne mich danach. Ich warte, aber nach einer Weile hat er nur eines zu sagen.

»Bitte, geh.«

Es ist das Bitte, das mich vernichtet.

VIII

Ich folge ihm nach draußen. Er schlurft die Auffahrt runter auf die Straße. Bleibt da stehen, mitten auf der Straße, läuft dann im Kreis herum, redet mit sich selbst, murmelt. Was er sagt, kann ich nicht hören. Erst, als ich näher herankomme.

Was hast du getan? Was hast du verdammt noch mal getan?

Ich kenne das so gut. Der Augenblick der Abrechnung nach dem schlimmsten Fehler. Das Kreuzfeuer aus Reue, Hilflosigkeit, Verzweiflung, Hass und so weiter und so weiter. Ein Tsunami der Selbstgeißelung.

Er rauft sich die Haare, packt ganze Büschel davon, schlägt sich auf den eigenen Schädel.

Nein. Nein. Nein. Nein.

Ein tollwütiges Tier.

Was zum Teufel stimmt denn nicht mit mir?

Ich hab mir genau die gleichen Fragen gestellt. Mach ich immer noch.

Ich wende mich wieder zum Haus um. Er hat alles rausgelassen. Was er mit sich rumgeschleppt hat. Alles. Aber er ist immer noch nicht frei. Er muss noch mit sich selbst fertigwerden. Das ist immer das Schwerste.

Er geht in die Hocke, setzt sich auf die Straße, genau in die Mitte. Sieht unheimlich aus. Vertraut. Inszeniert wie eine Opferung.

Ich drehe mich um, halte nach Autos Ausschau. Es ist dunkel hier, keine Straßenbeleuchtung. Die Schatten verbergen uns. Ich fühle mich gezwungen, es zu versuchen.

Steh auf, sage ich.

Wenn der Schmerz in dir ist, ist er in dir. Er folgt dir überallhin. Davor wegrennen geht nicht. Auslöschen geht nicht. Wegschieben geht nicht, er kommt nur wieder. Ich seh das inzwischen so – nach allem, was passiert ist –, vielleicht gibt es nur eine Art, ihn zu überleben. Lass ihn zu. Lass ihn dir wehtun. Und zögere nicht. Am Ende holt er dich sowieso ein. Warum dann nicht jetzt gleich?

Ich bücke mich, geh ganz nah ran an sein Gesicht. Ich versuche, ihn zu erreichen. So, wie mich mal einer zu erreichen versucht hat.

Das ist der letzte Instinkt, den wir haben. Und das Schwierigste überhaupt. Beinahe unmöglich. Aber trotzdem gibt es nur diese eine Möglichkeit:

Nimm es an, sage ich.

Ich konnte das nicht.

Hörst du mich? Evan? Du machst das jetzt so: Du stehst auf. Und du nimmst es an.

Kapitel 26

Eine Erscheinung. Als ich in ein Gemisch aus Licht und Nacht starre, nehme ich eine Erscheinung wahr. Es ist dieselbe, die ich schon mal gesehen habe, eine Geschichte, die ich erzählt hab, eine, die wahr geworden ist für mich, und sich irgendwie immer noch wahr anfühlt, obwohl sie es nicht ist. Ich bin am Boden, mal wieder, warte auf Hilfe, brauche sie, bin allein, hilflos und leer, und die Person, die in meine Vorstellung tritt, ist wieder – er.

Er ist gekommen, um mich zu holen.

Ich blinzele, erinnere mich daran, wo ich bin, mitten auf der Straße. Ich nehme das sich nähernde Scheinwerferpaar wahr. Wie leicht wäre es, hier sitzen zu bleiben und nichts zu tun. Weiterhin im Dunkeln verborgen bleiben, mich vom nächsten Augenblick mitnehmen lassen. Und alle Qualen sind vorüber.

Ich bin ausgelaugt, auch das letzte bisschen Energie ist verbraucht, aber ich zwinge mich aufzustehen. Auf keinen Fall will ich, dass die Murphys von einem schrecklichen Unfall vor ihrem Haus geweckt werden. Eine weitere Tragödie, mit der sie fertigwerden müssten, nach all dem Leid, Schmerz und Elend, das ich verursacht habe. Sie sollen etwas finden, das irgendeine Ähnlichkeit mit Frieden hat, wenn nicht heute Nacht, dann bald. Sehr, sehr bald.

Für mich gibt es nur Krieg in meinem Inneren, eine tobende Schlacht, deren Ende nicht in Sicht ist. Einverstanden. Ich weiß, dass ich jede grauenhafte Minute davon verdiene.

Ich trete in den Rinnstein, das Auto fährt vorbei. Ich lehne mich an einen Baum am Straßenrand. Ein Baum. Noch so ein Scheißbaum. Die sind überall, diese in den Himmel ragenden Mahnungen.

Ich bin allein, so, wie ich es verdient habe. So, wie es für mich bestimmt ist. Ein Scheißnichts. Unwürdig bis ins Mark. Wie konnte ich mir nur einbilden, dass ich irgendwas verdient hätte, das schon fast so was ist wie Glück? Akzeptanz? Und dann noch andere dazu verleiten, das auch zu glauben? Wie widerlich und erbärmlich ist es, mir etwas so ungeheuer, so verzweifelt zu wünschen, dass ich dafür die abscheulichsten Dinge zu tun bereit bin. Ich bin kaputt. Ein schadhaftes Stück, das nirgendwo hinpasst und sich nie ins Ganze einfügen lassen wird. Ich hab versucht, mich als mehr auszugeben, aber jetzt sehen sie mich als das, was ich bin. Immer gewesen bin.

Mein Handy vibriert in der Tasche. Es ist meine Mom. Sie schreibt mir eine Nachricht nach der anderen, fleht mich an, sie anzurufen.

Ich drehe mich um und bohre meine Krallen in den Baumstamm, drücke die Stirn in die Borke, hoffe, mir die Haut wund zu scheuern. Anders als an jenem Tag will ich jetzt den Baum am liebsten umreißen und ihn auf mich drauf fallen lassen. Ich bin durch mit dem Klettern. Ich fall doch nur runter.

Fallen. Wahnsinn. Ich mach es immer noch. Erzähle Geschichten. Auch jetzt noch, während ich allein auf einer dunklen Straße stehe, keine Seele weit und breit, kann ich nicht mal ehrlich *mit mir selbst* sein. Werde ich das je schaffen? Es existieren nämlich nicht verschiedene Versionen der Geschichte. Es gibt nur eine Version. Eine Geschichte. Die Wahrheit.

Ich schaue am Baum hoch, folge den Ästen himmelwärts zu den Sternen.

»Die Wahrheit.«

Ich hab's laut ausgesprochen – und ich dachte, mir wären die Tränen ausgegangen. Die Sterne verschwimmen und wirbeln in nassen Pfützen herum.

Es ist keine gute Geschichte.

Akzeptier's endlich.

Ich hab dieses Schild gereinigt. Das blöde Schild.

WILLKOMMEN IM ELLISON NATIONALPARK. GEGRÜNDET 1927. Ich hab so viel da reingesteckt, dachte, es würde ihm gefallen, meinem Dad, dass er stolz sein würde oder so. Ich hab ihm ein Foto geschickt von meiner Arbeit. Seine Reaktion? Er hatte etwas, das er mir mitteilen wollte. Etwas ganz Besonderes. Seine eigene Leistung. Er hat ein Bild zurückgeschickt. Eines von diesen Ultraschallbildern. Und eine Nachricht: *Sag Hallo zu deinem Bruder.*

Alles, was ich tat. Alles, was ich war. Es hatte überhaupt keine Bedeutung.

Ich hab diese unglaublich hohe Eiche gesehen und hab

angefangen zu klettern. Ich wollte sehen, wie die Welt von da oben aussieht. Ich war schließlich ziemlich weit oben und schaute in alle Richtungen. Ich konnte über die Baumwipfel sehen, über das Wohnviertel hinweg. Ich konnte Gebäude in der Innenstadt sehen. Einen Funkmast. All das konnte ich sehen, mehr als je zuvor, so viel Weite – aber ich, ich fühlte mich genau wie sonst auch, eingezwängt von allem. Und da hab ich dann nach unten geguckt. Mir wurde klar, wie weit oben ich war. Und den Wipfel des Baumes hatte ich noch nicht mal erreicht. Da war noch immer ein Stück zu klettern. Aber ich hatte genug gesehen. Ich sah den Boden unter mir, so weit unten. Ich schaute noch einmal hoch, schaute mir noch einmal die ganze Welt an, sie war wunderschön, das wusste ich, aber ich würde nie ein Teil von ihr sein. In diesem Moment – es ging ganz schnell – lockerte ich einfach meinen Griff und …

Ich wurde auf dem Boden wieder wach, dachte, ich wäre tot. Dann spürte ich den Schmerz. Mein Arm war taub. Ich konnte mich nicht rühren. Vermutlich war das der Schock, weil ich es tatsächlich getan hatte, weil ich versucht hatte, es zu tun – und weil ich so elend gescheitert war. Halb Erleichterung, halb Ekel, und immer noch ganz allein. Ich wollte, dass jemand mich fand. Für mich da war. Mir half. Ich wartete. *Jede Sekunde. Nur noch eine Sekunde – dann kommen sie.* Ich hab so lange gewartet. Der Park war noch nicht geöffnet. Es war keiner da …

Ich bin aufgestanden und zurück zum Hauptgebäude gegangen. Ich konnte Ranger Gus nicht erzählen, was passiert war. Was ich zu tun versucht hatte. Leute, die so was tun, die werden nicht Ranger. Es würde doch nicht alles vorbei sein.

Und dann war da meine Mom. Ich könnte ihr nicht unter die Augen treten. Ich wusste nicht, wie.

Das wird jetzt auch nicht leichter sein.

Aber wo soll ich sonst hin?

Ich gehe weg von der Straße und dem Baum, trete auf den Bürgersteig, mache mich auf den Weg.

•••

»Ich möchte zu meiner Mutter«, sage ich der Frau an der Rezeption.

»Wie ist der Name der Patientin?«, fragt sie, die Finger schon auf der Tastatur.

»Sie arbeitet hier. Sie heißt Heidi Hansen. Ich bin ihr Sohn.«

Die Frau schaut auf.

»Können Sie sie bitten, hier runterzukommen?«

Sie mustert mich. »Klar.«

Ich trete zur Seite.

Es könnte sein, dass meine Mom das Krankenhaus bereits verlassen hat und zu ihrem Abendkurs gegangen ist. Ich hätte ihr vorher eine Nachricht schreiben oder anrufen können, aber das hätte zu viel Erklärung erfordert und mir sind die Worte ausgegangen. Die letzten paar, die ich zu den Murphys gesagt habe, haben mir kaum genug Energie für den Weg zum Krankenhaus übrig gelassen.

Ich höre die panische Stimme meiner Mutter. »Wo ist er?«

Die Frau am Tresen zeigt auf mich. Der flackernde Blick meiner Mutter kommt zur Ruhe, als sie mich in einem Stück vorfindet. Auf mich hat es die entgegengesetzte Wirkung, sie zu sehen: Ich verliere nun doch die Nerven.

»Oh, Schatz«, sagt sie, als sie bei mir ist.

Sie lotst uns nach draußen auf den Hof und zu einer Bank. Ich versuche, mich zusammenzureißen. Abgesehen von einem Hausmeister, der eine neue Mülltüte in eine Tonne legt, sind wir allein hier draußen. Ich beobachte, wie der Hausmeister die Tüte über den Rand der Tonne zieht. Er zerrt seine klapprige Karre über den Beton und wieder zurück ins Krankenhaus.

Sie rubbelt mir den Rücken und ermutigt mich zu atmen.

Lange Minuten vergehen.

»Rede mit mir«, sagt sie.

Es ist kein Befehl. Es ist eine Fußmatte, auf der *Willkommen* steht. Ich muss nur darauf zugehen. Zu ihr.

»Ich hab den Brief im Netz gesehen«, sagt sie. »Den Brief, den Connor Murphy …«

Ich nicke.

»Er ist überall auf Facebook. *Lieber Evan Hansen*, zitiert sie. »Hast du … *du* hast ihn geschrieben? Den Brief?«

Ich schäme mich, natürlich, aber ich bin auch erleichtert. Wenn sie die Sache mit dem Brief nicht allein erraten hätte, dann hätte ich sie ihr erzählen müssen.

»Und ich hab absolut nichts davon geahnt«, sagt sie.

Und jetzt schäme ich mich erst so richtig. Sie sollte wirklich die Letzte sein, die sich was vorwirft. Hier hat nur einer von uns Fehler gemacht. »Das hat keiner gewusst.«

»Nein, Schatz, das hab ich nicht gemeint. Ich wollte sagen … ich wusste nicht … ich wusste nicht, dass du solchen Schmerz empfunden hast. Dass du dich so gefühlt hast … wie konnte ich das nicht wissen?«

Endlich wird mir klar, worüber sie redet. »Weil ich es dir

nie gesagt habe.« Ich konnte es mir nicht mal selber eingestehen. Es hat so unheimlich lange gedauert, bis ich meinen Weg zurück zur Wahrheit gefunden habe.

Sie drückt meine Hand. »Das hätte nicht nötig sein sollen.«

»Ich hab gelogen. Über so viele Sachen. Nicht nur Connor. Letzten Sommer, als ich …«

Mir bleibt die Luft weg.

»Ich hab mich einfach so allein gefühlt …«

Ich taste nach den schwersten Worten.

»Du kannst es mir erzählen«, sagt sie.

Ich schüttele den Kopf. »Das kann ich nicht. Du wirst mich hassen.«

»Oh, Evan. Das werde ich nicht.«

»Solltest du aber. Wenn du wüsstest, was ich zu tun versucht habe. Wenn du wüsstest, wer ich bin. Wie kaputt ich bin.«

»Ich kenne dich schon. Ich kenne dich besser als irgendjemanden sonst. Und ich liebe dich.«

Wie kann sie mich kennen, wenn ich mich nicht mal selber kenne? Was ich sage, was ich denke, ich kann gar nicht entscheiden, was davon echt und was ausgedacht ist. Immer wieder versuche ich, mich selber zu erreichen. Wie kann das sein, wenn ich schon hier bin, in meiner eigenen Haut herumlaufe? Manchmal überlege ich, ob ich vielleicht noch immer unter dieser Eiche liege, die ganze Zeit geschlafen habe und alles, was geschehen ist, war ein Traum.

»Es tut mir so leid.«

Ich weiß nicht mal genau, wofür ich mich entschuldige. Für alles, was ich gesagt habe und nicht sagen konnte. Für alles, was ich getan habe und nicht tun konnte. Für alles. Für jede einzelne Sache, für jedes Detail.

Sie nimmt mein Schweigen in sich auf, scheint dessen Ausmaß zu verstehen. »Ich kann dir versprechen, dass sich all das eines Tages anfühlen wird, als sei es sehr lange her.«

Eine Mutter muss solche Sachen sagen. Nicht klar ist ihr: Dies hier wird mich für den Rest meines Lebens verfolgen.

»Erinnerst du dich noch an den Tag, an dem dein Dad vorbeikam, um seine Sachen zu holen?«, fragt sie.

Okay, wenn sie über meinen Dad redet, dann weiß ich, dass es wirklich schlimm steht.

»Er war ein paar Wochen vorher ausgezogen. *Vorübergehend* haben wir gesagt. Dein Vater und ich waren beide nervös, wie du es aufnehmen würdest, wenn du siehst, wie all sein Zeug aus dem Haus getragen wird. Aber du warst so aufgeregt, als du den großen Umzugswagen in der Auffahrt gesehen hast, dass du es kaum zu merken schienst. Wir haben dich auf den Fahrersitz gesetzt und wir durften dich da nicht wieder runterholen. Das war ein Fest für dich da oben.«

Schwer vorzustellen.

»Und dann, ein paar Stunden später, dein Vater war weg, der Möbelwagen war weg, da kam es schließlich bei dir an. Da waren nur noch du und ich, ganz allein in dem großen Haus. Du warst verstört, klar, und das hab ich natürlich verstanden, völlig. Und dann, später am selben Abend, hab ich dich zu Bett gebracht und du hast mich was gefragt.«

»Was?«

»Du wolltest wissen: *Kommt da noch ein Lastwagen? Einer, der Mommy wegbringt?* Und das hat mich fertiggemacht.

Und ich wusste, ganz egal, wie sehr ich mich auch bemühe oder wie stark ich es mir wünsche, ich werde nicht immer für dich da sein können. Ich wusste, ich konnte es unmöglich schaffen – und genau so war es auch. So ist es immer noch. Aber die Antwort, die ich dir damals gegeben habe, ist dieselbe, die ich dir jetzt und an jedem Tag in der Zukunft geben werde.« Sie schaut mir in die Augen und hebt mein Kinn an. »Deine Mutter bleibt hier. Du wirst mich nicht los, mein Schatz.«

Und *sie* wird mich nicht los, kaputt wie ich bin.

Obwohl es vermutlich genau genommen eine Wahl ist, hier bei mir zu sein. Mein Vater hat eine andere Wahl getroffen. Wenn meine Mutter wollte, könnte sie weggehen. Vielleicht vergesse ich das manchmal.

Als ich ihr das Schild am Park gezeigt habe, das ich angemalt hatte, hat sie buchstäblich gekreischt, so beeindruckt war sie. Mein blödes Schild. Mit dem gibt sie noch immer an vor anderen Leuten.

»Lass uns irgendwo hingehen«, sagt sie. »Die Fahrt deines Lebens ist längst überfällig.«

Dieser seltsame Satz kann nur aus einem Horoskop sein. »Hast du keinen Kurs?«

Sie wedelt mit der Hand in der Luft herum und vertreibt diese lachhafte Bemerkung. Heute Abend ist vielleicht ein Kurs, aber nicht für meine Mom. Wir stehen auf und gehen los.

Sie lässt sich nicht unterkriegen, macht eine gute Miene. Keine Ahnung, wie sie das schafft.

»Hungrig?«, fragt sie.

»Nein.«

»Nicht mal auf Pfannkuchen?«

»Nicht mal auf Pfannkuchen.«

Ich werde nie wieder essen.

»Wo willst du hin?«, fragt sie. »Ich fahr dich hin, wohin du willst.«

Ich halte uns die Tür auf. »Ich will nur nach Hause.«

•••

Wie ein Gespenst wabere ich auf dem Beifahrersitz von Moms Auto herum. Den Sitz unter mir spüre ich kaum, die Straße vor mir sehe ich nicht und meine Lungen können keine Luft aufnehmen. Aber das Leben geht weiter. Wie sonst lässt es sich erklären, dass ich vom Krankenhaus bis zu unserer Auffahrt gelangt bin.

Meine Mom parkt das Auto, aber ich bin noch nicht bereit, ins Haus zu gehen.

»Ich glaub, ich bleib hier noch eine Weile sitzen«, sage ich.

»Okay.«

»Lass die Schlüssel hier. Ich schließe ab.«

Sie guckt rüber. Keine Ahnung, wonach sie sucht, aber ich lasse sie sehen, was immer sie sehen muss. Meine Augen geben ihr eine Art Versprechen.

Sie reicht mir die Schlüssel und nimmt ihre Sachen. Ich beobachte, wie sie den Weg entlang und ins Haus geht. Unser Haus. Wir sind hierhergekommen, vor vielen Jahren, auf der Suche nach einem Neuanfang.

Der Fahrersitz ist jetzt leer. Es ist lange her, seit ich es das letzte Mal versucht habe. Ich rutsche auf den Sitz, den Platz meiner Mutter.

Ich berühre das Lenkrad, streiche die Finger über den

weichen Bogen. Dann lege ich die Hände auf die Position neun und drei und packe fest zu.

Ich stelle den Sitz bequemer ein, strecke das Bein aus, teste das Pedal. Zuerst drücke ich es leicht herunter, dann mit Kraft.

Vor zehn Jahren hab ich in einer anderen Auffahrt, auf einem anderen Fahrersitz gesessen. Was wäre gewesen, wenn er mich mitgenommen hätte? Wo wäre ich jetzt?

Im Schlafzimmer bewegt sich ein Schatten. Der Raum daneben ist der, in dem alle meine Tage beginnen und enden. Viele Nächte ist es her, da dachte ich, ich hätte auf der Straße Connor stehen sehen, der zu meinem Fenster hochguckte. Manchmal fühlt sich seine Gegenwart so real an, so nah, ich kann mich nicht überzeugen, dass er es nicht gewesen ist in jener Nacht – oder in den folgenden Nächten. Obwohl ich weiß, dass es nicht sein kann.

Aber heute Abend bin ich derjenige, der hochschaut. Meine Kopfkamera zoomt heran, klettert zur ersten Etage unseres Hauses und in das Zimmer, das ich so gut kenne. Jeden Zentimeter davon. Was sich da drin und darunter verbirgt. An der Wand hängt eine Landkarte. Auf der waren einmal Ziele markiert. Orte zum Hinreisen. Träume. Jetzt ist sie kahl.

Eine große, leere Fläche.

IX

Das Haus ist still. Genau wie an jenem Tag. Nur war meine Familie nicht oben, so wie jetzt. An jenem Tag, meinem letzten Tag, war ich hier ganz allein.

Miguel und ich hatten seit dem Tag, als ich sein Haus verlassen hatte, nicht mehr miteinander gesprochen. Unmittelbar danach hatte er mir ein paar Nachrichten geschickt. Ich hab nie geantwortet und er hat aufgehört zu fragen.

Das war der längste Sommer meines Lebens. Ich konnte nicht essen. Konnte nicht lesen. Konnte nicht still sitzen. Konnte nicht mal schlafen, ohne jede Menge Hilfsmittel. Nachts bin ich immer in den Park hinter unserem Haus gegangen, hab mir was reingezogen, zu den Sternen hoch geguckt. Nach Antworten gesucht. Warum ich so war, wie ich war – so kaputt. Und so allein, mal wieder.

Ich konnte Miguel, oder was wir gehabt hatten, nicht abschütteln. All diese Gefühle, Schmerz und Hass und noch mehr Schmerz. Ich hab ihn gezeichnet auf meinem Skizzenblock, dieses Muttermal an seinem Hals, und das Blatt dann zerstört. Unseren letzten Tag zusammen habe ich so viele Male durchgespielt. Er wollte mich sehen. Aber es gab an mir Stellen, die zum Herzeigen zu dunkel waren. Stellen, die ihm nicht gefallen würden. Stellen, die ihn in die Flucht schlagen würden. Wenn überhaupt, dann hab ich nur das Unvermeidliche vermieden. Er hätte mich verlassen, wenn ich ihn nicht zuerst verlassen hätte.

Dann, nach so vielen Tagen, die ich allein verbracht habe, bin ich plötzlich in der Schule. Es hatte irgendwas damit zu tun, wieder an diesem Ort zu sein. Aus einer Laune heraus beschloss ich, zu ihm Kontakt aufzunehmen. Ich schickte eine Nachricht:

Erste Tage sind das Letzte. Hoffentlich lähmt dich Mr Nielsens Morgenatem nicht.

Ich wartete auf eine Antwort. Mrs Coughlin erwischte mich, als ich das Handy benutzte. Meckerte mich an. Aber als ich das nächste Mal nachgucken konnte, hatte ich eine Nachricht von ihm: ein Daumen-hoch-Emoji. *Hä?* Ich hab versucht, das zu interpretieren. Ein komisches Gefühl blieb. Fast so, als wäre ihm das alles egal.

Dann lief der Tag, wie er lief. Die Sache mit Evan in der Mittagspause. Dann später mit seinem Brief. Ich kam mir vor, wie von einem Schwarm verschluckt. Umgeben von all diesen Leuten und irgendwie noch einsamer als je zuvor. Keiner von denen hat mich gesehen oder kannte mich. Den Einzigen, der es je getan hat, hatte ich weggestoßen.

Ich lief aus der Schule, hatte das Gefühl zu fallen. Ganz schnell. Aber dann sah ich es, auf meinem Handy: dieses Daumen-Hoch. Plötzlich sah es anders aus für mich. Wie in einem neuen Licht. Wie ein Hoffnungsschimmer. Eine Brücke zu ihm. Zu dem, was ich aufgegeben hatte. Vielleicht war das doch nicht so eine miese Antwort gewesen. Schließlich hatte ich ihm ja nicht viel gegeben, worauf er antworten konnte. Ich hab mich ja nicht gerade weit aus dem Fenster gehängt. Das hab ich nicht ein einziges Mal getan. Nie hab ich ihm meinen Rohzustand gezeigt. Das wäre zu riskant gewesen. Und jetzt, aus dem Blauen heraus, bekommt er eine Nachricht von mir, die erste seit Monaten. Kann man ihm nicht zum Vorwurf machen, dass er verhalten reagiert.

Ich war derjenige, der dieses Schweigen geschaffen hatte. Ich hab damit angefangen. Und jetzt könnte ich es genauso schnell einfach beenden. Wenn nur …

An einer Straßenecke schicke ich Miguel noch eine Nachricht. Das Schreiben ist qualvoll. Das Gefühl noch qualvoller. Aber die Worte waren die einfachsten, die ich kannte.

Ich vermisse dich.

Ich habe mich entblößt. Kein Raum für Missverständnisse. Das fühle ich. Ich – ganz nackt.

Ich hab gewartet. Bald tauchten auf meinem Display drei tänzelnde Punkte in einer weißen Denkblase auf. Eine Antwort war im Entstehen. Meine Nerven in Hochspannung.

Voller Erwartung. Meine kaputte Seele wurde geflickt. Und dann, genauso plötzlich, waren die Punkte wieder weg.

Ich wartete auf seine Nachricht. Ich wartete. Aber sie kam nie.

All die Angst, mit der ich gelebt hatte …

Scheiß drauf, hatte er immer gesagt. Vielleicht hatte ich ihn ja immer missverstanden. Vielleicht hatte er mir gar nicht beistehen wollen gegen die Welt. Vielleicht war das einfach sein Motto für alle. Alle – außer ihn selbst. Scheiß drauf. Ja. Okay. Scheiß auf ihn.

Ich hab geweint. So sehr. Ich hatte niemanden. Nichts. Ich war nichts. Ich schwor damit Schluss zu machen. Mit dem Schmerz.

Der Rest ist verschwommen …

Ich hab einen Typen angerufen, den ich aus der Klinik kannte. Er hat mir besorgt, was ich brauchte.

Ich habe Miguel aus meiner Vergangenheit getilgt. Die Fotos von meinem Handy gelöscht. (Die, aus denen ich ihn noch nicht rausgeschnitten hatte.) Seine Nachrichten gelöscht. Seinen Namen aus meinen Kontakten gestrichen.

Ich bin ins Haus gegangen. In mein Zimmer. Ich habe die Tür abgeschlossen.

(Ich konnte es nicht an mich ranlassen.)

(Ich hab versucht, mich zu betäuben, den Schmerz zu betäuben, ohne mir darüber klar zu sein, dass er immer wiederkommt.)

(Er kommt immer wieder.)

(Lass ihn zu.)

Jetzt, im selben Haus, höre ich Lachen. Ich kann es deutlich hören, es kommt von oben.

Ich folge dem Geräusch. Unsere Wendeltreppe hoch. Den Flur entlang. Auf ein Licht zu. Eine offene Tür. Mein Zimmer.

Meine Mutter sitzt auf meinem Bett. Ein verblassendes Lächeln. Auf ihrem Schoß liegt mein aufgeschlagener Skizzenblock.

Mein Vater kommt. Er betritt den Raum, schaut ihr über die Schulter.

Er ist witzig, sagt sie. *Er hatte immer einen scharfen Humor. Er hat Witze geliebt. Schon damals als kleiner Junge. Weißt du das noch?*

Natürlich, sagt er.

Warum ist der Hase über die Straße gelaufen? Darauf hatte er tausend Antworten. Eines Tages hat er zu mir gesagt, Mom, warum ist das Kaninchen über die Straße gelaufen? Weil es beweisen wollte, dass es kein Angsthase war.

Meine Mutter starrt auf den Skizzenblock. *Ich hab mich immer hier reingeschlichen, alles durchsucht. Nach einem Hinweis, irgendwas. Ich hab diesen Block durchgeblättert, ich kann gar nicht sagen, wie oft. Aber ich hab mir eigentlich nie angeschaut, was drauf war. Ich meine, so richtig angeschaut. Ich hab nichts gesehen.*

Du hast getan, was du konntest.

Es hat nicht gereicht.

Keiner macht dir einen Vorwurf.

Aber ich tu das.

Aber ich nicht.

Keiner hat Schuld. Und alle haben sie.

(An jenem Tag, in seinem Zimmer, hat er vor mir gestanden. Vielleicht, wenn ich …)

Ich lasse sie aneinandergeklammert dasitzen. Es wird Zeit zu gehen. Ein letztes Mal wandere ich durchs Haus. Überall Erinnerungen.

In der Küche: Cynthia und ihre Regeln. Keine Töpfe und Pfannen in die Spülmaschine. Dasselbe gilt für Schüsseln, Kellen, Pfannenheber. *Das darf aber alles in die Spülmaschine,* sage ich ihr. Sie wollte nur bestimmte Sachen darin: Gläser, Teller, Bestecke. Alles andere wurde auf der Arbeitsfläche aufgetürmt. Sie stand immer am Spülbecken. Die Hände in dicken Gummihandschuhen. Schrubbte vor sich hin. Ein Teil nach dem anderen. Schrubben.

Im Wohnzimmer: zwei Punkte an der Decke. Wir haben immer gesagt, das sind Nippel, Zoe und ich. Der Witz war, dass im Zimmer darüber jemand hingefallen war und mit seiner Brust Abdrücke hinterlassen hatte. Ergab überhaupt keinen Sinn.

Im Badezimmer: Der Türrahmen hat zwei unterschiedliche Weißtöne. Die linke Seite musste ersetzt werden. Ich bin mit dem Hammer drauflosgegangen. Weiß nicht mehr, warum. (Danach hat mein Vater sein Werkzeug weggeschlossen.)

In der Garage: ein zweiter Kühlschrank, in dem Larry seine Craft-Biere und tiefgefrorenen Leckereien aufbewahrt. Boxen mit Etiketten auf den Regalen. Alles tipptopp. Abgesehen von diesem Farbklecks auf dem Boden. In der Form eines Ungeheuers. Larry war stinkwütend, als der auftauchte. Er hat jedes Reinigungsmittel ausprobiert. Das Farbungeheuer hatte einen Farbton, der auch in Zoes Malsachen zu finden war. Sie hat geschworen, dass sie es nicht war. Ich auch nicht, obwohl alle das annahmen. Wie auch immer, bis zum heutigen Tag ist das eins dieser Familienmysterien.

In Larrys Büro: Papierkram auf dem Schreibtisch. Verträge. Eine Illustration mit meinem Namen darauf: *Die Connor-Murphy-Gedächtnis-Plantage.* Anmerkungen meines Vaters am Rand. Ich betrachte seine Handschrift. Er schließt seine gs und ds nicht. Ich mache es genauso.

Im Garten: Unser Pool ist für den Winter abgedeckt. *Er muss seine überschüssige Energie loswerden,* hat einer der Ärzte gesagt. Und deshalb haben sich mich im Schwimmverein angemeldet. Zoe hat meine Zeiten gestoppt. Ich hab sie gebeten, mich mit deutschem Akzent anzubrüllen. Hat sie auch gemacht. So viel Training – und ich bin schon vor dem ersten Wettbewerb ausgestiegen.

Ich trete auf den Rasen. Da ist diese eine Erinnerung. An unser altes Haus. Unser Garten war viel kleiner als dieser. Ein Junge aus der Nachbarschaft war zu Besuch. Ich hab einen Stein aufgehoben. Einen großen, wie eine Kartoffel. Ich hab so getan, als wollte ich ihn werfen. Meine Hand war nass. Der Stein ist rausgeflutscht. Ich hab seine Bahn durch die Luft verfolgt, mit Grauen. *Rums.* Mitten ins Gesicht. Er hat sich gekrümmt. Ich hab ihm nicht geholfen. Ich war erstarrt. Hatte solche Angst. Er ist nach Hause gerannt, würgend, hustend. Ich hab mich ins Gras fallen lassen. Konnte mich nicht bewegen.

Später ist seine Mutter auf meine losgegangen und hat ihr erfolgreich eingeredet: *Mit Ihrem Sohn stimmt was nicht.*

Ich lenke meine Aufmerksamkeit gen Himmel. Eine klare Nacht. Sterne sind zu sehen. Wo genau sind die, diese Sterne? Sie sind weg, aber immer noch da. Erloschen, doch sie leuchten hell. Ein Widerspruch. Wie kann das sein? Vielleicht bin ich jetzt wie einer dieser Sterne. Ich habe einen Platz im Universum, nur nicht mehr hier. Wie kann es nur so enden? Ich versuche zu verfolgen, wie das passiert, das alles. Trotzdem begreife ich kein bisschen.

Ich mache den Abgang.

EPILOG

Auf einer Bank beginne ich einen neuen Brief:

Lieber Evan Hansen,

So fangen alle meine Briefe an. Routine hat etwas Tröstliches.

Das wird heute ein ganz fantastischer Tag – und ich verrate dir auch, warum.

Nach all dieser Zeit, über ein Jahr jetzt, egal, wie viele Briefe ich schreibe, bereitet mir das, was jetzt kommt, immer Probleme. Selbst an einem normalen Tag, wenn mich nichts besonders beschäftigt, ist es schwer genug. Aber der Tag heute ist nicht normal. Der Tag heute verlangt feinfühligste Antworten.

Denn heute, ganz egal, was noch passiert, bist du einfach du. Kein Verstecken. Keine Lügen. Nur du. Und das ist absolut genug.

Das Ich, das ich bin, ist nicht das Ich, das ich war. Ebenso wie das Ich, das ich bin, nicht das Ich ist, das ich sein werde. Diese Versionen von mir selbst kann ich nicht ändern oder vorhersagen. Ich weiß nicht mal genau, ob ich Einfluss auf das gegenwärtige Ich habe. Aber es ist alles, was ich habe. Wahrscheinlich sollte ich es nicht bekämpfen.

Das erinnert mich an das Sprichwort: *Der Apfel fällt nicht weit vom Stamm.* Ich glaube, das bedeutet, wir sind bloß Produkte derer, die uns gemacht haben, und haben nicht viel Eigenständiges. Die Sache ist die, wenn Leute diesen Spruch benutzen, achten sie nicht auf das Entscheidende: das Fallen. In diesem Sprichwort fällt der Apfel jedes Mal. Nichtfallen ist keine Option. Wenn der Apfel also fallen muss, ist die wichtigste Frage, die ich im Sinn habe: Was passiert mit ihm, wenn er auf den Boden trifft? Kommt er ohne eine Schramme runter? Oder zerplatzt er beim Aufprall? Zwei völlig unterschiedliche Schicksale. Wenn man drüber nachdenkt, ist es doch wohl egal, wie nah der Apfel dem Stamm ist oder von welcher Sorte Baum er abstammt. Wie wir landen ist von entscheidender Bedeutung.

•••

Einen Schultag. Länger hat meine Mutter mich nicht schwänzen lassen. Am nächsten Tag tauchte ich an der Bushaltestelle auf und zu meiner Überraschung hörte ich kein Geflüster. Kein Anstarren auf der Fahrt zur Schule. Keine komischen Blicke auf dem Flur. Jemand warf mir ein »Glückwunsch« zu. Ich begriff nicht, was er meinte, erst später, als ich Alana über den Weg lief.

Sie schlang die Arme um mich. »Wir haben es geschafft«, sagte sie mit Tränen in den Augen.

»Wir?«, fragte ich.

»Ja, *wir.* Komm schon, sei nicht nachtragend. Ich weiß, ich hab dir damit gedroht, dich aus dem Connor-Projekt rauszuschmeißen, aber ich musste so deutlich werden mit dir. Ohne liebevolle Strenge hättest du mir Connors Brief nie geschickt und die Plantage hätte nicht finanziert werden können.«

Die Spendenaktion. Die hatte ich völlig vergessen.

»Alana. Wir müssen reden.«

»Auf jeden Fall. Wir haben massenhaft Arbeit. Wenn es vorangehen soll, müssen wir beide am selben Strang ziehen. In allen Belangen. Wie eine richtige Doppelspitze, okay? Evan, ich brauche dich. Connor braucht dich.«

Die Wahrheit war noch nicht ans Licht gekommen. Ich dachte mir, ich sollte derjenige sein, der es Alana sagt, solange ich noch die Möglichkeit dazu habe. Es war nur eine Frage der Zeit, bis die Murphys mein Geständnis öffentlich machen würden. »Hast du heute nach der Schule Zeit?«

»Also, *das* ist die Leidenschaft, die mir gefehlt hat«, sagte Alana. »Auf jeden Fall. Ich schreibe dir später, wann.«

Im Verlauf des Tages verlor ich dann den Mut. Zum Teil zauderte ich wegen Jared, der ja auch in diese Sache verwickelt war. Außerdem hatte ich Alana seit Wochen nicht so glücklich gesehen, und das lag nur am Erfolg unserer Spendenkampagne. Wir hatten fast sechzigtausend Dollar zusammengekriegt. Würden die Leute ihr Geld zurückverlangen, wenn die Wahrheit herauskam? Würden sie mehr verlangen als eine Rückzahlung? Und mich verklagen? Immerhin hatten meine Lügen sie dazu gebracht, überhaupt was zu spenden.

An diesem Nachmittag, beim Videochat, präsentierte Alana mir sämtliche Aufgaben, die wir zu erledigen hatten. Die Plantage musste gekauft werden. Es war im Gespräch, dass wir zum eingetragenen Verein werden sollten, um von Steuerzahlungen befreit zu werden. Wir brauchten die Hilfe aller möglichen Experten: Makler, Buchhalter, Architekten, Obstbauern, Landschaftsgärtner, Anwälte. Nein, einen Anwalt brauchten wir nicht, wenn wir es recht überlegten, Larry hatte sich bereit erklärt, all unsere rechtlichen Angelegenheiten kostenlos zu regeln, aber das war vorher gewesen.

»Und wir dürfen unsere Unterstützer nicht vergessen«, sagte Alana, als sie ans Ende ihrer langen Liste kam. »Wir haben Hunderte von Dankschreiben zu verfassen und zu verschicken, von den persönlichen Preisen für die Großspender will ich gar nicht erst reden. Da wir gerade beim Thema sind, du hast versprochen, mit jemandem zum Mittagessen zu gehen. Schick mir deinen Terminkalender, dann gucken wir mal, wann es passt.«

Alana hatte zahllose Stunden darauf verwendet, unseren Traum wahr werden zu lassen. Und wie es jetzt aussah, war alles umsonst gewesen, Zeitverschwendung, und ich war schuld. »Alana, ich hab dir was zu sagen.«

»Selbstverständlich. Ich bin offen für alle deine Vorschläge. Ich weiß, ich kann schon mal ein Kontrollfreak sein, aber ich hab meine Lektion gelernt. Wir sind *gemeinsam* stärker als allein.«

Das war vielleicht irgendwann mal wahr, jetzt aber nicht mehr. Wenn das Connor-Projekt überhaupt Aussicht auf Fortführung hatte, dann ohne mich. Ich konnte den Mut nicht finden, mein Innerstes nach außen zu kehren. Aber es gab etwas anderes, das ich tun konnte.

»Ich will nicht mehr Teil des Connor-Projekts sein«, sage ich. »Ich bin fertig damit.«

Sie wartete auf eine Pointe, die niemals kam. »Was redest du da?«

»Tut mir leid.«

»Moment mal, du meinst das ernst?«

Sie war so weit weg von mir, nur ein Bild auf dem Monitor, aber ich konnte ihr trotzdem nicht in die Augen schauen.

»Du hörst auf?«, sagte Alana. »Kaum hab ich alles mit dir durchgesprochen – und jetzt was? Ist das schon zu viel für dich? Willst du mich einfach so im Stich lassen? Was für ein Mensch macht denn so was?«

»Ein schlechter Mensch.«

»Ja, ein schlechter Mensch. Ein schwacher … und … passiver Mensch.«

Das konnte ich nicht abstreiten.

»Ich hab es gewusst«, sagte Alana. Ihre Brille beschlug. »Ich hätte dich schon lange rausschmeißen sollen. Gib es zu, du warst nie mit ganzem Herzen bei der Sache. Du hast mich ausgenutzt, das hast du gemacht. Du hast mich und das Connor-Projekt ausgenutzt. Du hast da alles rausgezogen, was du haben wolltest, und dich kümmert es nicht, wer auf der Strecke bleibt. Das ist einfach …«

»Monströs.«

Ich beobachtete, wie die Erkenntnis in ihr Bewusstsein drang. Alana war immer so durchorganisiert und perfekt. Manchmal hatte sie was von einem Roboter. Aber jetzt war ihre Reaktion echt menschlich.

»Ich finde, du solltest bekanntmachen, dass das Connor-Projekt alle Verbindungen zu mir abbricht«, sagte ich.

»Oh, glaub mir, das werde ich«, sagte Alana.

»Sofort«, schlug ich vor. »Das ist eine wirklich wichtige Nachricht, findest du nicht?« Alles an dem, was ich mich zwang zu sagen, verabscheute ich zutiefst.

»Du bist krank, Evan. Weißt du das?«

Noch in derselben Stunde kam die Verlautbarung raus. Alana blieb höflich, behauptete, unsere Wege würden sich lediglich trennen. Ich wollte, dass sie mich unter den Bus stieß und über meinen Körper walzte, bis ich so richtig platt war, aber sie war wahrscheinlich besorgt, dem Projekt zu schaden, wenn sie mich zum Buhmann machte. Sie wusste nicht, was ich wusste, nämlich dass ich bald sowieso der Staatsfeind Nummer 1 sein würde. Meine Hoffnung war, das Connor-Projekt würde den Sturm überstehen, weil sie das Richtige getan und mich sofort hatte gehen lassen.

Leider war die Plantagen-Kampagne der Höhepunkt des Connor-Projekts. Nie wieder erlangte es größere Aufmerksamkeit. Die Leute gingen weiter zur nächsten großen Sache: Abschlussball, das Basketballturnier, Rox' neue Frisur. Alana hatte zu viel damit zu tun, das zu Ende zu bringen, was sie angefangen hatte, um irgendwelche neuen Initiativen anzuzetteln. Man muss ihr zugutehalten, dass sie niemals aufgegeben hat. Wenn man diesem Mädchen eine Aufgabe übertrug, konnte man sich darauf verlassen, dass sie sich von nichts aufhalten lassen würde, bis alles erledigt war.

Wenn man Alana Beck jetzt fragen würde, ob sie einen Evan Hansen gekannt habe, würde sie vielleicht sagen, wir wären nichts weiter als Bekannte gewesen. Den Rest des Abschlussjahres ignorierte sie mich. In den Fluren ging sie einfach an mir vorbei. Verließ jeden Raum, den ich betrat. Tat so, als würde ich nicht existieren. Sie war nicht die Einzige.

•••

Einen Tag, nachdem ich mich an die Murphys gewandt hatte, rief ich Jared an. Er war stinkwütend, wie vorherzusehen war. »Bist du ein Scheißvollidiot? Im Ernst, hast du denn überhaupt keinen Schimmer? Bitte, sag mir, dass Zoes Dad nicht da war.«

»Natürlich war er da«, sagte ich. »Warum?«

»Weil du gerade einem Juristen ein Verbrechen gestanden hast. Und zwar nicht irgendeinem Juristen. Dem Juristen, gegen den du das Verbrechen verübt hast.«

Ich wusste, dass ich in unvorstellbaren Schwierigkeiten steckte, war aber immer noch dabei auszuloten, wie ernst meine Lage wirklich war. Jared fand, wir sollten mit seinem Onkel sprechen, der Anwalt war, und unsere Geschichten aufeinander abstimmen. Ich schlug stattdessen vor, direkt zu den Murphys zu gehen und um Gnade zu betteln.

»Evan, bitte, hör auf mich. Tu das nicht.«

Nie hatte ich Jared Kleinman so ernst erlebt.

»Echt, Evan, wenn man drüber nachdenkt, ist die ganze Sache allein deine Schuld«, sagte Jared. »Es war deine Idee.«

So hatte ich das nicht in Erinnerung, aber ich hatte keine Lust mehr auf Streitereien. »Hör mal«, sagte ich. »Ich will hier ja nicht mit dem Finger auf irgendwen zeigen. Ich weiß, was ich getan habe, okay? Ich geb weder dir noch jemand anderem die Schuld. Deinen Namen habe ich nicht erwähnt. Sie wissen überhaupt nichts von dir.«

Ich konnte hören, wie seine Finger auf der Tastatur herumtippten. Ich stellte mir vor, wie er in seinem Zimmer saß und blitzartig sämtliche belastenden Beweismittel von seiner Festplatte entfernte.

»Sag deinem Onkel nichts, bitte. Lass uns einfach eine

Weile stillhalten und sehen, was passiert. Vielleicht sagen die Murphys ja nichts.«

Das war absurd und die totale Verblendung, aber was anderes hatte ich nicht anzubieten.

»Wenn du mich anscheißst …«, sagte Jared.

»Mach ich nicht. Ich schwör's dir.«

Er legte auf.

Als der Staub sich gelegt hatte, habe ich versucht, mit einer Reihe von Nachrichten wieder Kontakt zu ihm aufzunehmen.

Ey, Alter.
Ich wollte nur sagen, dass es mir leidtut.
Alles.

Ich weiß, ich war ein Arsch.
Ich *bin* ein Arsch.
Ich versuche, kein Arsch mehr zu sein.

Alles klar bei uns?

Wenn du irgendwann mal abhängen möchtest
oder sonst was …

Alles klar. Lass uns bald mal quatschen.

Aber wir haben nie geredet. Nicht so richtig jedenfalls. Wir haben Hallo gesagt, wenn es unvermeidlich war. Er nahm Notiz von mir, aber nur auf ganz geschäftsmäßige Art. Man hätte denken können, wir wären Ex-Lover, so, wie wir umeinander herumschlichen. Meine größte Angst war, dass er schon zu seinem Onkel gegangen war und die Mühlen der Justiz in Bewegung gesetzt hatte, und ich es erst mitkriegen würde, wenn die Behörden kamen, um mich festzunehmen.

Im Dezember darauf, Monate nach dem Schulabschluss, war ich auf dem Weg zum Bus. Ein SUV hielt neben mir. Er sah aus wie Jareds Wagen, aber das war nicht Jared am Steuer. Oder doch?

Dieser neue Jared war schlanker als der alte und er trug keine Brille. Dann sagte er was: »Schleichst du immer noch in der Stadt rum wie ein alter Perversling?«

Er sagte, ich solle einsteigen, und er fuhr mich zur Arbeit. Ich guckte immer wieder zu ihm rüber. Vielleicht hatte er ja endlich angefangen, dieses Fitnessstudio-Abo zu nutzen. Wie motiviert ein Typ sich selber? Wie tut er den entscheidenden Schritt und ändert wirklich was? Ich würde da auf eine Freundin setzen.

»Du siehst gut aus, Mann«, sagte ich.

»Ich weiß, wir haben uns eine Weile nicht gesehen, aber ich steh immer noch nicht auf Typen«, sagte Jared.

»Ich dachte, du wärst an der Uni in Michigan. Was machst du zu Hause?«

»Ich hab's geschmissen und bin zur Armee gegangen.«

»Du machst Witze.«

»Na klar. Ich hab Winterferien, du Genie.«

Es dauerte eine Sekunde, bis ich mich wieder daran erinnerte, wie wir miteinander umgingen, aber nach dieser anfänglichen Kalibrierung war der Rest der Fahrt ein Kinderspiel. Je mehr Zeit ich mit Jared in diesem Auto verbrachte, und es waren nicht mehr als zehn Minuten, desto klarer wurde mir, wie sehr ich meinen alten (Familien-)Freund vermisst hatte. Auf seine dreiste Art hatte er immer nur versucht, mich vor mir selbst zu schützen.

Und ich war unser moralischer Kompass, das war meine Rolle. Ich hatte meine Pflichten auf katastrophale Art vernachlässigt, aber es war nicht zu spät, mich reinzuwaschen. Ich würde Jared nicht gehen lassen, ohne den Elefanten auf dem Rücksitz anzusprechen.

»Ich hab es nie jemandem erzählt«, sagte ich.

Ich wollte, dass er etwas Entsprechendes sagte, damit ich wieder ein reines Gewissen bekam, aber er wendete den Blick nicht von der Straße ab und sagte nur: »Vergiss die Sache.«

Klar. Kein Problem.

Wir verabschiedeten uns und ich dankte ihm. Jared und ich waren keine soldatischen Typen, aber auf gewisse Weise hatten wir zusammen in einer Schlacht gekämpft, und außer uns beiden gab es niemanden, der das wahre Ausmaß dessen kannte, was wir getan hatten.

Jareds Kälte im Abschlussjahr lag vielleicht nicht nur an seinen verletzten Gefühlen (oder den Anweisungen eines Rechtsanwalts). Vielleicht hatte er es einfach nicht ertragen können, an unsere gemeinsame Vergangenheit erinnert zu werden. Wie auch immer, eines nahm ich aus der Sache mit: Wunder über Wunder, Jared Kleinman hatte ein Herz.

•••

Die erste Woche nach meinem Geständnis war die schlimmste meines Lebens. Nicht mal mithilfe von Medikamenten, die ich wieder angefangen hatte zu nehmen, funktionierte ich. In meinem Magen brodelte Säure. Mein linkes Auge zuckte unkontrolliert. Am Freitag jener Woche ging ich zur Schulschwester und versäumte den halben Unterricht.

Ich hab mal einen Dokumentarfilm über einen Schiffbrüchigen gesehen, der sechzehn Tage lang draußen auf dem offenen Meer überlebt hatte. Nach seiner Rettung war ein langer Prozess nötig gewesen, bis seine Gesundheit so weit wieder hergestellt war, dass er ein normales Leben aufnehmen konnte.

Ich hatte auch einen Schiffbruch überlebt, obwohl ich selbst dafür verantwortlich gewesen war. Allerdings wurde ich gleich wieder zurück in die Gesellschaft geschleudert. Ich hatte alles gehabt, als ich die Schule an dem Wochenende verlassen hatte, und nichts mehr, als ich in der folgenden Woche zurückkam. Ich war verwirrt. Ich konnte im wahrsten Sinne des Wortes nicht mehr unterscheiden, was Realität und was Fantasie war. Ich hörte jemanden reden, nur um festzustellen, dass außer mir niemand im Raum war. Ich las eine Geschichte in jedem Blick, den ich erhaschte. Einmal machte ich eine Hausaufgabe gleich zweimal, weil ich vergessen hatte, dass ich sie schon erledigt hatte. Ich begann in Frage zu stellen, ob ich überhaupt von dieser Eiche gefallen war und mir den Arm gebrochen hatte. Ich bin sogar mitten in der Nacht unters Bett gekrochen, nur um mich davon zu überzeugen, dass ich mir den Gips nicht bloß eingebildet hatte.

Im Gegensatz zu dem Schiffbrüchigen aus dem Dokumentarfilm, bekam ich weder Hilfe noch Mitgefühl, weil niemand ahnte, was ich durchmachte. Und davon abgesehen, verdiente ich überhaupt irgendwelches Mitgefühl? Meine Mom und Dr. Sherman waren die einzigen Menschen in meinem Leben, die überhaupt einen kleinen Schimmer davon hatten, und keiner der beiden war sich des vollen Ausmaßes dessen bewusst, was geschehen war. Die Details kannte nur ich allein, und im Laufe der Zeit begannen diese Details mich immer mehr zu verfolgen, jeden Tag.

Ich musste mich von allen sozialen Medien fernhalten. Leute löcherten mich, warum ich nicht mehr beim Connor-Projekt mitmachte, und verbreiteten immer noch hässliche Sachen über die Murphys und Zoe. Meine Zensuren wurden schlechter. Auf meine Anwesenheit konnte man sich nicht mehr verlassen. Ich fehlte in der Schule, nachdem ich Ausschlag bekommen hatte, und dann noch mal aufgrund eines unerklärlichen Fiebers und danach wegen Gürtelrose (das ist, wie man mir sagte, eine Krankheit, die normalerweise nur alte Leute kriegen). Ich mutierte praktisch vom Stubenhocker zum Agoraphobiker.

Und das alles nur, weil die Murphys sich Zeit ließen, mein Geheimnis zu enthüllen. Ich wartete und wartete und fragte mich, wie und wann es passieren würde. Ich wartete: darauf, dass mein Name über Lautsprecher ausgerufen werden würde; dass ein Mitschüler mir meine Verfehlungen vorhielt; dass ein Brief mit der Post kam, in dem stand, dass ich auf Schadensersatz verklagt wurde; auf eine E-Mail von einem Fremden; dass die Polizei zu mir nach Haus kam. Bei jedem Geräusch zuckte ich zusammen: beim Klingeln des Telefons, der Schulglocke, wenn es an der Tür klopfte, wenn ein Auto hupte oder Stimmen vor dem Haus zu hören waren.

Ich wartete auf meine Bestrafung, so als sähe ich ein,

dass ich sie verdient hatte. Manchmal vergrub ich den Kopf in den Händen und flehte, alles möge endlich vorbei sein. Dasselbe Gefühl hatte ich gehabt, als ich abgewartet hatte, was Connor mit meinem Brief machen würde, nur war dies hier unendlich schlimmer. Es stand so viel mehr auf dem Spiel.

Ich hätte so gern Kontakt zu Cynthia und Larry aufgenommen. Ich dachte daran, ihnen einen Brief in den Briefkasten zu stecken und sie wissen zu lassen, wie meine Gefühle ihnen gegenüber waren, wie sehr ich zu schätzen wusste, was sie für mich getan hatten, und wie leid mir alles tat. Ich wollte sie wissen lassen, wie sehr sie mir fehlten. Aber ich entschied mich dagegen. Wenn es um die Murphys ging, spielte keine Rolle, was *ich* wollte.

Thanksgiving stand vor der Tür, und die Wahrheit war immer noch nicht rausgekommen. Meine Mom und ich fuhren nach Norden, um den Feiertag mit Moms Eltern und der Familie ihrer Schwester zu verbringen. Als meine Großmutter die Tür aufmachte, trug sie ein T-Shirt des Connor-Projekts. Sie hatte es gerade mit der Post bekommen als Dank für ihre Spende.

Später, beim Tischgebet, hob mein Großvater mich hervor: »Ich bin dankbar dafür, einen Enkel zu haben, der weiß, was Demut und Hilfe bedeuten, und der mir Hoffnung für die Zukunft der Menschheit gibt.« Ich stellte mir die Murphys an ihrem Esstisch vor, wie sie versuchten, die Kraft aufzubringen, dankbar zu sein, nach allem, was sie verloren hatten. Ich hab nichts gegessen.

Auf der Heimfahrt fasste ich einen Entschluss: Ich würde mich stellen. Wahrscheinlich hatten die Murphys darauf die ganze Zeit gewartet. Ich sollte endlich das Richtige tun und von selber gestehen.

Aber als wir nach Haus kamen, machte meine Mom die Post auf und mein Blick fiel auf eine kleine Karte, die auf dem Tisch liegen geblieben war. Darauf stand: *Danke für die Blumen und Ihren Brief. Ihre Worte bedeuten uns viel. Frohes Thanksgiving, Cynthia*

»Was ist das?«, fragte ich.

Meine Mom zuckte mit den Schultern, aber nicht, weil sie keine Ahnung hatte. »Mir hat nicht gefallen, wie die Sache mit uns zu Ende gegangen ist, und weil sie so viel durchgemacht hat, dachte ich, es wäre nett, ihr die Hand zu reichen.«

»Mom, was hast du genau zu ihr gesagt?«

»Nichts. Einfach nur Hallo, ich denke an Sie, danke für alles und …«

»Und was?«

»Schatz, hör auf, ich weiß, du hast ein paar Fehler gemacht, aber du bist kein schlechter Mensch.«

»Du hast ja keine Ahnung, wie viele Fehler ich gemacht habe.«

»Natürlich nicht. Eltern wissen nie, was ihre Kinder in Wirklichkeit machen. Frag Cynthia. Wir sind alle keine Heiligen. Wir tun einfach nur unser Bestes.«

Die ganze Nacht gingen mir Moms Worte im Kopf herum. Ich nahm Cynthias Karte mit in mein Zimmer und las sie noch mehrere Male. Vielleicht wollte Mrs Murphy nicht, dass die Wahrheit bekannt wurde. Vielleicht schämte sie sich genauso wegen all der gefakten E-Mails wie ich.

Als das Kalenderjahr zu Ende ging, fing ich an mich zu

fragen, ob mein Geheimnis vielleicht dazu bestimmt war, geheim zu bleiben. Aus dem Herbst wurde Winter und das Inferno in meinen Nervenbahnen reduzierte sich zu einem Schwelbrand. Deshalb machte ich mir aber nicht weniger Sorgen um die Zukunft. Ich hatte mich nur an eine neue Art von normal gewöhnt. Kein Tag verging, an dem ich nicht an den Schmerz dachte, den ich ihnen beigebracht hatte. Ich hatte es nicht verdient, vergessen zu können. Selbst wenn ich mich als würdig erwiesen hätte, wäre es trotzdem nicht möglich gewesen. Es gab zu vieles, was mich jeden Tag daran erinnerte.

Besonders eine.

•••

Was Zoe betraf, war mein Ziel anfangs gewesen, unsichtbar zu werden. Ich versuchte, aus dem Leben zu verschwinden, damit sie mich nicht sehen und meinetwegen nicht noch mehr Schmerz oder Unbehagen empfinden musste. Ich vermied Blickkontakt, begab mich in den Schulfluren auf lange Umwege, lief immer mit gesenktem Kopf und geschrumpftem Körper. Es war das Gegenteil von dem, was mein Herz wollte.

Mein Herz wollte zu ihr gehen, mit ihr reden. Im Laufe der Zeit kam ich allmählich aus der Deckung hervor und erlaubte mir, von ihr gesehen zu werden und sie zu sehen. Ich wartete auf ein Zeichen, irgendeinen Hinweis darauf, ob sie wollte, dass ich zu ihr kam, ich wartete auf die allersubtilste Einladung. Aber die bekam ich nie, deshalb hielt ich weiterhin Abstand.

Sogar wenn Zoe gar nicht da war, sah ich sie. Wenn ein

blaues Auto vorbeifuhr, das wie ihr Volvo aussah. Wenn ich bestimmte Songs hörte. Wenn ich bei uns im Flur an meinem Babybild vorbeiging. Wenn ich ein paar ausgelatschte Chucks sah. Wenn ich ein Interview mit der berühmten Schauspielerin gleichen Namens hörte. Wenn ich einer von ihren Freundinnen über den Weg lief.

Das war das Schlimmste an meinem neuen Leben. Ich war mir nicht sicher, wer was wusste, und ich konnte keinen fragen. Das war zu riskant. Wenn meine Mitschüler mich anschauten, sahen sie dann einen Lügner und Betrüger? Oder eine typische Highschool-Geschichte vom Aufstieg und Fall eines Mitschülers? Oder sahen sie mich vielleicht überhaupt nicht? War ich wieder zum *Meh* geworden? Ich fühlte mich noch mehr neben der Spur als zu Anfang des Schuljahres. Und so einsam wie nie zuvor in meinem Leben. Halloween kam und ging, und statt mich mit Zoe zu verkleiden, blieb ich allein zu Hause (unverkleidet), wie jedes Halloween seit Kinderzeiten. Als ich noch naiv war und nicht begriff, was es bedeutet, irgendwo hinzugehören, zu lieben und geliebt zu werden, war es viel leichter gewesen, Einzelgänger zu sein. Jetzt wusste ich zu viel.

Zoe konnte ich nur aus der Ferne beobachten. Ich sah sie mit Bee in der Mittagspause lachen. Ich sah sie mit einem Lächeln im Gesicht Textnachrichten tippen. Ich kam an einem Plakat vorbei, das ein Jazzkonzert ankündigte, und wusste, dass ich nicht hingehen konnte.

Eines Morgens, im Februar, als wäre es vom Schicksal so bestimmt worden, gingen wir in einem sonst leeren Flur aneinander vorbei. Wir schauten beide im selben Moment auf, unsere Blicke trafen sich, und statt sich angewidert abzuwenden, lächelte sie. Dieses Lächeln hatte ich so lange nicht empfangen. Ich war völlig geschafft davon, aber es gab mir auch Auftrieb. Ich erlaubte mir, etwas in dieses Lächeln hineinzulegen und kaufte ihr ein Geschenk zum Valentinstag. Ein Logbuch. Ich wollte es ihr persönlich überreichen, fürchtete mich aber vor einer Abfuhr und schickte es mit der Post. Vorne drin stand eine Widmung: *Mögest du immer den Mut haben, deine Wahrheit zu sagen.* Sie hat sich nie dazu geäußert.

Ob sie das Logbuch nun benutzte oder nicht, ich bin mir ziemlich sicher, dass sie weiterhin Songs schrieb. Im Frühling war ich zufällig in der Nähe vom *Capitol Café* und überflog den Veranstaltungskalender im Fenster, sah, wer am Open Mic-Abend auftreten würde. Und dann, in einem anderen Schaukasten, entdeckte ich den Namen *Zoe Murphy*, die Ankündigung für ein Solokonzert. Sie hatte sich in diesem Laden ihren eigenen Abend verdient. Ich notierte mir das Datum, ging aber nicht hin.

•••

An dem Abend, als ich mein Geständnis bei den Murphys abgelegt hatte und allein im Auto meiner Mutter auf der Auffahrt saß, bin ich nirgendwo hingefahren. Im Frühling darauf, nach meinem achtzehnten Geburtstag, war ich endlich in der Lage, mich hinters Steuer zu setzen und von der Stelle zu bewegen.

Dank Dr. Sherman. Er machte mir immer Mut, mir neue Ziele zu setzen und *Fahren* stand ganz oben auf meiner Liste. Es dauerte etwa sechs Monate, aber schließlich erlebte ich doch, was es für ein Gefühl ist, selber zur Schule zu fahren. Ich schaffte das kurz vor dem Abschluss. Bei unserer Verabschiedung, ehe die Diplome ausgehändigt wurden, erwähnte Schulleiter Howard Connor. Die Murphys hatte ich nicht in der Menge entdecken können. Zoe auch nicht. Aber ich war da und ich hörte seinen Namen deutlich.

An diesem Tag griff ich zu Hause unters Bett und zog meinen Gips heraus. Connors Name war in der Mitte durchgesägt worden, aber auf der anderen Seite war der Gips noch intakt. Ich wickelte ihn mir um den Arm und ganz kurz sahen die beiden Hälften wieder aus wie ein Ganzes, die sechs Buchstaben hingen wieder zusammen, CONNOR war wiederhergestellt. Als ich den Gips abnahm, war es, als könnte ich auf meiner Haut noch immer seinen Namen sehen. Da wurde mir klar: Ich würde ihn niemals abwaschen können.

Irgendwann stieß ich auf ein altes Jahrbuch aus der achten Klasse. Jeder hatte eine Seite zum Ausschmücken bekommen. Die meisten Leute hatten Collagen aus Familienfotos gemacht oder die Logos ihrer Lieblingsmannschaften gemalt oder Mut machende Zitate aufgeschrieben, die sie bei Google gefunden hatten. Connor hatte seine zehn Lieblingsbücher aufgelistet. Ich beschloss, sie alle zu lesen.

Und dann hab ich mir noch mal jeden seiner Posts im Netz genau angesehen. Ab und zu mache ich dem Connor-Projekt eine anonyme Spende, je nachdem, wie viel ich gerade geben kann.

Dann, eines Tages, kam ich zufällig vorbei, als auf dem Parkplatz vom Supermarkt eine kleine Spendenaktion lief. Sobald ich Alanas Stimme aus dem Gewirr heraus hörte und merkte, wo ich war, drehte ich mich auf dem Absatz um, mit der Einkaufsliste meiner Mutter in der Hand. Aber ehe ich wegkommen konnte, rief jemand meinen Namen.

Ich schaute mich um und erwartete, einen Klassenkameraden aus der Schule zu sehen, aber der Typ, der vor mir stand, war mir völlig fremd.

»Können wir kurz reden?«, fragte er.

Er ging auf mein Auto zu. Mir blieb nichts anderes übrig, als ihm zu folgen.

»Ich hatte gehofft, dass du kommst«, sagte er lächelnd.

Genau aus diesem Grund hatte ich öffentliche Veranstaltungen gemieden. Ich wollte nicht der Evan Hansen sein, den *die Welt* zu kennen glaubte. Ich wollte nicht mehr lügen müssen.

»Ist komisch«, sagte der Typ. Er guckte nach vorn. »Zuerst hat es mich wirklich gefreut zu hören, dass Connor einen neuen Freund gefunden hatte.«

Mein Blut gefror. Ich ging nicht weiter.

»Und als ich mir die Sache genauer angeguckt hab und wie die Leute ihn beschrieben, wusste ich, irgendwas stimmte da nicht.«

»Tut mir leid, aber wer …«

»Kein Stress«, sagte er, immer noch mit diesem entspannten Lächeln. »Ich werde nichts sagen. Ich wollte es … echt, ich wollte es wirklich, aber …« Er hielt inne und drehte sich zur Menge. »Also, guck dir das an. Endlich kriegt er die Aufmerksamkeit, die er verdient hat.«

Ich sah ihn mir genauer an. Er hatte dunkle Haut, strahlend helle Augen und einen fesselnden Blick. Haare, die mit einer mir unbekannten Selbstverständlichkeit fielen. Ein Lächeln, von dem ich mir vorstellen konnte, das es sowohl einer Freundin als auch ihren Eltern gefallen würde. »Du und Connor wart also …?«

»Freunde«, sagte er.

Er erzählte mir, wie ihre Freundschaft angefangen hatte, wie sie dann verblasst war und auf einmal endete. »An diesem Nachmittag, nach der Schule, hat er mir eine Textnachricht geschrieben. Ich hab versucht zu antworten, aber ich war bei der Arbeit und wollte nicht einfach … Abends habe ich ihn dann angerufen, aber er ist nicht rangegangen. Es hat ein paar Tage gedauert, bis ich rausgefunden hab, was er getan hatte.«

Er wurde still, ließ den Kopf hängen. »Wenn ich gewusst hätte, dass er … ich … ich hab es einfach nicht gewusst.« Es fiel ihm schwer, die Wörter zusammenzukriegen. »Ich denke immer noch … hätte ich mit ihm reden können …«

Ein langes Schweigen folgte und in diesem Schweigen verstand ich endlich, aus welchem Grund er hierhergekommen war, um mit mir zu reden.

Nicht mich wollte er anklagen, eher sich selbst. Ich wusste einiges über die Schuldgefühle, die er mit sich rumgeschleppt haben musste. Und die Angst. Hinter seinem Lächeln lag eine schwere Last verborgen.

Aber aus all den Dingen, die er mir an diesem Tag erzählt hat, stach eines hervor: »Connor, er war einfach … Einer wie er war mir noch nie begegnet. So unschuldig. So rein. Manchmal denke ich, er war vielleicht zu rein … für das hier.«

Der Connor, den er beschrieb, war überhaupt nicht so wie der, den ich gekannt hatte. So was hatte ich noch nie über ihn gehört. Wieder empfand ich Bedauern. Aber jetzt hatte ich endlich die Chance, was zu lernen.

Die letzten paar Monate verbrachte ich damit, mir zu überlegen, was ich mit dem neuen Wissen anfangen sollte, das ich gewonnen hatte.

•••

In dem Sommer nach dem Schulabschluss wollte ich wieder zurück in meinen Job im Ellison Nationalpark, aber der Ort war mit zu vielen verstörenden Erinnerungen verbunden und lag zu nah am Haus der Murphys. Mein WILLKOMMEN-Schild hing noch immer da am Eingang. Eines Morgens, als ich dran vorbeifuhr, kam mir eine Idee. Ich fing an, die Geschichte des Parks weiter zu erforschen und machte aus meinen Aufzeichnungen einen Essay – über John Hewitt und seine Familie, und über die Opfer der Vergangenheit – und den habe bei einigen Stipendienwettbewerben eingereicht.

Gewonnen hat er nicht, aber danach fing ich an, das Essayschreiben ernster zu nehmen, und im Laufe des folgenden Jahres reichte ich bei jedem Wettbewerb etwas ein, den meine Mutter für mich fand. Ich hab es nur zu einen Preisgeld von insgesamt 1500 Dollar für Unterrichtskosten gebracht, werte das aber trotzdem als Sieg. Echt, ich will einfach schreiben. Ich brauche das Schreiben. Ich glaube, das war es, was Dr. Sherman die ganze Zeit für mich gehofft hatte. Vermutlich musste ich den langen Weg nehmen, um dahin zu kommen.

Und nun sitze ich hier, auf einer Bank, und schreibe. Diese Briefe sind letztlich ein richtiges Ventil für mich geworden, aber, wenn ich ehrlich bin, ist es immer noch schwer. Auch nach so viel Übung. Seit meinem Geständnis sind ungefähr zwanzig Monate vergangen. Manchmal ist das wie zwanzig Minuten.

Vielleicht wird sich eines Tages alles wie eine weit zurückliegende Erinnerung anfühlen. Vielleicht werde ich einen Weg finden, die Vergangenheit mit mir herumzutragen, ohne mich von ihr runterziehen zu lassen. Vielleicht werde ich eines Tages in den Spiegel gucken können und etwas nicht ganz so Hässliches darin entdecken.

Ich stecke mein Handy ein und lasse mich von der majestätischen Aussicht durchdringen. Vor mir streckt sich ein grünes Feld ewig dahin. Hölzerne Pflöcke erheben sich in ordentlichen Reihen aus dem Gras. An jeden Pflock ist ein kleiner, spindeldünner Baum gebunden. Es ist eine Apfelplantage. *Die* Apfelplantage.

Ich habe nie daran gezweifelt, dass Alana es hinkriegen würde. Trotzdem ist es ein Schock, das hier zu sehen. Die *Connor-Murphy-Gedächtnis-Plantage* existiert jetzt seit einem Jahr, aber das ist mein erster Besuch hier. Ich glaube, ich habe auf eine Einladung gewartet.

In ein paar Jahren – irgendwas zwischen zwei und zehn, kommt ganz auf die Sorte Baum an – werden diese Schösslinge herangereift sein und Fürchte tragen. *Gala* und *Cortland* und *Honeycrisp*. *McIntosh* und *Golden Delicious*. Vielleicht noch irgendwas Neues. Aber die Bäume sind noch Babys. Ihr Leben fängt gerade an. Sie haben noch einen langen Weg vor sich.

Ein Motorengeräusch durchdringt die Stille. Drüben auf dem Parkplatz bleibt ein Auto neben dem meiner Mutter stehen. Jemand steigt aus. Ich reibe meine feucht werdenden Handflächen an den Jeans, obwohl es nutzlos ist. Zoe geht den Pfad hinauf, wird dabei größer.

Manchmal wünscht und wünscht man sich, dass etwas passieren möge, und dann, nachdem man so oft nicht bekommen hat, was man sich wünschte, hört man auf mit dem Wünschen, und plötzlich passiert es.

Mit zittrigen Beinen stehe ich auf und begrüße sie. »Hey.«

Ein Lächeln. »Hey.«

Zoe gehört in eine Apfelplantage. Die Natur begreift, dass sie nur als Hintergrund dienen kann, sobald Zoe da ist. Der Wind lüpft ihr rotbraunes Haar. Die Sonne sorgt für dramatische Beleuchtung. Wo sind die Kameras? Wo ist Vivian Maier, wenn man sie braucht?

Ich warte darauf, dass Zoe sich setzt, aber sie fühlt sich wohler, wenn sie steht. So viel Zeit ist vergangen, ich weiß nicht, wo ich anfangen soll. »Wie geht's dir?«

»Gut«, sagt Zoe. »Ziemlich gut.«

Ein neues altes Paar Chucks. Eine Jeansjacke, in der ich sie noch nie gesehen habe. Ich frage mich, ob das Mädchen darunter noch dasselbe ist.

»Du machst bald deinen Abschluss, oder?«

»Hm. In zwei Wochen.«

Sie hatte ein ganzes Schuljahr, das ich nicht beobachtet habe. Auf eine Art war es leichter, nicht sehen zu müssen, was mir entging. Es jetzt zu sehen, ist schwer. »Wie ist das Leben in der Abschlussklasse?«

»Viel zu tun«, sagt Zoe.

Ich nicke, so als wüsste ich, wovon sie redet. Viel zu tun womit? Sich auf die Uni vorzubereiten? Oder unterwegs zu sein mit, sagen wir mal, einem Freund? Oder beides? Es geht mich nichts an, ich weiß. Aber sie leibhaftig zu sehen, weckt etwas in mir, das geschlafen hat.

»Wie fühlt es sich an, ein Erstsemester zu sein?«, fragt Zoe.

Immer, wenn mir jemand von der Highschool über den Weg läuft, muss ich erklären, warum ich mich immer noch in der Stadt herumdrücke. »Weißt du, ich hab beschlossen, das ein Jahr aufzuschieben.«

»Oh«, sagt Zoe mit derselben Mischung aus Überraschung und Mitleid, die alle zeigen.

»Ich dachte mir, ich nehme einen Job an und versuche, etwas Geld zu sparen. Ich hab Kurse am Community College belegt, damit ich im Herbst dann ein paar Leistungsnachweise mit rübernehmen kann.«

»Das ist clever.«

Und notwendig. In dem Zustand, in dem ich war, hätte ich es niemals überlebt, wenn ich zum Studieren weggegangen wäre. Dieses Mal habe ich Dr. Shermans Rat angenommen und mir einen Job gesucht, bei dem ich zur Interaktion mit Menschen gezwungen bin. »Bis dahin kann ich dir einen Rabatt für Freunde und Familie in der *Pottery Barn* verschaffen. Kann ja sein, dass du gerade auf der Suche nach überteuerter Deko fürs Haus bist.«

»Ach, weißt du, zurzeit gerade nicht.«

»Okay, na ja, wenn du deine Meinung ändern solltest, ich arbeite da nur noch ein paar Monate, das Zeitfenster wird sich also ziemlich schnell schließen.«

»Ich seh hier immer Connor und dich vor mir«, sagt Zoe. »Obwohl das natürlich …«

Nach einigem Gebuddel sind wir schließlich zum Kern vorgedrungen. Es ist unerträglich, so tief zu gehen, aber nötig. »Das ist mein erstes Mal. Also, ich bin sicher tausendmal dran vorbeigefahren. Und jedes Mal hab ich überlegt, ob ich anhalten und aus dem Auto steigen soll, aber … ich hab das Gefühl, ich hab es nicht verdient.«

Wir starren beide in die Ferne.

»Es ist schön«, sage ich. »Friedlich.«

»Meine Eltern, die sind andauernd hier. Wir machen Picknicks, so gut wie jedes Wochenende. Es hat ihnen geholfen. Unheimlich sogar. Dies hier zu haben.«

Die Erleichterung darüber, dass sie gut klarkommen, kitzelt meine Augenwinkel. Sie haben mich verschont, mir eine Chance gegeben. Es fällt mir immer noch schwer, es zu glauben. »Deine Eltern. Die hätten es allen erzählen können. Was ich getan hab.«

Zoe atmet die Landluft ein. »Jeder hat es für irgendwas gebraucht.«

»Das heißt nicht, dass es in Ordnung war.«

»Evan«, sagt sie und zwingt mich, sie anzusehen. »Es hat sie gerettet.«

Ich gucke nach unten. Ein Stein neben meinem Turnschuh ist lose, wartet darauf, weggekickt zu werden. An manchen Tagen, wenn mein Selbsthass größer ist alles andere, bedauere ich, dass die Wahrheit nicht rausgekommen ist.

»Wie geht's deiner Mom? Deiner ganzen Familie?«, fragt Zoe, die sofort spürt, dass *Familie* sich nicht so ganz richtig anhört, aber kein besseres Wort dafür findet.

»Meiner Mom geht es gut. Sie hat eine Weile Pause gemacht, deswegen dauert es ein bisschen länger, bis sie ihren Abschluss kriegt. Aber sie hat es fast geschafft. Und mein Dad, nun ja, er hat jetzt das Baby.«

»Du bist ein großer Bruder.«

Theoretisch ja, aber ich bin noch nicht dazu gekommen, es in der Praxis zu testen. Ist aber auf meiner Liste. Der größte Teil meiner Aufmerksamkeit galt in letzter Zeit einem anderen Bruder. Ich hatte immer gedacht, die Murphys hätten mich losgelassen. Bestimmt war es nicht ihre Absicht, aber tatsächlich haben sie genau das Gegenteil getan. Sie haben mich mit einer Last gehen lassen, die ich überallhin mitschleppe. Eine Last, die zur Verantwortung geworden ist. Ich lerne jetzt erst, ihr gerecht zu werden.

»Ich hab was für dich«, sage ich.

Ihre Jeansjacke zieht sich enger um sie. Keine Ahnung, ob sie das Logbuch bekommen hat, das ich ihr geschickt habe, aber dies hier ist eine andere Art Geschenk.

Als ich mein Handy raushole, wartet sie mit bangen Vorahnungen. Ich finde, was ich brauche, und zeige ihr das Display. Ihre Augen werden ganz groß, sie nimmt mein Handy.

»Ich kenne dieses Foto, aber wer ist das da?«, fragt sie.

Es ist dasselbe Foto von Connor, das tausendmal weitergereicht worden ist. Nur ist dies die unbeschnittene Version, auf der nicht nur Connor zu sehen ist, sondern auch …

»Miguel«, sage ich. »Er war Connors Freund.«

Sie schaut auf, sieht mir forschend in die Augen. »Echt?«

Ich nicke.

Als Miguel mir an dem Tag vor dem Supermarkt das unbearbeitete Foto zeigte, habe ich es genauso verblüfft angeguckt wie Zoe jetzt. Und dann hat Miguel mir noch mehr Fotos gezeigt. Und die Textnachrichten, die Connor ihm geschickt hatte. Keine erfundenen, ausgedachten Nachrichten, sondern Worte, die Connor tatsächlich geschrieben hatte. Ich fühlte mich krank und geheilt auf einmal. Krank, weil ich ein Heuchler war, der auf das Echte traf. Geheilt, weil es plötzlich nicht mehr nötig war, irgendwas vorzutäuschen. Connor hatte *wirklich* einen Freund gehabt.

»Sie sehen so glücklich aus zusammen«, sagt sie.

»Das stimmt.« Ich greife in meine Tasche und reiche ihr ein zusammengefaltetes Blatt Papier. »Das Foto schicke ich dir. Und das ist Miguels Nummer. Falls du ihn was fragen willst.«

Mit dieser Entscheidung habe ich mich lange herumgeschlagen. Warum sollte ich willentlich Aufmerksamkeit auf genau die Sache lenken, die ich nur so schwer hinter mir lassen konnte? Nun ja, wenn ich mir das Foto von Connor anschaue und ihn lächeln sehe, hab ich das Gefühl, dass er da – trotz allem, was später passiert ist – zumindest für eine kleine Weile Glück erlebt hat. Ich dachte, Zoe und ihre Eltern würden das wissen wollen. Und deshalb habe ich mich entschlossen, ausnahmsweise mal tapfer zu sein.

Zoe steht still, beißt sich auf die Lippe. »Danke«, sagt sie leise und steckt den Zettel in ihre Tasche. Sie schaut zu Boden. »Das war ein schweres Jahr.«

»Ich weiß.« Ich möchte sie bemitleiden, aber ich habe nicht das Recht dazu. »Ich wollte dich schon lange anrufen. Ich wusste eigentlich nicht, was ich sagen sollte, aber dann hab ich einfach beschlossen … dich trotzdem anzurufen.«

»Ich bin froh, dass du es getan hast.«

Meine Tabletten korrigieren die Chemie, aber Zoe ist Medizin für die Seele. Ihre Worte flicken meine zerfetzte Welt. »Ich wünschte, wir wären uns erst jetzt begegnet. Heute. Zum ersten Mal.«

Ihre Augen, blauer als der Himmel. »Ich auch.«

Vielleicht begegnen wir uns ja zum ersten Mal. Wahrer als jetzt kann ich nicht sein. Es tut mir nur leid, dass ich erst so spät hierhergekommen bin.

»Wahrscheinlich sollte ich jetzt gehen«, sagt Zoe.

Ein Fehlschlag. »Klar.«

»Nur wegen der Prüfungen diese Woche.«

»Nein, schon klar.«

Sie lächelt und läuft los. Ich hab noch so viele Fragen. Ich wähle eine davon aus.

»Kann ich dich was fragen?«, sage ich. »Warum wolltest du dich hier mit mir treffen?«

Sie zögert und schaut übers Land, lässt alles auf sich wirken. »Ich wollte, dass du das hier auf jeden Fall siehst.«

Ich starre hinaus, sorge dafür, dass ich sie wirklich sehe, die Unendlichkeit. Sie ist hier überall: die Vergangenheit, Gegenwart, Zukunft.

Als Zoe wegfährt, kämpfe ich mit Worten gegen die Leere an. Ich beende meinen Brief.

Eines Tages steht hier vielleicht irgendein anderer Junge, der über die Bäume schaut, sich einsam fühlt und sich fragt, ob die Welt von da ganz oben wohl anders aussieht. Besser. Vielleicht wird er losklettern, Ast um Ast, und immer weiter, selbst wenn seine Füße keinen Halt mehr

finden. Selbst wenn es sich hoffnungslos anfühlt. So als wolle ihm alles befehlen loszulassen. Vielleicht wird er dieses Mal nicht loslassen. Dieses Mal wird er sich festhalten. Er wird nicht aufgeben.

Ich stecke mein Handy in die Tasche und wende mich wieder der Aussicht zu. Aber zurücklehnen und gucken ist nicht mehr möglich. Das war es nie, hat sich herausgestellt.

Ich trete auf das unberührte Gras. Das fühlt sich an wie ein Übergriff, aber eine innere Stimme mahnt mich, locker zu bleiben. Ich gebe nicht vor, ihn früher gekannt zu haben, aber er ist jetzt immer bei mir.

Wir schlängeln uns zwischen den Bäumen hindurch, achten darauf, nicht zu stören, sind in einer Mission unterwegs. Wir wollen keinen Ärger machen. Wir sind so viele, wir einsamen Seelen. Wir alle, die wir geholfen haben, das hier aufzubauen. Die, die es wachsen sehen werden. Die, die wir verloren haben. Wir marschieren gemeinsam weiter. Klettern, fallen, fliegen himmelhoch. Versuchen, näher heranzukommen ans Zentrum von allem. Näher an uns selbst. Näher aneinander.

Näher an etwas Wahres.

Anmerkung der Autoren

Diese Geschichte ist ein Roman, also ausgedacht, aber auch im wahren Leben kann jeder, jederzeit das Gefühl bekommen, völlig allein zu sein. Doch keiner sollte je denken, dass er stumm leiden muss und es keinen anderen Ausweg gibt. Wir alle sollten viel öfter über diese Themen und seelische Nöte reden, und alles tun, um diejenigen zu erreichen, die eventuell darunter leiden.

Wenn du also Hilfe brauchst oder jemand, den du kennst, sich in einer ausweglosen Situation fühlt, dann vergiss nie: Ihr seid nicht allein.

Die folgenden Organisationen leisten in so einem Fall wertvolle Hilfe:

NUMMER GEGEN KUMMER
www.nummergegenkummer.de
Rufnummer: 11 61 11 (anonym und kostenlos vom Handy und Festnetz)
Mo – Sa von 14 bis 20 Uhr

TELEFONSEELSORGE
www.telefonseelsorge.de
Kostenlose Hotline: 0800 – 111 0 111 oder 0800 – 111 0 222

JUUUPORT
Hilfe bei Cybermobbing, WhatsApp-Stress & Co
www.JUUUPORT.de

Dort erhältst du Unterstützung von Beratern, die schon in vielen Fällen Auswege aus schwierigen Situationen aufzeigen konnten.

Danksagung

Von Val

Ich bedanke mich bei *den Jungs* – Steven, Benj und Justin – für Vertrauen, Zuspruch, Klugheit und Humor. Ich bewundere eure Hingabe für diese Geschichte. Dass ich euren Ansprüchen unbedingt gerecht werden wollte, hat mich zu einem besseren Schriftsteller gemacht. Mein Lektor Farrin Jacobs hat mir diese Gelegenheit verschafft und mich mit Lob, Können, Mitgefühl und Pasta bei der Stange gehalten. Du hast dafür gesorgt, dass dieses Ungeheuer mit den vielen Tentakeln uns nicht alle erwürgt hat, dafür kann ich dich nur lieben und respektieren. Mein Agent Jeff Kleinman hat mich zu Beginn auf die rechte Spur gebracht. Ebenso Matt Schuman. Wertvolle persönliche und praktische Informationen habe ich von Christian Gagliardo, Sanford Kinney, Dan Coughlin, Justin und Megan Kiczek, meinen Nichten und Neffen (besonders Samantha Baker und Gavin Caterina) und von Mike Emmich bekommen. An all jene, die sich mit Ängsten und Depressionen herumschlagen: Haltet durch! An Harper und Lennon – ich halte für euch durch. An Jill – ich bin jetzt fertig, willst du was unternehmen?

Von Steven, Benj und Justin

Wir möchten danken:
Lynn Ahrens, David Berlin, Laura Bonner, John Buzzetti, Jordan Carroll, Drew Cohen, Stephen Flaherty, Freddie Gershon, Michael Greif, Cait Hoyt, Joe Machota, Erin Malone, Jeff Marx, Whitney May, Stacey Mindich, Asher Paul, Marc Platt, Adam Siegel, Matt Steinberg, Jack Viertel und der Original Broadway Besetzung von *Dear Evan Hansen*. Besondere Dankbarkeit schulden wir Farrin Jacobs, der dieses Buch von Anfang an begleitet hat wie ein Hirte, und Val Emmich für seine künstlerische Gabe, sein handwerkliches Geschick und für die unglaubliche Sorgfalt, die er auf die Charaktere in dieser Geschichte verwendet hat. Zum Schluss möchten wir noch den Fans des Musicals danken – eure Worte, eure Musik und die Geschichten, die ihr mit uns geteilt habt, waren es, die überhaupt zur Entstehung dieses Buches geführt haben.

Von uns allen

Wir möchten alle beim Team von *Little Brown Books for Young Readers* für ihre harte Arbeit bedanken, alle dort haben uns bei jedem Schritt auf dem Weg geholfen, diese Geschichte in die Hände der Leser zu bringen. Das waren, aber nicht nur sie: David Caplan, Jackie Engel, Shawn Foster, Jen Grahem, Stef Hoffman, Sasha Illingworth, Virginia Lawther, Michael Pietsch, Kristina Pisciotta, Emilie Polster, Anna Prendella, Jessica Shoffel, Angela Taldone und Megan Tingley.

VAL EMMICH ist Autor, Singer-Songwriter und Schauspieler. Er ist einer der Drehbuchautoren des Musicals »Dear Evan Hansen«, das sich seit seiner Premiere in New York zu einem vielfach preisgekrönten Kassenschlager entwickelt hat. Val Emmich legt mit diesem Roman sein erstes Jugendbuch vor.

STEVEN LEVENSON ist der Tony Award-gekrönte Autor des Musicals »Dear Evan Hansen« und zahlreicher anderer großer Broadway-Erfolge der letzten Jahre. Er betätigt sich zudem als Drehbuchschreiber und TV-Produzent.

BENJ PASEK und JUSTIN PAUL bilden das Tony-, Oscar- und Grammy-prämierte Songwriter-Team hinter dem Broadway-Hit-Musical »Dear Evan Hansen« und den Kino-Erfolgen »La La Land«, »Trolls« und »Greatest Showman«.

Mehr über cbj auf Instagram unter @hey_reader

DAS ICH,
DAS ICH BIN,
IST NICHT MEHR
DAS ICH,
DAS ICH WAR.